LOS PECADOS DEL PADRE.

M.J. Fernández

ISBN: 1977037151
ISBN-13: 978-1977037152

Los pecados del padre

«Es propio de un padre sabio conocer a su hijo»
William Shakespeare.

Madrid (España):1986

Capítulo uno.

—¡Déjenos marchar, por favor!¡Se lo suplico! —pidió la chica desde el suelo, con la voz quebrada por el llanto.

La lluvia golpeaba con fuerza el tejado de metal del viejo almacén abandonado. Enormes agujeros dejaban caer chorros de agua que amenazaban inundar el lugar. Truenos y relámpagos advertían que recrudecería la tormenta, pero las tres sombras que se movían en la penumbra ni siquiera lo notaban.

Víctor sintió un escalofrío mientras se retorcía en un esfuerzo por aflojar las fuertes ligaduras que lo sujetaban a la silla, pero era inútil. Se trataba de correas acolchadas como las que usaban en los hospitales, pero eso no reducía en nada la sensación de impotencia e indefensión que le ocasionaban sus amarras. Un temblor se apoderó de él, pero no era debido al frío, pese a que sentía que el alma se le helaba. Lo que lo estremecía era el miedo. El hombre vestido de negro y con una capucha que le cubría las facciones por completo se acercó con el cuchillo en la mano para tocar el cuello del chico.

—¡Déjala ir! —exclamó Víctor, con la voz quebrada en medio de sollozos—. Deja que se vaya, por favor. Haz lo que quieras conmigo, pero no le hagas daño.

El hombre sonrió bajo la máscara. Aunque no podía ver sus labios, Víctor podía adivinar el gesto por el brillo de sus ojos oscuros. Rozó el cuello del joven con la hoja como si quisiera rasurarlo, pero no lo hirió. Víctor contuvo la respiración, preguntándose si ese sería su último día, su último minuto. Un temblor lo sacudió sin que pudiera evitarlo, lo que hizo que su agresor soltara una carcajada.

El hombre vestido de negro se irguió despacio alejándose de Víctor para acercarse a la chica que yacía desnuda, con las muñecas y los tobillos sujetos con cuerdas a argollas clavadas en el suelo para que su cuerpo formara una X. Sandra no había dejado de sacudirse haciendo lo posible por soltarse, pero cuando vio que el hombre se le acercaba, sus movimientos se volvieron desesperados. El sujeto sostuvo el cuchillo junto a su garganta y ella miró con terror a Víctor, que sollozaba en la silla, impotente.

—¡Ayúdame, Víctor, por favor, ¡ayúdame! —le gritó angustiada, aunque era evidente que su novio no podía moverse.

—¡Déjala en paz, maldito! ¡Hijo de puta! —gritó Víctor con la intención de provocarlo, de hacer que su atención regresara a él.

El hombre lo ignoró, tendiéndose sobre la chica para forzarla. Víctor permaneció inmovilizado, impotente. Ella se volvió para mirarlo y en sus ojos vio desesperación. Víctor cerró los suyos con el rostro bañado en lágrimas. No quería ver, pero podía escuchar los gritos de ella. Era obvio que el maldito la lastimaba mientras le arrancaba la inocencia. ¡Por Dios, solo tenía dieciséis años! Como él mismo.

El chico se sintió un cobarde, así que se obligó a abrir los ojos, a tratar de fijar en su mente cualquier cosa que le permitiera encontrar después a ese demonio para cobrar venganza. El hombre se levantó, lo miró y volvió a sonreír.

—Ahora viene la parte divertida —dijo, mientras el destello de un relámpago se reflejaba en la hoja de acero.

El cuchillo pareció cobrar vida mientras cortaba y hería. Los gritos de Sandra se entremezclaban con los gritos de desesperación de Víctor, y el sonido de la tormenta se escuchaba como una macabra cortina de fondo. El muchacho solo veía la sangre que cubría a su novia y se extendía bajo ella. También pudo ver sus ojos aterrorizados que lo miraban para suplicarle una ayuda que no podía darle, hasta que dejaron de enfocarlo y se perdieron en un punto indeterminado, más allá de la muerte.

Entonces Víctor supo que todo había terminado. La vida de Sandra había llegado a su fin, y la de él también. No podría soportar seguir adelante después de haberla visto morir así, sin hacer nada por ella. Esperaba, casi deseaba, su turno, el momento en el que la bestia negra se volviera hacia él con la intención de continuar su macabro juego con el cuchillo para acabar también con su vida.

El hombre se levantó despacio, sacó una tijera del bolsillo y cortó el lóbulo de la oreja izquierda de Sandra con el pendiente incluido. La envolvió en un pañuelo para guardarla en el bolsillo. Dio media vuelta y se acercó al chico, que se sacudía en movimientos convulsos por el llanto que lo ahogaba. Ya no luchaba para zafarse, ya no quería huir. Solo esperaba morir lo antes posible. Sería obsceno sobrevivir después de lo que había presenciado sin poder evitar. Tenía los ojos cerrados, esforzándose por no ver el cuerpo destrozado de su novia. La bestia lo sostuvo por los cabellos y le echó la cabeza hacia atrás.

—¡Abre los ojos! —le ordenó, él se resistió—. ¡Ábrelos o te los arranco!

En medio del llanto, Víctor obedeció, y la horrible carnicería perpetrada por el monstruo se le grabó en la retina como una imagen indeleble.

—¡Mátame! —le rogó a su verdugo—. ¡Mátame de una vez!

—No será tan fácil —le susurró el hombre al oído—. ¿No has disfrutado el espectáculo? La he matado para ti, Víctor.

Antes de que el chico tuviera tiempo de preguntarse qué se proponía la bestia, esta le tapó la nariz y lo obligó a beber un líquido turbio de sabor ácido. Víctor se sintió más liviano que el aire y le pareció que se elevaba hacia el techo del almacén, las luces cambiaron de colores como si mirara a través de un caleidoscopio. Comenzó a sentirse bien. Por un momento se preguntó si el verdugo le estaría haciendo lo mismo que a Sandra, si de esto se trataba la muerte. Pero no podía pensar. Sus ideas eran inconexas, Por un momento olvidó quién era y dónde estaba, el espantoso asesinato que acababa de presenciar, y se sorprendió a sí mismo al escucharse riendo. Se odió por ello, pero la moral no tenía cabida en esta nueva dimensión, solo las sensaciones, que poco a poco, en lo que le parecieron siglos, lo fueron llevando a un agradable sueño.

Capítulo dos.

Víctor tenía la cabeza pesada cuando comenzó a despertar. Ya no sentía frío y comprendió que estaba en una cómoda cama. Por un momento lo invadió un profundo alivio al pensar que todo había sido una terrible pesadilla de la que acababa de despertar, pero cuando intentó moverse no pudo hacerlo. Se sorprendió al ver que se encontraba amarrado a la cama con el mismo tipo de correa acolchada que usó la bestia para sujetarlo a la silla. También comprendió que aquella no era su habitación, sino la de un hospital.

—Ya despierta —dijo la voz neutra de una mujer a la que no conocía—. Avisa al guardia.

—¿Qué ocurre? —preguntó el chico—. ¿Dónde está Sandra?

La enfermera retiró el vial que tenía conectado a su vena sin decir palabra, luego salió de la habitación. Un par de minutos después entró un médico.

— Me alegra verlo, doctor. La chica que estaba conmigo. ¿Se encuentra bien?

—Está muerta —respondió el doctor en tono cortante.

El joven comprendió que todo lo que recordó al despertar no fue solo una pesadilla. Se preguntó quién sería aquel hombre que asesinó a Sandra con tanta saña y por qué lo dejó a él con vida. Se le ocurrió que era probable que su padre, inspector jefe de la policía, ya lo hubiera detenido o al menos tuviera algunos indicios para dar con él. Era urgente que le hablara. Cuanto antes rindiera declaración, más probable sería que pudieran arrestar al maldito.

—¡Necesito hablar con mi padre! Hágalo llamar, por favor, doctor —Suplicó Víctor.

—Ya lo sabe. La policía está aquí desde que te trajeron.

El médico terminó de examinarlo y salió. Unos minutos después aparecieron dos inspectores subalternos de su padre. Se comportaron como si fuera un desconocido. Juan comenzó a desatarlo sin decir palabra, mientras Felipe sacaba ropa limpia de una bolsa de deporte y se la tiraba encima de mala manera.

—¡Vístete! —ordenó Felipe.

—Me alegro de veros. Debo contaros lo que pasó. Sandra...

—¡Cállate! —le gritó Juan, mientras lo señalaba con el índice—. ¡Vístete y no digas una palabra!

Víctor los miró confundido, tratando de comprender la razón de su hostilidad. Además, ¿dónde estaba su padre? Después de una experiencia como la que había sufrido, necesitaba su apoyo y consejo.

Mientras se vestía, la mente se le terminó de despejar y acudieron a su memoria las imágenes de Sandra, tal como la vio por última vez. Lo invadieron las náuseas. Corrió hacia el baño para lanzarse sobre el inodoro. Vomitó hasta que el estómago se le vació, y aún tuvo que pasar un rato antes de que lograra recuperar el control. Felipe lo siguió, pero parecía más preocupado por vigilarlo que por su estado de salud. No le preguntó si se encontraba bien ni trató de ayudarlo.

Mareado y con las piernas aun temblando, Víctor consiguió ponerse de pie. Antes de que pudiera dar un paso o lavarse la cara, Felipe ya le estaba colocando unas esposas y empujándolo fuera del baño.

—Estás detenido por el asesinato de Sandra Martínez —dijo Juan cuando regresaron a la habitación—. ¡No abras la boca hasta que te preguntemos algo! ¿Está claro?

Víctor lo miró estupefacto, incapaz de articular palabra. Aquello era absurdo y por un momento pensó que nada de lo que estaba pasando era real. La habitación comenzó a darle vueltas, pero ni Juan ni Felipe se percataron de que casi no podía tenerse en pie. Lo sujetó uno por cada brazo y lo llevaron en volandas hasta el coche, pese a que el chico perdía el paso y trastabillaba a cada momento.

En el trayecto hacia la comisaría nadie dijo una palabra. Víctor sentía que la cabeza aún le daba vueltas y tenía que hacer grandes esfuerzos para controlar las náuseas. El viaje fue un suplicio. Por un momento quiso preguntar dónde estaba su padre, si ya sabía lo que ocurrió, pero enseguida comprendió que era probable que Juan y Felipe actuaran bajo sus órdenes. Esa idea le causó escalofríos.

Lo llevaron a la sala de interrogatorios y lo dejaron allí un rato. Le preguntaron si quería comer o tomar algo. Él se negó. Su estómago no hubiera sido capaz de retener nada. La imagen de Sandra seguía ocupando su mente y las náuseas no lo dejaban en paz.

En algunos momentos sintió que los ojos se le llenaban de lágrimas, por lo que se esforzó en contener el llanto. Solo tenía dieciséis años, pero comprendió que ya no era un chiquillo. Perdió su inocencia cuando despertó en el almacén. Pasados unos minutos la puerta se abrió y entró su padre acompañado por otro hombre.

Al levantar la vista, el joven comprendió que en las últimas horas su padre había envejecido diez años. Su rostro no mostraba ninguna simpatía, ni siquiera preocupación por él. Lo que podía ver Víctor en los ojos de Sebastián era decepción, ira y tristeza. El chico no fue capaz de sostenerle la mirada. Lo conocía bien, así que comprendió que para él ya era culpable.

—Este es el doctor Armando Matos —le dijo con voz severa—. Será tu abogado defensor. Estará presente en todos los interrogatorios. Sigue sus indicaciones. Ya cometiste suficientes errores.

—Papá... —lo interpeló Víctor—. Yo no lo hice, te lo juro por la memoria de mamá. Si tú no me crees nadie lo hará.

Sebastián se detuvo un momento con el picaporte en la mano, lanzó una mirada airada a Víctor, que era una orden clara de que guardara silencio, luego salió sin mirar atrás. Antes de que la puerta se cerrara, Felipe y Juan entraron para interrogarlo. Víctor había escuchado suficientes conversaciones de policías para conocer el truco del policía bueno y el malo, pero sospechó que eso no le serviría de mucho.

—Muy bien —Comenzó Felipe, quien era evidente que haría el papel de malo—, ya la has cagado lo suficiente para pasarte la vida en prisión. Más te vale contarlo todo, antes de que decida darte un poco de lo que le hiciste a esa chica.

—Yo no la toqué —protestó Víctor—. No le hice nada.

—¡Hijo de puta! —Estalló Felipe, y el chico comprendió que no estaba fingiendo.

—¡Basta inspector! —intervino el abogado.

—Tranquilo —intercedió Juan, tocando el hombro de su compañero. Aunque le correspondía el papel de policía bueno, su expresión no mostraba más simpatía que la de Felipe. Incluso el defensor miraba a Víctor con recelo.

—Será mejor que nos cuentes todo desde el principio —le dijo Juan a Víctor.

—Recogí a Sandra a las siete. Fuimos a la feria, subimos a algunas de las atracciones…

—¿Desde cuándo conocías a Sandra? —lo interrumpió Juan.

—Desde el inicio de curso. Nos hicimos amigos, y en los últimos dos meses salíamos juntos al cine, al campo, cosas así —Víctor tragó, sintiendo un nudo en la garganta y haciendo esfuerzos por no llorar, al comprender que nunca volvería a pasear con Sandra, que su vida nunca volvería a ser igual.

—¿Le metías mano? —preguntó Felipe, procaz—. ¿Te la follabas?

—¡No! —respondió Víctor airado—. Nos dimos algún beso, alguna caricia como todos, pero nada más. Ella era…era…

—¿Era virgen? —preguntó Juan.

Víctor asintió con la cabeza, sin poder evitar que las lágrimas acudieran a sus ojos al recordar a la bestia negra sobre Sandra, forzándola, y la expresión de los ojos de ella, mirándolo a él mientras la ultrajaban.

—Guarda tus lágrimas para lo que viene —le espetó Felipe—. Te harán falta

Víctor levantó la cabeza y lo miró. De repente se dio cuenta que no le importaba lo que pudiera pasarle. Sandra estaba muerta y él no pudo, no supo protegerla. Merecía lo que le hicieran. Se convenció a sí mismo de que esa era la razón de que lo trataran así. No porque creyeran que él la había lastimado. Lo conocían desde niño. ¿Qué clase de monstruo tendría que ser para cometer un crimen tan atroz? Debían saber que él no lo hizo. Su padre debía saberlo. Estos policías, a quienes él hasta ese momento consideraba sus amigos, lo despreciaban porque no protegió a Sandra. Esa nueva perspectiva, ese convencimiento, hizo que los últimos vestigios de su infancia se esfumaran al punto.

Víctor se secó las lágrimas mientras se erguía en la silla, respiró profundo, expulsando con ello lo que quedaba de su ingenuidad. Ya no le importaba si le creían, ya no quería su comprensión ni su consuelo. Ya no sollozaba. Sus lágrimas se habían secado y comprendió que era para siempre. Decidió que explicaría lo que pasó para darles la oportunidad de atrapar a la bestia. Luego recibiría su castigo por haberle fallado a Sandra. Sin atenuantes ni perdón.

—Estamos esperando, capullo —Se impacientó Felipe.

—Cuenta lo que sabes —le ordenó Juan.

—Pasamos la tarde divirtiéndonos… —dijo Víctor, sin mirar a ninguno de los dos, sino a un punto lejano—. Comimos en las tiendas y bebimos gaseosas, pero cuando regresábamos comencé a sentirme mal. Estaba mareado. Supuse que la comida me había hecho daño, pero luego comprendí que no era eso. Yo me desmayé y creo que a Sandra le ocurrió lo mismo. Cuando despertamos comenzó la pesadilla… —Respiró profundo para hacer acopio de fuerzas—. Ambos estábamos amarrados, Sandra en el suelo a unas argollas, yo en una silla…

—¿Estabas amarrado a una silla? —lo interrumpió Felipe, Víctor asintió, aún sin mirarlo. Eso lo enfureció y golpeó la mesa— ¡Mírame cuando te hablo, joder! ¿Por qué no encontramos marcas de ataduras en tus muñecas o en tus tobillos?

—Él usó correas acolchadas para amarrarme —dijo Víctor, al mismo tiempo que miraba a Felipe a los ojos, pero sin perturbarse por el arranque de ira del detective.

—¿Me estás diciendo que a la chica la ató con cuerdas que le quemaron la piel, y a ti te puso correas acolchadas? —preguntó de nuevo el policía en tono sarcástico—. ¡Que considerado! ¿No te parece? ¿Por qué?

—No sé por qué. No me lo dijo.

—Continúa, ¿cómo era ese hombre? —intervino Juan, antes de que su compañero volviera a tener una explosión.

—Era alto —dijo Víctor, aunque por la expresión de los inspectores comprendió que no creían que existiera el atacante—, corpulento, vestía de negro y tenía la cara cubierta por una máscara, también negra. Solo se le veían los ojos.

—¿De qué color eran los ojos? —preguntó Juan.

—Café.

—¿Algún otro rasgo con el que podamos identificarlo? —Víctor negó con la cabeza—. ¿Qué me dices de su voz?

—Sonaba como si tuviera la boca llena —recordó el chico—. Parecía disfrazada, como si se hubiera metido algo en la boca que le cambiara el tono.

—¡Qué conveniente! —se burló Felipe—. Un desconocido que no podemos identificar, y a quien tampoco se le puede reconocer la voz. ¿Crees que vamos a tragarnos eso?

—Solo puedo deciros lo que pasó —protestó Víctor—. Si me creéis o no, no puedo hacer nada al respecto.

—¡Pequeño pervertido! —gritó Felipe perdiendo los estribos y sujetando al muchacho por la camisa. Juan intervino para evitar que su compañero lo golpeara. El abogado ni siquiera se movió.

—Será mejor que te tomes un descanso —le sugirió Juan a su compañero.

Felipe se tragó su enfado. Juan seguía interponiéndose entre él y Víctor. Antes de salir señaló con un dedo acusador al chico. El ambiente se distendió, pero Víctor comprendió que ese arranque de ira no lo fingió. El inspector le habría dado una buena paliza si no se lo hubieran impedido. Víctor sabía que Felipe admiraba mucho a su padre, y supuso que su indignación no solo era por lo que le pasó a Sandra, sino también por el sufrimiento que él le estaba ocasionando a Sebastián, según su punto de vista.

El joven continuó su escalofriante relato sin dejar de mirar la pared. Ya no lloraba, ni sollozaba. Cada descripción de lo que la bestia le hizo a su novia se le clavaba en el corazón como una daga que no volvería a salir, pero conservó la calma y Juan no supo si admirar al chico por su valor o despreciarlo por su sangre fría. Víctor comprendió lo que pasaba por la mente del policía, pero el detective no podía saber que lo que Víctor sentía estaba muy lejos de lo que parecía. No era frialdad, sino una profunda tristeza. Cuando terminó, miró al abogado y se preguntó si había escuchado una sola palabra de su declaración. Comprendió que tenía pocas probabilidades de contar con la ayuda del doctor Matos, y se dio cuenta de que estaba solo. Esa era la representación legal que su padre eligió para él, y ahora estaba seguro de que estaba condenado.

Juan se levantó de la silla despacio y comenzó a pasear por la habitación. Miró a Víctor, que pese a su palidez parecía tranquilo. Las manos no le temblaban, ni tenía movimientos nerviosos. De hecho, parecía más calmado después del interrogatorio que antes de comenzarlo, como si relatar todos esos horrores le hubiera quitado un peso de encima. Como si comprender la realidad de su precaria situación lo hubiera fortalecido. Juan se sintió desconcertado. Conocía a ese chico desde que usaba pañales, pero le pareció un extraño.

—Tu versión no se sostiene —le dijo con voz calmada—. En la escena del crimen no había ninguna silla ni correas acolchadas ni evidencias de una tercera persona. Solo estaba la víctima, amarrada, violada y asesinada a puñaladas. El cuchillo que se usó como arma homicida tiene tus huellas. Acudimos al almacén respondiendo a una llamada anónima que nos avisó que se escuchaban gritos desgarradores que provenían de esa dirección. Solo os encontramos a ella muerta y a ti. Tú estabas drogado con alucinógenos, según supimos por el médico que te atendió después. Sostenías el cuchillo y reías. Tu ropa estaba llena de sangre de ella y en ti no había ninguna evidencia de que hubieras sido atado o herido.

—Fue una trampa —dijo Víctor, que comprendió las palabras de la bestia—. Lo preparó todo para incriminarme.

—¿Me quieres hacer creer que un crío de dieciséis años tiene enemigos tan sofisticados para llevar a cabo algo así? ¿Por qué?

—No sé por qué —reconoció Víctor—. Solo sé que quería que pareciera culpable. Me dijo que había organizado eso para mí. ¿En verdad me crees capaz de hacer algo así?

—No lo hubiera creído —aceptó Juan, y su voz parecía cansada—, pero no serías el primer psicópata que parece un tío normal para los que lo rodean. Confiesa y tal vez podamos hacer algo por ti.

—No confesaré un crimen que no cometí.

—Dadas las circunstancias —habló por primera vez el abogado—, le aconsejo que confiese. Podríamos pedir para usted un Hospital Psiquiátrico como centro de reclusión.

—No —dijo Víctor y fue la última palabra que pronunció.

El período de investigación no fue muy largo. Cerraron el caso con rapidez. Todo apuntaba a Víctor como culpable, por lo que el juicio se celebró a las pocas semanas del crimen. Durante ese tiempo lo interrogaron docenas de veces, tratando de doblegarlo para que confesara. Nunca lo maltrataron, no en términos físicos, pero las sesiones de horas repitiendo una y otra vez las mismas preguntas resultaban agotadoras. Aunque debía reconocer que eran igual de extenuantes para los policías. Él no volvió a abrir la boca. Desde ese primer interrogatorio en el que contó su versión de los hechos, se negó a hablar. De nada sirvieron ruegos ni amenazas. No volvió a decir una palabra, ni para reconocer su culpa ni para defenderse.

La firmeza de su postura desconcertó a los detectives, en especial porque no la esperaban en un chiquillo de dieciséis años. No volvió a ver a su padre. Nunca lo visitó. Supo por Felipe que Sebastián prohibió mencionar su nombre en su casa, por lo que tampoco tuvo más noticias de su hermana. Concepción, la mujer que los crio a él y a Alicia, y a quien Víctor quería como a una madre, intentó verlo aún en contra de las órdenes de Sebastián, pero Víctor se negó a recibirla. Sabía que si lo hacía no tendría el valor de mirarla a la cara. Él se sentía culpable, no por haber lastimado a Sandra, sino por no haber sido capaz de protegerla.

Repasaba los acontecimientos de ese día buscando una y otra vez qué pudo hacer para evitar lo que pasó. Quería saber cuál fue su error, en qué se equivocó. Si era un estúpido o un cobarde. Nunca encontró la respuesta. El juicio se llevó a cabo como una mera formalidad. Su padre ni siquiera asistió, excepto cuando le tocó declarar. Mientras duró el atestado no miró en dirección a Víctor ni una sola vez, como si el más mínimo contacto visual pudiera contaminarlo. Su padre era así: rígido, intachable, con una moral impoluta. Un buen hombre con muy poca tolerancia hacia quienes no lo eran. Ahora Víctor no encajaba en los límites morales de su padre, así que lo expulsó de su vida como un cáncer que debe ser arrancado de cuajo.

Así se sentía Víctor: sucio, mancillado por la maldad de la bestia negra que lo contaminó con su horror. Su abogado defensor se limitó a pedir clemencia argumentando su corta edad y una posible enfermedad mental que no fue capaz de demostrar. No consiguió conmover al juez. Ni siquiera consiguió conmover a Víctor. El resultado era previsible: lo encontraron culpable y lo condenaron. Treinta y seis años. Saldría de la cárcel cuando fuera un viejo, si vivía lo suficiente. No tenía intención de hacerlo.

Por orden del juez permanecería en un centro de reclusión juvenil y al cumplir dieciocho años sería trasladado a una prisión de máxima seguridad. Cuando se dictó la sentencia, Víctor miró a la concurrencia de la sala por si veía alguna expresión de compasión en alguno de los asistentes. Por si alguien pensaba que era demasiado joven para tan terrible castigo. No la encontró, así que supuso que lo merecía. Su crimen era no haber sido capaz de detener a un asesino, su castigo sería cumplir la condena por él. Lo único que lamentaba era que la bestia negra no pagaría por lo que le hizo a Sandra, pero sobre eso tampoco podía hacer nada. Esa también era parte de su culpa.

Los días eran largos y por las noches las pesadillas lo atormentaban. Sandra acudía a sus sueños casi a diario. La veía ensangrentada, gritando, llorando, pero sobre todo sentía su mirada acusadora. Entonces despertaba empapado en sudor, con el corazón desbocado y no era capaz de volver a dormir. Solo veía a los carceleros, que por lo general no le dirigían la palabra. Se limitaban a llevarle la comida y sacarlo de la celda a estirar las piernas en el patio por una hora en la noche, cuando el resto de los presos ya se habían retirado a dormir. Según ellos, para protegerlo.

Víctor se preguntaba si sería capaz de mantener la cordura, sabiendo que el resto de su vida sería así, atormentado por unos fantasmas que eran implacables en su crueldad, sometido al castigo de su propia conciencia, sin siquiera ser capaz de comprender del todo cuál había sido su crimen. Al cabo de un año, que a él se le antojó como si fueran diez, dos guardias aparecieron en su celda. No eran los habituales, lo que sorprendió al joven. Estaba haciendo lagartijas para ejercitarse un poco en el pequeño espacio de la celda y se detuvo al verlos.

—Vienes con nosotros —dijo el más corpulento.

—¿Adónde? —preguntó desconfiado.

—Eso no te importa —ladró el guardia—. Si dices una palabra más, te reviento la boca.

El otro guardia, que había permanecido en silencio, lo esposó con las manos al frente, y entre los dos lo escoltaron por los pasillos del centro de reclusión juvenil. La semana anterior había cumplido diecisiete años y el inútil de su abogado le advirtió que si prosperaba una petición de los padres de Sandra, podrían ordenar su traslado a una prisión juvenil de máxima seguridad. Víctor sospechaba que de eso se trataba, y comprendió que su vida sería mucho más difícil a partir de ese momento.

Lo subieron a una furgoneta. El guardia más joven conducía, mientras el corpulento lo vigilaba. La parte posterior en la que él viajaba no tenía ventanas, supuso que para reducir las probabilidades de fuga. El asiento del acompañante estaba girado ciento ochenta grados para quedar de frente a los que viajaban en la parte posterior, donde él iba sentado. Cuando llevaban más de una hora de camino, el chófer y el vigilante intercambiaron una mirada y Víctor comprendió que algo no iba bien.

La furgoneta aumentó la velocidad, pese a que se desplazaban por una estrecha carretera. El guardia lo miró, y le mostró una sonrisa maliciosa, luego abrió la puerta corrediza de la furgoneta, por lo que el chico pudo ver el paisaje que se movía a velocidad de vértigo. Estaban en una zona apartada, y a un lado del camino, después de una depresión del terreno, había numerosos matorrales. Los árboles y arbustos parecían pasar a toda velocidad a su lado. Víctor sintió miedo al comprender lo que sus carceleros se proponían.

—¿Qué está haciendo?

—Estás a punto de intentar fugarte.

Víctor se estremeció por un momento, pero no tuvo tiempo de reaccionar. El hombre, mucho más corpulento que él, lo cogió por la camisa y lo arrojó fuera del vehículo en marcha. El chico sintió que estaba en el aire y al momento siguiente un golpe sordo lo impactó contra el suelo. Se quedó sin aliento y comenzó a rodar ladera abajo, hasta que un árbol lo detuvo. Sintió un nuevo golpe, esta vez en la cintura que lo obligó a encogerse.

Miró hacia la carretera. Entonces vio la furgoneta aparcada. El guardia que lo arrojó se encontraba de pie junto a ella y le apuntaba con un arma. Estaba aturdido, un líquido caliente le rodó por la cara, y le cubrió los ojos. Le dolía todo el cuerpo, pero no podía detenerse. Cuando se incorporó se dio cuenta que tenía el tobillo derecho lastimado, ignoró el dolor y trató de huir de aquellos hombres en dirección a los matorrales. El guardia disparó. Víctor sintió que una bola de fuego le atravesaba la espalda y cayó al suelo. Entonces sintió el sabor de la tierra en su boca y un frío como nunca experimentó.

A través de un velo que nubló su vista vio al guardia levantar el arma una vez más. Estaba de pie junto al coche, así que ni siquiera se molestaría en acercarse a Víctor. El chico esperó la detonación, el ruido, el fogonazo del arma y el dolor del segundo disparo que lo remataría. Esta vez la explosión fue enorme y el fuego pareció cubrir todo su campo visual, pero no sintió dolor. Ni siquiera la fuerza del impacto. Solo el calor que lo rodeó en un abrazo, como si quisiera compensar el intenso frío que lo invadía. Luego el velo terminó de correrse y solo quedó la oscuridad.

Capítulo tres.

Anne Ferguson, de soltera Sterling e hija del difunto conde de Ammanford, llevaba más de una década sin regresar a su querida Inglaterra. A los dieciocho años se casó con un joven diplomático que no pertenecía a la aristocracia, por lo que su padre se opuso al matrimonio y la desheredó. Anne, a quien el título nobiliario le pesaba como una incómoda carga, no se dejó intimidar por la intransigencia de su padre. De cualquier manera, era su hermano mayor, George, quien estaba obligado a mantener el «buen nombre de la familia».

George la comprendía y apoyaba, tal vez porque él también se enamoró de una chica que no pertenecía a la aristocracia. Anne pasó su vida adulta recorriendo el mundo junto a su esposo, hasta que fue designado embajador en España. Entonces Anne comprendió que no quería regresar a Inglaterra. La calidez y la belleza del país mediterráneo la cautivaron, así que cuando Charles se retiró decidieron establecerse en la Sierra, en Collado Villalba.

Pese a la oposición de su padre, George desposó a la joven de la que se enamoró y la reticencia del viejo conde se vio doblegada con el nacimiento de su nieto: Michael. Los tiempos cambiaban, y las estructuras tradicionales perdían rigidez. Michael era el reflejo de esos nuevos tiempos. A la muerte de Lord Ammanford, George renunció al título, aun cuando asumió las riendas de la familia y el control de sus propiedades, pero un trágico accidente acabó con su vida y la de su esposa demasiado pronto. Michael, que entonces solo contaba cinco años, quedó bajo la tutela de su tía Anne. Charles también había muerto víctima de un cáncer de pulmón, y el pequeño Mike se convirtió en la esperanza de Anne, quien lo llevó a España y lo trató como si fuera su hijo.

Pero la familia Sterling parecía condenada a la desgracia. Cuando el chico tenía catorce años, mientras disfrutaba unas vacaciones de verano en Marbella, salió con la familia de un amigo a un paseo en yate. El mal tiempo los sorprendió y después de la tormenta habían desaparecido. No encontraron la embarcación ni los cuerpos, pese a que las autoridades llevaron a cabo labores de rescate por varias semanas.

Anne sintió que su mundo se desplomaba. Ni siquiera podía enterrar a su querido sobrino ni concluir su duelo. Con amabilidad, el abogado de la familia le explicó que la muerte de Michael solo sería oficial cuando se cumplieran siete años del accidente. Hasta entonces se le consideraría desaparecido. En los últimos tres años, pese a que Anne sabía bien que Michael nunca regresaría, muchas veces se sorprendía a sí misma mirando el camino de entrada del chalé, con la vana esperanza de ver al muchacho aparecer por él. Tal vez fue ese vacío que había dejado su sobrino el que la impulsó a una decisión que cualquiera hubiera considerado imprudente, por no decir temeraria.

Olegario, su viejo mayordomo, tocó la puerta de la biblioteca donde Anne simulaba leer un libro. Lo vio aparecer con la bandeja en las manos y le sonrió.

—El té, señora.

—Gracias Olegario. ¿Cómo está el chico?

—Es difícil decirlo —respondió el mayordomo con tristeza—. Aún tiene fiebre y delira.

—¿Sigue hablando de esa chica?

—Parece ser lo único que ocupa su mente.

—Es increíble que alguien tan joven pueda llevar una carga tan enorme.

—La vida no trata a todos por igual, mi señora.

—Tú lo sabes mejor que nadie ¿Verdad mi buen amigo?

Olegario sonrió. Antes de trabajar para los Ferguson había sido ladrón y se movía por los bajos fondos como pez en el agua. Su padre consideraba que solo tenía obligaciones con la botella, y él era el mayor de diez hermanos. Su madre enfermó de tuberculosis al terminar la guerra, así que Olegario tuvo que hacerse cargo de sus hermanos con tan solo doce años. Se convirtió en ladrón. Y fue así, como un ratero, que los Ferguson lo conocieron.

Entonces aún era joven pero no sabía hacer otra cosa. Olegario había vigilado la casa desde hacía semanas, esperando a que la pareja se ausentara para acudir a uno de los múltiples agasajos que frecuentaba. Pero algo salió mal; el embajador y su esposa regresaron antes de lo previsto y lo sorprendieron adentro. No pudo huir. El señor Ferguson con su metro noventa de envergadura se lo impidió. Cuando Charles se disponía a llamar a la policía, Anne interrumpió la llamada, miró a Olegario a los ojos y le hizo una sencilla pregunta.

—¿Por qué robas?

Olegario dio una respuesta también sencilla.

—Porque tengo hambre y no sé hacer otra cosa.

La señora Ferguson le explicó años después, que vio algo en su mirada que le hizo comprender que no era una mala persona. Así que convenció a su esposo de que en lugar de denunciarlo, le diera trabajo. Parecía una locura, similar a la que estaba cometiendo en ese momento, pero había ocasiones en las que Anne se dejaba llevar por una voz interna que le permitía conocer a las personas más allá de las apariencias. Eso fue lo que ocurrió con Olegario, y también con el chico que este llevó a su casa malherido algunos días atrás.

Olegario comenzó trabajando como jardinero y mozo, pero poco a poco fue ganando la confianza de sus patrones y aprendiendo, hasta que consiguió ser un buen mayordomo. Para él, la señora Ferguson era un ángel que apareció en su camino y hubiera hecho cualquier cosa por ella.

A Olegario le gustaba caminar por los pueblos cercanos en sus días libres, y la semana anterior fue testigo de un acto despreciable. Una furgoneta de la prisión municipal se desplazaba por la carretera que salía de Torrelodones a toda velocidad. No le dio mucha importancia hasta que vio que la puerta trasera se abría con el vehículo aún en marcha. Por instinto, Olegario se escondió y vio cómo el guardia arrojaba a un hombre al vacío con las manos aherrojadas con grilletes.

Aquello debía ser suficiente para matarlo, pero después de rodar ladera abajo y golpearse contra un árbol, el hombre intentó levantarse y huir. Fue entonces cuando Olegario pudo verlo bien y se dio cuenta de que solo era un chaval. La furgoneta se detuvo en la carretera y el guardia disparó contra el chico, que se desplomó. Olegario comprendió que estaba presenciando una ejecución y que si sabían que estaba allí, él sería el siguiente. Pese a que hubiera querido acercarse al joven para saber si podía ayudarlo, permaneció inmóvil.

El guardia volvió a levantar el arma con la clara intención de asegurarse de la muerte del muchacho. Antes de que pudiera disparar, un camión cisterna cargado con butano apareció en la curva, encontró la furgoneta mal aparcada, perdió el control y se estrelló. Las lenguas de fuego que surgieron de la explosión alcanzaron incluso algunos de los matorrales cercanos, que comenzaron a arder. Olegario retrocedió al sentir la ola de calor que invadió el terreno, pero recordó al chico y volvió sobre sus pasos.

La furgoneta y el camión se fundían en una bola de fuego alimentada por el butano. Olegario comprendió que solo quedarían cenizas de los ocupantes de los vehículos, buscó al muchacho y lo encontró tendido junto a un grupo de árboles que comenzaban a arder. Se cubrió la boca y la nariz con un pañuelo y se acercó al joven.

Estaba vivo, pero no se veía bien, perdía mucha sangre por la herida de la espalda, y tenía el rostro también cubierto de sangre por una herida en la cabeza. Olegario comprendió que sería peligroso moverlo, pero el fuego se extendía a su alrededor y no tenía alternativa.

Al verlo más de cerca comprobó que se trataba de un chiquillo que no podía tener más de dieciséis o diecisiete años. Vestía un uniforme de la prisión y sus manos, que comenzaban a hincharse, estaban sujetas con grilletes. La presión de las anillas, sumada al calor del incendio cercano, le quemaba las muñecas. Estaba claro que el chico había sido maltratado por sus carceleros. Olegario se preguntó cuál sería el motivo por el que lo encerraron.

Sabía que debía buscar el teléfono más cercano para llamar a la policía, a los bomberos y a una ambulancia. Un sentimiento de culpa se removió en su interior. La indefensión del chico herido le rebotó en la conciencia y se vio a sí mismo muchos años atrás. Él también hubiera terminado así de no haberse cruzado la señora Ferguson en su camino.

Impulsado por el corazón y no por la razón cargó al muchacho en sus brazos y se alejó con él en dirección a su coche. Sabía que necesitaba atención médica urgente y que era probable que estuviera cometiendo un delito al llevárselo, pero fue testigo de lo que ocurrió y estaba seguro de que si lo devolvían a prisión, tarde o temprano terminaría muerto.

Veinte minutos después, Olegario entró en la mansión con el chiquillo en brazos. La señora Ferguson no le preguntó nada. Solo le dijo que lo llevara a la habitación de huéspedes. Mientras el mayordomo ponía en práctica los primeros auxilios, ella llamó a su médico. Severiano Mendoza era un viejo amigo de Charles. Anne sabía que atendería al muchacho sin denunciarlo si ella se lo pedía.

Cuando Mendoza llegó, ya Olegario le había quitado al chico los grilletes y el uniforme de la prisión. El doctor no hizo preguntas, pero insistió en que debería trasladarse al joven a un hospital. Ante la firme negativa de Anne accedió a tratar de curarlo.

Al día siguiente, el periódico traía en primera página la noticia del trágico accidente. En él decía que en la carretera colisionaron una furgoneta de la prisión que trasladaba a un peligroso asesino, y un camión de butano. Nadie sobrevivió al accidente. Tampoco fue posible recuperar los restos, que se incineraron en la explosión. Entre los fallecidos estaban los dos guardias, el conductor del camión y el presidiario, cuyo nombre era Víctor Losada.

Cuando Olegario leyó la noticia, se preguntó si hizo lo correcto al llevarse al muchacho. Creyó que se trataba de un ladronzuelo, pero la idea de tener un asesino en la casa de su señora lo asustó. Entró en el despacho de Anne y le mostró el periódico, luego le preguntó si quería que entregara al joven. Él asumiría toda la responsabilidad. Anne leyó la noticia y luego lo miró.

—No lo creo —le dijo—. Ese niño no es un asesino.

—Perdone señora, ¿cómo puede saberlo?

—Lo sé —insistió Anne—, me lo dice el corazón.

Olegario tenía sus dudas, pero los siguientes días le dieron la razón a su señora. El chico se debatía por sobrevivir a sus heridas y sucumbía a los delirios de la fiebre. En esos delirios llamaba a Sandra y con frases inconexas contó el crimen que presenció, sus terrores y su inocencia.

Una semana después, Víctor abrió los ojos, pero aún se sentía aturdido. Lo último que recordaba era una bola de fuego que ocupaba todo su campo visual. También el dolor que le invadía todo el cuerpo, además de una extraña sensación en la que coexistía un frío intenso en su interior y un calor que le quemaba la piel.

Al recuperar la conciencia sintió un latido en la cabeza que iba acompasado con un dolor palpitante en la espalda y la sensación de que algo lo quemaba por dentro. No sabía dónde estaba y el velo que cubría sus ojos no ayudaba a que lo descubriera. Parpadeó y su vista cobró nitidez, pero eso solo contribuyó a aumentar su confusión.

Se encontraba en una habitación muy grande con muebles antiguos. Las sábanas blancas estaban muy limpias y sobre ellas había un cobertor bordado a mano. El ambiente era cálido y lujoso, por lo que se preguntó dónde estaba y cómo llegó allí. Mientras trataba de comprender escuchó una puerta que se abría. Enfocó la vista en un esfuerzo por conseguir respuestas a una situación que no acertaba a explicarse. Una mujer elegante y mayor se le acercó y lo miró con dulzura. A Víctor casi se le saltan las lágrimas al ver la expresión risueña de su rostro. Había olvidado lo que se sentía que lo trataran con amabilidad. Llegó a la conclusión de que ella no sabía quién era él o de qué le acusaban.

—¿Cómo te sientes, cariño? —le preguntó.

—¿Don...? —Se detuvo, pues tenía la garganta seca y la sensación de haber tragado arena no le permitía hablar.

Ella pareció comprender lo que le pasaba, llenó un vaso con agua de una jarra que había en una cómoda frente a él, luego se sentó al borde de la cama y lo ayudó a beber. El agua le alivió la sensación de fuego interno y la dulzura del trato lo animó.

—Gracias.

—De nada, Víctor.

—¿Sabe quién soy? —preguntó él, sorprendido.

—Eres Víctor Losada —le confirmó ella con una sonrisa—. Los hombres que te trasladaban a la prisión trataron de matarte. Un buen amigo te rescató y por eso estás aquí.

Víctor no podía creer lo que escuchaba y desde luego no comprendía qué pudo ocurrir para que esa dama lo cuidara y protegiera, sabiendo quién era.

—¿Por qué me ayuda? —acertó a preguntar—. ¿Quién es usted?

—Mi nombre es Anne Ferguson —le respondió ella con una sonrisa—, pero tú puedes llamarme Anne. Aquí estás seguro Víctor.

—¿Sabe por qué estaba en prisión?

—Lo sé, lo dicen los periódicos.

—¿No tiene miedo?

—Sé que eres inocente.

—¿Cómo lo sabe?

—Estuviste delirando, hijo —respondió Anne—. Nadie miente en medio de un delirio. Sé que no le hiciste daño a esa chica. Sé que tú también fuiste víctima del hombre que la mató.

Víctor sintió que algo renacía en su interior: la esperanza de que lo trataran y lo vieran de nuevo como un ser humano. Una inquietud nació con ese sentimiento: Le preocupaba la suerte de esa dama por la que ya comenzaba a sentir afecto.

—No debería ayudarme. Si la descubren tendrá problemas. Debe entregarme.

Anne se sintió conmovida por la preocupación del chico y supo que hizo lo correcto al seguir su intuición acerca de él.

—No debes preocuparte —le respondió—. No te buscan. Nadie sospechará que estás aquí.

—¿Cómo es posible que no me busquen? Deben creer que escapé.

—Hubo un accidente. Te creen muerto. Ahora descansa, hijo. Necesitas recuperar fuerzas.

Víctor no preguntó más. La conversación y las emociones lo habían agotado. Al saberse seguro se relajó, y el cansancio acumulado desde el asesinato de Sandra cayó sobre él de repente. Sin darse cuenta se quedó dormido.

En las semanas siguientes su salud mejoró muy rápido. Conoció a Olegario y supo que fue quien lo salvó de una muerte segura. Contó su historia, pero esta vez no cayó en oídos sordos. Sentados en la sala, Anne y Olegario escucharon con atención el relato de horror que había vivido. En algún momento, Víctor bajó la mirada, avergonzado al ver lágrimas en los ojos de Anne. Terminó su historia y esperó los reproches con la mirada en el suelo. Temía que lo acusaran por no haber salvado a Sandra, que el incipiente afecto que sentían por él se transformara en rechazo. Después de todo, su propia familia y amigos lo desahuciaron.

Anne se levantó de su silla y se sentó junto a él, le cogió la mano al mismo tiempo que le acariciaba el rostro. Víctor levantó la vista, sorprendido y pudo ver que ella lloraba. El chico se volvió hacia Olegario en busca de una indicación sobre lo que debía hacer o decir, pero el viejo mayordomo también tenía los ojos llenos de lágrimas. Se sintió confundido, pero antes de que pudiera hablar, Anne lo abrazó para confortarlo.

—Lo siento, Víctor. Lamento todo lo que te pasó.

—Le fallé —balbució el chico—. Merezco lo que me pase, porque no pude salvarla.

—¡No digas tonterías! —lo reprendió Anne, mientras le sostenía la cabeza con ambas manos—. No debes culparte. Tú no podías evitarlo.

—Pero ella confiaba en mí. Ella me pidió ayuda y me odió porque no la salvé.

—No, hijo. ¿No lo ves? Nadie en tu lugar hubiera podido hacer nada. Lo que sientes es muy normal en las personas que sobreviven a una tragedia en la que otros perecen, pero no tienes nada que reprocharte. Son los que te acusaron y condenaron los que erraron. No tú.

—Ojalá pudiera sentir que eso es cierto.

—Pasará. Es probable que nunca lo olvides, pero el dolor se aliviará. Te lo prometo.

—No sé cómo agradecerles todo lo que han hecho por mí.

—No tienes que agradecer nada —respondió Anne.

—En cuanto recupere mis fuerzas, me iré — decidió Víctor—. Aunque no me busquen, que me quede aquí solo puede traerles problemas.

Anne y Olegario se miraron entre sí. La idea fue de Anne y aunque Olegario al principio no estuvo de acuerdo, luego comprendió que sería la única solución para el chico.

—Escucha, Víctor —le dijo ella sin soltarle la mano—. No puedes permanecer en España. Alguien podría reconocerte.

—Tal vez pueda cruzar la frontera hacia Francia —sugirió el joven.

—Olegario y yo tenemos una idea.

Víctor los miró sorprendido mientras le contaban la historia de Michael. Entonces vio la pena reflejada en Anne cuando le habló de su sobrino desaparecido.

—Lamento mucho lo que le pasó a su sobrino, Anne. Ojalá pudiera hacer algo.

—Puedes hacerlo. Quiero que ocupes el lugar de Michael. Todavía no se ha declarado su fallecimiento en términos legales. Si yo confirmo que eres tú, nadie lo dudará. Tú continuarías tus estudios en Inglaterra y yo podría visitar la isla durante las vacaciones para que las pasemos juntos.

—¡No puedo hacer eso! —exclamó Víctor, agobiado por la magnitud de la idea—. ¿Qué pasará si Michael aparece?

—No aparecerá, hijo —argumentó ella con pesar—. Michael está muerto y cuanto antes lo acepte será mejor para mí. Tú necesitas una identidad nueva y yo necesito un motivo para vivir. Creo que es un buen intercambio. ¿Qué dices?

—¿Por qué hace esto por mí?

—Porque has sufrido mucho, porque mi corazón me dice que eres una buena persona y porque yo estoy muy sola.

Víctor no respondió, solo la abrazó, mientras se juraba a sí mismo que demostraría que merecía la confianza de Anne. A partir de ese momento ocuparía el vacío que había dejado Michael Sterling.

Londres (Inglaterra): 2008

Capítulo uno.

Curtis pasó por el despacho del comisario Sterling antes de irse. Pese a que era más de media noche, su jefe aún continuaba allí firmando los informes del último caso resuelto.

—Me marcho a casa, comisario —le dijo—. ¿Piensa dormir aquí?

Michael levantó la vista. Tenía los ojos enrojecidos por la falta de sueño. No era de los que dejaba todo el trabajo a sus subalternos, por lo que se había ganado el aprecio de sus colaboradores. Su equipo se destacaba entre los primeros a la hora de resolver los casos. Además, él no escatimaba el tiempo que le dedicaba a su profesión. Michael Sterling era un policía dedicado a tiempo completo, rasgo que le permitió alcanzar el nombramiento de comisario antes de cumplir los treinta y seis años.

—Termino enseguida, Curtis. Vete ya, que tu mujer debe echarte de menos.

—Seguro, hasta mañana señor.

Michael se despidió levantando la mano y continuó firmando papeles. Quince minutos después recogía su abrigo, dejando los informes sobre la mesa de su secretaria para que se los hiciera llegar a los fiscales y al superintendente. Podía dar por concluida su participación en el caso. No resultó sencillo y en los últimos cinco días no había dormido ni diez horas, pero valió la pena.

A esa hora el tráfico era casi inexistente, por lo que llegó a su apartamento en Kensington en menos de diez minutos. Se sirvió un vaso de leche caliente que se bebió en dos tragos, luego entró en su habitación, se quitó los zapatos, la corbata, la chaqueta y se acostó vestido. Antes de tocar la cama, ya estaba dormido.

Lo despertó el timbre agudo del teléfono. Entreabrió los ojos con la cabeza pesada y vio que aún no amanecía. Maldijo en voz alta mientras descolgaba.

—¿Siempre te despiertas de tan buen humor? —preguntó Doyle, uno de los inspectores de su grupo y su mejor amigo.

—Solo cuando algún cabrón me despierta antes de las cinco de la mañana.

—Lo siento, jefe. Hubiera querido dejarte descansar, pero esto es gordo. Creo que debes verlo.

—¿De qué se trata? —preguntó sentado en la cama, mientras se frotaba los ojos para desperezarse.

—Será mejor que lo veas por ti mismo —insistió el inspector con voz grave.

Michael se preocupó. Era difícil que Doyle se tomara algo en serio, y el tono con el que habló le erizó la piel de la espalda.

—Dame la dirección. Voy para allá.

Michael se duchó mientras el café se hacía en la cocina. Un pertinaz dolor de cabeza se instaló detrás de sus ojos, tal vez por la falta de descanso. Se tomó una taza antes de salir, cargado, solo y sin azúcar. La inyección de cafeína lo terminó de despertar. Según Doyle se trataba de un homicidio. Lo perpetraron en una cripta del cementerio de *Highgate*, al norte. A Sterling le pareció un lugar demasiado macabro para comenzar el día, pero trabajando en Homicidios no podía esperar otra cosa.

La ciudad todavía no se despertaba, por lo que no tuvo que enfrentarse a los atascos de la mañana. Conocía el lugar, pero nunca lo había visitado. No sentía ninguna atracción por los cementerios, aunque a este lo consideraban un lugar histórico y no recibía nuevos residentes desde hacía mucho tiempo.

La aglomeración de coches oficiales en la entrada le confirmó que estaba en el lugar correcto. Doyle, O´Neill y el equipo de forenses ya estaban allí. Por lo visto Doyle tuvo piedad de Curtis, que también terminó su turno muy tarde. Por desgracia, Sterling no resultó merecedor de la compasión del inspector detective.

—Tienes mala cara —le dijo Doyle a modo de saludo.

—¿Y qué esperabas, si mis compañeros se confabulan para no dejarme dormir?

—Lo siento —se disculpó, y a Michael le pareció sincero—. Cuando lo veas comprenderás por qué insistí en que vinieras. Aunque como caso no creo que resulte difícil.

—¿Qué quieres decir?

—Qué por lo que parece ya tenemos al asesino.

Sterling enarcó las cejas. No era común que detuvieran al homicida tan rápido, y si era así, tampoco comprendía por qué Doyle lo llamó con tanta urgencia. Siguió al inspector a través del camposanto hasta la cripta, donde se detuvo y le hizo un gesto para invitarlo a entrar primero.

Los forenses estaban concentrados en su trabajo y ninguno se percató de su llegada. Había dos cuerpos en la escena: un chico y una chica, ambos adolescentes. La chica estaba amarrada a un féretro y tenía cortes por todo el cuerpo, por lo que era muy probable que hubiera muerto desangrada. El chico yacía a su lado con el cuchillo en la mano y no parecía herido. Tendrían que esperar la autopsia para saber qué lo mató. Lo que golpeó como un puño de hierro a Sterling no fue lo cruento de la escena, ni la sangre en el cuerpo de la chica. Todo eso era parte de su trabajo. A lo largo de los años había visto cuerpos destrozados y mutilados. Era desagradable, pero podía soportarlo. Pero esta escena lo llevó a otro lugar veinticinco años atrás: Un almacén abandonado donde vivió su peor pesadilla en lo que ya le parecía otra vida.

La desazón alcanzó su punto máximo cuando se asomó y pudo ver la oreja izquierda de la joven. Le faltaba el lóbulo y por las características del corte se lo hicieron después de matarla. La imagen de un hombre alto, vestido de negro, que sacaba una tijera del bolsillo y cortaba el lóbulo de una oreja asaltó su memoria. Michael palideció, mientras sentía que la cripta giraba a toda velocidad. Cerró los ojos para tratar de controlar el vértigo, temiendo que las piernas le fallaran. Doyle lo sostuvo. De lo contrario se hubiera caído.

—Salgamos —dijo el inspector, mientras lo conducía afuera sin apartarse de su lado.

Doyle obligó a Sterling a sentarse en un banco cercano, luego ordenó a uno de los agentes que fuera a buscar un vaso con agua. Michael sentía que el corazón se le iba a escapar del pecho y lo cubrió un sudor frío. La cabeza aún le daba vueltas, por lo que no hubiera sido capaz de abrir los ojos, aunque le fuera la vida en ello. Escuchó que su compañero le decía algo, pero no pudo comprenderlo. A pesar de sus esfuerzos estaba a punto de desmayarse.

El borde de un vaso de cartón tocó sus labios, y por reflejo tragó el agua que le vertían en la boca. Percibía la ansiedad a su alrededor, quería decir que estaba bien, que se le pasaría enseguida, pero no era capaz de articular las palabras. Comprendió que sufría un ataque de pánico. Volvieron a darle agua. Esta vez tuvo mejor resultado. Respiró profundo y el mundo a su alrededor se fue deteniendo poco a poco. Recuperaba las fuerzas. Al sudor frío lo sustituyó un calor que le subía desde el estómago. Cuando abrió los ojos se sintió avergonzado al ver que un grupo de personas lo rodeaban, mirándolo con preocupación. Allí estaban Doyle, O´Neill, y un par de agentes.

—Estoy bien —anunció levantando la mano.

—¿Bien? Está más pálido que los muertos que encontramos en la cripta —comentó O´Neill.

Doyle le lanzó una mirada de reproche a su compañero, haciéndole comprender que no era una observación apropiada. O´Neill, avergonzado, bajó la cabeza.

—No debí llamarte —se reprochó Doyle—. No has dormido en los últimos días y necesitas descansar. Haré que uno de los agentes te lleve a casa, O´Neill y yo nos encargaremos de este caso.

—No —respondió Sterling—. Hiciste bien en llamarme. Os juro que estoy bien. Fue solo un vahído. No he comido nada desde... —se detuvo pensativo—. ¡Joder, desde ayer en la mañana!

—¿Estás seguro de que eso es todo? —preguntó Doyle inquieto.

—Sí, mamá —le respondió Michael, mientras hacía un esfuerzo para sonreír.

—Frank —llamó el inspector a uno de los policías—, trae un café o un té, bien cargado de azúcar.

—Enseguida señor.

Sterling sacó un pañuelo para enjugarse el sudor de la cara. Se sentía mejor, pero por la forma en que lo miraba Doyle no debía tener muy buen aspecto. Los demás se dispersaron para regresar a sus actividades. Doyle se sentó a su lado, y lo miró con detenimiento como si se tratara de un espécimen extraño. No era solo su compañero. Ambos estudiaron en Cambridge y entraron juntos a la policía. Eran amigos desde hacía veinte años, así que Doyle lo conocía lo suficiente para saber que lo que le ocurrió a Michael no fue un simple bajón de azúcar.

—¿Qué ocurre?

—Ya te lo dije —respondió Michael—. No he comido nada desde ayer, y solo he dormido cuatro horas en las últimas treinta y dos. No estoy en mi mejor momento, Billy.

—¿Eso es todo?

—¿Qué más podría ser?

—No estarás enfermo ¿verdad?

—No seas absurdo.

—Somos amigos. Si te pasara algo, ¿me lo dirías?

Michael no pudo evitar sentirse conmovido por la preocupación de su amigo.

—Estoy bien, Billy —le confirmó con suavidad—. Te aseguro que no me pasa nada.

El tono con el que habló pareció tranquilizar al inspector. Frank llegó con el café y se lo entregó a Doyle, quien a su vez se lo dio a Sterling. Michael lo probó, e hizo una mueca de asco al sentir el dulzor excesivo, pensó en tirarlo, pero la mirada preocupada de Billy lo hizo desistir y con un esfuerzo se lo bebió todo. El inspector pareció tranquilizarse.

Tal vez por el azúcar del café o por la preocupación y el interés que le demostró Doyle, Sterling sintió que recuperaba fuerzas. Las necesitaría si debía enfrentarse a su peor pesadilla. El tiempo había curado las viejas heridas o al menos eso creía, pero cuando vio la muerte de Sandra reproducida en la cripta, muchas de esas heridas volvieron a sangrar como el primer día. Michael suspiró y miró a Doyle.

—Dime lo que sabes.

—No mucho más de lo que viste —respondió Doyle, contento de ver que su amigo volvía a la normalidad—. Recibimos una llamada anónima que nos informó que se escuchaban gritos de una chica en el cementerio. Los agentes acudieron a investigar y encontraron ese panorama.

—¿Qué opina el forense?

—Cree que los asesinaron poco después de la media noche. Todo indica que fue el chico. Tal vez un mal colocón, se volvió loco, atacó a la muchacha y luego la misma droga lo dejó fuera de combate. Las huellas y la autopsia de él lo confirmarán o lo negarán. No había otras huellas en la escena, así que parece muy sencillo. Quería que lo vieras para que me dieras tu opinión porque no es algo muy común. Lo siento, debí dejarte descansar.

—Hiciste bien en llamarme —reiteró Sterling—. No creo que fuera el chico.

—¿De qué estás hablando? —La preocupación regresó a su rostro—. ¿Estás seguro de que te encuentras bien?

—No fue el chico, Billy —insistió Sterling, ignorando la pregunta sobre su salud—. Diles a los hombres que busquen el lóbulo.

—¿Qué lóbulo? —preguntó Doyle. Ahora lo miraba como si se hubiera vuelto loco de repente.

—A la chica le cortaron el lóbulo de la oreja izquierda, Billy. Creo que lo hicieron *post-mortem*, y que usaron una tijera. Dile al forense que lo detalle en el informe de la autopsia y a los chicos que busquen el lóbulo. Si el muchacho la mató debe estar en la cripta, si no...

—Alguien más se lo llevó —concluyó Doyle, comprendiendo al fin—. ¿Pero, por qué?

—Si hubo un tercer implicado y se llevó una parte de la víctima… un trofeo...

—¡Estamos ante un psicópata asesino! —murmuró Doyle—. ¡Mierda!

Doyle miró a su amigo. Conocía a Michael lo suficiente para saber que no hablaba en vano. Al comisario no se le escapaba ningún detalle, pero además, Michael tenía una experiencia que no alcanzaba ninguno de sus compañeros. Dedicaba todo su tiempo libre al estudio criminal. Pasó dos años en Quántico durante un programa de especialización. Hizo cursos de criminología en Berlín y Ámsterdam. Además de que acudía a todos los congresos a los que le permitía su trabajo, aunque tuviera que costearlos de su bolsillo. Si decía que era un psicópata asesino, más les valía estar preparados.

Capítulo dos.

No resultó difícil identificar a las víctimas. Ambos eran estudiantes de un colegio público de la zona, el *Highgate School*, ubicado no muy lejos del lugar donde los encontraron. Sus nombres eran Phileas O´Hara y Carola Santorini. Los documentos de Carola estaban entre sus ropas en un rincón de la cripta. Phileas aún los llevaba encima.

Pese a las protestas de Doyle, Sterling asumió el control de la investigación en cuanto se sintió mejor. Llamó a su despacho y pidió hablar con Ashley Durand, una joven recién llegada al equipo de modales un poco bruscos, pero que tenía un buen cerebro. Algo que Sterling siempre apreciaba entre sus colaboradores. Era aún agente detective y su ascenso se había visto retrasado en más de una oportunidad.

Se trataba de una mujer alta y esbelta, pero no bella. Su última asignación había sido como sargento en Crimen Organizado. Según su expediente estuvo bajo las órdenes del comisario Thomson. Sterling lo conocía y sabía que era un imbécil. Por lo visto, una noche el buen Thomson decidió evaluar las habilidades del sargento Durand en el ámbito de un colchón. Ashley debió denunciarlo por acoso sexual, pero en lugar de eso le rompió la nariz.

La agresión a un superior era una falta muy grave y estuvieron a punto de echarla del cuerpo. Sin embargo, la excelencia de su trabajo hizo que el superintendente intercediera por ella, así que en lugar de suspenderla, la degradaron a agente y la trasladaron a Homicidios. El otro problema era que nadie la quería en su equipo. Todos temían tener que enfrentar una insubordinación. Todos, excepto Sterling, que estudió su expediente y decidió que él también le hubiera roto la nariz a Thomson de haber estado en el lugar de Durand. De hecho, le simpatizó por ello, así que la aceptó sin reticencias, al menos por parte de él, porque la agente desconfiaba de los hombres en general, pero de Sterling en particular.

A sus treinta y ocho años, el comisario continuaba siendo soltero. Al parecer tenía mucho éxito entre las mujeres o al menos eso se rumoraba en los pasillos. También se decía que era rico y que no necesitaba el trabajo como policía. Que lo hacía por simple vocación. Por lo que Ashley sabía, nunca mezclaba placer y trabajo. Sin embargo, como consecuencia de sus prejuicios, la sargento detective estaba convencida de que casi todos los hombres que permanecían solteros después de cierta edad eran machistas al estilo casanova. Sabía que Sterling no era gay. Eso lo convertía en libertino, la clase de sujeto que detestaba. De modo que Ashley no se sintió a gusto cuando la asignaron a ese equipo. Era la única mujer y la que tenía menor rango en el grupo, por lo cual se sintió vulnerable. Se preguntaba si Sterling la tendría de chica de los recados.

Cuando llegó al edificio de NSY (*New Scotland Yard*), encontró que todo el equipo estaba atendiendo una llamada en un cementerio donde hubo un doble asesinato. Se lo notificó Marianne, la secretaria del comisario. Ashley sintió que la sangre le hervía cuando comprendió que nadie le avisó, y se disponía a marcharse cuando Marianne la detuvo y le mostró el teléfono.

—Es el comisario, Ash, quiere hablar contigo.

—Durand aquí —respondió Ashley con sequedad, en cuanto cogió el auricular de manos de la secretaria.

—Buenos días, Ashley —saludó Sterling con amabilidad, al mismo tiempo que se preguntaba qué podía estar molestando a la agente—. Me alegra encontrarla allí.

—Supongo que me prefiere aquí que en la escena del crimen —respondió ella, con manifiesta incomodidad.

—De hecho, sí. Necesito que busque información sobre las víctimas. Sus nombres son Phileas O´Hara y Carola Santorini. Averigüe las direcciones de sus padres y si tenían antecedentes, si consumían… cualquier detalle es importante.

—¿No me informará de qué se trata?

—Es un poco largo para contárselo por teléfono, Durand, pero en cuanto sea posible nos reuniremos para que todo el equipo se ponga al día.

—Sí, señor.

Sterling colgó y suspiró. Comenzaba a preguntarse si había sido buena idea recibir a la agente en el equipo. Sus compañeros no se sentían cómodos con ella, y solo la aceptaban por respeto a Sterling. Doyle se le acercó.

—Sigo opinando que deberías irte a casa, Mike. Deberías verte, estás demasiado pálido. Asustas.

—Eres muy amable, Billy. Tal vez tenga futuro como actor de películas de terror. Puede que no necesite maquillaje. Estoy bien, deja de preocuparte.

—¿Con quién hablabas?

—Durand —respondió, contento de poder cambiar el tema—. Le ordené que averiguara todo lo posible sobre las víctimas.

—Todo un elemento esa Durand.

—Es buena policía.

—Si tú lo dices —respondió Doyle. A él tampoco le gustaba.

—¿Encontraron el lóbulo de la oreja?

—Me temo que no. ¿Qué hacemos?

—De momento, creo que un desayuno nos vendría bien. Yo invito —Doyle asintió. Le gustaba la idea, más por Michael que por él mismo—. Eso dará tiempo a que Durand encuentre la información sobre los chicos, luego irás tú con O´Neill a ver a los padres de la joven. Yo visitaré a los del chico con Curtis. Después nos reunimos en el despacho.

—De acuerdo.

El sargento Curtis y el detective O´Neill salieron de la cripta para reunirse con sus jefes. Abandonaron el cementerio y se encaminaron a una cafetería cercana para desayunar.

—¿Alguna vez vio algo igual a esto, señor? —preguntó Curtis, que siendo el más joven e inexperto de los cuatro, sentía por Sterling la admiración que siente un niño por un hermano adolescente.

Sterling no respondió, parecía sumido en sus propios pensamientos, lo que avivó las sospechas de Doyle de que algo le ocurría a su amigo de lo que no quería hablar.

—¿Señor? —repitió Curtis. Sterling pareció despertar.

—Disculpa, ¿me decías algo?

—Le preguntaba si había visto algo parecido a esto antes.

Sterling se estremeció, lo que hizo que Doyle frunciera el ceño. Por primera vez, el comisario no podía responder con la verdad. ¿Cómo decirle al joven detective que no solo había visto algo igual, sino que él mismo fue una de las víctimas, veinte años atrás cuando solo era un chiquillo? Porque Sterling estaba seguro de que se trataba del mismo asesino. No podía ser un imitador, pues el crimen era una reproducción fidedigna en todos sus detalles, con excepción de que por una razón que se le escapaba, a él lo dejó con vida. El chico O´Hara no corrió con la misma suerte. La información sobre el corte del lóbulo de la oreja nunca se publicó en los periódicos que reseñaron la muerte de Sandra. Él lo contó, pero como no le creyeron, no le dieron importancia. Se trataba solo de una herida más entre las muchas que recibió su novia. El dolor detrás de los ojos que sufría desde que despertó iba en aumento y sintió que le subía la fiebre. Se esforzó en disimular y responder.

—No —dijo en voz baja—. Nunca había visto algo así.

El móvil de Sterling sonó, y él agradeció la interrupción. Era Durand, quien les dio las direcciones de los padres de los jóvenes asesinados. También le informó que trabajaba en la búsqueda de antecedentes, pero hasta ahora no había encontrado nada.

—Gracias detective, buen trabajo —la felicitó, tratando de animarla. Ella colgó sin responder.

—¿Durand? —preguntó Doyle. Sterling asintió.

—Ambos jóvenes viven cerca y asistían a la misma escuela. Ella era hija de inmigrantes italianos que tienen una pizzería en el Centro Comercial de *Cholmeley Crescent*. Vosotros os encargaréis de avisarles e interrogarles —dijo refiriéndose a Doyle y O´Neill—. El padre del chico falleció hace tres años. Su madre debe estar en su casa, en *Church Road*. Curtis y yo nos ocuparemos.

—Muy bien.

Sterling pagó la cuenta y salieron en dirección a sus respectivos destinos. Esta era quizás la peor parte del trabajo: avisar a los familiares de las víctimas que su vida no volvería a ser como antes. Cada vez que lo hacía lo asaltaba el recuerdo de Sandra, así como el odio y la tristeza de los padres de ella durante el juicio. También la decepción y la ira de su propio padre la última vez que lo vio en la sala de interrogatorios. Eran fantasmas de los que no podía librarse. Solo conseguía mantenerlos bajo control gracias a dos personas que sin conocerlo creyeron en él y lo salvaron.

Anne Ferguson, aquella maravillosa mujer que lo adoptó como sobrino le permitió comenzar una nueva vida. Cinco años antes murió en paz mientras dormía. Fue el mismo día que cumplió ochenta y cinco años. Nunca se fue de España, el país que tanto amaba, pero sabiendo que Michael no podía regresar, visitaba su casa de campo en *Gloucestershire* y compartía las vacaciones con él. Lo ayudó a superar sus temores y aliviar sus culpas hasta que al fin Michael comprendió que él también fue víctima del psicópata y que nadie en su lugar hubiera podido salvar a Sandra. Eso lo ayudó a vivir consigo mismo, y le proporcionó otra perspectiva acerca de su propia familia.

Su padre le falló, lo declaró culpable sin darle oportunidad a defenderse. Las personas en quienes confiaba lo condenaron porque era lo más sencillo. Michael no sabía que sentir acerca de ellos, así que tan solo trataba de ignorar sus recuerdos. Para él su vida comenzaba el día que despertó en la habitación de huéspedes de los Ferguson. Todo lo anterior pertenecía a otra vida, a alguien que no era él y a quien asesinaron un par de guardias corruptos.

Después de la muerte de Anne, Michael vendió el chalé de Collado Villalba y le compró un piso a Olegario en el barrio El Viso, en Madrid. También le asignó una pensión para que pudiera vivir con comodidad el resto de sus días. El viejo mayordomo y antiguo ladrón todavía le escribía con frecuencia. Les debía mucho a ambos y esperaba ser merecedor de los riesgos que corrieron por él. Michael logró construir una nueva vida, pero los fantasmas de la anterior estaban saliendo de las sombras para cernirse de nuevo sobre su futuro.

Capítulo tres.

La madre de Phileas vivía en el tercer piso de una antigua casa remodelada y transformada en vivienda compartida. El apartamento era pequeño pero muy acogedor. La señora O´Hara miró a los dos hombres en el umbral de su puerta y el corazón le dio un vuelco al comprender que estaban allí por Phil. Los recibió en bata, con grandes ojeras y el cabello despeinado. Había pasado la noche en vela esperando a su hijo. Era la primera vez que faltaba toda la noche de casa y no llamaba para avisar. Eso no era propio de Phil. Cuando el visitante de mayor edad le mostró su identificación y le dijo que eran de *New Scotland Yard*, Clarisse se tambaleó. El mismo hombre, cuyo nombre era Sterling y afirmó ser comisario, la sostuvo y la ayudó a sentarse.

El más joven entró a la cocina para buscarle un vaso de agua que le obligaron a beber. Ella los miró con los ojos llenos de lágrimas, la expresión de sus rostros no dejaba dudas acerca de que traían malas noticias.

—¿Qué le pasó a Phil? —preguntó con la voz quebrada.

—¿Por qué piensa que venimos por su hijo?

—No vino a dormir anoche y él nunca hace eso.

—¿Podría mostrarnos una foto de Phil? —preguntó Sterling. Siempre existía la posibilidad de que se tratara de otro chico.

La mujer se puso de pie apoyándose en los muebles, llegó hasta una repisa donde reposaban algunos retratos, cogió uno y se lo extendió a Curtis. Después de mirarlo, el sargento se lo dio a Sterling. Sin duda se trataba del joven muerto en la cripta.

—Necesitamos que identifique un cuerpo que encontraron esta mañana, señora O´Hara. Lo siento mucho.

—¡No, no, no! —rompió ella a llorar—. ¡Mi hijo no! ¿Qué le pasó? ¿Sufrió un accidente?

—Me temo que no, señora —respondió Sterling, casi en un murmullo—. Ambos trabajamos en el Departamento de Homicidios.

La mujer se llevó la mano al pecho como si sintiera un profundo dolor, se sentó despacio y rompió en llanto.

—¿Hay alguien que pueda acompañarla? —preguntó el comisario.

—Mi hermana —respondió ella entre sollozos.

Después de conseguir el teléfono, llamaron a la hermana de Clarisse y al médico de la familia, quien administró un sedante suave a la señora O´Hara.

—Sé que no es el mejor momento para ustedes —reconoció Sterling cuando los ánimos se calmaron—, pero necesitamos su ayuda para encontrar al que le hizo esto a Phil.

—¿No puede esperar? —preguntó la hermana, ofendida.

—En estos casos, el tiempo es fundamental —insistió Sterling.

—Martha —intervino Clarisse—, el comisario solo hace su trabajo, y no quiero que el monstruo que hizo esto quede libre. ¿Qué necesita saber, comisario?

—A Phil lo encontraron junto al cuerpo de una chica: Carola Santorini ¿Sabe si su hijo la conocía?

—¡Dios misericordioso! Sí, era su novia.

—¿Desde cuándo?

—No lo sé, tal vez un par de meses. Ya sabe cómo son los chicos a esa edad, todo es efímero.

—Es cierto —reconoció Sterling—. Señora O´Hara, lamento tener que preguntárselo, ¿pero su hijo consumía algún tipo de droga?

—¿Qué clase de pregunta es esa? —interrumpió la hermana—. Phil está muerto. ¿Es que no respetan nada?

— Martha, por favor —la interrumpió Clarisse, tratando de calmar a su hermana—. Phil era un buen chico, comisario, no le gustaban las drogas. Era deportista, practicaba fútbol y le gustaba la música. Era un buen estudiante que aspiraba a una beca universitaria. No era la clase de joven que se hubiera metido en problemas.

—Comprendo. ¿A qué hora salió anoche?

—Cerca de las ocho.

—¿Sabe adónde iba?

—Me dijo que recogería a Carola y después irían al cine.

—¿Sabe a cuál?

—El Royal. Solo tenían que subir al autobús, el de la línea B519 y recorrer dos paradas. No era lejos.

—Sin embargo, es bastante lejos de donde los encontramos —comentó Sterling pensando en voz alta.

Doyle y O´Neill se encontraban interrogando a los padres de la chica o más bien al padre, porque la madre era incapaz de dejar de llorar. La descripción de Carola no era muy diferente de la de su novio: era una buena chica, no consumía drogas, no se metía en problemas. Phil la recogió a las ocho y diez porque iban al cine. Debía regresar a casa antes de las doce, pero no volvió.

Los detectives salieron de la pizzería después de acordar que el señor Santorini acudiera a la morgue para reconocer a la joven. Doyle llamó a Sterling y decidieron reunirse en NSY para comparar los datos de ambos, reunir la información recopilada por Durand, y lo que hubiera adelantado el forense para comenzar a armar el caso. Antes de llegar a la salida, un tumulto llamó la atención de los dos detectives.

Doyle hizo una seña a O´Neill para que lo siguiera y se dirigieron al lugar de donde provenían los gritos. Resultó ser la oficina de seguridad del centro comercial. Un hombre vestido con uniforme oscuro y una identificación que lo señalaba como jefe de seguridad trataba de calmar a un grupo de personas que se veían muy alteradas, en especial una mujer delgada y rubia que lloraba casi al borde de la histeria. Doyle no podía entender lo que decía porque hablaba en español entremezclado con algunas palabras en inglés, pero que en medio de su desesperación, pronunciaba de forma ininteligible.

Un hombre, también alto pero moreno, tal vez su esposo, hablaba casi a gritos al confundido empleado, mientras la abrazaba para consolarla. Otra pareja, que estaba acompañada de un chiquillo de unos nueve años hacía lo posible por calmar los ánimos. Doyle decidió intervenir y sacó su identificación, mostrándosela al empleado.

—¿Qué está ocurriendo aquí? —preguntó, mientras el aturdido empleado miraba la identificación.

—Inspector, es una niña. Se trata de la hija de estos señores, que al parecer se perdió, pero ya la llamamos por el altavoz y no responde.

—¿Cómo va a responder? —preguntó el hombre de la segunda pareja—. La niña no habla inglés. No puede entenderles.

—Ya les expliqué que no estoy autorizado a hacer nada más.

—Pero nosotros sí —respondió Doyle, mientras pensaba en los casos de niños desaparecidos que terminaban en homicidios—. ¿Qué edad tiene la niña?

—Seis años.

—¿Hace cuánto tiempo desapareció?

—Veinte minutos.

—Cierre las puertas del centro comercial —ordenó Doyle al empleado—. Nadie entra y nadie sale.

—Pero...

—¡Dé la orden! —insistió el inspector, mientras llamaba para pedir refuerzos—. Lleve a los señores a la oficina y busque atención médica para la madre. ¿Cuál es su nombre?

—Elliot Davis.

—Muy bien, señor Davis. ¿Qué está esperando?

Mientras Davis seguía las instrucciones de Doyle sin mucha convicción, este llamó a Sterling para explicarle la situación.

—Hiciste bien —lo apoyó Sterling—. Vamos para allá, necesitarás ayuda.

—¿Alguna otra idea?

—Que preparen las grabaciones de seguridad desde las dos horas anteriores a la desaparición de la niña. Que te entreguen los planos del centro comercial. Envía a dos agentes a buscar en la zona de aparcamiento y en las áreas restringidas. Que cuatro agentes revisen todas las tiendas. Es posible que se distrajera con algo y esté jugando en algún rincón.

—Tú no crees eso, ¿verdad?

—No, pero no pierdo la esperanza. Debemos contemplar todas las posibilidades.

—Si salió del centro comercial...

—Si se la llevaron y no está adentro, será muy difícil que la encontremos.

—¿Necesitas algo más?

—Interroga a los padres. Podría tratarse de un secuestro.

—Hay un problema con respecto a eso. Necesitaremos un traductor, ninguno de ellos habla bien el inglés.

—¿Qué idioma hablan?

—Español.

—Entonces espérame. Yo los interrogaré cuando llegue. Trata al menos de obtener sus nombres y la mayor cantidad de datos que puedas. Algo más, llama a Durand, puede ayudar.

—¿Estás seguro? —preguntó Doyle, inconforme con la última orden.

—Bill, no me hagas repetirlo.

Doyle colgó. Aún no habían llegado al mediodía y ya tenían un doble homicidio, un posible psicópata asesino suelto y la desaparición de una niña. El inspector comenzó a pensar que no le pagaban lo suficiente.

Capítulo cuatro.

Cuando Sterling y Curtis llegaron al centro comercial, ya los padres de la niña estaban un poco más calmados. Al menos tenían el consuelo de que se estaba haciendo algo por buscarla. Los policías continuaban revisando los locales. Reunieron a todos los visitantes en los pasillos y ordenaron a los empleados que permanecieran en las tiendas. Se escuchaban los murmullos y el malestar de las personas que veían su rutina trastornada, pero nadie se atrevía a protestar en voz alta. Después de todo, se trataba de una niña desaparecida. Doyle acompañó a Sterling hasta la oficina de seguridad. Lo observó con disimulo, pues aún se veía pálido y parecía muy cansado.

—¿Dónde está O´Neill? —preguntó el comisario.

—Viendo las grabaciones de seguridad.

—¿Durand?

—No ha llegado.

—¿Qué averiguaste? —preguntó Sterling, antes de entrar en la oficina.

—Son turistas que vienen de Madrid. Dos parejas con sus hijos pequeños. La niña se llama Diana Pardo, tiene ocho años, es rubia, viste pantalones de mezclilla, zapatillas deportivas color rosa, y camiseta azul claro con ilustraciones de gatitos. La madre la perdió de vista unos minutos y desapareció —Sacó una libreta y revisó los apuntes—. Los padres son Juan Pardo, empresario, Alicia Losada, ama de casa...

—¿Cómo dijiste que se llama la madre? —preguntó Sterling, al mismo tiempo que se detenía y palidecía todavía más.

—Alicia Losada de Pardo —repitió Doyle—. Creí entender que su padre es policía en Madrid. ¿Por qué? ¿La conoces?

—No —se apresuró a replicar Sterling, mientras un escalofrío le recorría la espalda.

Doyle se le quedó mirando, estaba convencido de que su amigo estaba a punto de venirse abajo. Hubiera querido sacarlo de allí para llevarlo al hospital más cercano, pero sabía que eso no sería posible mientras estuviera consciente.

—Mike, tú no estás bien —le dijo en voz baja.

—Continúa —ordenó Sterling. Doyle suspiró y obedeció.

—El otro hombre es el socio del padre y el que mejor habla inglés de los cuatro. Su nombre es Ernesto González. Él tuvo la idea de venir a Londres de vacaciones.

—Recuérdame darle las gracias —lo interrumpió Sterling con sarcasmo.

—La otra mujer es María Solano de González y el niño de nueve años se llama Carlos.

—¿El niño no vio nada?

—Estaba deslumbrado frente a una juguetería. No vio nada.

Entraron en la oficina y antes de que la puerta se cerrara apareció Durand. Cuando vio a sus superiores, se apresuró a disculparse.

—Lamento llegar tarde, señor. El tráfico está imposible —se detuvo un momento con la mirada fija en el comisario—. Comisario, ¿se encuentra usted bien?

—Sí, gracias, Durand —respondió Sterling—. No se preocupe por el retraso, yo también acabo de llegar.

—¿Qué debo hacer, señor?

—Organice a los agentes para que interroguen al público y a los empleados. Espere —Se volvió hacia Curtis—. La madre debe tener una foto de la niña, llévela a una tienda de fotocopiado, que la amplíen y la copien, entregue las copias a Durand para facilitarle la tarea, luego vuelva aquí.

—Sí, señor —respondió Curtis.

—¿Dónde están los padres? —preguntó Sterling, haciendo acopio de sangre fría.

—En la oficina del gerente del centro comercial.

—Vamos allá.

Michael sentía que el corazón le latía con ferocidad, tal vez se tratase de una coincidencia, pero no lo creía. El apellido Losada no era exclusivo, pero tampoco tan común. Además, el hecho de que el padre fuera policía solo confirmaba sus sospechas. Había una alta probabilidad de que la mujer a la que iba a interrogar fuera su hermana y que la niña desaparecida resultara ser su sobrina. Un temor lo asaltó de repente. ¿Lo reconocería? Habían pasado veintidós años, él tenía solo dieciséis la última vez que vio a su hermana ¿Habría cambiado tanto? Pronto lo sabría.

Cuando entró, las mujeres alzaron la vista y los hombres se pusieron de pie, el niño no se movió. Si Michael tenía alguna duda acerca de la identidad de Alicia, quedó despejada al momento de verla. Era igual a su madre, tal como él la recordaba en las fotos de la sala de su casa o en las que Concepción le enseñó una y otra vez. Se le hizo un nudo en la garganta. Tuvo que hacer un enorme esfuerzo para no abrazarla, para no preguntarle por Concepción e incluso por su padre. Doyle no lo perdía de vista. Era obvio que su preocupación por él aumentaba por minutos.

Michael hizo una respiración profunda, y trató de convencerse a sí mismo que él no tenía nada que ver con Víctor Losada. Aquel chico estaba muerto. Él era Michael Sterling, británico, nieto del conde de Ammanford, aunque «su familia» hubiera renunciado al título nobiliario. Doyle era el único que conocía sus supuestos antecedentes aristocráticos o más bien, los del verdadero Michael Sterling. Esa circunstancia confería solidez a su identidad. Nadie hubiera imaginado que el hijo de George Sterling era un impostor. Para protegerlo, Anne dejó muy claro en el testamento que era a él a quien nombraba su heredero universal, no como su sobrino, sino como persona individual. Para ello, se valió de una detallada descripción, que además de su identidad incluía su ocupación y dirección. Además, redactó un documento secreto donde reconocía que sabía que su verdadero nombre era Víctor Losada, a quien no la unía ningún vínculo de sangre.

Sterling se acercó a Alicia y a su esposo, cogió una silla y la puso frente a ellos, pero no se sentó. El socio trató de acercarse, pues por lo visto había tomado muy en serio su papel de intérprete. Doyle levantó una mano y le hizo un gesto para que se mantuviera alejado. Sterling miró a su amigo y el inspector comprendió. Volvió a gesticular para indicar a la segunda familia que debían salir de la oficina.

—No saben inglés —protestó Ernesto—. Me necesitan como traductor.

—Le agradecemos su ayuda —le respondió Sterling con suavidad, hablando en perfecto español—, pero ya no es necesario que actúe como intérprete. Por favor esperen afuera.

Ernesto quedó sorprendido y contrariado al ver que alguien allí hablaba su idioma, por lo que su intervención ya no era necesaria. Alicia, en cambio, pareció aliviada.

—Siéntese por favor, señor Pardo —le indicó Sterling, mientras él ocupaba la silla frente a Alicia. Juan obedeció—. Soy el comisario Michael Sterling de New Scotland Yard. Estamos haciendo todo lo posible por encontrar a su hija, pero necesito hacerles algunas preguntas.

—Cualquier cosa que nos ayude a recuperarla —aceptó Alicia, conteniendo las lágrimas.

Sterling la miró con dulzura. No quería verla sufrir. La recordaba como una chiquilla alegre y un poco pesada, que parecía no tener nunca suficiente atención por parte de su hermano mayor.

—¿Qué se está haciendo? —preguntó Juan.

—Se cerraron todas las salidas del centro comercial desde el momento en que tuvimos noticias de la desaparición. Los agentes revisan todos los locales y zonas de servicios. También estamos interrogando a los visitantes y los empleados. Tengo un hombre viendo las grabaciones de seguridad. Pronto sabremos algo.

—¿Cree que aún se encuentre en el centro comercial? —preguntó Alicia.

—Eso espero, pero si la sacaron antes de que se cerraran las puertas estará grabado, entonces iniciaremos la búsqueda afuera. De momento debemos concentrarnos en el recinto.

—Debe saber que mi suegro es colega suyo. También es policía —informó Juan.

—Ya lo sabía, señor Pardo —reconoció Sterling—. Le aseguro que haremos todo lo posible por encontrar a la niña. Debo preguntarles: ¿Recibieron alguna amenaza? ¿Tienen enemigos?

—¿Cree que alguien se la llevó para lastimarnos?

—Solo es una posibilidad.

—Soy empresario, comisario. Me dedico a fabricar motores diésel. Es un campo difícil, pero el secuestro no es uno de los riesgos.

—Comprendo. ¿Y su padre? —le preguntó a Alicia—. ¿Sabe si hay alguien que quiera perjudicarlo? Es fácil hacer enemigos siendo policía.

—Me lo hubiera advertido —respondió Alicia—. Mi padre es muy protector con Diana y conmigo.

Sterling asintió. Supuso que después de lo que le ocurrió a su hijo, Sebastián debió aumentar el cerco sobre la hija que le quedaba.

—¿Sufre Diana de alguna enfermedad? —continuó interrogando.

—Es una niña muy sana.

—Les avisaré si tenemos alguna noticia —anunció Sterling mientras se levantaba.

—Comisario —lo detuvo Alicia, sujetándole el brazo en un gesto de ruego—, tráigame a mi hija a salvo, por favor.

—Lo haré —le prometió y mientras lo decía se preguntaba a sí mismo qué estaba haciendo. Ni siquiera podía saber si la niña continuaba con vida.

Sterling salió de la oficina del gerente con la piel ardiendo. Los huesos le dolían como si los tuviera rotos, la cabeza parecía a punto de explotarle, tenía los labios secos y agrietados y el aire que respiraba parecía cargado de fuego. Pensó que tal vez había pillado un virus, pero ahora no tenía tiempo para pensar en eso. Recorrió un corto pasillo para entrar en la oficina de seguridad, donde O´Neill tenía fija la mirada en una pequeña pantalla.

—¿Cómo vamos? —le preguntó—. ¿Has visto algo?

—He visto casi todas las grabaciones en las que aparece la niña, comisario. Mire...

O´Neill abrió un archivo de vídeo que tenía marcado: al reproducirlo se vio a la familia paseando por el centro comercial y mirando las vidrieras. Junto a Alicia había una niña pequeña, Michael tragó saliva, pues era la viva imagen de su propia hermana a esa edad. En ese momento dejó de ser un policía para convertirse en el tío de la niña y una ola de fuego lo invadió por dentro.

Se concentró en el vídeo, la niña se separó de su madre, que conversaba con su amiga. Fueron solo unos segundos. Algo atrajo la atención de la pequeña, lo que hizo que se alejara de su familia. Luego desapareció. No se veía en ninguna de las grabaciones. Sterling hizo señas a Davis para que se acercara y le mostró la pantalla.

—¿Por qué se pierde la imagen en esta zona? ¿No está cubierto todo el centro comercial con cámaras de seguridad?

—Sí, señor, pero esta mañana hubo un cortocircuito en esa área y tres de las cámaras se dañaron. Llamamos al servicio de mantenimiento, pero todavía no las reparan.

—¿Cree que sea coincidencia, señor? —preguntó O´Neill.

—Desde luego que no. Alguien planeó esto muy bien.

—¿Quiere decir que la niña fue secuestrada? ¿Qué alguien se la llevó? —preguntó Ernesto, que acababa de llegar y estaba de pie junto a la puerta.

O´Neill alzó la vista y Sterling, que permanecía inclinado con las manos apoyadas en la mesa se enderezó y los miró. Junto a González estaban los padres de la niña abrazados y escuchaban la rápida traducción que hacía su amigo de la conversación de los policías. Era evidente que lo habían seguido. Los ojos de Alicia se llenaron de lágrimas.

—No deben permanecer aquí —ordenó O´Neill.

—Es su hija —protestó González—. Tienen derecho a saber qué ocurre.

—Pueden quedarse —aceptó Sterling, sorprendiendo a O´Neill—, pero si vuelve a interrumpirnos lo encerraré en una de las oficinas, señor González. ¿Está claro?

—Lo que usted diga, comisario —respondió el amigo y luego tradujo las palabras de Sterling a los padres.

O´Neill abrió la boca para protestar, pero volvió a cerrarla. Respetaba demasiado al comisario para llevarle la contraria. Los padres y el amigo se instalaron en un rincón. Sterling extendió los planos sobre la mesa y se concentró en el vídeo. Comenzó a hacer marcas en las zonas donde las cámaras dejaron de funcionar, y elaboró un trazado de los movimientos de la familia Pardo hasta el momento de la desaparición de Diana.

La presencia de Alicia le servía de acicate. Por eso les permitió permanecer allí. Olvidando el dolor de cabeza y la fiebre elaboró varias teorías acerca de lo que pudo ocurrir. Tenía una sensación de urgencia, como si el tiempo se les estuviera acabando.

No había indicios de quién se llevó a la niña, pero por lo visto la alejaron de sus padres llamando su atención con algo.

—Continúa revisando las grabaciones —le ordenó a O´Neill—. Concéntrate en las que muestran las salidas. Quiero saber si Diana cruzó alguna de las puertas, sola o acompañada —se detuvo un momento, pensativo—. No te limites a buscar una niña —agregó—. Pudieron cambiar su aspecto, su ropa, podría parecer un varón. También quiero que me avises si ves a cualquier persona que lleve un bulto grande, del tamaño de un niño. ¿Está claro?

—Sí, señor.

—Comisario —Sterling levantó la vista y vio a Durand en la puerta —. Tenemos algo.

Alicia se puso de pie, mientras Juan la rodeaba en un abrazo. Sterling los miró por un momento, preguntándose si sería prudente que la agente le rindiera su informe frente a ellos. Decidió seguir adelante.

—¿Qué encontró?

—El dueño de una tienda vio a una chica, una adolescente que llevaba un pequeño gato en brazos y hablaba con una niña. Reconoció la foto de Diana e identificó a la chica entre los visitantes del centro comercial. La llevamos a la oficina del jefe de seguridad. Uno de los agentes la vigila.

—Buen trabajo, Durand. Vamos, acompáñeme a interrogarla.

Capítulo cinco.

En la oficina del jefe de seguridad, Sterling se encontró con una adolescente que no tendría más de dieciséis años. Estaba sentada frente al escritorio, vestía de negro por completo, con una minifalda ajustada y una camisa negra. Llevaba un chaleco bordado, también en negro. Las uñas pintadas del mismo color y el rostro cubierto por una capa de polvos que la hacía ver más pálida. El cabello estaba teñido de azul y peinado en pinchos, como si usara un puerco espín de sombrero. Tenía piercings en la nariz, en el borde del labio y se adornaba con collares y pulseras en forma de cadenas. En un lado de su cuello se adivinaba el extremo de un colorido tatuaje. Pese a ser una chica guapa, parecía la novia de Frankenstein. Su actitud nerviosa contradecía su aspecto peligroso.

No era el tipo de atuendo que un secuestrador escogería para pasar desapercibido. O la joven era estúpida o su relación con la desaparición de la niña era coyuntural. Sterling se sentó al escritorio, mientras le hacía un gesto a Durand para que ocupara la silla junto a la chica. Por un momento no dijo nada, y se limitó a mirarla a los ojos. Ella mantenía la vista baja, subía y bajaba la pierna derecha como si empujara un fuelle y se mordía la cutícula de las uñas, cuyos bordes estaban ensangrentados. Por lo visto era un hábito muy arraigado.

Sterling hizo un gesto de desagrado cuando vio que llevaba un piercing que le atravesaba la lengua. Durand lo observó impaciente, preguntándose qué esperaba el comisario. El agente permanecía junto a la puerta, atento a sus superiores. Sterling sentía la boca reseca y cerró los ojos por un momento.

—Agente, tráigame un vaso de agua, por favor —Se volvió hacia Durand, que negó con la cabeza, luego miró a la chica—. ¿Quieres algo?

—Quiero irme.

—Enseguida, en cuanto aclaremos algunas cosas —se volvió para mirar al policía—. Por favor, agente, que esté fría de ser posible.

—Sí señor.

Ashley se removió incómoda en su asiento, preguntándose por qué el comisario perdía el tiempo. Sterling hacía acopio de sus fuerzas, haciendo lo posible por ignorar lo mal que se sentía. Al mismo tiempo trataba de poner en orden sus ideas.

—¿Eso duele? —le preguntó a la chica, señalándole los metales que atravesaban su cuerpo.

—Solo cuando abren el agujero —respondió ella, sorprendida por la pregunta. Él asintió.

El agente regresó con el agua y se la entregó al comisario. Michael la recibió con gratitud y bebió a pequeños sorbos. El frescor del agua lo alivió. Ashley comprendió que Sterling estaba enfermo y que esa era la razón por la que se demoraba en iniciar el interrogatorio. Estuvo tentada de preguntarle si se encontraba bien, pero comprendió a tiempo que eso lo pondría en una situación de desventaja frente a la sospechosa, así que guardó silencio, pero decidió no perderlo de vista.

—¿Cuál es tu nombre?

—Me llaman Feta.

—No lo creo, ¿cuál es tu verdadero nombre?

—Ellis Pierce —admitió de mala gana.

—Un testigo te vio con la niña antes de que desapareciera —afirmó Sterling—. ¿Quieres explicarlo?

—Yo no sé nada de ninguna niña.

—¿Dónde está el gato?

—¿Qué gato?

—El que hizo que Diana se acercara a ti. Así es como se llama, ¿sabes?

—No sé nada sobre un gato o sobre una cría.

—¡Diana! —gritó Sterling, golpeando la mesa y poniéndose de pie—. ¡No es «una cría»! ¡Tiene un nombre, una familia y lo más probable es que ahora esté muerta de miedo! ¿Tienes miedo, Ellis?

—No —se apresuró a decir.

—Yo creo que sí, que tienes mucho miedo. Igual que Diana debe tener mucho miedo.

—Yo no sé nada.

—¡Estás mintiendo, Ellis! —rugió Sterling, con tal fiereza que incluso Durand dio un respingo—. ¿Sabes que las cámaras de seguridad te captaron cuando Diana se acercó a ti, atraída por el gato?

—¡No es posible! No... —se interrumpió.

—Termina lo que ibas a decir. El centro comercial está lleno de cámaras de seguridad ¿Por qué no es posible que te captaran?

—Me está mintiendo —afirmó Ellis al borde del llanto—. Es un asqueroso poli que me miente para asustarme.

Sterling se acercó a la chica, apoyó las manos en los apoyabrazos de la silla de ella y acercó su cara a la de la joven. El dolor se agudizó cuando bajó la cabeza, pero en ese momento solo podía pensar en Diana, su sobrina. Ahora sabía que la pequeña no se había perdido, sino que se la llevaron, y lo que eso significaba lo estremecía. Pensaba en un pederasta, en un psicópata, en todos los horrores que había visto a lo largo de su vida y que ahora amenazaban a una niña de la que hasta ese día no sabía que existía, pero que era el fiel retrato de su hermana pequeña, su hermana en otra vida.

Tenía los ojos inyectados en sangre por la falta de descanso y por la fiebre. Eso le daba un aspecto amenazador. Ellis retrocedió en su asiento, y Durand lo miró con sorpresa. A Sterling se le conocía por llevar a cabo los interrogatorios con guante de seda. Ashley era nueva en el equipo, pero aun así sabía que amenazar no era el estilo del comisario, así que se preguntó qué le estaría pasando.

—Déjame explicarte algo, Ellis —le susurró él entre dientes—. Es tu rostro el que aparece junto a Diana por última vez en los vídeos, así que si algo le ocurre serás tú la que responda por ello.

—No es posible —balbució la chica—. Él me dijo...

Se detuvo, comprendiendo que los nervios la habían traicionado. Sterling sabía que no tenía tiempo, lo intuía, así que presionó a la chica contra su costumbre. Necesitaba que hablara y que lo hiciera pronto.

—¿Quién es él, Ellis? —preguntó Sterling, al mismo tiempo que se enderezaba y se alejaba de ella para darle más espacio ahora que había dicho algo importante.

—Nadie, no quise decir...

—¿No te importa lo que él le haga a Diana? ¿En verdad quieres ser parte de eso? ¿Qué te dio, qué te prometió?

—¡Nieve! —estalló la chica, llorando—. ¡Me dio una dosis de nieve! ¡Estaba desesperada, no quería, pero me dio la nieve y me prometió que nadie lo sabría, que las cámaras no funcionarían!

—¿Cómo era él? —preguntó Durand—. Descríbelo.

—¡No lo sé! —respondió la chica sollozando.

—Estás acabando con mi paciencia, Ellis —le advirtió Sterling.

—¡Le juro que no lo sé! Usaba lentes oscuros, el cuello subido y una gorra, casi no se le veía la cara. Era alto y vestía de negro. Hablaba raro, como si tuviera la boca llena.

—¿Qué hizo después que le entregaste a la niña?

—No lo sé, se la llevó.

—¿Hacia dónde?

—Atrás.

—¿Atrás de qué?

—Donde solo entran los empleados.

Sterling miró a Durand mientras se dirigía a la puerta.

—Llévate a Curtis y a todos los agentes disponibles. Revisen cada centímetro de la zona restringida. ¡Ya!

—Sí señor —dijo Durand, mientras se ponía en movimiento.

Sterling entró en la oficina principal sin detenerse a mirar a los lados. Los padres de la niña lo observaron con una mezcla de esperanza y temor en sus rostros. Él fue directo a los planos e hizo una seña a Doyle para que se acercara.

—El secuestrador la llevó a la zona restringida —le informó—. Curtis y Durand la están registrando ahora —Se detuvo un momento en su explicación mientras observaba el plano—. Puede haberla escondido allí o haber usado esa zona como vía para llevarla a otro sitio —Se volvió hacia O´Neill—. Llévate a tres agentes y vuelvan a revisar el *parking*. Que uno de los empleados os acompañe. Revisad cada rincón y cada coche.

—Michael, para eso necesitamos una orden de registro —apuntó Doyle.

—¡Olvídate de ninguna orden, no tenemos tiempo de convencer a un juez! —le refutó Sterling—. ¡Haz lo que te digo, yo asumo la responsabilidad!

—Esto te puede costar el trabajo.

—Me preocuparé por eso después. Ahora lo único que importa es encontrar a la niña.

O´Neill salió para cumplir el encargo, Sterling se volvió hacia los padres; la mirada de Alicia reflejaba gratitud, ella sabía que él hacía todo lo posible por encontrar a su hija y lo bendijo por eso.

—Estamos más cerca —les notificó Sterling en español con voz amable.

Alicia asintió. Michael comprendió que confiaba en él, lo que le causó una punzada de dolor y una sensación de pérdida. Volvió a centrarse en los planos, que Doyle también estudiaba. El comisario se esforzó en adivinar todos los posibles movimientos del secuestrador. Repasó en su mente lo que le dijo Ellis, por si había pasado algo por alto. Cuando recordó la descripción del sujeto, sintió un escalofrío. Era él, la bestia negra, o al menos podría serlo. La descripción coincidía, aunque también podía servir para cientos de sospechosos.

Descartó la idea, acusándose a sí mismo de estar obsesionado. Tal vez llegó a esa conclusión porque se trataba de la hija de Alicia y eso lo regresaba al pasado, tal vez por el doble homicidio que descubrieron en la mañana, otra vuelta a la pesadilla. Eso podía estar condicionándolo. No había ninguna razón para sospechar que la bestia negra tenía a Diana en su poder. La sola idea le hizo estremecerse de nuevo y la piel se le erizó. Doyle lo miró preocupado.

—¿Te encuentras bien? —le preguntó en un murmullo.

Sterling asintió. Aunque no era cierto debía reponerse por Alicia, por Diana y por él mismo. Por alguna razón parecía que al final todo comenzaba y terminaba con él. Continuó discutiendo con Doyle todas las posibilidades y a través de los radios daban las instrucciones a los hombres y mujeres que peinaban los lugares donde el secuestrador pudo llevar a la niña.

Capítulo seis.

El gerente entró caminando a paso lento, acompañado por uno de los agentes. Se retorcía las manos como si temiera que lo agredieran por atreverse a interferir en medio de tanta actividad.

—Perdone que lo interrumpa comisario, pero es muy importante que hable con usted.

—Este no es un buen momento, señor Carter —le advirtió Doyle, mientras miraba la placa identificadora del empleado.

—Lo sé, pero la gente allá afuera está a punto de amotinarse. Comprenderá que tantas personas juntas y con el servicio de agua suspendido, bueno... —Hizo una pausa—. Ya podrá imaginar el estado de los baños.

—¿El servicio de agua está suspendido? —preguntó Sterling—. ¿Por qué? ¿Hay alguna avería?

—Recibimos órdenes de cortar el suministro de agua —explicó el gerente—. Quería preguntarle si podemos restablecerlo, al menos por un período de tiempo.

Sterling y Doyle se miraron entre sí, confundidos.

—¿Tú ordenaste retirar el servicio de agua? —preguntó Sterling, Doyle negó con la cabeza.

Los ojos de Sterling se abrieron en un momento de comprensión y todo encajó en su embotado cerebro. Maldita fiebre. Debió darse cuenta mucho antes.

—¿Hay un tanque de agua que abastezca el centro comercial? —preguntó al confundido gerente.

—Sí señor —confirmó el hombre, señalándolo en el mapa—. Está en un terreno al que se accede desde la zona de parking, aquí.

—¿Qué tamaño tiene?

—Unos cinco metros de diámetro, y unos diez metros de profundidad.

—Llévenos allí —le ordenó Sterling.

Cuando Ernesto tradujo la conversación, Alicia se llevó las manos a los labios, ahogando un grito al comprender lo que pensaban los policías. Juan hizo el intento de seguirlos, pero a un gesto del comisario, el agente los detuvo. Corrieron a lo largo de la zona restringida y del parking, encontrando en el camino a Durand y sin detenerse le dijeron que los acompañara. Sterling dio la orden de que restablecieran el servicio de agua y que abrieran todos los grifos. Ante la extrañeza de Doyle y Durand les explicó que estaba seguro de que el secuestrador quería que subiera el nivel de agua en el tanque, con la intención de ahogar a la niña.

Cuando Curtis se unió a ellos les entregó linternas. Al llegar al tanque comprendieron que de no ser por el aviso del gerente nunca hubieran sospechado que la niña pudiera encontrarse allí. La superficie de las paredes era lisa, pero una serie de peldaños metálicos formaban una escalera en uno de los laterales. Arriba había una plataforma que rodeaba el extremo superior del tanque. Sterling se dispuso a subir, pero Doyle lo detuvo.

—No estás bien, Mike. Deja que yo me encargue.

Sterling se desprendió del brazo de su amigo con un movimiento brusco y comenzó a subir por la escalera hasta que alcanzó plataforma superior. Los demás lo siguieron. Una vez arriba enfocaron las linternas hacia el interior.

—¡Allí! —señaló Durand, concentrando la luz de la linterna en un bulto.

Sterling sintió que el corazón le subía a la garganta, el agua casi había alcanzado por completo un saco que estaba sujeto con una cuerda a una argolla, más o menos hacia la mitad del tanque. A la luz de la linterna pudo ver que el extremo visible del saco se movía. No pensó, no calculó, con un solo gesto se quitó la chaqueta y los zapatos, y antes que pudieran impedírselo saltó por encima del borde del tanque y cayó al agua.

—¡Maldita sea, Mike, detente! —gritó Doyle, pero el sonido del chapuzón le hizo comprender que había reaccionado tarde.

Sterling sintió el impacto del agua fría. El impulso lo sumergió, nadó hacia la superficie y escuchó las exclamaciones de alivio de sus compañeros al ver que asomaba la cabeza. Nadó hacia el saco. Cuando lo alcanzó se dio cuenta que la niña estaba sollozando. Desde arriba las linternas enfocaban hacia él, haciendo lo posible por facilitar su trabajo.

—Tranquila, Diana, te sacaré de aquí y te llevaré con tu mamá.

La niña pareció tranquilizarse un poco, aunque no dejaba de temblar a causa del miedo y el frío.

—Escucha pequeña, voy a cortar el saco. No te muevas. ¿De acuerdo?

—Sí —respondió Diana entre sollozos.

Arriba, Doyle ordenó que buscaran una cuerda y que llamaran a una ambulancia. Sterling cortó con cuidado las costuras del saco para liberar a Diana. El agua seguía subiendo, pues alguien saboteó las válvulas para impedir que el tanque se vaciara. Michael abrazó a su sobrina, mientras ella se aferraba a su cuello. Él se sujetó a la argolla que usó el secuestrador para amarrar el saco. El frío comenzaba a afectarle, por lo que sentía las piernas y los brazos entumecidos. Apretó aún más a la pequeña contra sí, temiendo que se le escapara.

Quería gritar a los que estaban arriba que se dieran prisa, que ya no aguantaría mucho tiempo más, pero no tenía fuerzas para hablar. Se sentía débil, tal vez por el resfriado que le afectaba desde la mañana, así que se concentró en sujetarse y abrazar a su sobrina. Por fin el extremo de una cuerda cayó junto a él. La amarró por debajo de los brazos de la pequeña.

—Diana, mis amigos van a sacarte de aquí. Te subirán con la cuerda, así que debes quedarte quieta ¿De acuerdo?

—Sí.

—Eres muy valiente —la alabó Michael con una sonrisa.

Cuando se aseguró que la niña estaba bien sujeta, tiró de la cuerda con suavidad y Doyle comenzó a alzarla. A los pocos segundos, Diana estaba arriba, a salvo. Alguien la envolvió con una manta que llevaron de las tiendas junto con la cuerda. Sterling sintió que se le aliviaba un peso de los hombros al saber que la chiquilla estaba bien, y que pudo cumplir la promesa que le hizo a su hermana. El agotamiento de las últimas horas cayó sobre él de repente, ahora que la adrenalina descendía en su sangre. Con un esfuerzo nadó hacia la luz de las linternas. Escuchó la voz imperativa de Doyle gritándole que cogiera la cuerda que lanzaron al interior del tanque de nuevo. Sterling nadó hacia ella y por fin pudo alcanzarla, la amarró a su cintura y comenzó a trepar.

Entre su esfuerzo y el de los hombres que lo alzaban llegó al borde del tanque. Lo ayudaron a salir, pero todo lo que ocurrió después fue muy confuso. Alguien lo cubrió con una manta. No supo cómo bajó del tanque, o como llegó a la zona de parking. No perdió la conciencia, pero tampoco estaba en pleno uso de ella. Obnubilado y confundido, se recuperó poco a poco después de respirar un rato a través de una máscara de oxígeno, mientras permanecía sentado en la parte posterior de una ambulancia, con los ojos cerrados. Para su sorpresa, cuando entreabrió los ojos se dio cuenta que era Durand quien permanecía a su lado, con la mano apoyada en su hombro. Doyle se les acercó.

—Ya comienza a recuperarse —le notificó Ashley a Doyle.

—De la zambullida tal vez —respondió el inspector—, pero de la locura no creo que se recupere. ¿Por Dios, en qué estabas pensando, Mike? Estuviste a punto de ahogarte.

—¿Cómo está Diana? —preguntó Sterling.

—Está bien —le informó Ashley—. Está con sus padres. Pasó un poco de miedo y frío. La dejarán en observación esta noche, pero solo como precaución.

—Bien —dijo Sterling—. ¿Hay alguna pista del secuestrador?

—Debe estar muy lejos —reconoció Doyle—. Si pudo llegar hasta aquí con la niña y esconderla en el tanque, debió hacerlo en esos primeros minutos antes de que cerráramos el lugar.

Sterling asintió, temía algo así, pero al menos Diana resultó ilesa. Se incorporó y de ninguna parte salió un paramédico que lo interceptó, Doyle también le hizo un gesto para que se tranquilizara.

—Quieto amigo —lo detuvo el desconocido—. Usted no va a ninguna parte que no sea el hospital. Debemos tenerlo en observación unas horas.

—Lo siento, no tengo tiempo para eso —Luego miró a Doyle—. Aún debemos resolver el caso de la cripta.

—Deja que nosotros nos encarguemos, Mike —le suplicó Doyle—. Lo más prudente es que dejes que te lleven al hospital.

—No —dijo con firmeza, mientras se alejaba de la ambulancia.

—¿Siempre es tan terco? —preguntó Ashley.

—No tiene una idea —respondió Doyle con voz resignada.

Sterling había perdido los zapatos y la chaqueta, estaba empapado, cubierto por una manta y temblando de frío, pero continuaba avanzando a través del parking hasta su coche.

—Que Curtis cierre el caso —le ordenó a Doyle— y luego se incorpore al resto del equipo. Debemos reunirnos en el despacho para comenzar a cotejar la información del doble homicidio.

—¿Piensas ir al Yard en esa facha?

—Pasaré primero por mi casa para darme una ducha.

—Durand, acompañe al comisario —ordenó Doyle.

—No es necesario —protestó Sterling.

—Por una vez, compláceme. ¿Te parece prudente conducir en ese estado? Te detendrán todos los guardias de tráfico de aquí a tu casa para hacerte la prueba de alcoholemia.

—De acuerdo, supongo que tienes razón.

Ashley cogió las llaves que le entregó Sterling y subió al asiento del chófer. Se debatía en sentimientos contradictorios, por un lado era consciente de que su jefe no estaba en condiciones de conducir, por lo que alguien debía llevarlo a su casa para que se cambiara, pero por otro lado, le molestaba que le asignaran la tarea de chófer.

Temblando de frío, Sterling esperaba con paciencia que ella se familiarizara con el BMW. Ashley se preguntó cómo un comisario podía permitirse un coche así o vivir en Kensington, uno de los distritos más exclusivos de Londres. Antes de incorporarse a su equipo pensaba que Sterling era corrupto, pues no le encontraba otra explicación, pero su conducta ese día no encajaba en un policía dañado. Concluyó que ese hombre era todo un misterio. Con ese pensamiento logró arrancar el coche, mientras Sterling se recostaba en el asiento y cerraba los ojos para permitirse un corto descanso.

Tardaron más de una hora en llegar hasta el apartamento, ubicado en plena *Brunswich Garden.* Durante el trayecto no hablaron, por lo que Ashley hubiera creído que se había quedado dormido, de no ser por el temblor constante que lo agitaba aún con la calefacción a tope, y por los ataques de tos que lo dejaron sin respiración en más de una oportunidad. Aparcó en el lugar que él le indicó. Tenía incluso una plaza reservada, todo un lujo en Londres. La calle era tranquila, arbolada, y en ella destacaban las fachadas blancas de construcciones que no sobrepasaban los tres pisos, cuya elegante arquitectura no escondía la riqueza de sus habitantes. Sterling se encaminó hacia una de ellas, una antigua mansión reconvertida en lujosas viviendas que ocupaban toda la planta.

El apartamento al que se dirigían estaba en el segundo piso, él abrió y la invitó a pasar primero, en un gesto de galantería que a ella la incomodó. El piso estaba decorado con sencillez, era amplio y bien iluminado. Sterling volvió a toser, lo que hizo que Ashley lo mirara con preocupación, pero la crisis pasó. Cuando pudo volver a respirar, el comisario le señaló la cocina.

—Hay té en la alacena.

—Con todo respeto, no soy su criada, señor.

Sterling se detuvo un momento y la miró a los ojos con expresión dolida.

—Lo decía por si le apetece tomar algo —respondió con suavidad—. Siéntase en su casa. Voy a darme una ducha, enseguida regreso y nos vamos.

—Lo siento. No quise...

Pero ya Sterling había desaparecido en dirección a la habitación. En cuanto cerró la puerta, se quitó la ropa mojada y se metió en la ducha bajo el agua caliente. Sintió un enorme alivio, el frío y la humedad lo estaban matando desde que lo sacaron del tanque. El dolor de cabeza seguía allí, al igual que el dolor en los huesos, la fiebre no había cedido, además de la tos y una creciente dificultad para respirar. Se preguntó si no había cometido un error al negarse a ir al hospital. En realidad, lo único que deseaba era meterse en la cama para sumirse en un profundo sueño. En especial ahora que la tenía frente a sí mientras se vestía con ropa limpia.

De haberse tratado de cualquier otro caso, uno normal, hubiera enviado a Durand de vuelta a NSY, hubiera llamado a Doyle y le habría cedido la investigación, después de solicitar un par de días de baja por enfermedad. Pero este no era un caso normal, él sabía sin lugar a dudas quién era el asesino y aunque no pudiera decirlo, era un testigo importante. Temía que si no estaba presente se les escaparían detalles a los investigadores como el del lóbulo de la oreja perdido. No temía que eso ocurriera porque fueran menos capaces que él, sino porque era el único que después de ver al psicópata en plena faena vivió para contarlo.

Se estremeció. En las últimas horas le pasaba con mucha frecuencia. Pensó en medirse la temperatura, debía tener un termómetro en el baño, pero desistió. Sabía que tenía fiebre, pero si lo comprobaba solo serviría para añadir una preocupación a su cerebro y necesitaba concentrar todas sus energías en el caso.

Se esmeró en su vestimenta, tal vez como una forma de contrastar el mal aspecto de su rostro. Cuando se vio en el espejo comprendió la razón por la que Doyle no le quitó la vista de encima durante todo el día, como si fuera un cadáver insepulto. Estaba muy pálido, tenía profundas ojeras, los ojos inyectados en sangre, los labios resecos y enrojecidos por la fiebre. Tosió, pero eso no le ayudó a respirar mejor. Se abrigó bien, pues aún sentía mucho frío. Luego salió de la habitación.

Durand había preparado té y lo sorbía despacio. Al verlo aparecer sirvió una segunda taza que dejó junto a un bocadillo cortado a la mitad. Parecía avergonzada.

—Debe comer algo, señor. Me tomé la libertad de prepararle un bocadillo.

Sterling se sentó junto a ella y probó el té, que le proporcionó un agradable calor. Durand estaba concentrada en el suyo. No sabía cómo disculparse, aunque sentía que debía hacerlo.

—¿No va a comer?

—Gracias, pero no tengo apetito.

—Necesita recuperar fuerzas, señor. No ha tenido un día fácil.

—Usted tampoco, detective —respondió él, luego la miró y le conmovió su preocupación por él—. Comeré la mitad del bocadillo, si usted me acompaña con la otra mitad. No me gusta comer solo.

—De acuerdo —aceptó ella, sonriendo.

Sterling hizo un esfuerzo por complacer a Ashley y comió despacio. Le supo a cartón mojado, aunque no dudaba que fuera a causa de su inapetencia. Ella dio buena cuenta de su ración, lo que le hizo comprender al comisario que en realidad estaba hambrienta. Si no se preparó algo para ella misma fue por timidez. Le resultó curioso, lo último que hubiera pensado de la agente era que se trataba de una persona tímida. Se preguntó hasta qué punto ocultaba ese rasgo y cuánto de su reticencia a relacionarse con sus compañeros se debía a miedo. ¿Rechazaba para no ser víctima del rechazo? Era una posibilidad.

Pese a que comió de mala gana, el alimento cumplió su función, por lo que se sintió un poco más fuerte. Terminaron el té y recogieron los platos. Sterling se arremangó, los colocó bajo el chorro y los metió en el lavavajillas.

—Yo puedo hacer eso, señor —se ofreció Ashley.

—Usted preparó el almuerzo, Durand. Lo justo es que yo lave los platos.

El comisario se arregló las mangas de la camisa, se puso la chaqueta, y sonrió a Ashley mientras le entregaba las llaves del coche.

—¿Le importa volver a conducir? —le preguntó—. Creo que pillé un resfriado y no me encuentro en la mejor forma para hacerlo.

—Lo haré con gusto señor.

El trayecto hacia NSY también lo hicieron en silencio, pero el ambiente era más liviano, como si hubieran alcanzado cierto nivel de comodidad en compañía del otro. Cuando llegaron al despacho de Sterling, ya el equipo había comenzado. En una plancha de corcho en el fondo estaban las fotos de la escena del crimen. Doyle los vio llegar y se tranquilizó cuando vio que Sterling tenía mejor aspecto. Marianne los saludó y entró con ellos.

—¿Se encuentra bien, comisario? Los chicos me lo contaron. Por Dios, se arriesgó usted mucho.

—Estoy bien, Marianne, gracias. No les hagas caso, son unos exagerados. Ven demasiadas películas de *Hollywood.*

—El superintendente quiere verlo, dice que es urgente. Me pidió que le avisara en cuanto usted llegara. ¿Cuánto tiempo quiere? —preguntó en tono de complicidad, dejando claro de qué lado estaba su lealtad.

—Dame veinte minutos, lo suficiente para ponerme al día con el caso —le pidió Sterling—. Un ataque de tos lo hizo interrumpirse—. Lo siento. Creo que pillé una gripe. ¿Sabes algo de la niña, de Diana?

—Está bien, esta tarde le dan el alta. No esperan que tenga consecuencias. Su familia quiere regresar a casa lo antes posible, tal vez mañana si no se necesita su presencia.

—Si ya firmaron la declaración, no hay razón para retenerlos —reconoció Sterling—. Es lógico que quieran marcharse después de una experiencia así.

—Los padres están muy agradecidos, comisario. La señora Pardo preguntó por usted porque quería darle las gracias en persona. Le dije que no había llegado. ¿Quiere que la llame?

—Ahora no tengo tiempo, Marianne —Se excusó Sterling, que se debatía entre el deseo de hablar con su hermana y la prudencia que le decía que no debía hacerlo—. Dejémoslo así, es lo mejor.

Marianne salió, mientras Sterling avanzaba al frente. Los demás estaban sentados de cara a las fotos, esperando que él dirigiera la reunión. Tosió un poco para aclararse la garganta y agradeció a Curtis, que le acercó un vaso con agua. Sterling bebió un sorbo antes de disponerse a hablar del caso.

—Haré un resumen para los que no están enterados de los detalles. Esta mañana encontraron los cuerpos de dos adolescentes, chico y chica, en una cripta del viejo cementerio *Highgate*. La chica estaba desnuda, atada sobre un féretro, con múltiples heridas de arma blanca. Aún esperamos los resultados de la autopsia, pero hasta entonces trabajaremos con la hipótesis de que esas heridas fueron la causa de la muerte. Al chico se le encontró vestido, sin heridas visibles y sosteniendo un cuchillo que podría ser el arma homicida. Todavía no sabemos la causa de la muerte de él.

—Parece muy sencillo —se adelantó a decir Curtis.

—¿Lo crees? —preguntó Sterling—. ¿Cuál es tu idea?

—Es evidente, ¿no? Salían juntos, eso dijo la madre de Phil. Tal vez discutieron o ella lo rechazó.

Quizá él estaba drogado, perdió la cabeza, la asesinó, y luego se suicidó con una sobredosis. La autopsia de él lo confirmará si estoy en lo cierto. Caso cerrado —concluyó el detective, muy satisfecho de sí mismo.

—¿Todos estáis de acuerdo?

—Tiene lógica —reconoció O´Neill.

—Eso no explica dónde está el lóbulo de la oreja —intervino Doyle.

—¿Qué lóbulo? —preguntó Durand.

—A la chica le cortaron el lóbulo de la oreja izquierda —explicó Sterling, tironeando un poco su propia oreja, en un gesto inconsciente—. No apareció en la escena del crimen.

—Tal vez el chico lo cortó y luego se lo llevó una alimaña —argumentó Curtis, defendiendo su teoría—. Ese lugar debe estar plagado de ratas.

—¿Qué opina, Durand? —preguntó Sterling.

—No lo sé, lo veo demasiado simple, como si eso fuera lo que se esperara que debiésemos pensar. Además... —Curtis la miró de mala manera, pues no le agradó que alguien de menor rango refutara su teoría. A Sterling no se le escapó el detalle.

—Siga, Durand.

—No lo sé, no me parece que fuera algo espontáneo, surgido de un momento de locura. Se ve demasiado... Elaborado.

—Estoy de acuerdo con usted —la apoyó el comisario, lo que hizo que la agente esbozara una sonrisa y Curtis apretara los dientes—. La cripta fue preparada con anticipación para amarrar a la chica. Había argollas clavadas en el féretro que... —se detuvo un momento, como si se hubiera quedado petrificado. Una idea, una terrible idea lo asaltó.

El equipo lo contempló sin saber cómo interpretar la pausa. Sterling parecía haber desconectado de la realidad, mientras miraba en dirección a un punto lejano. Doyle vio el desconcierto en los rostros de todos. ¿Qué le pasaba al comisario? Nunca había actuado así.

—¿Comisario? —Se atrevió a preguntar Doyle—. ¿Sterling?

Como no respondía, Doyle se le acercó, le sujetó el brazo y lo sacudió un poco, como si quisiera despertarlo.

—¡Mike! —Casi le gritó. Era la primera vez que le daba un trato de confianza frente a sus compañeros.

—Lo siento —respondió por fin Sterling—. Me distraje con un razonamiento —Suspiró. Doyle se volvió a sentar sin dejar de mirarlo—. Como venía diciendo, el lugar del crimen fue preparado con antelación. Eso descarta un homicidio pasional. Hubo premeditación.

—¿De parte del chico? —aventuró O´Neill.

—Es una posibilidad —reconoció Sterling, aunque tenía la certeza de que no era así—. ¿Hay alguna información adicional sobre él? —preguntó mirando a Durand.

—No tenía antecedentes.

—Según su madre y su tía era candidato a la canonización —ironizó Curtis.

—Pareces estar seguro de que él fue el asesino —apuntó Sterling.

—Creo que es el sospechoso más probable.

—Muy bien, entonces tú te ocuparás de interrogar a sus amigos. Durand, usted acompañará a Curtis, pero se centrará en la joven. Necesitamos saber si alguien cercano a ella tenía motivos para vengarse. Busque novios rechazados, amigos decepcionados, cualquier cosa que pueda ser un motivo.

—Conozco mi trabajo, señor —respondió ella a la defensiva. Los demás torcieron el gesto, molestos por el comentario.

—Nunca lo he dudado, Durand. Por eso está aquí.

Durand bajó la cabeza, de nuevo avergonzada. Por lo visto, su tendencia a interpretar lo que el comisario decía como si fuera una constante crítica a ella, la estaba dejando en ridículo frente a él con demasiada frecuencia. Se odió y lo odió por eso. Sterling no le dio mayor importancia al comentario y continuó su análisis.

—Señor, usted no parece creer que el chico sea culpable —intervino O´Neill.

—No lo creo, pero debemos contemplar todas las posibilidades.

—¿Cuál es su teoría, señor?

—Creo que hay una tercera persona, alguien que llevó a los dos chicos a ese lugar, asesinó primero a la joven, y luego al muchacho. Entonces preparó un escenario para nosotros, para que pensáramos que el chico era culpable.

—¿Qué le hace pensar eso?

—El lóbulo de la oreja —Levantó la mano antes de que Curtis protestara—. Ya sé que existe la posibilidad de que se lo llevara alguna alimaña, pero no lo creo. Además, el corte era demasiado limpio, como si lo hubieran hecho con una tijera y no se encontró ninguna en la escena del crimen —Se acercó a las fotos, cogió las del chico y se las dio a Doyle, que las fue pasando, conforme las veía—. Quiero que veáis algo más, observad el patrón de sangre en la ropa de él.

—Tiene sangre de la víctima —apuntó O´Neill.

—Sí, pero la distribución de las manchas no es la que podría esperarse si él hubiera usado el cuchillo contra la chica. En ese caso debería haber sangre en la parte inferior de los pantalones y los zapatos. Sin embargo, solo estaba manchada la camisa. También la cara y el cuello de Phileas estaban limpios.

—¿Cree que esa tercera persona los asesinó y luego embarró la camisa del chico para que pareciera que fue él?

—Es una buena descripción —asintió Sterling—. La camisa de Phileas estaba embarrada, no salpicada, que era lo que podía esperarse.

—No se encontraron huellas de nadie más en el lugar, señor —insistió Curtis.

—En ese caso podemos estar frente a alguien muy cuidadoso. Si partimos de esta teoría, el asesino debió acechar a los chicos, vigilarlos y escogerlos por alguna razón. Sabemos que iban al cine, que debían coger el autobús B519. O´Neill, averigüe si lo hicieron, si llegaron al cine, si se quedaron toda la película o se fueron antes, también cuál es el recorrido completo de la ruta.

—Sí, señor.

—Billy, visita al forense, a ver que puedes averiguar de las autopsias y de lo que encontraron en el lugar. Esa evidencia es fundamental para saber qué dirección debemos seguir.

—De acuerdo ¿Qué harás tú?

—Colbert me está esperando, no sé cuánto tiempo me retenga, pero después quiero averiguar si hay reportes de algún caso similar en los últimos años.

El equipo se dispuso a realizar las tareas que les asignaron, excepto Doyle, que se quedó rezagado y se acercó al comisario.

—¿No crees que revisar viejos archivos sería el trabajo de la persona de menor rango en el grupo? —le preguntó.

—¿Te refieres a Durand? —Doyle asintió—. No te simpatiza, ¿verdad?

—No es alguien que recomendaría para relaciones públicas. Es una impertinente.

—Tal vez necesite pulirse un poco, pero creo que puede ser una excelente policía.

—¿Te encuentras bien?

—He tenido días mejores, pero estoy bien.

— De acuerdo, me voy. Tal vez no sea mala idea que hagas el trabajo de escritorio, al menos hasta que se te pase lo que sea que pretendes disimular.

—Eres un cabrón —respondió Sterling.

Doyle se fue con una sonrisa. Sterling terminó el vaso de agua y se presionó la base de la nariz con los dedos. El dolor seguía allí y no parecía tener intenciones de desaparecer. Respiró profundo, maldijo la gripe que suponía que tenía por inoportuna y se dispuso a subir al despacho del superintendente Colbert.

Capítulo siete.

Colbert lo estaba esperando, por lo visto no de muy buen humor. La secretaria lo hizo pasar en cuanto llegó. El superintendente era un hombre grande, en todo el sentido de la palabra, medía alrededor de un metro noventa y pesaba al menos ciento treinta kilos. Era rubio o lo había sido, porque del cabello solo le quedaban algunos escasos representantes que se peinaba hacia atrás, en un intento por disimular su escasez. Siempre parecía recién afeitado.

Lo que más resaltaba en Colbert era la papada, que temblaba cuando hablaba, en especial si estaba enojado o nervioso, los cuales eran sus estados de ánimo naturales. A esa particularidad debía el apodo de «El Sapo», que todos se cuidaban que no llegara a sus oídos. No era un personaje muy popular, pero su cargo tampoco ayudaba. Debía servir de enlace entre el trabajo de calle de los investigadores y los intereses políticos, económicos y de cualquier otra especie que presionaban desde las altas esferas del poder. Sterling comprendía que eso no era fácil, de manera que no hubiera querido estar en el pellejo de Colbert por ninguna razón. Pese a sus diferencias y la brusquedad del trato del superintendente, Sterling lo respetaba. Además, aun cuando al comisario le hubiera sorprendido saberlo, la realidad era que Colbert sentía una gran admiración por Sterling, aunque se hubiera suicidado antes de reconocerlo, y tal vez por la misma razón, no perdía oportunidad de fustigar al joven comisario.

—Ya he tenido noticias de su última aventura —le dijo con brusquedad, mientras Sterling permanecía de pie frente a él. Casi nunca lo invitaba a sentarse—. ¿Quién se cree usted que es? ¿Tarzán?

—No podía dejar que la niña se ahogara, señor.

—Y supongo que hubiera sido demasiado pedir llamar a los bomberos, que están para eso.

—No había tiempo, el agua casi cubría la cabeza de la pequeña.

—Si la hubiera encontrado antes, el tiempo no hubiera sido problema.

—Tiene razón, de modo que si fue mi incapacidad la que hizo que me demorara, era lógico que yo corriera los riesgos para solventar mis errores.

Colbert lo miró por un momento, haciendo un esfuerzo por no sonreír. La verdad era que reconocía el valor de Sterling y de haber sido otro lo hubiera felicitado. Pero esa no era la naturaleza de su relación con el comisario.

—Maldita sea, Sterling ¿Siempre tiene que tener una respuesta para todo? —le preguntó derrotado—. Hábleme del otro caso, de ese que dejaron a un lado para irse a jugar a los héroes. Y no olvido que se metió en terreno que no le correspondía. Usted es de homicidios, no de personas desaparecidas. No crea que no tendré que dar explicaciones por su intrusismo.

—Mi equipo ya estaba en el centro comercial cuando se produjo el secuestro, señor. Las circunstancias...

—No me importan las circunstancias —gritó Colbert, satisfecho de encontrar una rendija por la cual presionar a su subordinado—. Volvamos a lo que importa, que es el homicidio. Ya se ha divertido bastante por hoy.

—Encontramos los cuerpos de dos adolescentes en una cripta...

—¡Eso ya lo sé! —volvió a gritar el superintendente—. Su amigo Doyle ya me entregó el informe. Lo que quiero saber es qué teorías se manejan.

—Aún no contamos con suficientes datos, pero tenemos dos líneas de investigación.

—No dé más vueltas, comisario. ¿Cuáles son esas líneas?

—La primera es que el chico asesinó a la joven y luego se suicidó o murió por una sobredosis accidental. Todavía no tenemos los resultados de las autopsias. La otra línea sería que existe una tercera persona involucrada que arregló la escena del crimen para que pareciera que fue el chico.

—¿Por cuál se inclina usted?

—Por la segunda.

—Le gusta lo complicado ¿verdad? ¿Qué tiene contra la primera?

—El lugar estaba preparado para el homicidio con antelación...

—¿Y no pudo ser el mismo chico quien lo preparara?

—Es posible, pero no lo creo. Es demasiado elaborado para un muchacho de esa edad.

—Usted no tiene hijos. Le sorprendería lo complicados que son los muchachos de esa edad. ¿Alguna otra razón?

—A la chica le cortaron el lóbulo de la oreja izquierda y no aparece por ningún lado.

—¿Está tratando de decirme que el asesino se lo llevó como trofeo? —preguntó Colbert.

—Es una posibilidad.

—Si es así, estamos hablando de un psicópata.

—Así es, señor.

—No me gustan los psicópatas.

—Creo que a nadie, señor.

—Me refiero a que no me gusta la idea de un psicópata suelto. Eso podría significar asesinatos en serie, lo que no podemos afirmar teniendo un solo homicidio —Sterling comenzó a comprender por dónde iba el razonamiento de Colbert—. Lo último que necesitamos es que esa idea llegue a la prensa y comience a sembrar el miedo en la población.

—Señor, no...

—¡No he terminado, Sterling! —gritó Colbert—. Escúcheme bien: a menos que se repita sin lugar a dudas el mismo *modus operandi*, no quiero que nadie sugiera siquiera la idea de un psicópata ¿Lo entiende? Si eso ocurre, lo haré responsable a usted. ¡Siga la línea del chico! Tiene más futuro en ella.

Sterling se irguió y rezó para que su cuerpo no lo traicionara con un ataque de tos o cualquier otro signo de debilidad. Él era el único subalterno del superintendente capaz de retarlo cuando creía que su superior se equivocaba, lo cual generaba muchas fricciones entre ambos.

—Me temo señor, que pese a lo que usted o yo deseemos, eso no cambia la realidad acerca del homicidio. Mi trabajo es encontrar al culpable, no buscar un chivo expiatorio conveniente —Colbert apretó las mandíbulas y resopló como un toro preparándose para embestir—. Lo único que puedo prometerle es que llevaré el asunto con la mayor discreción posible, y me ocuparé de él en persona. Si el chico lo hizo, tendrá el resultado que usted desea, pero si no fue así llegaré al fondo, esté usted o no de acuerdo.

—¡Está jugando con fuego, Sterling! —gritó Colbert levantándose y golpeando la mesa con la mano—. No permitiré que haga su voluntad...

—No se trata de hacer mi voluntad, señor —le refutó Sterling, bajando la voz en lugar de subirla—. Se trata de hacer bien mi trabajo y usted no tiene derecho a impedírmelo.

—¡Salga de mi vista, Sterling! ¡Salga, antes de que le abra un procedimiento por insubordinación!

El comisario salió de la oficina. Sin importar lo deseoso que Colbert estuviera de encontrar una excusa para degradarlo o echarlo, no llevaría este caso a procedimiento. Ningún tribunal disciplinario condenaría a Sterling por hacer bien su trabajo y no dejarse presionar por razones políticas. Sería muy peligroso para la imagen de NSY si algo así se filtraba a la prensa.

Sterling entró en el servicio de los hombres y se lavó la cara. Se miró en el espejo por un momento. Su aspecto no había mejorado mucho desde que estuvo en su casa. Se echó agua en la cara, la cabeza y la nuca, buscando aliviar su malestar. Salió del servicio sintiéndose un poco mejor y se fue directo a su despacho. Antes de entrar le advirtió a Marianne que no le pasara llamadas que no estuvieran relacionadas con el caso, que si Colbert preguntaba por él, le dijera que había salido. Luego se sentó frente al ordenador para tratar de encontrar cualquier caso de homicidio que resultara similar al de la cripta. Extendió su búsqueda a los últimos diez años.

Sterling sabía sin lugar a dudas que el asesino era el mismo que acabó con la vida de Sandra y casi destruye la suya, veintidós años atrás. Sin embargo, eso no ayudaba a dar con él. Las similitudes eran demasiado evidentes para pensar que fuera una coincidencia, además sabía que no era posible que hubiera esperado veintidós años para volver a matar. A menos que algo se lo hubiera impedido ¿Estuvo en prisión tal vez? Pero ¿por qué hacerlo de nuevo en un lugar tan alejado como Inglaterra? Y el hecho de que hubiera vuelto para asesinar en su jurisdicción. ¿Significaba que sabía quién era él, en realidad? ¿Lo había perseguido a su nueva vida? Un escalofrío recorrió el cuerpo de Sterling al punto de hacerlo temblar. Pese a estar abrigado, de repente sentía mucho frío, pero era consciente que ese frío provenía de sus entrañas, de sus temores más arraigados.

Había algo más que preocupaba al comisario. La aparición de Alicia y el secuestro de Diana. Le parecía demasiada coincidencia que el mismo día en que la bestia surgía de su pasado, su hermana visitara Londres y alguien intentara asesinar a su sobrina. Porque de haber tardado unos minutos más en hallarla, solo habrían recuperado su cadáver. Demasiadas coincidencias. La idea estaba allí, después de haber aflorado durante su exposición del caso, por eso se quedó absorto en sus pensamientos al punto de olvidar que su equipo lo estaba escuchando. La argolla. Él vio la argolla que sujetaba el saco en el tanque, y era igual a las que clavaron en el ataúd para amarrar a Carola y asesinarla. ¿Coincidencia? Era demasiado. No quería pensar en ello, pero la conversación con Colbert lo encaró a la realidad. No se trata de quién quieras como culpable, eso no cambia la identidad del verdadero asesino. Y él lo sabía, por la argolla y por la descripción que hizo Ellis: «Vestía de negro... Hablaba raro, como si tuviera la boca llena». La bestia negra era el secuestrador de Diana, con el agravante de que su intención era asesinarla. Él lo sabía y no podía pretender esconder la realidad.

Lo cubrió un sudor frío y las manos le temblaron. Llevaba horas frente al ordenador y no había encontrado nada. No había ningún caso similar al que los ocupaba en ningún lugar de Inglaterra en los últimos diez años. No supo si alegrarse o sentirse defraudado. Unas voces en el pasillo lo sacaron de sus pensamientos. Su equipo comenzaba a regresar. Esperaba que la información que traían arrojara luz sobre la investigación. Miró el reloj, eran las diez de la noche del día más largo de su segunda vida.

Los primeros en llegar fueron Curtis y Durand. Entraron juntos al despacho, pero por sus expresiones era obvio que no se sintieron a gusto como compañeros. Saludaron a Sterling y se sentaron lo más lejos posible el uno del otro. El comisario simuló seguir enfrascado en su búsqueda informática. No quería dirigirse a ninguno de los dos, pues eso podía inclinar la balanza a favor de alguno de ellos, lo cual no era su intención. Algunas veces sentía que lideraba un grupo de parvularios en lugar de un equipo de detectives. Minutos después llegaron Doyle y O´Neill. Aunque ambos venían de lugares diferentes, por lo visto se encontraron en la puerta y hablaban de lo que pensaban hacer durante el fin de semana largo que se avecinaba.

Cuando Doyle saludó a Sterling, este vio la expresión de preocupación en su rostro, por lo que comprendió que debía tener un aspecto terrible. El inspector se le acercó.

—¿Qué quería Colbert?

—Lo de siempre.

—¿Y qué es lo de siempre?

—Tocarme las narices. Dice que prefiere que sea el chico.

—¿Y tú que le dijiste?

—Que tal vez no pueda complacerlo en sus preferencias. Será quien haya cometido el crimen —se volvió hacia los demás, sin darle oportunidad a Doyle de preguntarle por su salud—. ¿Comenzamos? Curtis ¿Qué averiguaste del chico?

—Sus compañeros coinciden con el punto de vista de la madre y la tía —reconoció un poco decepcionado—. Era deportista y buen estudiante. No consumía drogas ni alcohol. Según sus amigos y maestros no se metía en problemas y al parecer estaba loco por Carola. Incluso los padres de ella aprobaban la relación.

—Bien —Sterling miró a Durand—. ¿Agente?

—La chica corresponde al mismo patrón. Era popular, pero no consumía drogas ni alcohol.

Estudiante de sobresaliente. Por lo visto, Phil fue su primer novio.

—¿Pretendientes decepcionados? —preguntó el comisario.

—Algún que otro chico hubiera querido ser el elegido, pero no rechazó a ninguno. Al menos, ninguno llegó tan lejos como para sentirse rechazado. Todos asumían que Phil y Carol terminarían juntos. Por lo visto eran inseparables desde la escuela primaria.

—O´Neill.

—Aquí el asunto se pone un poco más interesante. Uno de los conductores de la ruta quinientos diecinueve me confirmó que los chicos cogieron el autobús esa noche, alrededor de las ocho y media, pero no se bajaron en el cine. ¿Adivina cerca de dónde pasa esa ruta?

—Cerca de *Highgate*.

—Exacto. El chófer lo recordó porque no era la primera vez que subían a su autobús en ese horario, pero nunca habían llegado tan lejos. Siempre se quedaban en el cine.

—¿Alguien más se bajó con ellos?

—Muchas personas, pero no recuerda a ninguna en particular. Luego pregunté en el cine. La chica que vende las entradas también los conocía. Por lo visto iban todas las semanas, a veces hasta veían la misma película más de una vez —Sterling asintió conmovido, quizá el cine era su lugar privado, como el de muchos adolescentes. Lo que menos les interesaría sería la película. Lo importante era averiguar qué los movió a cambiar de planes.

—No acudieron esa noche.

—No.

—Doyle.

—Bueno, esto es largo —Comenzó su informe sacando una carpeta—. Se hizo primero la autopsia de Phil. La de Carola se llevará a cabo mañana.

—¿Cuál es la causa de la muerte? —preguntó el comisario.

—Sobredosis, como sospechábamos. Se trata de...

—Cocaína —terminó Sterling la frase por él.

—¿Cómo puedes saber siempre los resultados forenses antes que los mismos analistas? —preguntó el inspector, un poco divertido por la intuición de su colega.

—Perdona, no quería interrumpirte. Solo lo supuse —se excusó Sterling, que recordó la «nieve» que le suministró el secuestrador a Ellis. Sintió una punzada en el estómago, era un nuevo vínculo y eso no le gustaba—. Continúa, por favor.

—De acuerdo. Como venía diciendo la causa de la muerte fue sobredosis, pero no hay evidencias de que la inhalara. El forense halló rastros en su estómago.

—¿Se la bebió? —preguntó Curtis—. Eso si es una novedad.

—O lo obligaron a beberla —sugirió Sterling pensativo, mientras acudía a su memoria la imagen de la bestia forzándolo a beber un líquido turbio después de la muerte de Sandra—. Continúa.

—Hay rastros de otra sustancia en la sangre del chico, pero no es una droga de consumo común. Están tratando de identificarla. Las huellas de Phil estaban en el cuchillo y no hay duda de que se trata del arma homicida. El patrón de la sangre en la camiseta no corresponde con la forma en que acuchillaron a la chica.

—¿Algo más?

—Aunque todavía no han realizado la autopsia de Carola, el forense accedió a revisar el corte de la oreja. Es de la misma opinión que tú: se hizo *post-mortem* y con una tijera.

—Eso descarta las ratas, a menos que busquemos una rata costurera —comentó Durand. Curtis la fulminó con la mirada.

—¿Quién te crees que eres para burlarte de mí? —murmuró Curtis entre dientes—. ¡Frígida imbécil!

—¡Basta! —ordenó Sterling—. ¡No toleraré insultos en el equipo, Curtis! —Luego se dirigió a Durand—. ¡Tampoco comentarios burlones!

—Lo siento, señor —se excusó Curtis apretando los dientes.

Durand no dijo nada, solo bajó la cabeza, avergonzada por el insulto de Curtis y el regaño de Sterling. El comisario respiró profundo. Lo último que necesitaba era ese tipo de conflictos en su grupo de trabajo.

—Muy bien —retomó la palabra Sterling—, sabemos que Phil recogió a Carola a las ocho para llevarla al cine como tenían por costumbre. Subieron al mismo autobús de siempre a las ocho treinta, pero no bajaron en la parada del Royal. La primera pregunta es ¿por qué?

—Si Phil es el asesino —aventuró O´Neill siguiendo la teoría de Curtis, que no se atrevía a hablar—, es posible que hubiera preparado todo en la cripta y convenciera a la chica de cambiar de planes. Después de todo, estaba claro que lo que les interesaba no era la película.

—Puede ser —lo apoyó Doyle—. «Cariño, encontré un sitio mejor dónde podremos hacer algo más que meternos mano».

—Es una posibilidad —admitió Sterling—. ¿Alguna otra teoría?

—¿Tú tienes alguna?

—Si el asesino es una tercera persona pudo esperarlos en el autobús y obligar o convencer a los chicos de que lo acompañaran al cementerio.

—¿Cómo? —preguntó Doyle.

—Una de las incógnitas que tendríamos que resolver —reconoció Sterling, mientras recordaba que la bestia los llevó a él y a Sandra desde la feria hasta el viejo almacén, frente a cientos de testigos, sin que pudiera recordar cómo llegaron allí. Ese había sido uno de los puntos débiles de su versión—. Esa sustancia extraña encontrada en Phil podría ser la clave, es importante saber si también está en la sangre de Carola. Sigamos, ya los chicos están en la cripta. ¿Qué más?

—Phil discute con su novia o ya tenía pensado matarla —intervino Curtis atreviéndose a hablar—. La domina, la amarra y la apuñala. Se ha metido una buena dosis de coca pero se le pasó la mano. Así que muere con el cuchillo en la mano.

—¿Cómo la dominó? —preguntó Sterling.

—¿Señor?

—Volvemos a lo mismo. No hay evidencias de que la arrastrara desde afuera de la cripta y dudo que pudiera alzarla en brazos. Así que ella debe haber entrado por su propio pie. Dominar a una persona o convencerla de que se deje amarrar sobre un ataúd no debe ser fácil.

—¿Algún cómplice? —sugirió O´Neill.

—No hay evidencias de que exista un cómplice.

—Pero si es difícil dominar a una persona, con más razón a dos —argumentó Curtis—. Eso reduciría las posibilidades de un tercer asesino, a menos que habláramos de más personas involucradas.

—Dios, esto se está complicando —se lamentó Doyle, desanimado.

—No hay señales de lucha en la cripta —apuntó Sterling—. Creo que debemos descartar la existencia de cómplices, tanto si fue el chico como si hubo un tercero.

—¿Cómo lo explicas? —preguntó Doyle.

—Creo que el asesino controló a los chicos con esa sustancia que aún no sabemos lo que es. Creo que los tuvo a su merced y para cuando recuperaron el control sobre sí mismos, ya era muy tarde.

—Pero tú mismo dijiste que no los arrastraron a la cripta —apuntó Doyle.

—No lo sé —reconoció Sterling frotándose la frente, el dolor ya era tan intenso que no le permitía pensar con claridad—. Creo que es suficiente por hoy. Mañana temprano nos reuniremos. Tal vez con la mente descansada podamos encontrar mejores respuestas.

—Me parece una buena idea —aceptó Doyle.

—¿A qué hora, jefe? —preguntó O´Neill.

—A las ocho en punto os quiero aquí —ordenó el comisario—. Volveremos a discutir las posibilidades y repartiremos las tareas del día.

—Entonces hasta mañana señor.

Nadie protestó por irse a casa, el día había sido largo y todos estaban cansados. Doyle seguía preocupado, por lo que se acercó a Sterling

—Mike, te has pasado todo el día con aspecto de zombi —le susurró—. ¿Quieres decirme qué ocurre?

—Nada, Billy. Estoy cansado y creo que pillé una gripe. Tal vez por el chapuzón en el tanque. El agua estaba muy fría, ¿sabes?

—¿Estás seguro de que solo es eso?

—Claro —confirmó Sterling, palmeando el brazo de su amigo para tranquilizarlo—. Una buena noche de sueño y mañana estaré como nuevo.

—¿Quieres que te lleve a casa?

—No es necesario. Vete y saluda a Rachel de mi parte.

—Por cierto, me pidió que te invitara el sábado, tenemos una cena con una vieja amiga de su escuela. Creo que su nombre es Elizabeth, no sé el apellido. Quiere que la conozcas.

Sterling sonrió, Rachel, la esposa de Doyle y amiga de ambos desde Cambridge, insistía en que Michael necesitaba a alguien para compartir su vida. Siempre le decía que no era bueno que estuviera tan solo. No perdía oportunidad de presentarle amigas y parientes que eran posibles candidatas para una relación estable. El problema era que Sterling no quería una relación estable, y el ideal de chica de Rachel estaba muy distante del tipo de mujer que le gustaba a él. Sin embargo, agradecía sus intenciones porque sabía que la motivaba el afecto, así que por lo general no se negaba a seguirle la corriente. Doyle, que conocía a Michael mejor que su esposa, se limitaba a encogerse de hombros como disculpa.

—Dile a Rachel que no faltaré —respondió el comisario.

Sterling condujo hasta su casa en forma automática. Por suerte llegó sin contratiempos. Usó el ascensor para subir hasta su piso. Una vez allí, pensó en beber un vaso de leche caliente, pero cambió de opinión: solo quería acostarse y dormir. Ni siquiera se quitó la ropa, se sacó los zapatos, se quitó la chaqueta, la corbata y se tendió en la cama. Cuando su cabeza tocó la almohada, todas sus barreras defensivas lo abandonaron, por lo que cayó en un sopor que podía ser sueño o inconsciencia.

Estaba en un cementerio y el frío le penetraba hasta los huesos, a su espalda se movía una sombra, una figura negra que lo acechaba. Quería correr y alejarse del peligro, pero sus pies no le obedecían. Sin embargo, pudo caminar. Avanzó por un camino de tierra hasta una zona iluminada, sin dejar de mirar hacia atrás una y otra vez. Cuando llegó se dio cuenta que era un almacén abandonado. La lluvia lo azotaba, y el viento ululaba en las ventanas. Cuando entró pudo ver a Sandra y a Carola, una al lado de la otra, ambas mostrándole sus heridas. Detrás de ellas, tres mujeres a las que no conocía también habían sido acuchilladas. Lloraban y gritaban. Retrocedió, tratando de huir de aquel lugar, pero había alguien a su espalda que se lo impidió. Cuatro adolescentes lo observaban, pero él solo conocía a uno de ellos. Phil lo miraba y lo señalaba con un dedo acusador. Salió corriendo del almacén, pero ya no estaba en el cementerio, estaba en una feria, y todo se veía como si se reflejara en un mundo de espejos deformados. En cada espejo veía la imagen de la bestia negra, que lo miraba y se reía. Junto a la bestia estaban Alicia y Diana. «Lo hice por ti, Víctor». Él corrió con los ojos cerrados y las manos cubriendo sus oídos para no escuchar a la bestia, pero aunque trataba de alejarse, sentía su respiración en el cuello. Antes que pudiera darse cuenta, un profundo foso negro se abrió ante él. Comenzó a caer, a caer, y a caer, hasta el final de los tiempos.

Capítulo ocho.

Eran las nueve de la mañana y el equipo esperaba nervioso la llegada del comisario. Doyle volvió a intentar comunicarse con la casa de Sterling. Como nadie le respondió llamó por el móvil, pero seguía fuera de cobertura. Ya sabía por Marianne que no habían recibido ningún mensaje de él.

—Tal vez se quedó dormido —sugirió Durand—. Eso pasa y anoche el comisario parecía muy cansado.

—Es posible —admitió Doyle—, pero sería la primera vez que ocurre. Muy bien, iniciaremos la reunión sin él. Lo pondremos al día cuando llegue.

—Sí, señor.

La discusión se reinició donde terminó el día anterior, pero sin la dirección de Sterling, cada uno se encerró en su propio punto de vista y avanzaron poco. Discutieron sin llegar a ninguna nueva conclusión hasta las diez y media, pero el comisario todavía no aparecía. Doyle repartió las tareas, envió a O´Neill y Curtis a interrogar a los usuarios asiduos de la línea quinientos diecinueve y a los vecinos de *Highgate*, por si alguien había visto a los chicos, solos o con una tercera persona. Le dijo a Durand que lo acompañara para averiguar si los forenses disponían de nueva información.

Subieron al coche de Doyle e iniciaron el camino. El inspector se veía preocupado y Ashley sospechó que era a causa del comisario. Salieron en dirección al *Saint Thomas Hospital*, en cuya morgue se encontraban los cadáveres de los chicos, pero al llegar a la rotonda de *Westminster* en lugar de seguir por *Bridge Street* para cruzar el río, el inspector giró por *Great George Street* en sentido contrario. La agente comprendió sus intenciones. Doyle la miró de reojo, al darse cuenta de que le debía una explicación.

—Solo quiero asegurarme de que todo está bien.

—¿Qué cree que retrasó al comisario, señor?

—No lo sé. Es lo que quiero averiguar. Es la primera vez que Michael falta a una reunión, además de que se trata de una que él mismo convocó. Solo quiero comprobar que todo está bien —repitió, más para sí mismo que para su colega.

—Usted parece apreciarlo mucho.

—Es un buen amigo y un excelente policía.

—¿Lo conoce desde hace mucho tiempo?

—Desde *Cambridge* —confesó Doyle—. Casi veinte años.

Ashley asintió, ahora comprendía la confianza que parecía existir entre el comisario y el inspector. Por desgracia, la desviación les llevaría más que un momento. Al llegar a *Kensington Church Street*, se vieron en medio de un atasco monumental. Tardaron casi una hora en recorrer una distancia que no debió llevarles más de diez minutos. Un camión que transportaba electrodomésticos volcó y colisionó con cuatro coches. Por la cantidad de ambulancias presentes era evidente que había víctimas. Aquello era un caos, y Doyle se preguntó si no sería la razón por la que Michael no había llegado. Luego lo descartó. De haber sido ese el motivo hubiera avisado por el móvil. Algo más debió ocurrir y temía hacer suposiciones.

Una vez rebasado el lugar del accidente, el resto del trayecto estuvo despejado y en menos de cinco minutos se encontraron ante el edificio de Sterling.

Doyle se asomó al *parking* y comprobó que el coche de su amigo estaba allí.

—Está en casa, o se fue en taxi.

—Va a ser lo que yo le digo, señor —insistió Durand—. Seguro se quedó dormido. Después del día que tuvo ayer, es normal.

—No en Michael.

Llamaron desde el portal, pero nadie respondió. Esperaron más de diez minutos. Doyle consultó la hora: faltaban quince minutos para las doce. Llamó a Marianne, que le reiteró que el comisario no había llegado ni tenía noticias de él. Doyle decidió llamar al portero. El hombre, vestido con un mono de trabajo y con su nombre bordado en el bolsillo del pecho se sorprendió cuando el inspector le mostró su identificación.

—¿Tiene usted llave del apartamento del comisario Sterling? —le preguntó.

—Sí señor —reconoció el hombre—. Es mi esposa quien se encarga de la limpieza. ¿Hay algún problema?

—Espero que no, pero necesitamos entrar.

—No sé si al comisario le agrade…

—Escuche, soy amigo del comisario y le aseguro que no tendrá problemas si me permite entrar —el portero pareció dudar—. No se presentó a trabajar hoy —le confesó Doyle en voz baja—. Ayer parecía enfermo, así que solo quiero comprobar si está en casa y si necesita ayuda.

—En ese caso esperen, voy a por la llave.

El portero regresó con las llaves y los acompañó al apartamento de Sterling. Entraron. Doyle lo llamó en voz alta. Todo se veía igual a como Ashley lo recordaba el día anterior. Nadie respondió. El piso parecía vacío. Doyle se encaminó por el pasillo hasta la habitación donde Sterling entró la víspera.

—¡Michael! —gritó Doyle con desespero cuando abrió la puerta—. ¡Michael, responde! ¿Qué te pasa, amigo?

Los gritos no obtuvieron respuesta, Ashley y el portero entraron detrás de Doyle. Sterling yacía en la cama cubierto de sudor, llevaba la misma ropa de la noche anterior. Solo se había quitado la chaqueta y la corbata. Estaba pálido y se removía inquieto en medio de terribles pesadillas, balbuceaba con palabras ininteligibles, solo interrumpidas por ataques de tos. Doyle se acercó a él y trató de despertarlo sin ningún éxito.

—Tiene fiebre —anunció después de tocarlo, con la angustia reflejada en su rostro—. Está ardiendo —Miró al portero—. ¡Llame a una ambulancia, deprisa!

Ashley también se acercó y tocó la frente del comisario. Sin duda, tenía mucha fiebre. Era evidente que Doyle no sabía qué hacer. Ella comprendió que Sterling necesitaba algo más que buenas intenciones y decidió tomar la iniciativa.

—¿Conoce usted bien la casa, señor? —le preguntó a su jefe.

—Sí. He estado aquí muchas veces.

—Yo me quedaré con él. Por favor traiga un recipiente con agua fría y toallas limpias. Debemos hacer lo posible por bajarle la fiebre hasta que llegue la ambulancia. Busque también un termómetro si es posible. Tal vez lo encuentre en el baño.

—Sí.

El inspector se levantó, dispuesto a seguir las instrucciones de Ashley. Ella se sentó al borde de la cama. Sterling seguía balbuciendo, pero parecía hacerlo en otro idioma porque ella no entendía palabra. Solo acertó a comprender un nombre: Sandra. Se preguntó quién sería y qué importancia tendría en la vida de Sterling para que fuera el único que mencionaba en el estado en el que se encontraba. Tuvo un atisbo de envidia por la tal Sandra, pero lo desechó de inmediato. Doyle llegó con el termómetro, una palangana con agua helada y toallas limpias. A sus espaldas entró el portero, que no traía buenas noticias.

—Los servicios de urgencia harán lo posible, pero ya me advirtieron que con el accidente que hubo en la vía tardarán más de una hora completar el recorrido. Dijeron que hiciéramos lo posible hasta que ellos llegaran.

—¡Mierda! —masculló Doyle.

Ashley no dijo nada. Ya temía algo así. Pensó que por primera vez le sería útil ser la segunda de seis y la chica mayor. Su padre murió en un accidente laboral poco después de nacer su último hermano y su madre pasaba el día trabajando para sostener a esa numerosa prole. Su hermano mayor, que comenzó a trabajar a los catorce años, se creía el hombre de la casa y la trataba como a una sirvienta, hasta que una noche le gritó porque según él le había planchado mal una camisa, y acompañó el regaño con un bofetón. A esto, Ashley le respondió tirándole la plancha a la cabeza. Por fortuna no le acertó, pero ese día su hermano aprendió a planchar. Desde entonces no soportaba a los hombres que la hacían sentir menos por ser mujer, en especial si tenían alguna autoridad sobre ella.

Su relación con sus hermanos menores era mejor. Estando su madre siempre en el trabajo, ella era quien les restañaba las heridas cuando se caían, la que se quedaba con ellos cuando tenían fiebre, la que se aseguraba que tomaran las medicinas y los consolaba cuando estaban enfermos. Por eso sabía qué hacer. Aunque nunca se había enfrentado a una situación tan grave como la que ahora postraba a Sterling, al menos tenía una idea de la conducta que debía tomar.

Ashley acomodó las almohadas para que el enfermo quedara cómodo pero un poco ladeado, con la cara mirando hacia ella. En ese momento dejó de ser su superior para convertirse en alguien que necesitaba su ayuda. Le desabotonó la camisa y le puso el termómetro bajo la axila, mientras le secaba con suavidad el sudor de la cara. En un gesto instintivo le acarició el cabello y le susurró palabras de consuelo. Pareció funcionar, pues dejó de agitarse y se veía más tranquilo. Notó que respiraba con dificultad, por lo que temió que estuviera peor de lo que sospechaban. Al cabo de un minuto retiró el termómetro y al verlo palideció.

—¿Es muy alta? —preguntó Doyle.

—Mucho —confirmó ella—. Debemos bajarla cuanto antes.

Volvió a mirar a Sterling, que ya no deliraba, pero continuaba temblando. Sin perder más tiempo humedeció las toallas. Le dio dos a Doyle y le dijo que cubriera con ellas los tobillos del comisario, ella hizo lo propio en las muñecas y la nuca, luego colocó la última toalla fría en la frente. Al terminar, las recogieron, las volvieron a humedecer y repitieron el proceso. Se calentaban con rapidez, casi antes de que tuvieran tiempo de cambiarlas. Doyle estaba un poco más tranquilo, tal vez porque sentía que hacía algo, aunque Ashley no sabía si sería de ayuda. Estaba claro que el estado de Sterling exigía medidas mucho más drásticas, pero para eso tendrían que esperar a la ambulancia.

Con todo, el enfermo se tranquilizó, y al cabo de quince minutos entreabrió los ojos. Doyle sonrió. Los ojos se le humedecieron por el alivio que sintió. Sterling parecía confundido, como si los viera a través de una espesa niebla, sin embargo, por un instante los reconoció.

—Billy... Durand —dijo en un susurro, con la voz ronca y la respiración entrecortada. Era evidente que lo sorprendió verlos.

—No hable, comisario – le recomendó Ashley, La ambulancia está a punto de llegar. Lo llevaremos al hospital y pronto se sentirá mejor.

Sterling cerró los ojos en gesto de conformidad. No recordaba haberse sentido tan débil y enfermo en toda su vida. Ni siquiera cuando lo hirieron los guardias que simularon su fuga. Durand continuó refrescando su frente con toallas húmedas. Michael veía el miedo por él reflejado en los ojos de su amigo y de su subalterna e hizo el esfuerzo de mantenerse despierto, pero su cuerpo lo traicionó y poco a poco se fue hundiendo en la inconsciencia.

La ambulancia tardó una hora y diez minutos para desesperación de Doyle y Durand, que presentían que el tiempo era algo con lo que no contaban. Doyle se sentía culpable por no haber acompañado la noche anterior a Michael, por no haber acudido a su casa en cuanto se dio cuenta que no estaba en la comisaría a la hora acostumbrada. Sentía que le había fallado a su amigo.

Cuando por fin llegaron, los sanitarios lo auxiliaron con las medidas más urgentes y lo subieron a la camilla. Uno de ellos miró a Doyle y a Durand.

—¿Son parientes? ¿Alguno de ustedes lo acompañará en la ambulancia?

—Vaya usted con él —le ordenó Doyle a Durand, consciente de sus obligaciones ahora que Sterling estaba incapacitado—. Quédese en el hospital y manténgame informado. Llamaré a mi esposa. Ella la relevará para que pueda reincorporarse al trabajo.

—Sí, señor —respondió Ashley. Luego siguió a la camilla.

Doyle los vio alejarse, dio instrucciones al portero acerca del piso, bajó hasta su coche y cuando estuvo sentado al volante, la realidad lo golpeó como si le hubieran dado una bofetada. Cerró los ojos y recordó. Él tenía diecinueve años, cursaba estudios en *Cambridge* gracias a una beca. Su padre era panadero, así que Billy siempre pensó que su vida consistiría en levantarse a las tres de la madrugada para preparar el pan y repartirlo a sus clientes, pero su desempeño escolar llamó la atención de sus maestros, por lo que las oportunidades comenzaron a aparecer. Al terminar el bachillerato en un colegio público le ofrecieron una beca en *Cambridge* y las perspectivas de su vida cambiaron. Se sentía bien en clases, era un excelente alumno, pero al salir al *campus* las cosas se complicaban. No era muy popular, no pertenecía al mismo nivel social de la mayoría de sus compañeros, lo que causaba un mal disimulado desprecio. Doyle era muy sociable y solía estar de buen humor, así que el vacío que tenía que soportar se le hacía muy difícil.

Estaba a punto de renunciar a todo, de regresar a casa para aprender el oficio de panadero, cuando le cambiaron el compañero de habitación. Entonces conoció a Michael, que era un año más joven. Al principio, Doyle pensó que el cambio sería para mal. Su anterior compañero era un chico pijo, hijo de un rico comerciante de telas al mayor, aburguesado y antipático, pero era un tío normal. El nuevo, en cambio, era uno de esos que pertenecía a una familia aristocrática con un árbol genealógico impresionante, aunque no hicieran uso del título. Además, tenía el futuro garantizado por la fortuna de la familia. Billy estaba seguro que sería insufrible, pero se equivocó.

Michael actuaba como un chico normal y detestaba que le recordaran su título o su fortuna, como si fuera algo que no le pertenecía por derecho. Para ser un joven que creció en un ambiente privilegiado tenía una extraordinaria resistencia a la adversidad. En la medida que lo fue conociendo, Doyle notó que había en él cierto pesar, como si arrastrara una gran tragedia que lo hubiera convertido en un hombre antes de tiempo. Carecía de la superficialidad y banalidad de los otros jóvenes de su edad y clase social. Así que en pocas semanas se convirtió en el mejor amigo de Doyle.

Doyle estudiaba sociología. Tenía intenciones de hacer carrera como profesor de la materia, pero Sterling cursaba criminología y consiguió interesarlo en su carrera. Cuando se licenciaron y especializaron, ambos solicitaron plaza en *NSY* y los aceptaron. Doyle se casó al poco tiempo de iniciar su vida laboral, y llevó adelante una satisfactoria carrera dentro de la institución policial, pero Sterling poseía una motivación especial para perfeccionarse como investigador. Asistía a todos los cursos, congresos y conferencias que podía para mejorar su desempeño y cuando estaba en medio de un caso era como un perro de presa, no descansaba hasta resolverlo. Debido a su dedicación, su ascenso fue meteórico, y alcanzó el rango de comisario en el *Yard*. Nunca hizo alarde de su fortuna, sino que más bien ocultaba su origen, como si fuera motivo de vergüenza.

Doyle lo admiraba, lo respetaba y lo quería como si fuera su hermano. Ellos habían recorrido juntos el camino. Michael le ofreció su amistad sin condiciones. Ahora la posibilidad de que esa absurda enfermedad se lo llevase y la culpa que sentía Doyle por no haber sido más expeditivo en auxiliarlo le pesaban en los hombros como una losa. Doyle abrió los ojos y notó que las lágrimas le corrían por las mejillas. Se las secó enojado consigo mismo, mientras llamaba a Rachel por el móvil para que fuera al hospital y se quedara con Michael. Luego encendió el coche para dirigirse a la morgue. Lo único que podía hacer ahora por él era resolver el doble homicidio. Por alguna razón, este caso era muy importante para su amigo, tanto que puso en riesgo su salud para no abandonarlo. Doyle estaba decidido a no defraudarlo.

Llego a la morgue, y mientras esperaba al forense decidió llamar a Durand para informarse acerca de Michael.

—Estamos en Urgencias, señor —le notificó la agente—. Su esposa ya está aquí. Todavía no sabemos nada, pero por lo que pude sonsacarles a los paramédicos, su estado es muy delicado.

—¿Te dijeron qué le pasa?

—No, señor.

—Me gustaría hablar con mi esposa.

—Billy —lo saludó Rachel, cogiendo el teléfono de Durand—. Es terrible —Doyle se dio cuenta que se esforzaba en contener el llanto. Rachel también quería a Mike como a un hermano.

—¿Puedes quedarte con él hasta que haya noticias?

—Me quedaré el tiempo que sea necesario —confirmó ella—. Pedí el día libre cuando me llamaste.

—Gracias, por favor avísame cuando sepas algo —suspiró—. Dale el teléfono a Durand.

—¿Inspector? —respondió Ashley.

—Durand regrese al despacho. Es posible que necesitemos hacer alguna averiguación informática con los datos que se obtengan. Ahorraremos tiempo si usted ya está allí.

—Sí señor.

Doyle colgó y llenó sus pulmones de aire. Hubiera querido estar en el hospital con Michael, pero allí no podía hacer nada útil. Se encaminó a la oficina del forense. Tal vez ya hubiera concluido la autopsia de la chica.

—Buenas tardes, inspector —lo saludó el forense—. ¿Se encuentra usted bien?

—Sí, doctor Ross. Ha sido una mañana difícil.

—Son tiempos difíciles.

—¿Ya se hizo la autopsia de la joven?

—Sí, tengo aquí el informe. Creo que Sterling lo encontrará interesante.

Doyle miró al forense, había olvidado que también Ross tenía una estrecha relación profesional con Michael.

—Me temo que, de momento, el comisario no podrá hacerse cargo del caso —le informó Doyle—. Se encuentra ingresado.

—Lo lamento. Espero que no se trate de algo grave.

—Me temo que sí lo es.

—El comisario Sterling es uno de los mejores investigadores que conozco, sin pretender menospreciarlo inspector —Doyle asintió—. También es un hombre de principios firmes, lo que no es muy común. Por favor transmítale mis deseos para su pronta recuperación cuando lo vea.

—Gracias, lo haré. ¿Puede resumirme lo que encontró? —preguntó levantando la carpeta que tenía en la mano.

—La autopsia confirma lo que ya sabíamos. La chica murió desangrada como consecuencia de los múltiples cortes. Quien lo hizo demostró un sadismo y ensañamiento poco comunes.

—¿Qué quiere decir?

—Los cortes no eran profundos ni comprometieron órganos vitales, pero sí algunas venas de mediano tamaño.

—Eso debió llevar mucho tiempo.

—Calculo que desde que inició el primer corte hasta que la chica murió debió pasar al menos una hora.

—Eso descarta el crimen pasional.

—Eso descarta la salud mental del asesino. Si el chico cometió el crimen, estaba muy enfermo.

—Sin embargo, todos los que lo conocían lo consideraban un joven ejemplar.

—Algunas veces estos psicópatas parecen muy normales, hasta que se desatan sus demonios.

—¿Qué me puede decir del arma homicida?

—Un cuchillo de caza normal que puede encontrarse en cualquier tienda de deportes. Es de una marca muy común y era casi nuevo. Tenía las huellas del chico y de nadie más.

—¿Qué puede decirme del corte de la oreja?

—Como les informé ayer, se hizo *post-mortem*. Emplearon una tijera, tal vez quirúrgica.

—¿Encontró alguna droga en la sangre de ella?

—No había cocaína como en el chico, pero sí trazas de esa sustancia que no podemos identificar.

—¿En la sangre?

—Sí.

—¿Podremos saber lo que es?

—No se lo puedo asegurar. Haremos lo posible, pero casi no quedaban rastros de ella. Lo que puedo afirmar es que no contribuyó a la muerte de ninguno de los dos. Casi se había eliminado de sus sistemas cuando ocurrieron los decesos.

—¿Cómo entró a sus organismos?

—No hay marcas de agujas en ninguno de los cuerpos, tampoco rastros en el estómago, aunque si tenemos en cuenta que tuvieron tiempo de metabolizarlo, es poco probable que detectemos si la ingirieron.

—Así que sabemos que no se lo inyectaron.

—Es lo único que sabemos con certeza.

—Tenemos problemas para explicar cómo el asesino controló a su víctima. ¿Tiene alguna idea que nos ayude a encontrar una solución?

—Me temo que ninguna —admitió Ross—. No había señales de lucha en ninguno de los dos. Las uñas de ambos están libres de tejidos, no hay hematomas, ni fracturas, ni heridas defensivas.

—No los golpearon.

—No.

—¿Cómo la amarraron a ella sin que opusiera resistencia? Y si hubo una tercera persona ¿Cómo logró que Phil no tratara de defenderla o huir? ¿Había rastros de ataduras en el chico?

—En la chica son evidentes las ataduras. Hay incluso quemaduras y raspaduras en las muñecas y tobillos por los intentos de librarse de ellas. Pero en el chico no hay nada. Su piel está limpia como la de un recién nacido.

—¿No lo amarraron?

—No hay evidencias de que lo hicieran.

—Entonces tuvo que ser él o actuar como cómplice.

—Es lo que parece. En especial porque ella murió unos veinte minutos antes.

—¿Usted diría que él lo hizo?

—Todos los indicios que encontramos apuntan en ese sentido. Además, no hay evidencia forense de nadie más. Ni cabellos ni sangre ni fibras ni restos de piel.

—¿Qué me dice de la sangre en la ropa del chico? —preguntó Doyle—. Usted mismo confirmó que las manchas no se correspondían con el patrón que deberían tener si él hubiera matado a la chica.

—Eso tiene una explicación sencilla. Es posible que cuando se vio la ropa manchada, intentara limpiar la sangre con las manos... Y lo que consiguió fue embarrarla.

—¿Cómo explica que no encontráramos el lóbulo de la oreja?

—Pudo llevárselo alguna alimaña. En ese lugar abundan.

—¿Qué me dice de la tijera con la que se realizó ese último corte? No la encontramos en la cripta.

—Eso es algo para lo que tendrá que encontrar explicación usted, inspector —reconoció Ross.

—Gracias doctor. Me ayudó mucho.

Antes de regresar a *NSY*, Doyle se desvió al *Bupa Cromwell Hospital*, donde ingresaron a Michael. Rachel esperaba en una salita. Cuando ella lo vio se le acercó, lo abrazó, apoyó la cabeza en su hombro y comenzó a sollozar. Doyle se asustó, temiendo lo peor. Dejó que su esposa se desahogara y cuando notó que el llanto comenzaba a ceder la sostuvo por los hombros para apartarla con suavidad.

—¿Se sabe algo? —le preguntó. Ella asintió.

—Está muy mal, Billy. Lo ingresaron en la UCI. Dicen que es una neumonía, que afectó ambos pulmones y que se complicó.

—Seguro que se pondrá bien —Trató de animarla su esposo—. Hoy día curan las neumonías con mucha facilidad. Le administrarán antibióticos y...

—No es tan sencillo, cariño. Me advirtieron que el tipo de infección que tiene no responde bien a los antibióticos, que ya invadió la sangre, y...

—¿Qué? —preguntó él mirándola a los ojos, con el corazón en un puño.

—Que hay pocas esperanzas de que se recupere —respondió Rachel con los ojos anegados—. Que debemos estar preparados para lo peor.

Doyle volvió a abrazarla, sin saber si lo hacía para consolarla o buscando consuelo con su cercanía. Estuvieron así un rato y luego fue a buscar al médico que atendía el caso de Michael, quien corroboró lo que le dijo Rachel. Después de saber que Michael no tenía familia y que él era su amigo más cercano, el doctor Miles le autorizó para verlo por cinco minutos. Doyle entró en la habitación junto con una enfermera.

Michael yacía en la cama inconsciente. Aunque no sabía si podía escucharlo, hubiera querido decirle algo: que era un buen amigo, que lo querían, pero tenía un nudo en la garganta que le impedía hablar. Pensó que apenas el día anterior, hubiera podido decir todas esas cosas con la certeza de que las escucharía, pero entonces no lo había pensado. No sabía que era importante decirlo y no se le ocurrió.

—Todo saldrá bien, Mike —acertó a hablar por fin—. Te pondrás bien, amigo.

Antes de que la emoción lo traicionara, Doyle salió de la habitación y del hospital en dirección al trabajo y a la rutina. Había un caso que resolver y él tenía que hacerlo por Michael.

Capítulo nueve.

Cuando llegó al despacho de Michael, Doyle sintió el ambiente pesado, como si una tempestad estuviera a punto de desatarse entre las paredes. Marianne salió a su encuentro.

—Inspector, Ashley me lo contó —le dijo con expresión de angustia—. Es terrible. —El resto del equipo se acercó cuando lo vio llegar—. ¿Se sabe algo? ¿Cómo está?

—Me temo que su situación es muy delicada —les informó Doyle—. Se trata de una neumonía, pero la infección se extendió. Hacen lo que pueden, pero no dan muchas esperanzas.

Un velo de decepción cayó sobre todos, y Doyle escuchó a alguno de los chicos mascullar una maldición entre dientes.

—Alguien debe avisar a Colbert —recordó el inspector.

—Ya lo hice, señor —le notificó Marianne—. Quería hablar con el comisario en cuanto llegara, así que le informé al saberlo. Lo lamenta mucho, y me pidió que le avisara cualquier novedad.

—Está bien —aceptó Doyle, luego se dirigió al equipo—. Sé que ahora todos estamos preocupados por el comisario, pero debemos superarlo y continuar adelante. Estoy seguro de que es lo que Sterling espera de nosotros. Me gustaría que cuando se recupere podamos decirle que cerramos el caso.

—¿Se recuperará, señor? —preguntó Curtis.

—Debemos confiar en que así sea.

Entraron en el despacho y ocuparon sus lugares. Doyle pasó al frente, donde debió estar Sterling. Se sentía como un usurpador, pero se esforzó en concentrarse.

—¿Qué tenemos? —le preguntó a Curtis y O´Neill.

—Interrogamos a los usuarios habituales de la ruta y a los vecinos de *Highgate* —le informó O´Neill—. Los chicos les resultaron familiares a algunos, pero no recordaban cuándo los vieron, si iban solos o acompañados.

—Casi nadie se fija en el que tiene sentado al lado en un autobús —explicó Curtis—. A menos que algo en su aspecto resulte extraño o amenazador, que no era el caso de las víctimas.

—Sin embargo, una anciana cree que los vio bajar junto a un hombre que llevaba una bolsa de deporte.

—¿Iba con ellos?

—Eso no lo sabe. Solo que bajaron en el mismo lugar, en la parada de *Bisham Gardens* y caminaron en la misma dirección, hacia *Swains Ln.*, lo cual coincide con lo que sabemos, pero no se atreve a afirmar si iban juntos.

—Le preguntamos si notó algo extraño, si parecía que el hombre amenazaba a los chicos o algo así —dijo Curtis—, pero lo negó. Según ella, el sujeto avanzaba por delante de ellos, los jóvenes iban abrazados y parecían absortos, distraídos. No asustados.

—¿Qué quiso decir con absortos? —preguntó Doyle.

—Cuando le pedimos precisar nos dijo que como cualquier pareja de chicos de esa edad.

—Usó la palabra «tórtolos» —apuntó Curtis.

—¿Recuerda algo del hombre?

—Era alto, vestía de negro, usaba gafas y llevaba el cuello del abrigo alzado, lo que no le pareció extraño porque era una noche muy fría.

—¿Color del cabello?

—Usaba gorro de lana —respondió Curtis.

—Es decir, que pudo ser cualquiera.

—Tampoco sabemos si está relacionado —reconoció O´Neill—. Después de todo, no amenazó a los chicos. Pudo tratarse de alguien que solo coincidió con ellos en el camino. Además, es un largo trayecto a pie desde *Bisham Gardens* hasta *Highgate.* Demasiado para mantener el control de las víctimas si iban bajo coerción.

—¿Nadie más se fijó en ese tío? —preguntó Durand, ignorando los reparos de O´Neill.

—Nadie.

Doyle los puso al día con las informaciones del forense. Al terminar los animó a exponer sus ideas, tal como siempre hacía Michael. Sintió una punzada de remordimiento al comprender que copiaba el estilo de su amigo.

—Sigo creyendo que fue el chico —insistió O´Neill—. No hay nada concreto que nos induzca a pensar en un tercer involucrado.

—Excepto la ausencia del lóbulo de la oreja y de la tijera que se usó para cortarla —apuntó Durand.

Curtis la miró iracundo, recordando el altercado de la noche anterior. Por un momento, Doyle temió que se le fuera el control de la disciplina del equipo. Sin embargo, tal vez por respeto al superior ausente o por vergüenza por el altercado de la noche anterior, ambos jóvenes callaron. O´Neill se apresuró a tomar la palabra.

—Tiene que haber una explicación lógica. En el caso de la oreja, me inclino por la teoría de la alimaña. Con respecto a la tijera, el chico pudo deshacerse de ella antes de morir.

—¿Por qué? —preguntó Doyle—. ¿Y cómo?

—Debía estar fuera de sus cabales para cometer un crimen así. Pudo arrojar la tijera fuera de la cripta, tal vez al camposanto. No la buscamos en ningún otro lugar —sugirió Curtis.

—¿Por qué no hizo el corte con el cuchillo? —preguntó Durand—. Aún lo tenía en la mano cuando lo encontraron.

—Tal vez para él tenía mayor importancia, tal vez había algún significado ritual en ese acto —teorizó O´Neill—. Creo que debemos hacer una búsqueda más exhaustiva de la tijera, no solo dentro de la cripta, sino también en los alrededores.

—Muy bien —aceptó Doyle—. Curtis, al terminar la reunión te llevarás dos agentes y te encargarás de eso. Revisa cada rincón del cementerio, incluyendo las alcantarillas cercanas.

—Sí señor.

—Es vuestra teoría, O´Neill —precisó Doyle—. ¿Cómo la estructuráis? Supongo que habéis hablado de eso ¿no?

—Sí, claro —reconoció O´Neill—. Digamos que el chico decide que esa noche no le basta la sesión habitual en el cine. Consiguió algo de coca y quiere probar cómo se siente. Prepara el escenario en la cripta para algún tipo de fantasía. Tal vez incluso le habla de eso a la chica y la convence.

—Parece demasiado macabro para dos adolescentes —discrepó Doyle.

—Con toda la información que existe disponible para cualquiera en la red, estos chicos ven cosas que ni nos imaginamos, señor —argumentó Curtis.

—Muy bien —admitió Doyle—, continúa.

—Suben al autobús, sin apearse hasta *Bisham Gardens*, caminan abrazados en dirección sur por *Swain Ln.* hasta *Highgate*, cruzan el cementerio y entran en la cripta donde Phileas dejó todo a punto. Puesto que no hay señales de lucha tenemos que pensar que la joven está de acuerdo. Tal vez lo viera como un juego. Así que permite que la amarre al ataúd.

—¿Desnuda? ¿Con el frío que hacía? —protestó Durand.

—Tal vez no quería defraudar a su chico —insistió Curtis, tratando de no perder los estribos.

—Phil ingiere la droga y empieza el colocón —continúa O´Neill, ignorando la interrupción—, pero reacciona mal. Quizá la droga está adulterada o tiene ese efecto en él. El caso es que se vuelve loco, tal vez no tiene erección, puesto que no hay evidencias de agresión sexual, se enfurece, culpa a la chica y comienza a cortarla con el cuchillo. Ella se resiste, pero es tarde porque está inmovilizada. Cuando Carola muere, él le corta el lóbulo de la oreja con una tijera...

—¿Por qué no usa el cuchillo? —interrumpió de nuevo Durand. Doyle levantó la mano, haciendo un gesto para que permitiera que O´Neill continuara su exposición.

—...Arroja la tijera lejos de la cripta —Sigue el inspector—, luego regresa con el cuchillo en la mano para contemplar su obra, pero se pasó de dosis, así que cae muerto.

—Tiene sentido —admitió Doyle—, aunque sería más sólido si encontráramos la tijera cerca de la cripta —Se volvió hacia Durand. Nunca le había simpatizado, pero no debía permitir que eso influyera en su relación laboral—. Durand, por lo visto tiene algunas objeciones.

—Sí, señor —confirmó ella—. Me cuesta creer que la chica se desnudara por su voluntad propia en pleno invierno y se dejara amarrar por su novio para una extraña fantasía o juego.

—Tal vez era masoquista —argumentó Curtis.

—Tenía dieciséis años —discrepó Durand—. ¿Cuántos adolescentes has visto que lleguen a esos extremos?

—Es poco común —admitió O´Neill—, pero no imposible.

—Además —siguió su argumento Ashley—, por lo que sabemos de ambos chicos, ninguno de ellos era proclive a ese tipo de conducta.

—¿Alguna otra objeción?

—¿Por qué solo él consumió la cocaína, y por qué se la bebió en lugar de esnifarla? No creo que no supiera cómo se hacía. Eso se ve hasta en las películas.

—Tal vez quería probar algo diferente —intervino Curtis—, además podría no haberle dicho nada a la chica acerca de la droga. Puede haber esperado a tenerla amarrada para sacarla.

—Es un buen punto —admitió Doyle.

—¿Y la tijera?

—Ya hablamos de la tijera —la cortó el mismo Doyle—. Se buscará. Por lo visto, usted prefiere la teoría de una tercera persona como asesino, Durand. ¿Quiere argumentarla?

—Debo reconocer que también tengo muchas lagunas en esa teoría, señor —admitió ella a regañadientes.

Después de la reunión, Doyle pasó por el hospital para recoger a Rachel y regresar a casa. No había cambios en el estado de Michael. Recorrieron el camino mientras Doyle le contaba a su esposa lo que ocurrió aquella mañana. Rachel preparó un almuerzo que comieron en silencio. Al terminar, Billy hizo café. Rachel lo siguió a la cocina.

—Llamé a Elizabeth para cancelar —le notificó ella. Por un momento, él no supo de qué le hablaba—. Mi amiga —explicó al ver la expresión de desconcierto de él—, la que quería presentarle a Michael.

—Claro —respondió Billy, al recordar la cena a la que invitaron a su amigo.

Doyle bebió el café sumido en sus pensamientos. Rachel lo miró, mientras esperaba que el suyo se enfriara un poco.

—¿Crees que lo logre? —preguntó Rachel, sin quitarle la vista de encima a su esposo para saber si intentaba mentirle.

—No lo sé —reconoció él, después de pensarlo un momento. Entonces suspiró— Mike es fuerte, nunca antes lo vi enfermo, pero... —Volvió a suspirar—. No sé qué decirte.

—Está muy mal, ¿verdad? —le preguntó ella, él asintió pensativo.

—Lo peor es esta sensación de impotencia —dijo él, en un ataque de ira—. Cuando debí hacer algo no actué, lo dejé pasar. Ahora Mike puede morir por mi estupidez.

—Billy, no puedes culparte ¿Qué podías haber hecho tú?

—Debí ser más observador, adivinar lo que ocurría, impedir que se pusiera en riesgo.

—¿De qué estás hablando? —preguntó ella confundida.

—Desperté muy temprano a Michael por un caso —le explicó él, que necesitaba desahogarse—. Cuando llegó a la escena del crimen era obvio que estaba enfermo. Amaneció mal. ¡Por Dios, estuvo a punto de desmayarse! Creí que solo estaba cansado. ¡Menudo policía estoy hecho!

—¿Te dijo él que se sentía mal? —Doyle negó con la cabeza.

—Trató de hacerme creer que era porque estaba en ayunas —sonrió con sarcasmo—. Hasta nos invitó a desayunar a los chicos y a mí. Luego vino lo del secuestro. Entonces no me di cuenta, creí que se encontraba bajo presión porque había una niña en peligro, pero se veía mal: pálido. Era evidente que estaba exhausto.

—¿Nunca se quejó?

—No, Michael nunca reconocería que está mal. Yo debí saberlo. Supongo que cuando se lanzó en el tanque para sacar a la niña fue la gota que colmó el vaso. Es invierno y el agua estaba helada —miró la taza. Había olvidado que la tenía en la mano—. Cuando pudimos sacarlo, los sanitarios querían llevárselo. Él se negó. Tenía que haberlo obligado. Tal vez la infección no se hubiera extendido, tal vez ahora no estaríamos en esta situación.

—No puedes saber eso, Bill.

—Solo sé que le fallé.

—No seas tan duro contigo —lo reprendió Rachel con suavidad mientras se levantaba y se acercaba a él para abrazarlo—. Mike no es un niño. Él debió saber que estaba mal. Lo que no comprendo es por qué se empeñó en no recibir ayuda.

—Es este maldito caso. No quería dejarlo.

—¿Por qué es tan importante?

—No lo sé. Es terrible, es cierto, pero en esta ciudad ocurren cosas terribles con mucha frecuencia. Sin embargo, este parecía diferente para él, como si hubiera algo personal en resolverlo. No lo sé. Ya conoces a Mike, es apasionado en su trabajo, pero hay algo más en esto.

—¿Qué crees que sea?

—No tengo idea, lo único que sé es que tengo que resolverlo. Por Michael, y por mí.

Al día siguiente, cuando Doyle llegó a *NSY*, Marianne lo esperaba para decirle que Colbert quería verlo. Doyle maldijo en voz baja. Lo último que necesitaba era tener que enfrentar al superintendente. Pero él era el inspector más antiguo, y por lo tanto el suplente de Sterling. No tenía alternativa. Esperó diez minutos en la antesala hasta que Colbert terminó una conversación telefónica, luego lo hicieron pasar.

—Buenos días, inspector —lo saludó Colbert—. Que terrible lo del comisario Sterling. Espero que haya buenas noticias ¿Hay noticias del hospital?

—Buenos días, señor —respondió Doyle, preguntándose si aquel hombre era un redomado hipócrita, luego pensó que tal vez era sincero. Una cosa era las desavenencias con Sterling, y otra muy diferente que no lamentara su situación—. Me temo que aún no hay ningún cambio.

—¿Qué tan grave es la situación? —preguntó Colbert, que se veía preocupado.

—Muy grave, señor. Dan pocas esperanzas.

—Es increíble, sobre todo porque el día anterior estuvo trabajando con normalidad.

—Me temo que no fue así, señor —apuntó Doyle— Ya se sentía enfermo, solo que evitó que se notara porque no quería que comprometiera su trabajo.

—Sé que el comisario y yo hemos tenido nuestras diferencias, inspector —Colbert habló con voz pausada—. Comprendo que en ocasiones pueda parecer que siento animadversión personal hacia él, pero créame cuando le digo que no hay nada más alejado de la realidad que esa percepción. El comisario cuenta con todo mi respeto y consideración. Deseo de todo corazón que se recupere lo antes posible y que regrese a su cargo, donde su labor es invaluable. Sé que es su amigo personal, y por eso quiero decirle que si puedo hacer algo por él, cualquier cosa, no dude en avisarme y lo haré con gusto.

—Gracias señor —respondió Doyle sorprendido—. Agradezco su ofrecimiento.

—¿Ya avisaron a su familia? ¿Cómo lo tomaron?

Sterling no tiene familia, señor —le informó Doyle—. Era hijo único. Sus padres murieron cuando él era un niño y creció con una tía, hermana de su padre, que murió a una edad avanzada.

—Lamento escuchar eso. No lo sabía.

—Es usted muy amable al preocuparse por Michael, señor, pero supongo que no me llamó por ese motivo.

—No, tiene razón —reconoció Colbert—. En realidad, quiero hablarle del caso que llevan entre manos. Sterling me sugirió ayer la posibilidad de que se tratara de un psicópata. Eso me preocupa ¿Qué avances puede informarme, inspector?

—Aún no tenemos clara la situación —reconoció Doyle—, pero hasta el momento las evidencias inclinan la balanza hacia la posibilidad de que fuera el chico. A menos que encontremos nuevas pistas que nos lleven por otro derrotero, es la conclusión más probable.

—¿Qué les impide llegar a esa conclusión?

—Un solo elemento. Se realizó un corte *post-mortem* con una tijera que no aparece. Si no hay una tercera persona involucrada, debería estar cerca de la escena del crimen.

—Comprendo —dijo Colbert, mostrándose receptivo—. ¿Alguna idea?

—Envié al sargento, con dos agentes a revisar los alrededores. Si aparece la tijera, creo que no quedarán dudas al respecto.

—Muy bien, téngame informado, inspector. Y si encuentran esa tijera, cierre el caso lo antes posible. Cuanta menos oportunidad demos a los periodistas de que conviertan esto en un circo será mejor para todos.

—Sí, señor ¿Algo más?

—Nada por ahora, vuelva a su trabajo.

Doyle se retiró algo confundido. Colbert se había comportado de una forma muy razonable. Su conversación fue muy diferente de los encuentros, casi batallas, que se daban entre el superintendente y Michael. Se preguntó si habría sido más razonable en consideración al estado de gravedad de Sterling o si sería que las personalidades del comisario y de Colbert estaban destinadas a entrar en conflicto. De cualquier manera, se alegraba de no haber tenido que entablar una pelea con su superior. No se encontraba de ánimo para ello.

Volvió a pensar en el caso. En el fondo sentía que traicionaba a Sterling al no defender con más denuedo la teoría de un tercer sospechoso. Michael parecía muy seguro de ello, pero mientras más pensaba en esa posibilidad, menos sentido le encontraba. No había forma de explicar muchos de los hechos que quedaban en el aire con esa teoría. ¿Cómo llevó a los chicos a la cripta sin tener que forzarlos? Y si consiguió engañarlos, ¿Por qué no huyeron cuando vieron las cuerdas en el ataúd? ¿Acaso los amenazó con un arma? Pero la mujer que vio al único hombre que estuvo cerca de los jóvenes estaba segura de que no los amenazaba. ¿Por qué no había marcas de ataduras en el chico, por qué no intentaron defenderse? No, tenía que admitir que por esta vez Sterling estaba equivocado, y seguro que él sería el primero en reconocerlo si hubiera podido asistir a la última reunión. El sonido del móvil lo sacó de sus meditaciones. Respondió sin mirar quién llamaba, con el corazón en un puño, pensando que podía ser del hospital.

—Curtis, señor —Se anunció el sargento—. Encontramos la tijera.

Capítulo diez.

Doyle llegó con Durand al cementerio una hora después. O´Neill y Curtis los esperaban acompañados por dos agentes. Era evidente la satisfacción que sentían por demostrar que tenían razón. Sin embargo, eso no fue lo primero que abordaron.

—Doyle —lo saludó O´Neill—. ¿Alguna noticia de Sterling?

—No hay cambios aún.

—Mal asunto.

—¿Entonces estaba aquí después de todo? —preguntó Billy.

—Siempre estuvo, señor —respondió Curtis, al mismo tiempo que mostraba una tijera quirúrgica que reposaba dentro de una bolsa de pruebas.

—¿Dónde?

—En esta alcantarilla —señaló O´Neill—. A pocos metros de la cripta.

—Eso cambia las cosas —reconoció Doyle. Miró a su alrededor para tratar de hacerse una idea de lo que ocurrió aquella noche—. Phil asesinó a su novia adentro. En medio del colocón le cortó el lóbulo de la oreja, salió y dejó caer la tijera aquí...

—También es posible que la lanzara desde la puerta de la cripta y terminara en este lugar —apuntó Curtis—. Está muy cerca.

—Es cierto, aunque tendría que haber tenido mucha puntería.

—O ser una coincidencia —propuso O´Neill—. No creo que tuviera intenciones de esconderla, sino que respondió a un impulso.

—Sin importar cuáles fueran sus motivos se deshizo de ella, y regresó con el cuchillo en la mano a la cripta, donde la droga que ingirió lo mató.

—Creo que eso describe bien el cuadro, Doyle —concluyó O´Neill.

—¿Qué opina usted? —le preguntó Doyle a Durand, sintiendo que debía darle la oportunidad a la única persona que defendía la teoría de Sterling.

—Lo siento, señor —dijo Durand—. Sigo encontrando lagunas en esa teoría.

—¿Por qué?

—Porque muchas de las conductas que se les atribuyen a los chicos no me parecen lógicas.

—Encajan con las evidencias.

—Encajan con la idea que ustedes tienen de las evidencias —argumentó Durand

—¿Y cuál es su punto, agente? En verdad, me gustaría saberlo.

—Creo que hubo un asesino que convenció u obligó a los chicos a venir a la cripta, amarró a la chica e inmovilizó al chico de alguna manera.

—¿Cómo? —preguntó Curtis—. No hay señales de ataduras en él.

—Tal vez lo amarró por encima de la ropa o le protegió la piel de alguna forma.

—¿Para qué? —preguntó Curtis—. No tuvo tantas precauciones con la chica. No creo que le importara causar incomodidad o dolor.

—Tal vez para que no quedaran marcas —sugirió Durand—. Para que pensáramos que había sido el chico y no lo buscáramos a él.

—Pero aún queda la cuestión de cómo logró dominar a ambos jóvenes.

—Pudo amenazarlos con un arma. Apuntarles y obligar a Phil a inmovilizar a la chica al ataúd para que no los matara. Luego amarró al chico de manera que no le quedaran marcas e inició su macabro ritual.

—Veo dos problemas en ese argumento —opinó Doyle, antes de que Curtis interviniera—. En primer lugar, el único hombre que fue visto cerca de los jóvenes caminaba por delante de ellos, lo cual haría imposible que los condujera bajo amenaza...

—Tal vez los llevó hasta la cripta con algún engaño y por eso iba por delante, para guiarlos. Una vez allí, sacó el arma y los amenazó —argumentó Durand, sin darse por vencida—. También es posible que los chicos tuvieran pensado ir a la cripta por algún motivo, y cuando llegaron se encontraron al asesino esperándolos.

—Muy bien, es un poco forzado, pero aceptemos por un momento que tiene razón —concedió Doyle—. El segundo problema que veo es cómo dominó a Phil. Aceptaré que el chico ató a la muchacha porque el asesino lo amenazaba con un arma, pero después quedaron solos. Para poder amarrar al chico tendría que soltar el arma o bajar la guardia. ¿Por qué no aprovechó Phil para escapar?

—Es posible que estuviera paralizado por el terror y temiera enfurecerlo.

—¿Y por eso se dejó someter con docilidad? —preguntó Curtis—. No lo creo. Su novia estaba desnuda, amarrada a un ataúd, sabía que ese tío no tenía buenas intenciones y que una vez que lo sujetara estaría a su merced. Las reacciones lógicas eran luchar si era valiente o huir y dejar a la chica allí si era un cobarde. En ningún caso dejar que lo inmovilizaran sin oponer resistencia.

—Nunca se sabe cómo reaccionará una persona en esas circunstancias —protestó Durand.

—Pues yo creo que la conducta que tú atribuyes a los chicos es más extraña que la que les atribuimos nosotros —opinó O´Neill—. Según tu planteamiento, ellos siguieron a un desconocido a la cripta de un cementerio y luego en lugar de defenderse o intentar huir cuando el tío tuvo que bajar la guardia, cumplieron sus instrucciones y permitieron que los asesinara.

—Hay algo más —intervino Doyle—. ¿Cómo se las arregló ese sujeto para no dejar ningún rastro en la cripta? Según el forense, la chica debió tardar al menos una hora en morir, y puesto que el corte de la oreja se hizo después de que murió, debemos suponer que el asesino permaneció al menos una hora en ese lugar. Sin contar el tiempo que debió tardar en preparar el escenario. Sin embargo, no encontramos nada: ni un cabello ni una gota de sangre ni una fibra de ropa… nada. ¿Cómo lo explica?

—No lo sé, señor —reconoció Ashley—. Debió ser muy cuidadoso.

—Bien, pensaré en su teoría, Durand —aceptó Doyle—. Mientras tanto, llevad la tijera al forense. Veamos si fue la que se usó en la chica y si tiene alguna huella. Creo que estamos cerca de cerrar este caso.

Doyle ordenó a Durand que se quedara en el lugar para buscar cualquier rastro del supuesto asesino que sustentara su teoría, y le permitió emplear los dos agentes que encontraron la tijera. Ya la cripta había sido revisada, pero con ello le daba una nueva oportunidad por si algo se les había pasado por alto. No sabía qué más hacer para ser imparcial. Tenía que reconocer que Durand tenía un buen cerebro como afirmaba Sterling, pero era tan agresiva y poco sociable que constituía un elemento constante de roce dentro de un equipo que por lo general era muy bien avenido. Doyle pensaba que Sterling cometió un error cuando la incorporó al grupo.

Antes de regresar a *NSY*, Doyle recibió un mensaje en el móvil que le pedía pasar por el hospital con urgencia. El corazón se le subió a la garganta y sintió que las piernas le temblaban. Temió lo peor. Llamó, pero no quisieron informarle por esa vía. Lo tranquilizaron al decirle que Sterling continuaba en la UCI, pero el motivo por el que lo llamaban solo podría notificarlo el médico tratante en persona. Se dirigió sin pérdida de tiempo al hospital y buscó al doctor Miles. Lo encontró escribiendo en la sala de las enfermeras.

—Buenas tardes, doctor. Lamento interrumpirlo. Recibí su mensaje ¿Ocurre algo?

—Señor Doyle —lo saludó el médico, mientras dejaba a un lado la historia clínica que había ocupado su atención—. Necesitaba hablar con usted, puesto que por lo visto es la persona más cercana al señor Sterling. En condiciones normales tendría que tratar el asunto con la familia.

—¿Qué ocurre, doctor? ¿Empeoró?

—No —dijo Miles con un largo suspiro—, pero tampoco ha experimentado ninguna mejoría. Mantenemos al señor Sterling estable, pero no conseguimos controlar la infección. De continuar esta situación se irá debilitando hasta que colapse.

—¿No le suministraron antibióticos?

—Desde luego y de los más potentes. Ese es el problema: aun con los tratamientos más agresivos de los que disponemos, no hay respuesta.

—¿Entonces no quedan esperanzas? —preguntó Doyle con un hilo de voz.

—Nos queda una opción, por eso lo llamamos. Su única esperanza reside en un tratamiento experimental: se trata de un nuevo antibiótico que todavía no ha salido al mercado, pero para suministrárselo necesitamos la autorización del paciente, que en este momento no está en condiciones de dar o de su familiar más cercano.

—¿No puedo hacerlo yo? —preguntó Doyle—. Asumiría toda la responsabilidad.

—Me temo que eso no es posible. Sin embargo, para estos casos la ley contempla que un juez firme la autorización. Esta mañana decidimos en junta médica la necesidad de emplear esa nueva medicina para tratar de salvar la vida del señor Sterling. Ya redactamos el informe —le anunció cogiendo una carpeta del escritorio donde estaba trabajando—, y tiene la firma de tres médicos especialistas, que es lo que exige la Ley.

—¿Qué más hay que hacer?

—Llevarla al juez que la revisará, se asesorará con un médico forense y la firmará. El problema es el tiempo. Un trámite así requiere al menos una semana, pero el señor Sterling no dispone de ese tiempo. Me temo que si no intervenimos, le quedan muy pocas horas.

—¿Qué puedo hacer? —preguntó Doyle comenzando a comprender lo que Miles quería de él.

—Usted es policía. Debe conocer algún juez, algún forense que pueda acelerar los procedimientos —sugirió el médico, al mismo tiempo que le entregaba el informe—. Necesitamos comenzar a suministrar el antibiótico antes de que sea tarde. No voy a engañarlo: no hay garantía de que funcione y no conocemos bien sus efectos secundarios. A fin de cuentas, se trata de un tratamiento experimental, pero ya lo hemos probado todo. Es la única esperanza que tiene su amigo, señor Doyle.

Doyle tragó saliva. Sabía que la situación era delicada y que Michael podía morir, pero solo hasta ese momento fue consciente de la vulnerabilidad de su amigo. Cogió el informe y puso a trabajar a su cerebro. Los jueces no siempre se mostraban colaboradores con la policía, así que debía pensar en alguno que estuviera dispuesto a acelerar los trámites, además de asumir la responsabilidad. También era necesario el apoyo del forense. Mientras se apresuraba en llegar a su coche usó el móvil para comunicarse con el doctor Ross. Le pidió que se encontrara con él en los juzgados, le explicó que era un asunto de máxima importancia y urgencia. Luego llamó a la secretaria de Eleonor Fester, una juez cuyo nombre hacía temblar a abogados y policías por su severidad en el cumplimiento de las normas, pero también era una persona dispuesta a escuchar y a quien Michael tenía en gran estima. Solo esperaba que la juez correspondiera a ese sentimiento y que estuviera dispuesta a tomar una rápida decisión. Después de hacerle esperar unos minutos, la secretaria le confirmó que la juez lo recibiría poco después de las cuatro. Doyle miró el reloj. Debía darse prisa.

Llegó al juzgado en menos de veinte minutos usando atajos y callejuelas para burlar los atascos de las calles principales. En las escalinatas encontró a Ross. Le informó de la situación en pocas palabras, mientras le entregaba el informe que el forense revisó sin dejar de avanzar a paso apresurado en dirección al despacho de la juez. Llegaron casi sin aliento. Ross hizo un gesto a Doyle para que se arreglara un poco. Este se ajustó el nudo de la corbata y se pasó las manos por los cabellos mientras recuperaba la compostura.

Diez minutos después de las cuatro les permitieron entrar. La juez Fester era una mujer delgada, de baja estatura que rondaba los sesenta años, con rasgos demasiado duros para resultar femenina, pero que compensaba con modales que hubiera deseado una reina. Tenía el cabello gris recogido, y su atuendo era impecable. De ella emanaba un aura de inteligencia y firmeza de carácter. Miró a los dos hombres, percibió su nerviosismo, y después de los saludos formales los invitó a sentarse.

—Según mi secretaria, el asunto que los trae es de suma urgencia —dijo dirigiéndose a Doyle—. Espero que así sea, inspector. Cancelé una reunión con el juez Norton para recibirlos.

—No solo es urgente, señoría —confirmó Doyle—, sino también importante. Hay una vida en peligro.

Fester alzó las cejas, sorprendida. Por lo general, los asuntos que acostumbraba a tratar involucraban hechos consumados. Su expresión reflejó curiosidad.

—Explíquese, inspector. ¿De qué se trata? ¿Lo envió el comisario Sterling?

—No, señoría —reconoció con tristeza—, pero el asunto tiene que ver con él.

La curiosidad de Eleonor se agudizó. Conocía bien a Sterling y lo consideraba un profesional brillante que ponía empeño y pasión en su trabajo. Eran rasgos que ella admiraba. Sin embargo, esa pasión se traducía muchas veces en defender sus ideas más allá de lo que dictaba la prudencia. En más de una ocasión había roces entre ellos, e incluso en un juicio tuvo que detenerlo durante algunas horas por desacato, lo cual tenía que reconocer que a ella le divirtió bastante. Sterling era el único que Eleonor conocía que no le tenía miedo. Por eso lo respetaba. Se preguntó qué se traería entre manos el irreverente comisario.

—Lo escucho —dijo Fester.

—El comisario Sterling está muy enfermo, señoría —comenzó a explicar Doyle—. En estos momentos se encuentra en la UCI, víctima de una neumonía severa.

—Lamento mucho escuchar eso —respondió ella en voz baja y modificando la expresión. La invadió una profunda tristeza—. Espero que los médicos estén haciendo todo lo posible por ayudarlo.

—Así es, señoría —confirmó él—, pero por desgracia, ninguno de los tratamientos que emplearon ha surtido efecto —Suspiró—. Según una junta médica que se encarga de su caso, la única esperanza es un antibiótico experimental, pero para poder usarlo necesitan una autorización.

—¿La familia no está de acuerdo?

—Sterling no tiene familia. Se necesita la orden de un juez.

—Comprendo, por eso está aquí. Quiere que yo autorice el tratamiento.

—Sí, señoría —le extendió la carpeta que tenía en la mano—. Este es el informe de la junta médica.

—Estoy dispuesta a ayudar en lo posible, inspector, pero comprenderá que mis conocimientos no sobrepasan el campo legal. Necesito asesoría para asegurarme que lo que proponen los médicos es lo mejor para el señor Sterling. Después de todo, se trata de algo experimental.

—Por eso me tomé la libertad de hacerme acompañar por el doctor Ross, quien es médico forense —Fester alzó la vista del documento para mirarlo—. No tenemos mucho tiempo, señoría. Sterling no resistirá mucho. Su salud se deteriora con rapidez.

—¿De cuánto tiempo disponemos?

—Solo horas —le informó Doyle, y tragó saliva ante lo inminente de la tragedia.

—¿Usted revisó este informe? —le preguntó a Ross.

—Lo leí mientras esperábamos a su señoría. El inspector no exagera. La situación es desesperada.

—¿Cree usted que la solución es ese tratamiento que propone el doctor... —Miró al informe— ...Miles?

—No puedo garantizar que sea la solución —reconoció Ross con honestidad—. Tampoco el doctor Miles puede garantizarlo. Podría fracasar o precipitar un desenlace fatal. La medicina que proponen es muy potente y el estado general de Sterling es muy frágil.

—¿Me está diciendo que ese tratamiento en lugar de salvarlo, podría matarlo? —preguntó Fester. Doyle sintió que el alma le descendía a los pies.

—Lo que digo es que podría ocurrir —puntualizó Ross—. No hay garantías. Nunca las hay.

Pero lo que es seguro, es que ya agotaron todas las alternativas conocidas sin resultado. Sin el antibiótico, Sterling morirá. De eso no hay duda.

—Pero si se lo administran, podría no funcionar.

—Es posible.

—O debilitarlo aún más y precipitar un desenlace fatal.

—Así es.

—No es una decisión fácil la que me piden.

—Nunca lo es —admitió Ross.

Fester lo miró, cerró los ojos un momento y recordó la última vez que vio a Sterling. Fue durante un juicio que se siguió contra un hombre que asesinó a su esposa porque descubrió que abusaba de una amiga de su hija de catorce años e iba a denunciarlo. El acusado empleó al mejor defensor del país. El abogado atacó a Sterling por todos los flancos policiales y legales posibles para desacreditar su testimonio. El comisario no se dejó amilanar. Era evidente que había estudiado el caso. No se limitó a atrapar al homicida y llevarlo a juicio, sino que estudió todos los aspectos a los que podía aferrarse la defensa y estaba preparado. Hacia la mitad de las preguntas que tenía pensadas, el abogado abandonó el interrogatorio de ese testigo con una sensación de derrota que lo acompañó por el resto del juicio. Al acusado lo declararon culpable y lo condenaron a la máxima pena. Fester admiraba a Sterling, y ella no era una mujer dada al reconocimiento gratuito. Un hombre así no merecía morir de aquella manera. Y estaba segura de que de haber estado consciente, él hubiera aprobado el tratamiento con todos los riesgos que implicara.

—Firmaré la autorización —dijo por fin, y a ambos se les escapó un suspiro de alivio—. Quiero que me mantenga informada acerca del estado de salud del comisario, inspector. A partir de este momento, tengo responsabilidad sobre lo que le ocurra. Tanto legal como moral.

—Sí señoría —aceptó Doyle.

Capítulo once.

Con la orden de la juez Fester en la mano, Doyle regresó al hospital lo más rápido que pudo. Antes de salir del juzgado sonó el móvil. Era O´Neill.

—¿Dónde te has metido? Colbert te está buscando hasta debajo de las piedras.

—Estoy resolviendo un asunto urgente, después te lo explico. Necesito que me cubras con Colbert.

—De acuerdo —Hizo una pausa—. Tengo noticias.

Doyle había llegado al coche, lo encendió y conectó la función de manos libres para poder seguir hablando con O´Neill mientras conducía. No podía perder el tiempo. Ya había llamado a Miles desde la oficina de la juez para que comenzara a preparar el tratamiento, pero tenía que llevar la autorización lo antes posible o el hospital no permitiría que se suministrara.

—Dime —respondió, aunque el caso no era lo prioritario para él en ese momento.

—Se encontraron restos de piel humana en la tijera, harán las pruebas de ADN para saber si corresponde a la chica. Las huellas son del chico. No hay de nadie más.

—Eso cierra el círculo —reconoció Doyle—. ¿Durand encontró algo?

—Nada, y tengo que reconocer que revisó la cripta a fondo. Cuando esa chica se lo propone, trabaja bien.

—Eso dice Sterling.

—¿Tienes alguna otra orden?

—No, creo que con las evidencias que tenemos es suficiente. Es posible que Colbert quiera que lo tranquilice al respecto. Hazle saber la conclusión a la que llegamos a través de Marianne y que le diga que le presentaré un informe lo antes posible. Quizá así te dejará en paz.

—Muy bien, pero no te demores —le pidió O´Neill— Encontraron a un joven apuñalado en un callejón de *Hackney*. Parece pasional.

—Iré en cuanto pueda.

Doyle colgó, un homicidio no se había resuelto, cuando ya tenían otro entre manos. Eso era Londres y la ciudad no descansaba. Trató de repasar en su mente todos los detalles del caso, por si había pasado algo por alto, pero no tenía cabeza para eso. Solo podía pensar en Sterling, en lo que ocurriría si no llegaba a tiempo o si el tratamiento en el que depositaban todas sus esperanzas no funcionaba. Lo invadieron recuerdos que no sabía que tenía. Bromas juveniles, salidas con chicas, noches en vela preparando algún examen de una materia común, casos que resolvieron intercambiando ideas, su boda, que Michael apadrinó.

Doyle no podía recordar ningún momento importante de los últimos veinte años de su vida en el que Michael no estuviera presente. Más que amigo era un hermano y ahora podía perderlo. Llegó al hospital, Miles lo esperaba con el antibiótico preparado, recibió la autorización y se la entregó a la enfermera para que hiciera llegar una copia al departamento legal del hospital. Sin perder más tiempo entró en la habitación donde se encontraba Sterling para comenzar a suministrar el tratamiento. Cuando salió, Doyle lo aguardaba en la puerta.

—Ahora solo podemos esperar —le informó el médico—. Ya hicimos todo lo posible.

—Quisiera quedarme con él mientras recibe el tratamiento.

—Usted no es familiar. No puedo autorizarlo y... —miró a los ojos de Doyle y no pudo continuar.

—Es como mi hermano, doctor. ¿Lo comprende? Puede salvarse o morir, pero no quiero que pase por esto solo.

—No puedo permitirle quedarse, señor Doyle —dijo Miles bajando la cabeza. Luego habló en un murmullo—. Debo realizar la ronda y atender a varios pacientes en estado delicado, es probable que no pueda volver a pasar por aquí en un buen rato.

Doyle asintió agradecido, esperó a que el médico se alejara y las enfermeras regresaran a sus labores. Luego entró en la habitación de Sterling. Comprendió la urgencia del médico. En las pocas transcurridas, el aspecto de su amigo se había deteriorado mucho. Miró con esperanza el gotero y aunque no era un hombre religioso, rezó para que funcionara.

Doyle cogió una silla para sentarse junto a la cama. Suponía que Michael estaba inconsciente, por lo cual no podría escucharlo, aunque le hablara, pero luego pensó que aun cuando no le comprendiera, tal vez el sonido de una voz conocida llegara a alguna parte de su cerebro para hacerle saber que no estaba solo, que había personas que lo querían y se preocupaban por él. Doyle le estrechó la mano y comenzó a hablar, pero no mencionó el trabajo. Se dedicó más bien a rememorar viejos tiempos, a recordar anécdotas de amigos comunes, situaciones que en condiciones normales los hicieron reír. Le habló de Rachel, y de lo preocupada que estaba por él. De toda la gente que preguntó por su salud en las últimas horas, y los buenos deseos que todos expresaban para que se recuperara. De vez en cuando se le escapó alguna lágrima que se apresuró a secar. No quería transmitir tristeza. Eso no era lo que su amigo necesitaba. Estaba allí para hablar de solidaridad, de amistad, de afecto, de sentimientos que Michael labró a lo largo de los años para crear a su alrededor una nueva familia, una que se reunía en torno a él no por los lazos de la sangre, sino por los de la amistad, el respeto, la admiración y el afecto bien ganado.

No sabía Doyle cuanto tiempo llevaba junto a la cama, pero el gotero que estaba lleno, ya casi se había vaciado en las venas de Sterling. Sintió el móvil vibrar y recordó que lo esperaban en el Yard. Suspiró, pero cuando comenzó a retirar la mano que sujetaba la de su amigo sintió una presión sobre ella, como si Michael quisiera retenerlo o hacerle comprender que sabía que estaba allí. Lo miró, sus ojos seguían cerrados y no se había movido, pero la presión de sus dedos era firme. Doyle sonrió, sintiendo renovar sus esperanzas.

—Volveré en cuanto pueda —le prometió—. Seguro estarás mejor. No te rindas Michael.

Doyle salió de la habitación, mientras un leve atisbo de conciencia se abría paso en el cerebro de Sterling. No sabía qué ocurría ni dónde estaba. Se sentía aturdido y muy débil, tanto que no era capaz ni siquiera de abrir los ojos, pero debajo de todo eso, la sensación de que alguien sostuvo su mano y el murmullo de una voz amable, lo reconfortaron.

Colbert firmó satisfecho el informe del inspector Doyle cuando terminó de leerlo. Después de todo no había sido tan complicado como temió. Cuando habló con Sterling del caso tuvo la certeza que el comisario con su meticulosidad lo enredaría todo, y llegaría a la prensa el rumor de que podía tratarse de un psicópata asesino. Por suerte las evidencias eran contundentes acerca de la culpabilidad de Phileas O´Hara, y Doyle tuvo el suficiente buen juicio para no buscarle cinco patas al gato. El superintendente pensó que sería buena idea poner atención a Doyle. Era menos brillante que Sterling, pero también menos conflictivo. Llamó a la secretaria del comisario para preguntarle si el inspector Doyle se encontraba en el despacho.

—En este preciso momento el equipo está reunido, señor —le informó Marianne—. Discuten acerca del caso del joven apuñalado. ¿Quiere que le diga que suba cuando termine?

—No es necesario, yo mismo bajaré.

—Como usted diga, señor —respondió la secretaria. Era la primera vez que Colbert se molestaba en descender a la oficina de un subalterno.

Cinco minutos después, Marianne interrumpía la discusión para anunciar que el superintendente Colbert deseaba dirigirse al equipo. Todos miraron a sus espaldas, sorprendidos.

—Buenos días a todos. Deseo felicitarlos por la celeridad y profesionalismo con los que resolvieron el caso O´Hara - Santorini. Espero que en el futuro continúen trabajando con la misma precisión y prudencia —Respiró profundo, muy satisfecho de sí mismo—. Ahora sigan con lo que estaban haciendo.

Colbert se fue antes de esperar una respuesta. Todos se miraron entre sí, pero a nadie le gustó la felicitación. Si el resultado de la investigación había favorecido la conveniencia de Colbert no era porque Doyle lo hubiera buscado, sino porque las evidencias apuntaban en esa dirección.

El nuevo caso no parecía demasiado complicado. Un triángulo donde al joven muerto lo habían descubierto con la novia de otro: un delincuente de poca monta que tenía antecedentes violentos. El novio no se lo tomó bien y respondió asestándole una puñalada a la víctima, herida que resultó mortal. Ya tenían al asesino, así que ahora se disponían a interrogar a la chica que presenció la agresión y a reunir las evidencias para entregárselas al fiscal. Terminaron la discusión, así como el reparto de tareas. Doyle aprovechó el momento para llamar al hospital. Lo pasaron con el doctor Miles.

—¿Algún cambio, doctor?

—No quisiera apresurarme, pero la fiebre está cediendo y hay una mejoría en la analítica. Aún es pronto, pero creo que podemos abrigar esperanzas.

—Gracias, doctor.

El resto del grupo se dio cuenta de que el inspector llamaba al hospital, así que cuando colgó le preguntaron por el comisario. Él los puso al día sobre la situación. Eso les permitió comenzar el día con un cierto optimismo. Doyle llamó a Rachel para darle las nuevas noticias.

Por la tarde, Doyle se desvió del camino a casa y fue al hospital. Todavía tenía la sensación de la presión de los dedos de Michael en su mano. Un recuerdo que lo animaba. Las enfermeras pretendieron no verlo cuando entró en la habitación de Sterling. Miró a su amigo con expectación, sus mejillas tenían algo más de color o eso le pareció

Doyle buscó la silla y le sostuvo la mano como hizo en la visita anterior, con la esperanza de volver a sentir la presión de sus dedos. Eso o cualquier cosa que le permitiera tener un destello de esperanza de recuperación. Comenzó a hablar en el mismo tono de antes.

Sterling escuchó el murmullo familiar y tranquilizador como si lo oyera debajo del agua. No podía comprender las palabras, pero había algo en el tono que lo relajaba. Sabía que había despertado y vuelto a perder la conciencia en más de una oportunidad.

Lo último que recordaba era a la bestia negra persiguiéndolo, su propia imagen deformada por espejos en una feria y la mirada acusadora de las víctimas del asesino. ¿Todo eso ocurrió o fue una pesadilla? No estaba seguro. También recordaba los rostros de Billy y Durand. Luego estaba el murmullo familiar y amigable que lo reconfortaba.

Ahora había vuelto a despertar y allí estaba de nuevo la voz, así como una mano que sujetaba la suya. Movió los dedos y sintió que le devolvían la presión con suavidad. Había alguien con él, alguien que lo acompañaba. Hizo un esfuerzo. No debería ser tan difícil abrir los ojos. Despegó los párpados y vio una espesa niebla. La mano que lo sujetaba apretó un poco más, mientras su dueño callaba, expectante. Sterling parpadeó un par de veces, tratando de aclarar la vista. Poco a poco su entorno fue cobrando nitidez y comprendió que estaba en un hospital. Por un momento sintió terror. La última vez que despertó en la habitación de un centro sanitario fue por culpa de la bestia negra, cuando lo acusaron de la muerte de Sandra. Sin embargo, en esta ocasión era diferente. En aquel momento estaba solo, ahora alguien lo acompañaba para demostrarle su afecto.

Sterling volvió a parpadear y movió un poco la cabeza en dirección a la voz que lo acompañaba. Entonces vio a Billy sentado junto a su cama. Le sostenía la mano y lo miraba como si hubiera regresado de otro planeta. Las lágrimas le corrían por las mejillas y no acertaba a hablar. Sterling llenó sus pulmones de aire para hacer acopio de fuerzas.

—Billy... —dijo en un murmullo—. ¿Qué pasó...?

—Estuviste muy enfermo, pero ya estás mejorando —le respondió Doyle con una amplia sonrisa—. Ahora todo va a estar bien. No te preocupes por nada. Solo por descansar y recuperarte.

—El caso... —preguntó Sterling, cuando los últimos acontecimientos acudieron a su memoria.

—No te preocupes por el caso. Está resuelto. Todo está bien.

—Lo atraparon... —susurró Sterling, sintiendo un gran alivio—. Por fin... Lo atraparon... Ya no volverá a matar.

Luego cerró los ojos y volvió a perder la conciencia, mientras Doyle trataba de encontrarle sentido a sus palabras.

Capítulo doce.

Seis semanas después, Ashley recogía sus cosas, dispuesta a llegar temprano a casa. Acababan de cerrar el último caso: un oficinista que mató a su esposa simulando un robo con la intención de cobrar el seguro de vida para marcharse a un país tropical con su amante. Se pasó de listo, cometió una serie de torpezas y lo descubrieron con facilidad. Se estaba despidiendo de Marianne cuando Doyle se le acercó.

—¿Durand?

—Sí, señor.

—¿Puedo pedirle un favor?

—Usted dirá, señor.

—Le prometí al comisario Sterling que le llevaría este informe a su casa... —dijo mostrando una carpeta que tenía en la mano.

—¿Se va a reincorporar al trabajo el comisario, señor? —preguntó ella un poco sorprendida. A Sterling le dieron de alta después de pasar un mes en el hospital, pero permanecía de baja en su casa desde hacía una semana y no volvería a *NSY* hasta que su médico lo autorizara.

—Todavía no, pero ya se siente mejor. Desea conocer los detalles del caso O´Hara - Santorini. Recuerde que él nunca llegó a ver todas las evidencias que nos llevaron a su conclusión. Supongo que siente curiosidad.

—Comprendo, señor.

—El caso es que lo está esperando, pero se me hace imposible retrasarme. Si usted no está ocupada, ¿le importaría...?

—Se lo llevaré, señor —aceptó el encargo Durand, cogiendo la carpeta—. ¿Desea enviarle algún mensaje?

—No es necesario, hablé con él esta mañana —se detuvo un momento antes de marcharse—. Gracias, Durand.

—De nada, señor.

Ashley subió al coche. Nunca lo hubiera imaginado, pero la realidad era que echaba de menos a Sterling. Las reuniones del equipo no eran iguales sin él. Doyle era muy apegado a los procedimientos y sabía lo que hacía, pero resultaba aburrido. Desde que dieron de alta a Sterling, Ashley se sorprendía a sí misma escrutando la puerta cada día a la espera de que apareciera la alta figura del comisario. Se decía a sí misma que su interés nacía de su deseo de aprender.

Aparcó frente al edificio del comisario. Aquel barrio silencioso de blancas y elegantes fachadas no se parecía en nada al modesto y bullicioso *Bayswater*, donde ella tenía alquilada una buhardilla. Se encontraba a pocas millas de su casa, y sin embargo se sentía a años luz de su mundo. Se preguntó cómo se las arreglaría el comisario. Sabía que no tenía familia y aún estaría convaleciente. Supuso que no sería fácil encontrarse solo en esas circunstancias. ¿Necesitaría ayuda? Mientras reflexionaba se vio frente a la puerta. Llamó y a los pocos segundos respondió una voz que no conocía. Era un hombre, tenía un marcado acento y parecía mayor. Por un momento temió haberse equivocado.

—¿Diga? —preguntó.

—Mi nombre es Ashley Durand. Vengo a ver al comisario Sterling.

—Suba —respondió la voz y el timbre de la puerta le indicó que la habían abierto.

Por lo visto el comisario tenía compañía. Tal vez contrató a alguien. ¿Un enfermero? Antes que tuviera ocasión de llamar, un anciano le abrió la puerta. Ashley dudó un momento al verlo: tenía los ojos rebosantes de picardía, y una sonrisa franca que hizo que le simpatizara enseguida.

—¿Es usted la señorita Ashley? —le preguntó. Ella identificó que el acento era español o tal vez portugués, pero su pronunciación era impecable.

—Sí —respondió ella—, trabajo con el comisario. Le traigo unos documentos que espera.

—Pase, pase, señorita —la invitó, haciéndose a un lado—. ¿Desea tomar algo?

—No, gracias.

—Pues con razón está tan delgada —observó con una sonrisa, ella alzó las cejas, sorprendida—. Lo siento, soy un entrometido incurable.

—¿Puedo ver al comisario? Si está descansado y no quiere que lo molesten, puedo dejarle...

—¡Tonterías! —respondió el viejo—. Su visita le hará bien Ya comienza a parecer un león enjaulado. Michael está en el despacho, entre por ese pasillo, la tercera puerta a la derecha.

—Gracias, es usted muy amable, señor...

—Olegario Pérez, para servirle —Se presentó el viejo, sin perder su picardía.

Ashley siguió las instrucciones de Olegario, preguntándose quién sería aquel hombre. Cuando llegó frente a la puerta llamó con suavidad, entonces escuchó la voz de Sterling invitándola a entrar.

Abrió la puerta y vio al comisario sentado en un sillón de respaldo alto con un libro en el regazo. Había recuperado algo de peso aunque todavía se veía muy pálido, pero parecía más relajado. Era evidente que se sentía mucho mejor. No pudo disimular su sorpresa al verla, pues quizá esperaba a Doyle o a cualquiera menos a ella. Ashley se sintió fuera de lugar. Sterling sonrió y le hizo un gesto con la mano invitándola a pasar.

—Buenas tardes, comisario —saludó en voz muy baja, como si temiera molestarlo—. ¿Cómo se encuentra?

—Estoy mucho mejor, Durand, gracias. Siéntese por favor —la invitó, señalándole un sillón frente al suyo—. Es una grata sorpresa verla aquí.

—No es mi intención abusar de su confianza —se apresuró a decirle, mientras se sentaba en el borde de la silla—. El inspector Doyle me pidió que le trajera el informe del caso O´Hara - Santorini.

—Vaya, por fin Billy se decidió a desprenderse de él. No ha sido fácil. Hace semanas que quiero leerlo.

—Sí, señor —le entregó la carpeta, y se puso de pie—. Creo que no debo molestarlo más. Será mejor que me vaya. Usted necesita descansar.

—Estoy harto de descansar, Durand —reconoció él—. ¿Está ocupada? ¿La esperan?

—No, señor.

—Entonces, ¿le importaría hacerme compañía un rato?

—Sí, señor —respondió ella, volviendo a sentarse en el borde.

—No es una orden, Durand —le aclaró él, notando la posición envarada que ella tenía—. Es una invitación. Solo si lo desea.

Ashley lo miró y se dio cuenta que era sincero. Solo quería alguien con quien conversar, tal vez para combatir el tedio de la convalecencia. La idea le agradó, pero seguía sintiéndose fuera de lugar. Él era su superior, estaba en su casa y el entorno resultaba demasiado lujoso para su gusto. Se sintió intimidada. Era extraño, por lo general Ashley destacaba por su agresividad, pero Sterling le inspiraba una curiosa timidez muy impropia de ella. Desde el secuestro de la niña y la enfermedad de él, se despertó en ella una simpatía por el comisario que nunca hubiera creído posible. Temía causarle una mala impresión, lo cual la volvía demasiado cauta.

La puerta se abrió sin que llamaran y el viejo entró con una bandeja. Sterling sonrió al verlo.

—Aquí tenéis una pequeña merienda —les anunció—. Los dos necesitáis un poco más de carne en los huesos. ¿Os apetece alguna otra cosa?

—Estamos bien, Olegario. Gracias —respondió Sterling.

—Entonces os dejo para que habléis con tranquilidad. Si desea cualquier otra cosa, señorita, solo pídala.

—Muchas gracias —dijo Ashley—. Es usted muy amable.

Olegario salió, después de lanzar a ambos una mirada de picardía. Por fin, Ashley se animó a hablar para satisfacer su curiosidad.

—El señor Olegario es muy amable ¿Es pariente suyo?

—Trabajó para mi tía por muchos años como mayordomo —explicó Sterling—. Ya está jubilado y vive en España, pero me conoce desde que yo era un chico, así que cuando se enteró que estuve enfermo decidió venir a acompañarme en la convalecencia.

—Debe quererlo mucho.

—Es como un viejo tío, afectuoso y entrometido, pero tengo suerte de contar con él —respondió Sterling sonriendo, ella le devolvió la sonrisa. Le gustaba Olegario y su pícara franqueza.

—Supongo que es español.

—Sí, mi tía vivía en España, era esposa de un diplomático y se enamoró de ese país. Solo venía a Inglaterra en vacaciones para hacerme compañía.

—¿Y sus padres?

—Murieron cuando yo era muy joven —mintió Sterling, contando la historia del chico que suplantaba.

—Lo siento. Debió querer mucho a su tía.

—Era una gran mujer —reconoció él, luego cambió de tema—. Me sorprende el resultado del caso O´Hara —comentó mientras señalaba la carpeta—. ¿Tardaron mucho en llegar a la conclusión de que fue el chico?

—Todas las evidencias apuntaban en ese sentido —explicó Ashley—. Lo único que hacía pensar en una tercera persona era la desaparición de la tijera. Cuando Curtís la encontró en una alcantarilla cercana, el inspector Doyle decidió cerrar el caso.

—Comprendo —dijo Sterling pensativo. Tendría que leer con detenimiento todo el expediente, él sabía que ese asesino existía, y que en algún momento de la investigación los manipularon para desviarlos de la verdad—. ¿Usted qué piensa?

—¿Yo señor?

—Tendrá una opinión, ¿no? ¿También cree que fue el chico?

—Es la conclusión a la que llegó el equipo, señor —respondió ella con cautela, temiendo que Sterling la estuviera poniendo a prueba.

—Lo que le pregunto es su opinión personal. Eso no cambiará nada y no saldrá de aquí.

—En realidad, yo fui la única que no estuvo de acuerdo.

—¿Por qué? —preguntó Sterling interesado, además de impresionado porque la agente no se dejó engañar con facilidad.

—Hay conductas que se atribuyeron a los chicos que no se parecen al perfil que tenemos de ellos...

—Continúe —la animó.

—Según la forma en que los describen quienes los conocían, me resulta difícil imaginarlos acudiendo a una cripta para llevar a cabo un ritual tan macabro. No lo sé, pero todavía me cuesta creerlo. De todas maneras, es solo intuición, las evidencias le dan la razón al resto del equipo.

—No subestime la intuición, Ashley —le recomendó Sterling, llamándola por primera vez por su nombre de pila, lo que hizo que ella se ruborizara—. Algunas veces la intuición es la única que nos muestra el camino correcto.

—Es extraño ese consejo viniendo de usted.

—¿Por qué?

—Quiero decir, usted tiene una elevada tasa de casos resueltos en el Yard. Cualquiera pensaría que sus procedimientos están alejados de cualquier cosa que no pueda ser comprobable.

—Desde luego que la resolución de un caso siempre exige evidencias —reconoció él—, pero muchas veces saber dónde y cómo encontrar esas evidencias requiere algo de intuición —sonrió—. No me refiero a un proceso de adivinación, Durand. La intuición es producto de la percepción de detalles que son asimilados gracias a la experiencia y no siempre en forma consciente.

—¿Y en este caso sería ese tipo de intuición?

—No hay otro tipo —le explicó él—. Usted deduce que la conducta de los chicos no era acorde con su personalidad, porque ha conocido otros parecidos a ellos y encuentra poco probable que esos jóvenes pudieran involucrarse en ese tipo de situación. Todo está basado en su experiencia.

—Pero mi intuición me engañó en este caso.

—¿Usted cree?

—La evidencia señala que fue el chico.

—Pero usted aún lo duda.

—¿Y usted?

—Debo leer el informe con detenimiento, pero puedo decirle que estoy seguro de que hubo un asesino que consiguió burlarnos.

La afirmación sorprendió a Ashley, en especial por la firmeza que dio Sterling a sus palabras. No ponía en duda el resultado de la investigación, sino que lo rechazaba sin ambages. Eso le hizo preguntarse qué le hacía tener esa certeza. ¿Qué sabía Sterling que ellos ignoraban?

—¿Por qué está tan seguro, señor?

—Porque yo también dispongo de intuición, Ashley, y ella me dice que por desgracia el asesino aún está libre.

Dos semanas después, Colbert recibió la petición de Sterling de reunirse con él con sorpresa y preocupación. El comisario se reincorporó a su cargo después de un largo período de convalecencia. Durante ese tiempo, el inspector Doyle se había manejado bien, pero los problemas a los que se enfrentaron fueron bastante rutinarios. Pese a que no hubiera querido reconocerlo, Colbert sabía que en aquellos casos difíciles que de vez en cuando tenían que resolver, no había sustitución para la inteligencia, preparación y pericia de Sterling. Por eso alcanzó el ascenso a comisario con tanta rapidez. El problema era que tal vez por ser consciente de su habilidad, el comisario poseía una seguridad en sí mismo y un coraje para mantener sus puntos de vista que lo convertían en un subalterno ingobernable.

Colbert dio la orden de que permitieran pasar al comisario. Pese a haber estado al día con su evolución, el superintendente no lo había visto desde que sufrió aquella repentina enfermedad que lo tuvo fuera de actividad por tanto tiempo. Cuando entró a su despacho, la vista del superintendente se desvió hacia un fajo de carpetas que Sterling traía bajo el brazo.

—Me alegra verlo de nuevo en actividad, comisario. Tiene usted muy buen aspecto.

—Gracias, señor.

—Tengo entendido que quería hablar conmigo. ¿Tiene problemas con alguno de los casos?

—No señor, los tres están encaminados, y creo que hoy podremos hacer un arresto en uno de ellos.

—¿Entonces, a qué debo el placer de su visita?

—Al caso O´Hara - Santorini.

—¿Otra vez con eso, Sterling? —preguntó Colbert con el ceño fruncido—. Ese caso fue cerrado hace casi tres meses. Fue el chico.

—No, señor. No fue él —dijo Sterling con aplomo.

—Su propio equipo...

—Ya lo discutí con ellos, señor. No me atrevería a presentarme aquí sin consultar primero con los detectives que cerraron la investigación. Después de ver las nuevas evidencias, están de acuerdo conmigo en que erraron la conclusión y el caso debe reabrirse. Por eso estoy aquí.

—¿De qué nuevas evidencias me habla, Sterling? —preguntó Colbert, que comenzaba a enfurecerse—. No agote mi paciencia.

Sterling sacó un par de carpetas del montón y las abrió.

—Me temo que mi enfermedad impidió que me ocupara de este aspecto de la investigación. No es culpa del inspector Doyle, que por cierto, hizo un trabajo excelente. Pero yo fallé al no notificarle las razones por las que estaba seguro de que había una tercera persona involucrada.

—¿Y por qué no lo hizo?

—En principio, quería hacer primero algunas comprobaciones, pero también debo reconocer que mi estado de salud no me permitió ser lo bastante eficiente. Me disculpo por ello. Cualquier fallo al respecto, es solo mío.

—Muy loable de su parte, pero cuáles son esas evidencias.

—El caso de O´Hara y Santorini no fue el primero con esas características —le informó Sterling, mientras Colbert palidecía ante lo que eso significaba—. Hubo otros. Al menos dos más.

—Creí entender que usted en persona buscó coincidencias en toda Gran Bretaña y no las encontró.

—Así fue, señor —reconoció Sterling—. El problema es que esos dos dobles homicidios que comparten las mismas características de este caso, no los cometieron en Gran Bretaña.

—¿Dónde ocurrieron?

—Uno en Italia, en Nápoles, hace cinco años. El otro en Francia, en Marsella, dos años atrás.

—¿Me está diciendo que este asesino está haciendo un *tour* por Europa?

—Por lo visto, considera Europa como su territorio.

A regañadientes, Colbert leyó los informes de ambos casos. Eran exactos en todos los detalles, tanto, que no aceptar que los cometió el mismo asesino hubiera sido una negligencia imperdonable. En especial si volvía a matar en Gran Bretaña. Sterling lo sabía y esperaba impasible una respuesta.

—¿Cómo averiguó sobre estos casos?

—Se habló sobre uno de ellos en el último congreso de criminología que se celebró en Austria el año pasado —Mintió con descaro—. Por eso me resultó familiar cuando lo presencié, solo que en aquel momento no fui capaz de recordarlo. Nadie que no hubiera sabido de estos casos podría concluir que se trata de un asesino en serie. Fue mi error, señor.

—No podemos saber que volverá a asesinar en Inglaterra —dijo Colbert, tratando de animarse a sí mismo—. Por lo visto, hasta ahora no ha repetido en el mismo país.

—No podemos descartar que lo haga, señor —argumentó Sterling—. Una de las razones por las que no ha sido descubierto es que comete los asesinatos en diferentes países para reducir la probabilidad de que lo atrapemos. Este sujeto disfruta burlando a la policía y sintiéndose más astuto que nosotros, pero su éxito puede hacerlo más atrevido, con lo cual podría estar dispuesto a arriesgarse un poco más.

—¿Quiere decir que podría intentar repetir en un país donde ya asesinó, solo para demostrar que puede seguir engañándonos?

—Sí, señor.

—Sterling. Iba a decirle que me alegra tenerlo de vuelta, pero ya no estoy tan seguro. Reabra el caso, pero procure que no se filtre a la prensa ni una sola palabra de esto o lo haré responsable a usted.

—Sí, señor —dijo Sterling, mientras recogía las carpetas y salía de la oficina de Colbert, sintiéndose aliviado.

Aún no lo habían descubierto, pero la cacería solo estaba comenzando. Sterling estaba dispuesto a encontrar a la bestia negra y detenerlo. Tuvo la idea de hacer averiguaciones en otros países, después de largas horas de meditación durante su convalecencia. Si el primer asesinato del que él tenía conocimiento fue el de Sandra en España, veintidós años atrás, y el de los chicos O´Hara - Santorini en Inglaterra, nada impedía que hubieran ocurrido crímenes intermedios en otros países de Europa. Como no podía solicitar información oficial con el caso cerrado, llamó a algunos criminólogos que conocía de las diferentes conferencias y cursos a los que asistía cada vez que podía. Ellos buscaron en los archivos de sus correspondientes países, argumentando un interés académico. De ocho consultas, surgieron esos dos casos. Suficiente para demostrar su punto de vista y volver a investigar.

No quiso incluir el homicidio de Sandra en el grupo, porque hubiera tenido que explicar cómo sabía de ese caso. Desde el punto de vista oficial, Víctor

Losada era el culpable. Si se descubría que estaba vivo terminaría en una cárcel española cumpliendo una condena de la que escapó por poco. Sin embargo, a la hora de analizar los que tenía en las manos, lo que presenció ocupaba su mente.

Había sutiles diferencias entre la muerte de Sandra y los otros tres dobles homicidios. Solo hubo violación en el primero, lo que planteó varias alternativas. Era posible que el asesino hubiera sustituido el acto sexual con la tortura y la muerte. También podría haberse vuelto impotente, pero existía otra explicación más lógica y sencilla. Cuando asesinó a Sandra no existía la prueba de ADN. Si violaba a las víctimas con los recursos forenses actuales, se sabría que el chico inculpado era inocente. Si usaba condón tendría que llevárselo, lo que constituiría un cabo suelto. Sterling pensaba que la bestia negra desistió de violar a sus víctimas, obligado por el avance de la ciencia. Para él era más importante que el chico que elegía como chivo expiatorio cumpliera esa función. Era lo que lo hacía más listo que la policía, que parecía ser su verdadero objetivo.

Había otra diferencia importante. Él fue el único de los chicos al que dejó con vida. Tal vez en los siguientes homicidios consideró un riesgo excesivo que sus cabezas de turco sobrevivieran. Alguien podía creerles. De cualquier manera, Sterling tenía la certeza de que él era el único que vio a la bestia y vivió para contarlo. Por eso consideraba que detenerlo era su deber para con las demás víctimas.

Tenía una preocupación adicional. Estaba seguro de que el mismo psicópata que asesinó a O´Hara y Santorini era el responsable del secuestro de la hija de Alicia. Durante su convalecencia, con la ayuda de Durand consiguió copias de las grabaciones de seguridad de aquel día en el centro comercial. Las vio docenas de veces, buscando entre los rostros anónimos algo que le recordara a la bestia negra. También leyó la declaración de Ellis una y otra vez. Ella era la única persona aparte de él mismo que lo había visto. No consiguió ninguna pista, pero sabía que estaba en lo cierto y lo aterraban las posibles implicaciones con respecto a él mismo o a su verdadera familia.

Madrid. (España): 2011.

Capítulo uno.

Media docena de patrullas, una furgoneta forense, una ambulancia, y varios coches particulares se aglomeraban en los alrededores de las ruinas del castillo de Caspe, en un municipio de los suburbios de Madrid.

El inspector jefe Felipe Sosa ya había visto la escena del crimen y como consecuencia tenía el estómago revuelto. Salió al aire libre, se apoyó en una de las patrullas y comenzó a fumar, con la esperanza de que la nicotina le aliviara las náuseas mientras esperaba la llegada del comisario. Necesitaba despejar su mente y pensar con claridad, sobre todo, cuál sería la mejor forma de prevenir a su jefe. En cuanto entró en el castillo comprendió las consecuencias más allá del doble homicidio.

Una chica adolescente yacía desnuda, amarrada en X y con numerosos cortes en todo el cuerpo. A su lado se encontraba muerto un joven de la misma edad, vestido por completo y con el cuchillo en la mano, pero sin ninguna herida visible. Era la misma pesadilla que presenció veinticinco años atrás, solo que en aquella oportunidad el chico estaba vivo y drogado. Además era el hijo del entonces inspector jefe Losada. El ahora comisario Sebastián Losada era un hombre a quien Felipe quería y respetaba como a un padre. Recordó con dolor que aquella tragedia casi acabó con él. Sobre todo, después que el muchacho murió en un accidente de coche durante el traslado de una prisión a otra. Losada nunca volvió a ser el mismo.

Y ahora el crimen se repetía, lo cual solo podía tener un significado: era inocente, siempre dijo la verdad y hubo un asesino que quedó impune. Recordó los interrogatorios, la forma en que acosaron al muchacho, la entereza que este demostró cuando comprendió que nadie le iba a creer. La culpa cayó sobre Felipe como una losa. No quería ni imaginar lo que sentiría el comisario cuando lo supiera. Envidió a Juan, que era inspector en Málaga. Al menos él no tendría que enfrentar su conciencia.

La llegada de un coche sacó a Felipe de sus pensamientos y le desencadenó una sudoración fría. Sebastián Losada se apeó y se acercó despacio a su subalterno de confianza. Losada aún no tenía ningún dato sobre el caso. Solo que se encontraron dos cuerpos en el viejo castillo. Felipe detalló sus rasgos. Las arrugas en la frente y alrededor de los ojos eran la única evidencia de la tragedia que le tocó vivir. El inspector jefe recordó la forma en que Sebastián había envejecido en pocos días.

Era un hombre severo, consigo mismo y con los demás. Educó a sus descendientes dentro de un esquema de valores morales muy firme que reforzaba con su ejemplo, por eso lo peor que pudo ocurrirle fue que su propio hijo resultara el autor de un crimen tan abominable. Sin embargo, saber que hizo lo correcto, no involucrándose en el caso para evitar que su influencia fuera una ventaja para el chico le sirvió de consuelo. Fue Víctor quien le falló a la sociedad. Él siguió haciendo lo correcto por doloroso que fuera. Su firmeza se tambaleó con la muerte del joven, pero pudo superarla al aceptar que se trató de un accidente que nadie hubiera podido evitar.

Sin embargo ahora, este nuevo caso movería los cimientos que sostenían la justificación de Losada. Y Felipe temía las consecuencias que eso pudiera acarrear. Cuando Sebastián llegó junto a él, notó su nerviosismo y su palidez.

—Buenos días, Felipe. ¿Qué ocurre? ¿Estás enfermo? ¿Te fuiste de marcha anoche?

—No, señor, no es eso —respondió con la cabeza baja. Losada frunció el ceño, desconcertado por la seriedad de su subalterno.

—Parece que viste un fantasma —Luego señaló con la cabeza hacia el castillo —¿De qué se trata?

—Creo que debemos hablar antes de que entre allí, señor.

—¿Por qué? ¿Crees que me va a impresionar? ¿Tan terrible es? No soy un novato, Felipe. He visto demasiados homicidios para que algo me asuste.

—Ese es el problema, comisario —insistió el inspector—, que esto ya lo ha visto.

—¿Quieres explicarte?

Felipe suspiró para hacer acopio de valor, luego comenzó a describir la escena que encontró en el interior del castillo. En la medida que hablaba, Losada palidecía. Los recuerdos de la peor época de su vida invadieron su memoria. La llamada anónima que los envió al viejo almacén, la chica muerta con crueldad, su propio hijo sosteniendo el cuchillo con el que asesinó a la joven, drogado, riendo sin control. Luego los interrogatorios, el juicio, el silencio pertinaz de Víctor, la condena, el traslado y la muerte. Losada cerró los ojos. Víctor estaba muerto y el homicidio se había repetido. ¿Se trataba de un imitador? Pero ¿veinticinco años después? La otra alternativa era demasiado dolorosa. Si era el mismo asesino, si se equivocaron la primera vez, no solo habría fallado como policía, sino también como padre y la culpa de la muerte de Víctor caería sobre él sin atenuantes. Losada cerró los ojos y respiró profundo, para tratar de controlarse.

—Vamos, debo verlo con mis propios ojos.

Se acercaron al castillo, Sebastián sentía que el corazón le latía más aprisa con cada paso. Cuando por fin entraron, lo asaltó una sensación de *deja-vú* como si lo hubieran golpeado. El escenario era tan parecido al que ya conocía, que podía haber sido una copia sacada de sus pesadillas. Lo único diferente eran las víctimas y que en esta ocasión el chico también estaba muerto. Hizo un esfuerzo por conservar la calma, detallando el lugar con la esperanza de encontrar algo que le hiciera pensar que algún desquiciado leyó sobre un crimen de veinticinco años atrás en algún periódico viejo y decidió reproducirlo. No encontró nada.

Salió, más pálido de lo que había entrado, con Felipe siguiéndole de cerca. Se cubrió la cara con ambas manos en un gesto de desesperación. Aquello no era posible, tenía que ser un imitador. Retiró las manos de su rostro.

—Lleva a cabo las identificaciones —le ordenó a Sosa—. Trata de que no se demoren con las autopsias. ¿A quiénes piensas asignarles este homicidio?

—Creo que los más indicados son Torres y Argüello.

—Muy bien, me encargaré de este caso en persona, quiero que me mantengan informado de todos los detalles. Cuando tengas los primeros datos nos reuniremos en comisaría. Quiero máxima prioridad para esto ¿Está claro?

—Sí, señor. ¿Qué hará usted ahora?

—Voy a comisaría, revisaré en el archivo todo lo que haya sobre la muerte de aquella chica; Sandra Martínez.

—Sí, señor —respondió Felipe y no se le escapó que el comisario no mencionó a su hijo.

Martín Torres y Patricia Argüello, los mejores inspectores bajo sus órdenes, llegaron a los pocos minutos de haberse marchado el comisario. Felipe se preguntó si debía ponerles al corriente de lo especial de ese caso, pero desistió de ello. Le pareció una información demasiado personal que correspondía al comisario decidir si debía divulgarla. Pese a que eran policías experimentados, ambos jóvenes se sintieron consternados al ver la escena. Era dantesca, aun cuando para ellos no tenía ningún eco emocional. Paty siguió a los forenses, mientras Martín recogió los documentos de identidad de los jóvenes muertos para tratar de localizar a las familias. Se trataba de María Gutiérrez, y Jorge Meneses. Felipe ordenó a un par de agentes que entrevistaran a los vecinos más cercanos al castillo, por si alguien había visto u oído algo.

Cuando Sebastián entró en su oficina, le pidió a su secretaria, que le llevara el expediente del caso de Sandra Martínez, que ocurrió en abril de 1986. Ella lo miró sorprendida, pensando que había entendido mal.

—¿Qué ocurre? —le preguntó Sebastián, cuyo nerviosismo le hizo hablar con brusquedad—. ¿Qué estás esperando?

—¿Mil novecientos ochenta y seis, comisario? ¿Está seguro? Eso fue hace...

—Veinticinco años —gritó él—. Créeme, lo tengo muy claro.

—Sí, señor —respondió ella, mientras salía a cumplir la orden.

Sebastián se sentó detrás de su escritorio, apoyó los codos en la mesa y se cubrió la cara con las manos. No podía creer lo que estaba ocurriendo. Le parecía una pesadilla. ¿Qué pasaría si descubría después de todos esos años que Víctor siempre fue inocente? ¿Cómo podría vivir con esa culpa? Después del arresto de su hijo destruyó todas las fotografías que había de él y prohibió que se mencionara su nombre en su casa, en un intento por hacerlo salir de su vida y tal vez así borrar la culpa que sentía por el terrible crimen que cometió. No lo consiguió. Pensaba en él cada día, a pesar de que centró su vida familiar en su hija Alicia y ahora en su nieta. Nunca pudo olvidar a Víctor, pese a que lo intentó con todas sus fuerzas.

Pero su hijo le falló, lo traicionó al cometer un acto abominable que iba contra todo lo que él le había enseñado. Por eso cuando no intervino para impedir que se le castigara con todo el peso de la Ley a pesar de su juventud, Sebastián creyó que con su sufrimiento por la pérdida de su hijo expiaba su culpa por no haberlo sabido mantener en el camino recto, mientras Víctor pagaba la suya por el asesinato con la pérdida de su libertad. Su muerte fue demasiado. No la esperaba, pero después del impacto inicial se convenció a sí mismo que se trató de un trágico accidente del que nadie tenía la culpa. Ni siquiera pudieron enterrarlo. La explosión fue tan terrible, que de los cuerpos solo quedaron cenizas que no eran identificables.

Ahora todo amenazaba con derrumbarse. Si Víctor había sido inocente... Un recuerdo lo asaltó, él junto a la puerta de la sala de interrogatorios, Víctor sentado con lágrimas en los ojos suplicándole que lo escuchara. Y una frase de la que ya no se podría desprender. «Si tú no me crees, nadie lo hará». Y él no le creyó, y nadie más lo hizo.

Tocaron a la puerta. Era Amanda que traía una carpeta en la mano. Parecía enfadada, pero cambió su expresión cuando vio la desesperación en el rostro de Sebastián.

—Comisario, ¿se encuentra bien?

—Estoy bien —Mintió él—. Solo un poco cansado.

—Aquí está el informe que me pidió —le dijo, entregándole la carpeta—. ¡Ah! Alicia llamó para invitarlo a cenar.

—Hoy no va a ser posible —respondió Sebastián—. Por favor llámala y dile que estoy con un caso importante y que no sé a qué hora terminaré.

—Sí, señor —Se detuvo antes de salir—. ¿Está seguro que se encuentra bien?

—Seguro. No me pases llamadas, por favor.

Amanda asintió y salió. Sebastián abrió la carpeta, mientras comprendía que con ello comenzaba su expiación. Respiró profundo y comenzó a leer los informes del caso que condenó a su hijo.

Algunas horas después, Sebastián ordenó que se acondicionara la sala de reuniones para llevar el caso del castillo. En una cartelera al fondo estaban las fotos de las víctimas y de la escena. También encontró allí a Fernando Barragán, de la Brigada de Homicidios. A Sebastián no le agradaba la idea de que la Brigada metiera las narices en ese caso en particular, pero comprendía que su naturaleza lo hacía necesario. Torres y Argüello habían regresado de sus correspondientes encomiendas después de rendirle un primer informe a Felipe, quien estudiaba las fotos con aire preocupado. En un rincón, Barragán, a quien Sebastián conocía y respetaba desde hacía muchos años ojeaba una carpeta al mismo tiempo que fumaba un cigarrillo.

Sebastián entró con paso firme, llevando los informes del caso Martínez en la mano. Todos levantaron la vista. Felipe y Barragán lo miraron con cautela. Ellos sabían lo que ocurrió veinticinco años atrás, así como la similitud con el crimen que tenían entre manos. Para Torres y Argüello era diferente, pues eran demasiado jóvenes, por lo que no tenían idea de la tragedia que soportaba el comisario.

—Buenas tardes —saludó con el semblante serio—. Si ya estamos todos, iniciemos la reunión.

—Sí, señor —respondió Felipe, luego señaló a Torres—. Comienza tú, Martín.

—Me entrevisté con las familias de ambos chicos. Sus padres son vecinos puerta con puerta, que se conocen desde hace más de diez años. Ellos eran novios desde que llegaron a la pubertad, quizá antes.

—¿Drogas, alcohol, vandalismo? —preguntó Barragán.

—Nada de eso —reconoció Martín—. Al menos según sus padres y los vecinos más cercanos. Aunque tenemos que investigar con otras personas que los conocían. María tenía diecisiete años y quería ser artista. Su padre es abogado y su madre trabaja en una oficina ministerial. Disfrutan de un buen nivel de vida sin grandes alardes y tienen otra hija de doce años. La otra víctima, Jorge, de diecisiete años, era el segundo con una hermana de veinte y una de quince. Quería ser veterinario. Su padre tiene una zapatería, su madre le ayuda a llevarla. También sin grandes agobios económicos, pero sin excesos. Ninguno de los chicos tuvo nunca conductas reprochables. Eran estudiantes medios.

—Chicos normales —concluyó Felipe—. Buenos chicos —miró con disimulo a Sebastián. Hasta el día de los sucesos del viejo almacén, a Víctor lo consideraban un muchacho ejemplar, brillante y honesto. El comisario hizo una mueca que podía significar desconcierto o dolor—. ¿Se sabe cómo terminaron anoche en el castillo?

—Se suponía que iban a reunirse con unos amigos para irse de marcha. Todavía no hablo con ellos.

—Averigua si llegaron a reunirse con los otros muchachos. Y si no lo hicieron, ¿por qué sus amigos no llamaron a sus casas? ¿Algo más?

—No, de momento. Además de sus amigos, tengo intenciones de interrogar a sus maestros, compañeros de clases, conocidos del barrio.

—De acuerdo —aceptó Felipe—. Los agentes que interrogaron a los vecinos más cercanos al castillo no descubrieron nada. Nadie oyó ni vio nada extraño. ¡Paty!

—Sí, señor —respondió Patricia—. Comenzarán por la autopsia de Meneses, porque no está del todo claro cómo murió. En el caso de la chica, la causa más probable son las heridas de arma blanca, pero habrá que esperar el informe forense para confirmarlo. La muerte ocurrió entre la media noche y las tres de la madrugada. No hay restos de tejido ni señales defensivas en una primera revisión. Lo más notable es que a la oreja izquierda de la joven le falta el lóbulo. Aunque es posible que resultara seccionada por uno de los cortes del cuchillo… —Esas palabras hicieron que Sebastián buscara en la carpeta que tenía en la mano, hasta que encontró algo y lanzó un suspiro de tristeza.

—Lo siento, Felipe —intervino Martín—. No quiero ser antipático, pero no sé qué hace aquí la Brigada de Homicidios. Todo apunta a que el chico asesinó a su novia, tal vez enloquecido por alguna droga y luego murió, quizá por sobredosis de la misma droga.

—No es tan sencillo, Martín —apuntó Felipe—. Pronto lo comprenderás. No fue el chico.

Paty y Martín se miraron confundidos, pues ambos habían llegado a la misma conclusión. Les parecía un caso muy sencillo que podían resolver solos. No comprendían por qué intervenían el inspector jefe, el comisario y un detective de la Brigada de Homicidios. Felipe miró al comisario, que comprendió que era la hora de hablar.

—Lo que Felipe quiere decir es que esta no es la primera vez que ocurre un homicidio con estas características en Villanueva —Su voz era serena, aunque parecía cansado.

Sebastián se levantó para repartir un folio a cada uno de los presentes.

—Son copias del resumen del caso de Sandra Martínez. Felipe ya lo conoce porque él fue uno de los investigadores. Tal vez tú también lo recuerdes, Barragán.

—No podría olvidarlo, aunque me gustaría —confesó el detective.

—A mí también —reconoció Sebastián con tristeza—. Para vosotros, que sois demasiado jóvenes para conocerlo —dijo dirigiéndose a Paty y Martín—, ocurrió hace veinticinco años, en 1986.

—Perdone, comisario —intervino Paty—. ¿Qué relación puede haber entre un caso de hace veinticinco años y el crimen de anoche en el castillo?

—Por lo visto, el asesino —respondió Sebastián.

—¿No cerraron este caso?

—Sí lo cerramos —apuntó Felipe—, pero en aquella ocasión como en esta, todas las evidencias señalaban al chico como culpable. Y fue la conclusión a la que llegamos.

—¿Cómo pueden estar tan seguros de que hay una relación? —preguntó Martín.

—Son iguales en todos los detalles —argumentó Sebastián—, como dos puestas en escena idénticas. La chica atada en X y desnuda, los cortes de cuchillo, el chico con el arma homicida en la mano y sin ninguna herida.

—¿No puede ser un imitador? —preguntó Martín—. ¿Alguien que leyó sobre el primer caso y decidió reproducirlo?

—Tenía esa esperanza —confesó Sebastián—, pero hubo detalles que no se filtraron a la prensa. Como la posición en que fue amarrada la chica o el tipo de cuchillo. Eso solo lo sabía el homicida. Y también algo que dijo Patricia…

—¿Qué? – preguntó ella.

—El lóbulo de la oreja. No lo recordaba. No le dimos importancia en aquel momento, pero a la víctima de entonces también le cortaron el lóbulo de la oreja. Debemos esperar a la autopsia para saber si fue *post-mortem* y con una tijera, como en el primer caso.

—¿Estamos hablando entonces de un asesino en serie? —preguntó Martín, sintiendo un escalofrío en la espalda.

—Todo apunta a eso.

—¿Y no ha matado en los últimos veinticinco años?

—Es posible, pero también podría haberlo hecho sin que nos enterásemos —intervino por primera vez, Barragán.

—Me parece poco probable —refutó Paty—. Un caso así tendría repercusión en la prensa, aunque estuviera fuera de nuestra jurisdicción. Sería imposible que pasara desapercibido.

—No, si ocurrió en otro país —volvió a apuntar Barragán. Sebastián lo miró con angustia al comprender que no estaba planteando una hipótesis.

—¿Quieres decir que tienes información acerca de otros homicidios como este en otro país?

—Se lanzó una alerta general hace dos años y medio sobre todos los países de Europa —explicó Barragán—. Hace tres años ocurrió un doble homicidio en Londres en una cripta de un cementerio histórico. Al igual que en el caso de Sandra Martínez, Scotland Yard llegó a la conclusión de que el chico asesinó a su novia y murió por una sobredosis porque todas las pruebas apuntaban en esa dirección. Pero uno de los detectives no quedó conforme con el resultado y continuó investigando hasta que encontró dos casos iguales, uno en Italia y otro en Francia. Entonces presionó a sus superiores y consiguió que lo reabrieran. Londres dio aviso a través de Europol para que se informara de cualquier doble homicidio que reuniera esas características en cualquier país de Europa.

Felipe y Sebastián se miraron sorprendidos.

—¿Por eso te enviaron a ti? – preguntó Felipe.

—No, me enviaron como enlace.

—¿Cómo enlace?

—Tenemos órdenes de los altos jefes de la Brigada de recibir a este comisario de Scotland Yard, que colaborará con nosotros.

—No necesitamos que venga un tío de Scotland Yard a meter las narices en el caso —protestó Martín, ofendido—. Si ellos no pudieron resolverlo hace tres años, ¿por qué piensan que ahora sí?

—En aquella ocasión, este detective se vio obligado a retirarse antes de concluir la investigación. No sé el motivo. Cuando regresó, encontró que sus subalternos habían llegado a una conclusión errada. Por lo visto, no es un detective cualquiera. Es criminólogo, psicólogo, y recibió entrenamiento en *Quántico*. El tío tiene un currículo que asusta. Además, dedica mucho tiempo a estudiar todos los homicidios que se relacionan con este asesino. El asunto para él tiene algo de personal. Desperdiciar las ventajas que eso puede proporcionarnos sería una estupidez. No viene a resolver el caso, sino como asesor.

—Si contribuye a que encontremos al psicópata que hizo esto, lo recibiremos con agrado —opinó Sebastián—. Avísales que estamos de acuerdo.

—La decisión ya está tomada, Sebastián. Llegará en el primer avión de mañana.

—Señor —intervino Paty, a quien la presencia o no de un policía inglés no le preocupaba mucho. Mientras Barragán alababa las virtudes del visitante, ella leía por encima el folio que les entregó Losada—, aquí dice que el chico involucrado en el caso de Sandra Martínez sobrevivió y que lo acusaron del crimen.

—Así fue —reconoció Sebastián con tristeza.

—¿Lo condenaron? —El comisario asintió—. ¿Aún sigue en prisión? Tal vez podamos interrogarlo. Fue testigo, podría ayudarnos.

—Eso no será posible. Murió en un accidente durante un traslado.

—¡Joder, que mala suerte! —exclamó Martín—. Sobrevivir a un asesino psicópata para terminar palmándola en un accidente.

—¡Cállate, Martín! —le gritó Felipe, al ver la expresión de tristeza en Sebastián. El inspector lo miró, sorprendido.

—Al menos tenemos su declaración —Se consoló Paty, que continuaba mirando el dossier—. Por lo visto, el interrogatorio no aportó mucho —Levantó la mirada hacia Felipe.

—No lo tratamos bien —explicó el inspector jefe—. Estábamos seguros de que era culpable. Después de su primer atestado se negó a hablar y mantuvo esa postura hasta el final.

—¿Por qué? —preguntó Paty.

—Supongo que se sintió traicionado —reconoció Sebastián, comprendiendo por primera vez lo que debió sufrir Víctor.

—¿Traicionado? —preguntó Martín—. ¿Por quién?

—Por mí —confesó Sebastián—. Su nombre era Víctor Losada y era mi hijo.

Capítulo dos.

Era casi media noche cuando Sebastián salió por fin de la comisaría. Aquel había sido un día largo y terrible, que todavía no terminaba. La actividad en la que se vio inmerso por el doble homicidio le permitió dominar sus emociones, pero ahora que todos se habían retirado, cuando se quedó solo con sus pensamientos y sus recuerdos, todo el peso de la culpa cayó sobre él de repente. Víctor había sido inocente. Su hijo fue una víctima del psicópata que asesinó a su novia. Lo dijo, pero nadie le creyó.

Sebastián subió al coche y tuvo que llenar sus pulmones de aire para contener las lágrimas. Si se permitía llorar, no se detendría. Al perder la protección de creer que Víctor era culpable, por primera vez después de tantos años comprendió el horror, el dolor y la desesperación que agobiaron a su hijo. Solo tenía dieciséis años, tan solo un chiquillo y él, que era su padre y tenía la obligación de protegerlo, lo abandonó. Dejó que se hundiera en la desgracia y por eso ahora estaba muerto.

Se preguntó qué clase de persona hubiera sido de no haberse cruzado la tragedia en su camino. Tendría cuarenta y dos años. Quizá sería un hombre del que se habría sentido orgulloso. Tal vez estaría casado y le hubiera dado nietos. Aquellos pensamientos eran como dagas que se le clavaban en el pecho. Le falló a Víctor de la peor manera posible, ahora lo único que podía hacer era atrapar al hijo de puta que cometió los crímenes. Luego renunciaría a su trabajo. No se sentía merecedor de ser comisario. Había sido incompetente como policía y como padre.

Eso le recordó a Alicia y a Concepción. La noticia del doble crimen se publicaría en el periódico de la mañana. Después de leerla, ellas comprenderían la verdad. No podía permitir que se enteraran de esa forma. Se orilló y llamó por el móvil. Juan respondió.

—Suegro, ¿qué ocurre? Lo echamos de menos en la cena. ¿Está todo bien?

—Hay algo importante que debo decirles a Alicia y Concepción.

—¿Por qué no almuerza aquí mañana y se los cuenta?

—Tiene que ser esta misma noche —Juan guardó silencio un momento.

—¿Ocurrió algo?

—No puedo explicarlo por teléfono —insistió Sebastián, impacientándose—. Lamento la hora, pero es importante. Por favor avísales que voy en camino.

—Claro, lo esperamos —aceptó Juan, preocupado.

Media hora después, Sebastián se detenía frente al chalé de Alicia. Su yerno era ingeniero y abrió una fábrica de motores diésel junto con un socio capitalista. Aunque comenzaron con algo tan pequeño como un taller, ahora vendían motores en competencia con varios países de Europa. Su empresa era modesta pero próspera y les permitía vivir con holgura. Sebastián pensó que al menos Alicia tuvo suerte y disfrutaba de una buena vida.

Detestaba ocasionarle un disgusto, sobre todo ahora que estaba embarazada de seis meses, pero se enteraría de cualquier forma, así que comprendió que sería mejor que lo supiera por él. Al menos le debía eso.

Llamó a la puerta y abrió el propio Juan, quien lo miró con expresión preocupada. Le cogió el abrigo que luego colgó en una percha a la entrada, después de saludarlo. Alicia y Concepción estaban sentadas en la sala con expresión expectante. Comprendían que su visita a esas horas no podía significar nada bueno. Concepción siempre se opuso a la decisión de Sebastián de sacar a Víctor de la memoria de la familia. Eso ocasionó muchos roces entre ellos a lo largo de los años, así que cuando Alicia se casó, la vieja niñera decidió trasladarse con ella. Ahora cuidaba de Diana como si fuera su propia nieta.

Alicia se levantó del asiento para acercarse a su padre. Lo abrazó, y luego lo miró a los ojos sin disimular su preocupación, mientras trataba de adivinar la gravedad de lo que tenía que decir.

—Tienes muy mala cara, papá. ¿Estás enfermo?

—No, estoy bien. Por favor, siéntate, tengo algo importante que deciros.

—¿Desea tomar algo, Sebastián? —preguntó Juan.

—Creo que me caería bien un poco de brandy.

Su yerno se acercó a un pequeño bar en un rincón de la sala para servir una copa que le entregó a Sebastián, mientras él se sentaba frente a las mujeres y sostenía una conversación intrascendente. Después que le aseguraron que todo iba bien, trató de reunir el valor para contarles la verdad. Juan se sentó junto a Alicia y le sostuvo la mano. Se hizo un incómodo silencio hasta que Sebastián volvió a hablar.

—Esta mañana recibimos el reporte de un doble homicidio.

—¿Alguien a quien conocemos? —preguntó Juan. Si su suegro les hacía una visita a media noche para hablarles de su trabajo, significaba que el asunto les atañía de un modo muy personal.

—No, ese no es el problema —les tranquilizó, después de darle un sorbo a su copa—. Las víctimas fueron dos chicos sin ninguna relación con nadie que conozcamos.

—Es muy triste, papá —admitió Alicia—. Por lo visto te afectó mucho.

—No es un crimen cualquiera —agregó con voz pausada, sin estar seguro de cómo debía plantearlo—. Me refiero a que todo indica que lo cometió la misma persona que asesinó a Sandra Martínez.

Tanto Concepción como Alicia se enderezaron en sus asientos. Juan, que no conocía bien la tragedia familiar, no sabía de qué hablaba Sebastián.

—Pero... —se atrevió a decir Concepción—. Si a aquella chica la mató Víctor enloquecido por la droga, y Víctor está muerto… No es posible...

—De eso se trata, Concepción. Estamos seguros de que es el mismo asesino porque los detalles del crimen son idénticos, incluso en aspectos que solo podría saber quien cometió el primer asesinato. Y estando Víctor muerto...

—¿Significa que Víctor era inocente? —preguntó Alicia con los ojos inundados por las lágrimas, mientras colocaba la mano sobre su hinchado abdomen como si quisiera proteger a la pequeña criatura que aún no nacía.

—Sí, es la única conclusión lógica —reconoció Sebastián, con todo el dolor de la culpa en su voz.

Concepción cerró los ojos para tratar de recordar el rostro sonriente de un chico de dieciséis años que tenía la vida por delante. Una vida que le arrebataron por una injusticia. Si Víctor era inocente, todos ellos eran culpables. Culpables de abandono, de comodidad, de tibieza. La imagen se le escapaba y con tristeza comprobó que el tiempo había difuminado su rostro. No quedaba ni una foto del chico. Don Sebastián las quemó todas, así que ahora ella solo podía recordar su risa. Una risa que se apagó para siempre la noche que murió Sandra. Abrió los ojos y miró a Sebastián con el ceño fruncido. Él se encogió, como si lo hubiera alcanzado un rayo.

El comisario comprendió que Concepción nunca lo perdonaría. No la culpaba por ello. Él mismo no era capaz de perdonarse. Miró a Alicia. En sus ojos vio compasión. Era un sentimiento más difícil de soportar que la ira de Concepción. Juan estaba confundido. Lo que ocurrió veinticinco años atrás no era algo de lo que se hablaba en la familia. Él solo sabía que Alicia tuvo un hermano tres años mayor que ella, que murió en un accidente en plena adolescencia.

—¿Por qué nos cuenta esto, don Sebastián? —preguntó Concepción con voz dura.

—Mañana la prensa publicará la información que les dimos sobre el caso —explicó el policía—. No quería que lo supierais de ese modo.

—¿Qué diferencia hay?

—Creí que era mi deber venir a contarlo yo mismo —respondió él, al mismo tiempo que bajaba la mirada con vergüenza.

—Gracias, pero eso no cambia nada —le dijo la vieja niñera con los ojos llenos de lágrimas.

—Concepción, por favor —le pidió Alicia—. Esto ya es bastante difícil para todos.

La anciana asintió y continuó llorando en silencio, mientras trataba de encontrar retazos de memoria que rescataran del olvido a un chico que sufrió el peor trato posible por parte de su familia.

—¿Qué harás ahora, papá? —preguntó Alicia.

—Atraparé a ese mal nacido —prometió Sebastián, poniendo en sus palabras todo el enojo que sentía hacia sí mismo.

—¿Y después?

—No lo sé, pero es lo único que puedo hacer ahora. Detenerlo para que no siga destruyendo vidas de jóvenes con impunidad. Y también para que pague por los que murieron por su culpa. Esos chicos merecen que se haga justicia para que puedan descansar en paz.

—Ese hombre asesinó a chicos inocentes —confirmó Concepción, mirando a su antiguo jefe—. Y usted tiene la obligación de atraparlo. Pero no fue él quien mató a Víctor.

—Él tuvo la culpa de que Víctor terminara en prisión —protestó Sebastián—. Él lo inculpó y de no haber sido por eso, Víctor nunca hubiera estado en la furgoneta donde murió.

—No, don Sebastián —insistió Concepción—. No debe volver a cometer el mismo error.

—¿Qué error? —preguntó el comisario, temiendo escuchar a la anciana.

—El error de responsabilizar a los demás de sus propios fallos. A Víctor no lo mató ese asesino, lo matamos nosotros cuando le dimos la espalda. Alicia no, ella solo era una niña. Usted, con su rigidez e intransigencia. Yo, al darle más importancia a respetar al jefe de la casa que a los sentimientos que me inspiraba un chico que quería como a un hijo.

—No, Concepción, tú no tienes la culpa. Tienes razón. Fue mi error. Recuerda que tú quisiste verlo y él mismo se negó.

—Lo hizo para protegerme, porque sabía que esa visita me traería problemas con usted y también sería muy dolorosa para ambos. Hoy daría mi vida por poder abrazarlo una vez más.

Sebastián cerró los ojos con dolor. Él también hubiera dado cualquier cosa por la oportunidad de ver una vez más a su hijo y pedirle perdón, pero ya era demasiado tarde para eso.

Capítulo tres.

Michael sentía un nudo en el estómago, mientras sentado en el avión con rumbo a Madrid leía el informe que le entregó Colbert la noche anterior. Tenía la ineludible sensación de que los acontecimientos cobraban un ritmo vertiginoso que pronto los conducirían a un desenlace. De lo que no estaba seguro era de cuál sería ese desenlace. Sabía que tarde o temprano tendría que enfrentarse a la bestia, lo que no sabía era qué ocurriría en ese encuentro. Pero eso no era lo que le encerraba las entrañas en un puño. Lo que más temía era lo que le esperaba al bajar del avión. Enfrentarse al pasado, ver de nuevo los rostros de aquellos que lo traicionaron y a quienes consideraba como parte de una vida que ya no era la suya.

Al final de la mañana anterior, Colbert lo hizo llamar a su oficina. Con una calma nacida de reconocer que Sterling siempre tuvo la razón, le notificó que en un barrio periférico de Madrid se había cometido un doble homicidio con las mismas características del que investigaron tres años atrás en la cripta. No había duda de que se trataba del mismo asesino, por lo cual las autoridades españolas respondieron a la alarma que Londres puso en Europol, para toda la información que pudieran darles acerca de los otros casos.

Sterling era el mejor informado sobre ese asunto. En los últimos tres años empleó su tiempo libre y sus fondos personales para viajar a Italia y Francia, entrevistarse allí con la policía y con expertos locales, e informarse de todos los detalles de los crímenes que la bestia cometió en esos países. Las últimas navidades viajó a Washington D.C., y en el departamento de comportamiento criminal del FBI, su antiguo profesor le ayudó a elaborar un perfil del asesino. También destinaba cada minuto del que disponía a estudiar y repasar los homicidios. Sus compañeros y jefes creían que lo hacía por orgullo profesional, porque el psicópata salió impune del doble crimen que cometió bajo su jurisdicción, pero lo que motivaba a Sterling era mucho más profundo. De modo que los jefes de Londres y los de Madrid acordaron que él viajara en calidad de asesor, para dar apoyo e información al grupo encargado de resolver este último asesinato.

La idea de regresar a España le causó escalofríos. Allí todavía era culpable de la muerte de Sandra según la Ley. Si alguien lo reconocía terminaría en la cárcel hasta que todo se aclarara. Además, si sabían que estaba vivo podrían pensar que él era el responsable de los homicidios. Tendría coartada para todos ellos o al menos para la mayoría, pero eso llevaría tiempo y él no estaba dispuesto a pasar un día más de su vida en una celda. Solo pensarlo le erizaba la piel.

Además, la bestia lo cometió nada menos que en la jurisdicción de su padre, por lo que tendría que enfrentarlo a él y a algunos de los policías que lo acusaron. En un primer momento le dijo a Colbert que no podía marcharse, que el caso que les ocupaba era muy importante, pero el superintendente desestimó sus excusas. Era una orden. Por otro lado, aunque los riesgos lo atemorizaban, sabía que era una oportunidad única para atrapar a la bestia. Había cambiado su estrategia, pues repitió el crimen en un mismo país y bajo una misma jurisdicción. En otras palabras, se quitó la máscara y dejó en claro que era un asesino en serie.

Sterling no creía que fuera un descuido, ni tampoco que sospechara que él ya lo había descubierto. Estaba seguro de que formaba parte de su evolución. Había pasado a una nueva etapa, se sentía más seguro y más listo que la policía, así que se dejaba ver. Eso lo hacía más vulnerable. Michael no podía dejar escapar una oportunidad como esa o permitir que otros dos chicos fueran sacrificados por sus temores. Así que decidió correr el riesgo.

El avión aterrizó y el comisario guardó los papeles en un maletín. Una mezcla de emociones contradictorias lo embargaba y temió perder el aplomo a causa de ellas. Sentía miedo a que lo reconocieran, ira porque tendría que trabajar codo a codo con aquellos que destrozaron su vida cuando aún era un chiquillo. También expectación por lo que alguna vez amó y tuvo que abandonar. Respiró profundo, y trató de convencerse a sí mismo que todo saldría bien. Él era Michael Sterling, un comisario inglés con firmes raíces británicas y un árbol genealógico que soportaría cualquier investigación, todo ello gracias a la generosidad de Anne Ferguson. Estaba allí por trabajo, así que debía concentrarse en su profesionalismo. Aquellas personas significaron algo para Víctor Losada, pero ese chico estaba muerto. Para Michael Sterling eran desconocidos y como tales debía verlos

Mientras se decía todo esto a sí mismo, cogió su equipaje de mano y salió del avión. No llevaba maleta, así que después de pasar los trámites de inmigración, salió a la zona donde los familiares y amigos de los pasajeros los esperaban impacientes. Buscó entre la multitud hasta que vio un hombre de casi sesenta años que llevaba un cartel en la mano con su nombre. Michael suspiró aliviado, al menos este primer encuentro sería con alguien a quien no conocía. Se acercó al hombre.

—Soy Sterling —le notificó, extendiéndole la mano para estrechársela.

—Bienvenido, señor —le respondió el otro, en un inglés con bastante acento—. Soy el inspector Fernando Barragán, de la Brigada de Homicidios. Espero que haya tenido un buen viaje.

—Estuvo bien —reconoció Sterling en español, mientras le seguía el paso—. Si le resulta más cómodo, podemos hablar en español.

—Lo habla usted muy bien —comentó Barragán con sorpresa—. ¿Dónde lo aprendió?

—Viví en España cuando era niño.

—Eso es un gran alivio. Debo reconocer que mi inglés deja mucho que desear. También facilitará mucho la comunicación con el resto del equipo.

—Eso espero.

—Lo llevaré a su hotel para que se instale. Luego lo pondremos al día con el caso.

—Si no le importa, prefiero ir directo a la comisaría. No llevo mucho equipaje, y me gustaría comenzar a trabajar lo antes posible.

—Como quiera, señor —aceptó Barragán—. Lo siento, no me informaron cuál es su rango.

—Comisario —le informó Sterling, sin detenerse.

El viaje hasta la comisaría les llevó casi dos horas por culpa de los atascos. Al llegar, Michael cogió su portafolios y su equipaje e hizo acopio de valor para seguir a Barragán. Subieron las escaleras. En la entrada, un agente anotó sus nombres en una libreta y les dio una identificación de colaboradores. Barragán le pidió que guardara el equipaje de Sterling en uno de los armarios de los vestidores de hombres, hasta que el comisario decidiera acudir al hotel.

—Por aquí, señor —lo invitó el inspector—. El comisario Losada acondicionó la sala de reuniones para seguir este caso.

Sterling asintió, siguiéndolo sin decir nada. Tenía un nudo en la garganta. La comisaría no había cambiado mucho desde que lo llevaron detenido para interrogarlo. Barragán lo acompañó a través de un pasillo hasta una puerta junto a un par de máquinas dispensadoras de café y gaseosas. Llamó con suavidad para anunciar su llegada y abrió. Se hizo a un lado para permitir que Sterling entrara primero.

Michael miró al interior de la sala y tuvo que hacer un gran esfuerzo para que las emociones no lo dominaran. Al primero que vio fue a Felipe Sosa. No le sorprendió encontrarlo allí, porque sabía que siempre había admirado a su padre, lo que hacía poco probable que pidiera un traslado, pero eso no disminuyó el deseo de Sterling de golpearlo. De los dos investigadores que se ocuparon del caso de Sandra, el peor trato lo recibió de Felipe. Fue implacable en los interrogatorios y en más de una ocasión estuvo a punto de golpearlo. En aquel momento, la vergüenza por haber sobrevivido lo llevó a pensar que se lo merecía. Ahora comprendía que la conducta del policía no tenía excusa. Él era solo un niño asustado. De esa circunstancia y del afecto que le había tenido se aprovechó ese cabrón, que ahora de pie junto a la cartelera coordinaba la reunión.

De pie y con el rostro serio, su padre se encontraba Sebastián. Por un momento, Michael dudó acerca de que fuera él. Conservaba una contextura atlética que desmentía su edad, pero el cabello encanecido y las arrugas, más producto del sufrimiento que de la vejez, le sembraron dudas acerca de si en verdad estaba frente a Sebastián Losada. Además, parecía cansado, como si estuviera haciendo uso de sus últimas reservas de energía.

Sentados frente a ellos había un hombre y una mujer, quienes eran desconocidos para alivio de Sterling. El hombre tendría entre treinta y siete y treinta y nueve años, con cierto aspecto de pájaro. La mujer, un poco más joven, irradiaba un aire desenfadado. Usaba ropa deportiva y cómoda, tenía el cabello largo sujeto en una coleta y su rostro estaba limpio de maquillaje. A Sterling le recordó a Durand. Todos se volvieron para mirar a los recién llegados. Por un momento Michael contuvo la respiración, pero ni Sosa, ni su padre dieron el menor indicio de reconocerlo. Sterling comprendió que había pasado la primera prueba. Después de veinticinco años y todo lo que tuvo que vivir debió cambiar mucho. Demasiado para que lo reconocieran.

Respiró con mayor tranquilidad, aunque temía que las emociones que lo abrumaban traicionaran la expresión de su rostro. Pero no fue así. Trató de mantenerse serio para conservar el control de sí mismo. Felipe lo miró con fastidio. Estaba claro que no le gustaba la idea de un colaborador extranjero. Sebastián, Sterling se obligó a pensar en él por su nombre de pila, no traducía ninguna emoción en su rostro. No le importaba que estuviera allí, siempre que le resultara útil. El inspector joven, al que le presentaron como Martín Torres no disimuló su malestar por su presencia. La mujer, Patricia Argüello, en un primer momento lo miró con cierta indiferencia que fue transformándose en curiosidad. Después de las presentaciones y de estrechar la mano de todos, se sentó junto a Torres y Argüello con la finalidad de concentrarse en el motivo que lo llevó hasta allí.

—Tal vez desee que le hagamos un resumen del caso para ponerlo al día —le ofreció Felipe, como si hablara con un chiquillo.

—No es necesario —respondió Sterling, y no pudo impedir que su voz sonara brusca—. Ya leí el informe que enviaron a Londres ayer. Solo me interesa lo que descubrieran a partir de hoy.

—Estamos comenzando la reunión —reconoció Felipe—. Aún no hemos discutido nuevos datos.

—Entonces estoy al día.

—Muy bien —intervino Sebastián, notando la tensión entre ambos hombres—. Será mejor comenzar con usted, comisario Sterling. Háblenos por favor de los otros casos.

—En general —dijo Sterling poniéndose de pie y entregando un informe a cada uno—, los homicidios son muy similares entre sí. Demasiado para que haya ninguna duda acerca de que se trata del mismo perpetrador. Ocurren en un lugar abandonado, pero no demasiado lejos de zonas pobladas. Las víctimas son adolescentes con una relación entre sí. Y siempre los asesina de la misma forma, excepto en el caso de la muerte de Sandra Martínez, que presenta sutiles diferencias que se pueden explicar con facilidad.

—¿Cuáles son esas diferencias? —preguntó Paty.

—En ese caso —explicó Sterling, tratando de disimular la emoción—, el criminal violó a la joven. En los otros no. La otra diferencia fue la droga que empleó, un alucinógeno en lugar de cocaína. Y por último, el hecho de que dejara al chico con vida.

—¿A qué atribuye esas diferencias? —quiso saber Barragán.

—Con respecto a la violación, es posible que se volviera impotente, pero yo no lo creo. Pienso que hace veinticinco años no se le podía identificar a través del ADN. Si hubiera violado a las otras jóvenes hubiera sido fácil demostrar que el varón de la pareja no fue el responsable. Y la acusación del chico en cada crimen es muy importante para el asesino.

—¿Por qué no usó un condón? —preguntó Martín.

—Porque hubiera tenido que llevárselo —explicó Sterling—. Con el mismo resultado. Exculparía al chico.

—¿Qué hay de la droga?

—El uso del alucinógeno en Víctor Losada es interesante —reconoció Sterling—. Creo que quería que el joven quedara en evidencia —tragó saliva—. Lo dejó con vida, la idea no era solo que pareciera culpable, sino que lo encontraran en medio de un ataque de euforia. Con eso garantizó el desprecio contra el muchacho. A los otros solo los quería muertos, lo cual resultaba más fácil con una sobredosis de cocaína.

—¿Por qué no los dejó con vida como al primero? —preguntó Paty.

—Era muy arriesgado. Alguien podía creerles.

—Alguien también pudo creer a Víctor Losada.

—No lo creo —opinó Sterling—. El asesino no dejaría al azar algo tan importante. Creo que estudió el entorno del chico y estaba seguro de que si podía generar la suficiente indignación, no tendría oportunidad. Nadie le creería. Lo condenarían antes de juzgarlo.

—Tenga cuidado con lo que dice —advirtió Felipe—. Víctor Losada era hijo del comisario, aquí presente.

—Lo sé —respondió Sterling—, pero estoy aquí para informar lo que reflejan los informes, no para evitar herir susceptibilidades.

—Es usted un hombre muy duro en sus juicios, señor Sterling —le dijo Sebastián con voz pausada.

—No más que usted, comisario —respondió Michael en tono cortante.

Felipe sintió que la ira lo invadía. Avanzó un par de pasos en dirección al impertinente inglés. Sterling se puso frente a él. Ya no era un chiquillo asustado y maniatado, al que podría dominar con facilidad. Sebastián sujetó a Felipe por el brazo y le hizo un gesto para que retrocediera. Luego se dirigió al inglés.

—Dejó claro su punto, comisario ¿Tiene algo más que agregar?

—No, por el momento —respondió Michael sin inmutarse. El enfrentamiento le había permitido desahogarse un poco—. A menos que alguien tenga alguna duda.

—Creo que a todos nos quedó muy claro, señor —respondió Sebastián con tristeza.

Felipe continuó mirando a Sterling como si quisiera fulminarlo y este tan solo lo ignoró. Se había enfrentado a un viejo fantasma de su pasado, y salió airoso. Con eso mejoró su confianza. Parte de sus temores se disiparon. De alguna manera las ternas habían cambiado. No era él quien estaba en desventaja, al menos de momento. Era consciente que debía ser cuidadoso. Si alguien sospechaba quien era en realidad, nada ni nadie podría salvarlo. Sin embargo, el hecho de que aquellos que lo condenaron tuvieran claro que se equivocaron y que era inocente, de alguna manera le proporcionaba cierta paz interior. Felipe se tranquilizó y tomó la palabra.

—¿Qué sabemos del forense? —le preguntó a Patricia.

—Como sospechábamos, Meneses murió por sobredosis. Cocaína. No presenta ninguna evidencia de lucha, ninguna herida ni marca. No hay restos de tejido bajo las uñas. Ingirió la cocaína y las únicas huellas que se encontraron en el cuchillo fueron las suyas.

—De no ser por el caso de 1986 —apuntó Martín—, la conclusión lógica sería que el chico era el culpable.

—Ya descartamos esa posibilidad —intervino Felipe—. El caso de Sandra Martínez está ahí. No lo podemos desestimar.

—No lo comprendo —apuntó Paty—. El asesino responsable de la muerte de Sandra Martínez debió saber que el caso sería recordado. ¿Por qué tomarse tantas molestias en preparar la escena para que el chico pareciera culpable?

—Tal vez creyó que después de veinticinco años nadie lo recordaría —sugirió Martín.

—¿Usted qué cree, comisario Sterling? —intervino Barragán—. El comportamiento criminal es su campo. ¿Cree que el asesino se descuidó?

—No lo creo —opinó Sterling, sin cambiar la expresión seria de su rostro—. Creo que es una forma de burlarse de las autoridades. En todos los casos anteriores se salió con la suya, y los cerraron con el resultado que él esperaba. Al repetir en una misma jurisdicción nos está dejando claros varios mensajes.

—¿Mensajes? —preguntó Martín incrédulo—. ¿En realidad cree que este tío asesina chicos para enviar mensajes?

—Es lo que creo, sí —dijo Sterling con firmeza.

—¿A quién le envía esos mensajes? —preguntó Sebastián con curiosidad, pero sin mucha convicción—. ¿A las autoridades en general, a la Policía en particular?

—Eso creía yo —respondió Sterling—, hasta que apareció este caso. Estoy seguro de que no es coincidencia que repitiera el crimen en la misma jurisdicción del primero.

—¿Qué quiere decir?

—Creo que el mensaje es para alguien de esta comisaría —aseveró Michael—. Alguien que ya estaba aquí hace veinticinco años.

Sebastián y Felipe se miraron entre sí, sin poder disimular el horror que esa idea les causaba. Felipe miró a Sterling, ya no con antipatía, sino con franco odio.

—Me tendrá que perdonar, comisario, pero creo que lo que está diciendo es una gilipollez. ¿Entiende usted la palabra? —preguntó Sosa con toda su mala leche. Sterling no respondió, tan solo lo miró a los ojos—. Si este psicópata tiene una especie de fijación con alguien de aquí como usted dice, ¿por qué algunos de los homicidios se cometieron en Francia, Italia e incluso en su país? Su conclusión no parece muy inteligente.

—No hay que pecar de simplista, inspector —le refutó Sterling y observó con satisfacción cómo Felipe apretaba los dientes—. El homicida comenzó este macabro juego hace veinticinco años. Ha venido jugándolo desde entonces. Todos los homicidios son importantes porque dan consistencia a la figura de un asesino en serie, pero el primero y el último son fundamentales.

—Porque repitió la jurisdicción —apuntó Paty, comprendiendo la idea.

—Exacto, inspectora —confirmó el policía inglés, suavizando su expresión. La joven era inteligente y se centraba en lo importante.

—Según usted —intervino Sebastián—, quien hace esto perpetra una especie de venganza hacia alguien de esta comisaría, pero en lugar de pegarle un tiro a quien sea la persona en cuestión, cometió una serie de asesinatos a lo largo de veinticinco años, teniendo por territorio al menos cuatro países de Europa. ¿No lo encuentra absurdo, comisario Sterling?

—El homicidio siempre es absurdo, comisario, pero en este caso no creo que se trate de una simple venganza. Creo que el asesino necesita demostrar a su Némesis que él es más listo y que no puede detenerlo. Quiere hacerlo sufrir, hacer tambalear las bases de aquello en lo que cree. Asesinarlo no le basta.

—¿Y sabe usted a quién va dirigido todo ese odio, comisario? —preguntó Sebastián, incrédulo.

—Creo que a usted, señor.

Sebastián palideció a ojos vista. De alguna manera, las palabras de Sterling lo enfrentaban a un temor que iba más allá de la realidad que soportaba. Si todo aquello era una especie de venganza enfermiza contra él, la vida de todas las víctimas recaería sobre su conciencia. Pero sobre todo, él sería el responsable directo de la desgracia de Víctor. Tanto Felipe como Martín miraron con odio a Sterling, como si él mismo hubiera sido el responsable de los homicidios. Barragán meditó sus palabras y la curiosidad de Patricia iba en aumento.

—¿Qué le hace pensar que yo soy el blanco, Sterling? —preguntó Sebastián con la voz cargada de ira, y omitiendo el trato de «comisario» con toda la intención

—No creo que sea una coincidencia que su hijo fuera una de las primeras víctimas, señor.

—Permítame recordarle, Sterling —intervino Felipe—, que en ese caso la víctima fue Sandra Martínez. Víctor resultó ileso, salvo por el colocón que tenía cuando lo encontramos y que se le pasó sin mayores consecuencias.

Sebastián se volvió para mirar a su inspector jefe y tuvo que esforzarse para no saltar sobre él. Por alguna razón, aquellas palabras lo ofendieron mucho más que todo lo que el inglés había dicho hasta ese momento. Hizo un amago de responder, pero las palabras no le salían de la garganta por la indignación que sentía. Sterling habló por él.

—Inspector —le dijo, en un tono calmo que heló la sangre de todos los que estaban allí con más eficacia que si se hubiera expresado a gritos—, por suerte leí los informes del primer caso y no sé qué es para usted una víctima, pero permítame recordarle que Víctor Losada, sin importar de quién era hijo —precisó mirando a Sebastián—, era un chiquillo de dieciséis años que vio a un desconocido torturar, violar y asesinar a su novia, mientras él permanecía inmovilizado. Es seguro que no sabía qué intenciones tenía el asesino, pero no creo que en ese momento se hiciera muchas ilusiones acerca de no ser el siguiente en morir de forma tan terrible...

El silencio en la sala de reuniones se podía cortar, la voz de Sterling y sus palabras le dieron sentido de realidad a lo que describía. Sebastián palideció y la expresión de Felipe dejó claro que por primera vez fue consciente de las implicaciones de aquel homicidio que él investigó de forma tan chapucera. Sterling continuó.

—Recuerde también que cuando despertó de la droga que el asesino le obligó a ingerir, encontró que lo habían acusado de ese espantoso crimen —Hizo una pausa—. Por si fuera poco, después pasó un año en prisión...

—El juez concluyó que era culpable —dijo Felipe con voz débil.

—Me pregunto si usted consideró alguna vez lo que pudo sentir el chico en esa situación —Sebastián se llevó la mano a la frente cubriéndose los ojos y por un momento Sterling sintió compasión, pero la ira por la indiferencia del comentario de Felipe le impidió detenerse—. Luego de esa celda salió a la muerte. Dígame inspector, ¿aún cree usted que Víctor Losada no fue una víctima?

Felipe fue incapaz de responder, solo cerró los ojos. La suerte de Víctor siempre le pesó porque sabía que era motivo de sufrimiento para Sebastián, pero nunca pensó mucho en ello. Desde el descubrimiento de los cuerpos en el castillo sentía culpa. La culpa del policía que cometió un error y de nuevo esa culpa estaba más dirigida al daño que hubiera podido ocasionarle al comisario, que a la suerte de su hijo. Pero las palabras de Sterling lo enfrentaron a una realidad cruda y sin atenuantes. Aquel chico sufrió mucho más que cualquiera de las otras víctimas y él fue uno de sus peores verdugos.

—¿Hay alguna otra razón por la que llegó a la conclusión de que yo soy el objetivo? —preguntó Sebastián, con la voz quebrada por la emoción.

Sterling lo miró con tristeza. No imaginaba que pudiera sentir compasión hacia su padre después de la forma en que se libró de él, pero la verdad era que no quería ocasionarle más dolor. Las arrugas de su rostro le demostraban que Sebastián no había sido tan indiferente a su suerte como él siempre creyó. Sterling suspiró, cambiando su tono por uno más amable.

—Sí, comisario. Me temo que hay varios indicios que me convencieron de ello. En primer lugar, el hecho de que se repitiera el crimen en su jurisdicción y no en otra, pero hay algo más que tal vez usted desconoce...

—¿De qué se trata? —preguntó Sebastián, interesado.

—No lo consideré hasta que leí la descripción que hizo su hijo del asesino —Mintió Sterling—. Eso me recordó otro caso en el que trabajé.

—¿Los cuerpos en la cripta? —preguntó Barragán interesado—. ¿Hubo algún testigo, alguien vio al asesino en Londres?

—No —admitió Sterling—, lo más cercano que encontramos en ese caso fue la observación de una anciana de que un hombre alto acompañaba a los chicos al bajarse del autobús. Pero no fue capaz de describir al hombre. El caso al que me refiero es otro.

Nadie se atrevió a hablar. El asunto estaba tomando un giro personal que no les gustaba, pero no eran capaces de encontrar un argumento que desmintiera al policía inglés, así que guardaron silencio y esperaron. Sterling buscó en su portafolios, entonces sacó una carpeta de la que extrajo un simple papel.

—Me tomé la libertad de traducirlo —explicó, mientras se lo entregaba a Sebastián.

Sterling esperó que su padre lo leyera. Cuando Sebastián terminó, no pudo evitar un ligero temblor en las manos, antes de pasarlo a Barragán.

—No hay duda de que la descripción coincide —confirmó Sebastián—. Si no se trata del homicidio cometido en Londres. ¿A cuál caso se refiere y qué tiene que ver conmigo?

—Esta descripción la dio la chica que se involucró en el secuestro de su nieta, comisario.

Sebastián se quedó boquiabierto y perdió todo el color de la piel.

—¿Usted llevó ese caso? —preguntó Sebastián—. ¿Fue usted quién salvó la vida de mi nieta sumergiéndose en ese tanque?

—Sí, señor. Fui yo —reconoció Sterling, los demás lo miraron con una mezcla de admiración e incredulidad. Todos en la comisaría sabían lo que ocurrió en Londres tres años atrás. El único que no comprendía de qué estaban hablando era Barragán.

—Entonces estoy en deuda con usted, comisario —afirmó Sebastián con renovado respeto.

—No, señor —respondió Michael—. Solo hacía mi trabajo.

—Hizo mucho más que eso —insistió Sebastián—. Mi hija me lo contó. Usted arriesgó su vida para salvar a Diana.

—No es esa la razón por la que le mostré esa declaración —explicó Sterling, un poco incómodo por las alabanzas de Sebastián. Por alguna razón, le resultaba más fácil manejar su desprecio.

—¿Cree usted que el hombre que secuestró a Diana fue el mismo que cometió estos homicidios? —preguntó Sebastián con un hilo de voz.

—La descripción coincide —confirmó Sterling— y el secuestro ocurrió el mismo día que se encontraron los cuerpos en la cripta. De hecho, pudimos actuar con rapidez porque dos de mis hombres ya estaban en el centro comercial hablando con los padres de la chica asesinada.

—¿Los padres de la chica estaban en el centro comercial?

—Regentaban una pizzería en ese lugar —respondió el inglés—. Lo siento, comisario, pero no creo que todo esto sea coincidencia.

—¿Pudo averiguar algo del hombre que secuestró a Diana?

—Lo lamento. En aquel momento no se estableció la relación y como la niña apareció a salvo, el caso se cerró. He visto docenas de veces las grabaciones de seguridad, pero no pude sacar nada en claro —Sterling calló, comprendiendo que se estaba traicionando, pero fue demasiado tarde. Sebastián era perspicaz.

—¿Cuándo estableció la relación entre los dos casos?

—Cuando leí la declaración que hizo su hijo —Mintió Sterling.

—¿En qué tiempo ha visto las grabaciones?

—No las revisé buscando al homicida —Volvió a mentir Michael, cuidando que su lenguaje corporal no lo traicionara—. No me gustaba la idea de que el secuestrador quedara libre, por eso las visualicé una y otra vez, basándome en la descripción de la testigo.

—Comprendo —aceptó Sebastián.

—¿Por qué permitió que cerraran el caso si no estaba conforme? —preguntó Felipe.

—Mi participación en ese caso fue circunstancial. Como le dije, se debió a que dos de mis hombres se hallaban allí en ese momento. Ellos tomaron las primeras medidas y me llamaron, luego me hice cargo.

—De manera muy eficiente, por lo que Alicia me contó —apuntó Sebastián con admiración. Comenzaba a ver al comisario inglés bajo otra perspectiva, pese a la brusquedad de sus opiniones.

—Cuando apareció la niña —continuó Sterling, ignorando el comentario de Sebastián—, el caso pasó a Secuestros. Nosotros continuamos investigando el doble homicidio.

—Usted se retiró de esa investigación antes de que concluyera, ¿no es así? —preguntó Barragán.

—Sí —admitió Michael.

—¿Podemos saber por qué?

—Motivos personales —adujo Sterling, que no quería explicar que estuvo a punto de morir como consecuencia de la inmersión en el tanque. Por alguna razón, las muestras de admiración de Sebastián le molestaban. La ira hacia su padre lo protegía y no podía permitirse prescindir de ese escudo.

La descripción del secuestrador volvió a sus manos después que todos la leyeron. El ambiente se había cargado de desasosiego. Ya no solo era un asesino en serie, sino uno que se atrevía a amenazar a la familia del propio comisario. Sebastián meditó un momento.

—¿Tiene usted esas grabaciones, comisario?

—Sí, las traje conmigo.

—¿Le importa si las vemos? No desconfiamos de su eficiencia —se apresuró a disculparse—, pero tal vez haya algún detalle...

—No tengo problemas en que ustedes las revisen. Si consiguen ver algo que se me haya pasado por alto, me sentiré muy satisfecho. Lo único que importa es detener a este asesino antes de que vuelva a matar.

Sebastián permaneció un momento en silencio. Luego miró a Sterling a los ojos.

—Debo confesar, comisario Sterling, que cuando me dijeron que lo enviarían para ayudarnos con el caso no me gustó la idea, pero ahora me alegra que viniera. Nos dio una perspectiva del problema que nos hubiera llevado mucho tiempo alcanzar. Espero que se sienta bienvenido al equipo.

—Gracias, señor —respondió Michael y por primera vez se alegró de estar allí.

Capítulo cuatro.

Salvo el resultado de la autopsia de Meneses y los datos aportados por Sterling no había otras novedades, así que Sebastián repartió las tareas. Martín debía continuar los interrogatorios de los conocidos de las víctimas. Patricia regresaría con el forense para ver si obtenían nuevos datos a partir de las autopsias o de lo que encontraron en la escena del crimen. Felipe revisaría las grabaciones que llevó Sterling. La idea de que Diana hubiera estado en manos de aquel psicópata le erizaba la piel a Sebastián. Él se comprometió a buscar en sus archivos antiguos para tratar de averiguar quién podía odiarlo tanto para poner en marcha una venganza tan retorcida. Barragán se ofreció a llevar a Sterling al hotel, pensando que el inglés había aportado todo lo posible, al menos de momento, pero él se negó. En cambio, pidió acompañar a Patricia al forense. A ella le complació la idea. Martín torció el gesto cuando Sebastián estuvo de acuerdo. Por lo visto no iba a ser fácil quitarse de encima al inglés.

Durante el trayecto, Sterling se mantuvo silencioso, concentrado en sus pensamientos. Sentía que acababa de librar una dura batalla con sus emociones, pero por suerte consiguió dominarlas. Su padre no lo había reconocido, lo cual por un lado lo tranquilizaba y por el otro profundizaba su enfado hacia él. ¿Qué clase de padre no reconoce a su propio hijo? Luego se respondió a sí mismo: Uno que está convencido de que está muerto. Suponía que Sebastián percibiría cierta familiaridad en su rostro e incluso tal vez relacionara esos rasgos familiares con Víctor, pero atribuiría el parecido a la casualidad. Sin embargo, si algo así ocurrió, Sebastián no lo mencionó. Sterling se enfadó consigo mismo al darse cuenta que se sentía desilusionado y que una parte de él hubiera querido decir quién era en realidad y gritarle a su padre que lo había abandonado, que le había fallado, que lo quería. Quería golpearlo, y también abrazarlo...

—¿Siempre es tan serio? —preguntó Paty, mirándolo de reojo.

—Lo siento. Estaba... Pensando en el caso.

—¿Cree que lo atraparemos?

—Estoy seguro. Aunque no será sencillo.

—¿Ha visto otros casos parecidos?

—No como este —confesó el comisario—. Ninguno como este.

Sterling volvió a sumirse en el silencio y en sus pensamientos. Patricia lo observó, mientras se preguntaba qué sería lo que atormentaba al comisario de esa forma.

—Usted habla muy bien el español —comentó Patricia de repente—. ¿Dónde lo aprendió?

—Pasé parte de mi infancia y mi adolescencia en España —respondió él, sintiendo que pisaba terreno peligroso. Esa chica era más perceptiva y lista de lo que convenía.

—¿En serio? —preguntó ella, sorprendida—. ¿Su madre es española?

—¿Por qué piensa eso? —quiso saber él, con curiosidad.

—Bueno, es seguro que su padre no lo es. Lo digo por su apellido —dedujo ella—, pero usted podría pasar por español por el color de sus ojos y su cabello. Así que no es descabellado pensar que su madre puede ser española. ¿Me equivoco?

Sterling se la quedó mirando y soltó una carcajada. La chica era inteligente a rabiar y eso le gustó. No se había acercado a la verdad, pero en su caso nadie podría. Sin embargo, se dio cuenta de que sus rasgos traicionaban su supuesto origen. Ella lo miró sorprendida por su reacción y sonrió.

—¿He dicho algo gracioso?

—No. Hizo una deducción muy inteligente, pero errada por completo. Mis padres eran ingleses y nunca pisaron España. Murieron cuando yo era muy pequeño y mi única pariente era una hermana de mi padre que vivía en Madrid. Se hizo cargo de mí, así que me quedé con ella hasta que cumplí diecisiete años. Entonces regresé a Inglaterra para terminar mis estudios.

—Lo siento. Que sea huérfano, me refiero. ¿Cómo es su tía?

—Era una gran mujer —dijo Sterling de corazón—. Vivir con ella me ayudó a ser mejor persona.

Patricia lo miró un momento y luego volvió los ojos a la vía.

—Se refiere a ella en pasado. ¿Murió?

—Hace varios años —confirmó él, con nostalgia—. Tenía ochenta y cinco años. Un día no despertó.

—Lo lamento.

Sterling sonrió, mientras recordaba la cálida dulzura de la mujer que le salvó la vida haciendo a un lado su propia seguridad, que además le dio una identidad y con ella, una segunda oportunidad.

—La quería mucho ¿verdad? —preguntó Patricia, al ver la expresión de él.

—Le debía mucho. ¿Y usted? ¿Es de Madrid?

—De Valencia. Pero mi historia no es tan interesante.

—¿Ah no?

—Mis padres viven en Valencia, mi hermano mayor es arquitecto y a mi madre casi le da un ataque cuando le dije que quería ser policía.

—¿Por qué se decidió por esta profesión? —preguntó él, sonriendo.

—No me diga que es de los que cree que una «mujercita» tiene que ocuparse de oficios más acordes a su naturaleza femenina, como maestra, enfermera, o costurera —preguntó ella, comenzando a enfadarse.

—¡No, desde luego que no! —replicó Sterling, reprimiendo una sonrisa. Ella lo miró con desconfianza, tratando de calibrar su expresión.

—Soy muy curiosa —reconoció ella, por fin—, además de que me interesan las personas, lo que sienten, lo que son capaces de hacer. Me gusta investigar, descubrir y atrapar a los malos —confesó con una sonrisa.

—¿Por qué se interesa en homicidios? —preguntó él.

—Supongo que de todos los delitos, es el que más daño causa —razonó ella—. Después de cometido no tiene remedio, además de que destruye la vida de la víctima y la de quienes la rodean.

—Tiene razón —reconoció él, al recordar cómo la muerte de Sandra continuaba marcando su vida, aún veinticinco años después.

—Además, me gusta trabajar en esta comisaría.

—¿Por qué?

—Por el comisario Losada. Cuando salí de la Academia hice mis prácticas aquí y me pareció uno de los mejores policías que he conocido. Es muy exigente, pero también honesto, trabajador. Se puede aprender mucho con él.

—Parece que lo admira mucho —dijo Sterling en un tono lúgubre, que hizo que ella lo mirara por el rabillo del ojo. Él se sintió incómodo, no porque

Patricia alabara a su padre, sino porque esa admiración le despertó un orgullo que no quería sentir.

—A usted parece caerle muy mal.

—No lo conozco, así que no puede caerme ni bien ni mal. De todas maneras, no creo que pase aquí el tiempo suficiente para hacerme una opinión.

—Ya llegamos —advirtió ella, mientras aparcaba el coche.

Entraron en la morgue, y buscaron al forense para preguntarle por las autopsias del caso.

—Tengo el informe de la autopsia del joven en el despacho. Y me dirigía ahora a realizar la de la chica. Si quieren acompañarme... —Invitó con un guiño de mala intención. A ningún policía le gustaba presenciar una autopsia.

—Me parece una buena idea —aceptó Sterling—. Le agradezco la oportunidad.

—A mí también me gustaría —corroboró Patricia, en un tono que la desmentía. La última vez que presenció una, se mareó y tuvo que salir, pese a la sonrisa sarcástica del forense. Pero entonces aún estaba en prácticas. Había visto muchas cosas desde aquel día.

Siguieron al patólogo hasta una sala donde los invadió el olor penetrante del formol. Había tres mesas de acero y junto a cada una de ellas, se exponía el equipo necesario para realizar las autopsias. Del techo colgaba un micrófono, para que el forense grabara las observaciones que iba haciendo durante el procedimiento. Cada mesa contaba también con una balanza donde se pesaban los órganos extraídos durante el procedimiento. Sobre la mesa más retirada de la puerta había un cuerpo cubierto con una sábana blanca, y Sterling sintió una punzada de tristeza al comprender que era María Gutiérrez; la última víctima de la bestia.

Una vez preparados, se acercaron a la mesa donde ya el forense describía las heridas.

Sterling sintió un estremecimiento. La chica podría haber sido Sandra, no porque se pareciera en sus rasgos físicos, sino por el número y distribución de las heridas. No eran profundas, y en la mente de Michael se reprodujeron los movimientos de la bestia mientras cortaba, su risa maliciosa que reflejaba su satisfacción por poseer el poder sobre la vida y la muerte, los gritos y sollozos de Sandra, que serían iguales a los de María, también el terror y la súplica de ayuda en sus ojos. Recordó el miedo que sintió cuando creyó que él también sería víctima del mismo ritual y el terror al comprobar que no lo sería, que tendría que vivir con aquellas imágenes el resto de su vida. Sintió la frustración, la impotencia, la ira y la desesperación del chico. Esos sentimientos siempre lo habían acompañado y seguirían presentes hasta que lograra detener al que los causó. Cerró los ojos mientras respiraba en profundidad. Descubrió que Patricia lo miraba y que sus labios se movían.

—Lo siento —murmuró él—. ¿Me decía algo?

—Le preguntaba si se encuentra bien —le susurró ella al oído—. Está muy pálido.

—Estoy bien —respondió él, mientras observaba que ella también estaba pálida.

El forense continuaba su descripción, al mismo tiempo que lanzaba una mirada burlona a los policías. Antes de que comenzara a realizar la disección, Sterling observó los ojos de la chica, que permanecían abiertos. Estaban enrojecidos, como si algo los hubiera irritado. Hizo un esfuerzo por recordar, O´Hara y Santorini también tenían los ojos irritados. Llamó la atención del patólogo sobre el detalle. Él detuvo la grabación antes de responder al entrometido policía inglés.

—También el chico los tenía enrojecidos —le informó—. Podría ser una reacción alérgica a algo en el lugar donde los encontraron. Tal vez había mucho polvo. No tiene mayor importancia. De todas maneras, cuando lea el informe comprobará que lo menciono.

—¿Podría tomar una muestra? —preguntó Sterling.

—¿Buscando qué?

—Cualquier sustancia química.

—¿Sustancia química? —preguntó el forense—. Señor Sterling, le permití asistir a la autopsia como una cortesía, pero le recuerdo que usted no tiene autoridad aquí. Le ruego que no me haga perder el tiempo.

Patricia miró a Sterling y comprendió que lo que pedía era importante o al menos él lo consideraba así. Decidió arriesgarse.

—Doctor —intervino dirigiéndose al forense—, el comisario Sterling es colaborador en esta investigación. El comisario Losada me dejó muy claro que debía obedecer sus órdenes, por lo que sospecho que la autoridad de su cargo se mantiene, pese a estar fuera de su jurisdicción.

—Eso no es posible —protestó el médico.

—Creo que ese fue el acuerdo entre las autoridades de su país y del nuestro —Mintió Argüello.

Sterling alzó las cejas con sorpresa y admiración, mientras reprimía una sonrisa. La inspectora le gustaba cada vez más. Era brillante, tenía ingenio y cierta irreverencia, como él mismo. El patólogo resopló para expresar su desacuerdo, pero tomó la muestra que Sterling sugirió.

—¿Qué debo buscar? —preguntó.

—Cualquier sustancia química que pueda absorberse a través de la piel —dijo el comisario, mientras una idea comenzaba a cobrar forma en su cabeza.

Superado el momento de tensión, el forense puso en marcha la grabación de nuevo para continuar su trabajo. María era una chica sana y no encontró lesiones internas. Murió desangrada. No encontraron evidencias de consumo de alcohol ni drogas. Tampoco heridas defensivas ni piel bajo las uñas. No la violaron ni tuvo relaciones sexuales recientes. Sterling se preguntó a sí mismo cómo se las arreglaría el asesino para no dejar ninguna evidencia forense en sus víctimas ni en la escena. Se estaba quitando la bata de papel mientras pensaba en ello y una idea surgió de repente.

—Doctor —le dijo al forense—. El personal que analiza la escena del crimen usa trajes especiales para protegerla, ¿no es cierto?

—Desde luego, nos cubrimos con un mono de un material desechable. Si no lo hiciéramos, nos llevaría el doble de tiempo descartar la mitad de las fibras y muestras de ADN que nosotros mismos dejaríamos. ¿Acaso no lo hacen así en Inglaterra?

—Desde luego que sí —confirmó Sterling—. En realidad, no es esa mi pregunta. ¿Son fáciles de conseguir esos trajes? Me refiero a si son accesibles para cualquiera.

—No lo creo —dijo el forense después de meditar un momento—. Al igual que los uniformes policiales, es necesaria una autorización apropiada para poder comprarlos. Y por supuesto, no se va a una tienda a pedir uno o dos trajes forenses. La intendencia de la oficina de Escena del Crimen se encarga de los pedidos y nos proporciona lo que necesitamos. ¿Por qué?

—Solo era una idea, nada importante —dijo Sterling. Patricia lo miró a los ojos y no le creyó.

Cuando salieron del edificio, Sterling iba más sumido en sus pensamientos que antes de entrar. Patricia llevaba los informes de ambas autopsias y la confirmación de que en la escena del crimen no se encontraron huellas ni fibras ni ADN que no fuera de las víctimas. No había nada que no supieran con anterioridad y eso la frustraba, pero le intrigaba la pregunta que hizo el comisario acerca del traje de los forenses. También su insistencia en tomar muestras en los ojos de las víctimas. Subieron al coche y se incorporaron al tráfico en dirección a la comisaría. Él parecía absorto, mientras ella se moría de ganas de preguntarle si tenía alguna idea.

—¿Cree que él usó un traje de forense para evitar dejar pistas?

—Creo que es una posibilidad. En ninguno de los casos se encontró ninguna evidencia. Nadie puede ser tan cuidadoso.

—La declaración del hijo del comisario no habla de nada de eso —puntualizó Patricia—. Lo describe vestido de negro, con una capucha. Incluso lo llama la Bestia Negra.

—Ese crimen lo cometió en 1986 —argumentó Sterling—. Entonces, los estudios de ADN y los análisis de fibras desde el punto de vista forense no eran relevantes. Pudo cambiar su atuendo, del mismo modo que dejó de violar a sus víctimas.

—¿Y dónde cree que consiguió uno de esos trajes? ¿Piensa que es policía o forense?

—No tiene por qué serlo. Esos trajes no se consideran peligrosos, no son armas, no creo que tengan una excesiva protección. Apuesto a que alguien con interés y suficiente dinero puede encontrarlos en el mercado negro.

—Pero de dónde —preguntó Patricia—. Ha asesinado en cuatro países al menos. En cuál de ellos se hizo con el traje.

—En España. Todo apunta a que su venganza se lleva a cabo aquí —dijo Sterling convencido—. Estoy seguro de que es español o al menos vive aquí, así que es probable que se desenvuelva mejor en la península que en cualquier otro lugar.

—Entonces tendremos que buscar ese traje.

Pasaron otros cinco minutos sin que ninguno de los dos hablara. Sterling continuaba pensativo y parecía muy cansado.

—¿Desea que lo lleve a su hotel? —le preguntó ella—. Tal vez le haría bien registrarse y descansar un rato. Le avisaría si surge algo. Después de todo, su papel es de asesor. Usted no tiene la obligación de sumarse al equipo de trabajo.

—Es usted muy amable, pero no deseo ir al hotel todavía. Sin embargo, le agradecería que me llevara a otro lugar.

—Claro ¿Dónde es?

—La casa de un viejo amigo.

—Muy bien —aceptó Patricia sonriendo—. Supongo que debe tener muchos amigos de los días que vivió en España.

—No muchos —reconoció él.

—¿Dónde vive su amigo?

—En el barrio El Viso —respondió Sterling.

Patricia asintió y se desvió en dirección a El Viso. Cuando llegaron Sterling la guió hasta la finca en la que vivía su amigo. Ella comprendió que él conocía muy bien la ciudad.

—Entonces lo dejo aquí —anunció ella, cuando él le indicó que habían llegado—. Lo llamaré al móvil si se descubre algo.

—Esperaba que me acompañara y presentarle a mi amigo.

—No creo que sea apropiado, señor. Me esperan en la comisaría. Además, debo llevar los informes. Si Felipe se entera...

—Será solo un momento —insistió él—. Y sabe tan bien como yo que esos informes no aportan nada nuevo a la investigación. Creía que la habían puesto a mis órdenes.

—Muy bien, comisario —aceptó ella con un resoplido—, pero no puedo demorarme.

—Se lo prometo. Y por favor, llámeme Michael.

Sterling se apeó del coche y esperó a que Patricia se reuniera con él en la calzada, luego se encaminó a un elegante edificio de cuatro pisos. Entraron, el ascensor estaba dañado, así que debieron subir hasta el tercero por la escalera. Se encontraron frente a una de las dos puertas que ocupaban el rellano. Sterling tocó el timbre.

—¡Ya voy, ya voy! —gritó un hombre desde adentro en tono de impaciencia. Sterling sonrió.

La puerta se abrió y Patricia vio a un anciano que le simpatizó enseguida. El hombre miró a Sterling, y su rostro reflejó una mezcla de alegría, sorpresa y temor.

—¡Michael! ¡Me cago en la leche! ¿Qué haces en Madrid? ¿Te has vuelto loco?

—Yo también me alegro de verte, Olegario —respondió Sterling con una sonrisa—. Te presento a la inspectora Patricia Argüello.

Olegario los miró a ambos sin saber qué hacer. Era evidente que la visita le impactó, aunque también se notaba que se alegraba de ver a Sterling.

—Un placer, señorita —la saludó Olegario estrechándole la mano, con un respeto que la hizo sentirse como una dama de otro siglo.

—¿Nos permitirás pasar...? —preguntó Michael, burlón—. ¿...O piensas dejarnos en el rellano?

—Pasad, pasad —les invitó, haciéndose a un lado.

Patricia entró primero, y Sterling la siguió. a quien Olegario dirigió una mirada de reproche a Michael. Ella no podía saberlo, pero al anciano le preocupaba que estuviera en España. Era muy peligroso para él. El piso era amplio y cómodo. Era evidente que Olegario disfrutaba de una vida cómoda. La temperatura se sentía agradable, en contraste con el intenso frío de la calle. Aún transitaban febrero, así que la primavera todavía se percibía lejana. Sterling cogió el abrigo de Patricia y el suyo propio, y los colgó en un armario detrás de la puerta. Era evidente que se sentía en su casa.

Olegario le ofreció a Patricia uno de los sillones de la sala. Sterling la acompañó sin necesitar invitación. Sin mediar palabra, el anciano desapareció por una de las puertas y volvió al cabo de unos minutos con una bandeja cargada de jamón, queso y pan. También llevaba gaseosas.

—Supongo que estaréis de servicio, así que no me molestaré en ofreceros vino, pero si deseáis café o alguna otra cosa…

—Las gaseosas están bien —dijo Patricia, mordisqueando un trozo de queso.

Sterling cogió un periódico que reposaba en la mesa de centro y ojeó el artículo de la primera página. En el titular resaltaba el caso del castillo. El artículo informaba que la Policía estaba segura de que se trataba de un asesino en serie. El periodista hizo un breve resumen de lo que ocurrió veinticinco años atrás. Conjeturaba acerca de la inocencia del chico y las razones por las que no se encontró al verdadero asesino en aquella ocasión.

—¿Viniste por eso? —le preguntó Olegario a Sterling, al mismo tiempo que señalaba el periódico.

—Sí. Recibí una orden superior para asesorar en este caso. Estoy en Madrid solo de paso, mientras sea útil.

—Comprendo —dijo Olegario, y eso pareció aumentar su desasosiego—. ¿Todo está bien?

—Muy bien —respondió Sterling, sabiendo que Olegario no le preguntaba por su salud, sino por la posibilidad de que alguien lo hubiera reconocido.

—Tengo entendido que el caso lo lleva el comisario Losada —insistió el anciano—. Es lo que dice el periódico.

—Así es —respondió lacónico Sterling. Con Patricia presente no podía dar más explicaciones, pero hizo lo posible por tranquilizar a su amigo—. Ya me reuní con él y con su equipo. Patricia forma parte de ese equipo. Creo que nos hemos entendido bien.

—No se preocupe, señor Olegario —intervino Patricia, sin comprender del todo la inquietud del anciano—. El comisario Losada es muy competente y estoy segura de que atraparemos a ese asesino.

—Estoy seguro de que así será —dijo Olegario, que se sintió aliviado al comprender que Michael ya se había reencontrado con su padre y que este no lo reconoció.

—¿Cómo estás? —le preguntó Sterling.

—Mejor que tú —le respondió el viejo, desafiante.

—No lo dudo.

Hablaron unos minutos acerca de asuntos sin importancia. Patricia se sintió a gusto. Olegario le simpatizó, y por un momento olvidó que estaba de servicio. Aunque, siendo la hora del almuerzo tenía la excusa de que se detuvo a comer. Los tres picotearon lo que había en la mesa y Olegario se veía cada vez más animado.

—Nos gustaría quedarnos, Olegario —dijo Sterling—, pero aún queda mucho por hacer. Antes de irme quiero preguntarte algo.

—¿Sobre el caso? —preguntó el viejo. Sterling asintió. Patricia los miró sorprendida ¿En qué podía ayudar ese simpático anciano?

—Si quisiera comprar un traje de forense para la escena del crimen, ¿dónde tendría que buscar?

Olegario entornó los ojos mientras pensaba. Patricia no salía de su asombro. ¿Qué podía saber Olegario de eso? Sterling esperaba una respuesta.

—Estoy un poco oxidado —reconoció el viejo—. No era el tipo de cosas que se buscaban en mis tiempos, pero si me das unos días, tal vez pueda averiguarlo.

—No, amigo. No quiero que preguntes porque podrías ponerte en el punto de mira. Solo quiero que me des una idea acerca de con quién tengo que hablar.

—No creo que sea un artículo que esté en el mercado —razonó Olegario—. Es más bien el tipo de mercancía que requiere un encargo especial y por eso es más caro.

—¿Es posible encontrarlo?

—Seguro, todo lo que se te ocurra es posible encontrarlo en el mercado negro.

—¿Quién lo puede suministrar?

—Alguien con muchos contactos. No tienen que ser altos. Quiero decir, ese tipo de cosas las manejan los organismos oficiales, pero no es preciso un superintendente para hacerse con un traje. Algunas veces el que carga las cajas en el almacén o el portero pueden sustraer un objeto sin que nadie se dé cuenta por unos pocos euros.

—¿Por encargo?

—En este tipo de cosas, sí. Nadie sale a la calle con una oferta así. Quiero decir, un arma, un dispositivo electrónico para abrir cajas fuertes siempre tienen salida. Pero un traje forense... Es demasiado rebuscado.

—¿Tienes idea de quien podría conseguir algo como eso?

—Supongo que el Moro —respondió Olegario pensativo—. No es moro en realidad. Es de Málaga, pero parece moro y así lo llaman.

—¿Sabes su nombre?

—Joaquín... Lo siento, no sé el apellido, pero si vas al barrio Pan Bendito en Carabanchel, lo puedes encontrar en el bar Tres Hermanos. Algunas veces para por ahí.

—Gracias, Olegario. Nos has ayudado mucho —dijo Sterling, al mismo tiempo que se levantaba. Patricia lo imitó, pero todavía no salía de su asombro por la conversación. ¿Aquel dulce anciano era un delincuente?

—Michael, ten mucho cuidado. A esos tíos no les gusta la policía ni que les pregunten por sus clientes —le advirtió Olegario con expresión seria—. Además, recuerda que tú ya no eres de aquí y si descubren que vienes de afuera, te verán más vulnerable.

—Lo tendré en cuenta, amigo —se acercó a él y le dio un abrazo—. Te haré saber en qué hotel estoy —le dijo mientras copiaba algo en un papel—. Ya tienes el número de mi móvil. Si necesitas cualquier cosa, solo llámame.

—Lo haré. Encantado de conocerla, señorita —dijo dirigiéndose a Patricia—. Cuídate Michael, caminas por terreno muy peligroso.

Michael sonrió, Olegario los acompañó hasta la puerta y los vio partir. Patricia miró a Sterling con la intención de hablar, pero cambió de opinión y cerró la boca, mientras él bajaba sonriendo las escaleras. Había supuesto que la compañía de Sterling sería interesante, pero la realidad la sorprendió. Aquel hombre era un saco de sorpresas e imprevistos. Además, si todos sus amigos eran así no debía conocer el significado de la palabra aburrimiento.

Capítulo cinco.

Antes de subir al coche sonó el móvil de Patricia. Era Felipe y no estaba de muy buen humor.

—¿Dónde coño te has metido, Patricia? Estamos esperando los informes de las autopsias.

—Lo siento —respondió ella mirando a Sterling—. Estaba... Siguiendo otra pista.

—¿Qué clase de pista? —insistió el inspector jefe.

—Algo que se le ha... —Michael le hizo señas para indicarle que lo excluyera, ella pensó que él temía tener problemas por tomar parte activa en la investigación. Se suponía que solo estaba allí para asesorar—...Tuve una idea en la oficina del forense.

—¿Sterling está contigo?

—¿Sterling? —el aludido negó con la cabeza.

—No, fue a visitar a un amigo. Lo recogeré más tarde.

—Tu trabajo no es ser su chófer, que coja un taxi. Regresa de inmediato y trae esos informes. Quiero que me ayudes con estas malditas grabaciones.

—Señor, estamos... Estoy detrás de algo importante. Le dejaré los informes con el sargento en la puerta y continuaré investigando.

—¡Le he dado una orden y espero que la cumpla, inspectora! —gritó Felipe y luego colgó.

Subieron al coche. Sterling notó el ligero temblor en las manos de ella. Tal vez era la primera vez que se desviaba de las órdenes superiores.

—¿Felipe? —preguntó Sterling.

—Sí, quiere que vaya a la comisaría con los informes y que lo ayude con las grabaciones, pero creo que la información que nos dio su amigo es más importante.

—No es necesario que me acompañe, Patricia, puedo encontrar solo a ese sujeto.

—¡No voy a dejarlo ir solo, Michael! —protestó ella, sorprendiéndose a sí misma al usar el nombre de pila de él—. No, tal vez debería quedarse usted en la comisaría, llevarles los informes y asistir a la reunión. Después de todo, usted no debe correr riesgos. Si algo le ocurriera me sentiría responsable.

—No tiene por qué. Soy el único responsable de los riesgos que corro y no vine a Madrid de paseo, así que si piensa dejarme afuera ya puede cambiar de opinión.

Se acercaron a la comisaría, Patricia se bajó, entregó los informes al sargento y volvió a salir antes de que la viera cualquier miembro del equipo. Supuso que aquello le acarrearía una amonestación, pero valdría la pena si averiguaban algo con el Moro. Además, encontraba más productivo pasar la tarde siguiendo una pista, que mirando grabaciones de seguridad que ya Sterling había visto docenas de veces. Estaba segura de que si él no encontró nada en ellas, nadie más lo haría.

Regresó al coche y salieron en dirección a Pan Bendito. La pobreza y la marginación eran evidentes y la peligrosidad de la zona bien conocida. Aquel no era un sitio que visitaran los turistas. Aparcaron el coche en la plaza Alloz. En el momento en que se apearon del coche, una mujer se acercó a Sterling, ignorando a Patricia. Le ofreció sus servicios. Él sacó un billete de veinte euros y le dijo que solo necesitaba información. La prostituta pareció decepcionada, pero aceptó.

—¿Dónde está el bar Tres Hermanos? —le preguntó. La mujer cogió el billete antes de que él se arrepintiera, luego le indicó como llegar.

—Si necesitas otro servicio —Se le insinuó la mujer, mientras él se alejaba—, a guapos como tú les hago descuento.

Él pretendió no haberla escuchado, mientras continuaban su camino hasta el bar. El local era sucio. En cuanto cruzaron el umbral los invadió el olor a orina y tabaco. Estaba lleno de parroquianos, pese a que a esa hora deberían estar trabajando.

—No mencione que es policía —susurró el comisario.

—¿Cree que no se van a dar cuenta? —preguntó ella, pero luego lo miró con detenimiento, percatándose por primera vez la calidad de la ropa de Sterling. Se preguntó si Scotland Yard pagaría a sus empleados mejor que la policía española.

Sterling no respondió. Se sentaron en la barra, él pidió dos cervezas y cuando el tabernero se las sirvió, le pagó con un billete de cincuenta euros.

—No tengo cambio —dijo el hombre con desconfianza.

—No será necesario si me dice dónde encontrar al Moro.

—¿Quién pregunta?

—Yo.

—¿No será poli?

—¿Parezco poli? —preguntó Sterling.

—No, ese traje es muy elegante para que lo use un policía, a menos que sea corrupto.

—Si es así, no le importará que hable con su amigo —respondió Sterling sin mostrarse ofendido.

—En aquella mesa —dijo el hombre, cogiendo los cincuenta euros y señalando a un hombre moreno que hacía una quiniela en un rincón.

Sterling cogió la cerveza que no había probado ni pensaba probar, y se acercó al Moro. Patricia lo imitó.

—¿Podemos sentarnos? —preguntó Sterling mientras lo hacía. Patricia ocupó la otra silla.

—¿Quiénes son ustedes? —preguntó desconfiado—. ¿Qué quieren?

—Nada importante —respondió Sterling—. Un amigo común nos contó que eres bueno consiguiendo cosas que... Bueno, no siempre están a la venta en los comercios.

—Se equivocan de persona.

—No lo creo —insistió Sterling—. Pago bien.

—No hago tratos con desconocidos —respondió el Moro—. Si no vienes con alguien de confianza, no hay venta.

—¡Que desconfiado! —exclamó Sterling, sonriendo—. Lo que necesito no es tan complicado. ¿No sientes curiosidad?

El Moro los miró de nuevo, el hombre no parecía policía, vestía demasiado bien. La mujer, sin embargo, tenía algo... Ella se movió en su asiento y su abrigo se desplazó, con lo cual dejó ver una funda y la culata de una pistola. Antes de que pudieran reaccionar, el Moro saltó por encima de la mesa y salió del bar corriendo. Sterling y Patricia fueron tras él. El comisario le hizo señas a su compañera para que lo rodeara. Patricia corrió hasta el coche y arrancó en la dirección a la que se dirigía el fugitivo para cortarle el paso.

Sterling seguía de cerca al Moro, pero este tenía la ventaja de conocer bien el terreno. Trepó una cerca, atravesó un callejón y salió al otro lado del barrio. Sterling no lo perdió de vista. Patricia apareció con el coche, pero el Moro la esquivó. Sterling lo siguió y para eso tuvo que subirse al cofre y saltar por el otro lado. Le hizo señas a la inspectora de la dirección que debía seguir para volver a cercar al Moro. Él no se detuvo, le dolía el costado, pero no aminoró el paso. El Moro trataba de poner obstáculos en el camino, que Sterling iba sorteando.

Patricia apareció frente al Moro, que se desvió subiendo unas largas escaleras. Sterling comenzó a subir detrás de él y Patricia se bajó del coche para acompañarlo en la persecución con el arma ya desenfundada, pero cuando llegó al último escalón encontró cuatro callejuelas y ninguna señal de qué dirección siguieron Sterling y el Moro. Sintió miedo. El comisario iba desarmado y ese tipo podía tener amigos. Aguzó los oídos con la esperanza de escuchar pasos, resoplidos, maldiciones, cualquier cosa que le indicara cuál de las calles era la correcta. Si se adentraba en una y resultaba ser otra, no llegaría a tiempo para ayudar a su compañero. Maldijo en voz baja. No debió permitir que Sterling la acompañara, debió obligarlo a quedarse en la comisaría y hacer esa incursión con Martín, pero la idea de trabajar con Sterling le atrajo demasiado. Si le pasaba algo...

El Moro no aflojó el paso pese a sentir que las piernas le dolían. El hombre y la mujer eran polis. Sabía que había perdido a la mujer con el coche, pero el hombre le seguía de cerca, lo sentía como siente la presa al depredador que lo acecha. Pero él no era una presa o al menos, no una presa fácil. Cometió un error al entrar en una callejuela que terminaba en un callejón sin salida. Se detuvo y se giró. El hombre estaba allí mismo, bloqueándole la salida. El Moro sacó una navaja. Nadie podía con él cuando se trataba de usar la navaja, pero si el poli sacaba un arma estaba perdido.

Con satisfacción comprobó que el tío iba desarmado. Era el policía más extraño que había visto en su vida. Vestido como un ejecutivo, y desarmado. Sin embargo, fue capaz de seguirlo por todo el barrio sin perderle el paso. Eso tenía su mérito.

—Baja el arma —le ordenó Sterling, jadeando—. Solo quiero información.

—¡Que te dé información tu puta madre! —le gritó, con la navaja en alto—. Yo no soy un soplón.

Sterling se acercó despacio con las manos en alto, para demostrar que iba desarmado.

—Me dices lo que quiero saber y te vas tan tranquilo —insistió Sterling—. No me interesan tus negocios.

—¿Ah no? ¿Y qué te interesa?

—El homicidio —respondió Sterling—. ¿En realidad quieres ser cómplice de eso? Te puede traer muchos problemas

—¿Y cómo crees que me irá en el negocio si se sabe que me fui de la lengua? —preguntó mientras avanzaba, envalentonado por la navaja.

Sterling no se movió, solo lo observaba con los brazos en alto a los lados y cerrando la salida con su cuerpo.

—Muévete a un lado, si no quieres que te raje —le gritó.

—No voy a moverme.

El Moro se abalanzó sobre Michael, él giró a tiempo para desviar la navaja que iba directo a su pecho, pero no la esquivó lo suficiente por lo que le hizo un corte en el brazo. El movimiento, sin embargo, hizo que el atacante perdiera el equilibrio, circunstancia que aprovechó Sterling para ponerle la zancadilla y hacerlo caer, pero el Moro no estaba dispuesto a darse por vencido con tanta facilidad. Por algo él era un experto con la navaja. Se giró con rapidez y quedó tendido en el suelo boca arriba con el policía inclinado sobre él, tratando de dominarlo. Antes de que Sterling pudiera quitarle el arma, el Moro hizo un movimiento repentino con la intención de clavar la navaja en el ojo de su adversario. Michael lo vio venir y se movió, recibiendo un corte en la sien.

—¡*Shit*! —gritó, al sentir el dolor en la cara.

Antes de que el Moro hiciera un nuevo movimiento, Sterling lo sujetó por la muñeca y se la retorció, obligándolo a soltar el arma, luego continuó torciendo también el brazo y obligó al delincuente a quedar boca abajo, inmovilizado. Se sintió agradecido por las clases de defensa personal que Olegario le dio en su juventud. Sin ellas estaría muerto o en el mejor de los casos, tuerto. Los gritos y ruidos de la pelea guiaron a Patricia hasta la callejuela correcta. Mientras Sterling sujetaba al Moro que se retorcía en el suelo, ella apareció en la entrada del callejón con la pistola desenfundada.

Se asustó al verlos. Sterling sujetaba al Moro, pero le corría la sangre por una mano, y cuando alzó la cabeza para mirarla, ella se dio cuenta que también tenía una herida en la sien.

—¡Virgen Santa! ¡Está herido!

—Estoy bien ¿Tiene unos grilletes?

Ella esposó al delincuente y entre los dos lo alzaron. Sterling sacó un pañuelo para recoger la navaja sin borrarle las huellas. Se la mostró al Moro, que comprendió enseguida el lío en el que se encontraba. Había agredido a un poli que estaba desarmado con una navaja. Podían acusarlo de intento de homicidio. Patricia no había perdido el tiempo. Como pidió refuerzos cuando comenzó la persecución, una patrulla ya la esperaba junto al coche. Después de entregarles al detenido, les dio instrucciones de que lo llevaran a la comisaría bajo la acusación de asalto a mano armada con intención de homicidio.

Sterling sostenía la herida del brazo, en un esfuerzo por detener la hemorragia. Ella lo miró, entre preocupada y furiosa.

—Lo llevaré a urgencias. ¿Cómo se enfrentó a él desarmado? Pudo haberlo matado.

—Supongo que esa era su intención —reconoció Sterling—. No se preocupe, son solo unos rasguños.

Ella se mordió los labios para no responder. En urgencias lo suturaron. Por suerte ninguna de las heridas resultó grave. El médico le recomendó a Sterling descansar y luego le permitieron irse. Patricia lo esperaba en la puerta con la chaqueta y el abrigo de él en la mano. Michael se sintió conmovido por la preocupación que vio reflejada en el rostro de ella.

De vuelta en la comisaría, Sterling entró en el vestidor de hombres, después que el sargento de la entrada le diera la llave del armario donde guardaron su bolsa de viaje. Se cambió la camisa, pues la que llevaba puesta estaba llena de sangre y se puso otra chaqueta. Eso mejoró mucho su aspecto. Aún tenía un apósito en la sien izquierda, pero la herida del brazo quedaba oculta por la ropa, así que al menos ya no parecía que regresaba de la guerra. Se lavó la cara, echándose también agua fría en la nuca. El día estaba resultando agotador, pero se sentía optimista con la pista del Moro. Estaba seguro de que la bestia usaba un traje de forense para evitar dejar evidencias en la escena y si el Moro no fue quien se lo vendió, seguro sabría quien lo hizo. Le esperaba una larga condena por el asalto. Le convendría negociar. De repente no le molestó tanto el dolor de las heridas. Si lo acercaban a atrapar a la bestia, habrían valido la pena.

Salió del vestidor con mejor aspecto. Antes de regresar con los demás le pidió a una secretaria una hoja de papel y llamó a Olegario. Anotó las respuestas de su amigo y se guardó el papel en el bolsillo.

El equipo estaba en la sala de reuniones, cada uno con su tarea cumplida. Cuando Michael entró la mirada de todos se centró en él, al igual que esa misma mañana, pero esta vez sus rostros no reflejaban malestar o curiosidad, sino preocupación. Si Sterling resultaba herido, tanto Barragán como Losada tendrían que dar muchas explicaciones a sus jefes. Él era un asesor no un policía en activo y su seguridad debía estar garantizada.

—¿Se encuentra usted bien, comisario Sterling? —preguntó Sebastián sorprendido. Michael comprendió que Patricia no tuvo oportunidad de explicar lo que ocurrió—. ¿Qué le pasó?

—Estoy bien —aseguró él—. Cometí una imprudencia, pero la inspectora Argüello llegó a tiempo para ayudarme.

Patricia lo miró con gratitud. No era toda la verdad, pero se le acercaba bastante y él no iba a permitir que a ella la hicieran responsable por las consecuencias de las decisiones de él. Sebastián lo miró y luego a Patricia.

—¿Tiene algo que decir, inspectora? —le preguntó con voz severa.

Patricia dio un respingo. El comisario nunca se dirigía a ella por su rango, a menos que estuviera furioso. Michael también reconoció el cambio de postura de su padre. La mandíbula apretada, los ojos fijos. Le recordó lo que sintió en la sala de interrogatorios cuando lo acusaron. La ira lo invadió. Patricia comenzó a explicarse.

—Yo, señor... Apareció una pista, y...

—¿No recibió una orden del inspector jefe?

—Sí, señor.

—¿La obedeció?

—No, señor.

Sterling pasó del enfado a la furia. No solo porque recordó la peor faceta de su padre, sino porque consideró que no debió reprender a Patricia en público, pues la sometió a una humillación que no era necesaria. No pudo contenerse.

—La inspectora solo actuó como cualquier buen policía. Encontró una pista y la siguió —señaló en voz más alta de lo prudente—. No hay nada reprochable en su conducta.

—¡Desobedeció una orden directa de su superior, comisario! —gritó Sebastián.

—¡Su superior no le dio oportunidad de explicar lo que encontró! Se limitó a darle una orden en función de aliviar el trabajo que él mismo tenía asignado. Solo porque era tedioso.

Felipe se enderezó, ofendido, Patricia abrió mucho los ojos, asustada y Martín reprimió una sonrisa. Aquel inglés comenzaba a gustarle, a su pesar. Lo que decía era ofensivo e imprudente, pero era la verdad. Sebastián temblaba dominado por la ira.

—¡Comisario! —dijo apretando los dientes—. ¡Le recuerdo que su papel aquí es de asesor, que no tiene ninguna autoridad para contrariar nuestras órdenes y que sus comentarios están fuera de lugar!

—Tiene razón, Losada —reconoció Sterling—. No tengo autoridad aquí, pero no vine a hacer turismo sino a ayudar a atrapar al maldito que comete estos crímenes. Si usted cree que voy a limitarme a escuchar lo que se diga en estas reuniones y dar un consejo de vez en cuando, se equivoca. Yo también soy policía.

—Pero no en España y no en mi comisaría. Se limitará a su misión de asesor o haré que lo embarquen en el primer avión a Londres. ¡No permitiré que cuestione las normas de esta comisaría ni que dé órdenes a los subalternos!

—No sería necesario si esas órdenes fueran correctas. Y si su inspector jefe escuchara a alguien además que a sí mismo y a usted.

Patricia y Martín se miraron entre sí. La propensión de Felipe a seguir ideas fijas y preconcebidas era algo que se comentaba entre todos los inspectores. Y Sterling solo necesitó unas horas para comprenderlo.

—¡Su conducta es lamentable, comisario! —le recriminó Sebastián furioso—. No tiene derecho a juzgar el profesionalismo del inspector Sosa. Es un excelente policía y no es cierto que actúe según criterios preconcebidos. ¡No permitiré que lo calumnie!

—¡¿Qué no tengo derecho?! —preguntó Sterling, que estaba tan furioso como Sebastián y alzaba la voz en la medida en que decía lo que pensaba—. Solo hay que ver la forma en que llevó el caso de Sandra Martínez. ¡Si hubiera tenido una pizca de imparcialidad en su trabajo, su hijo ahora estaría vivo!

Con las últimas palabras de Sterling se hizo un silencio sepulcral. Sebastián y Felipe palidecieron. Patricia lo miró con los ojos muy abiertos y Martín hubiera querido desaparecer. Sterling no fue consciente de lo que había dicho hasta que se escuchó a sí mismo. Toda la furia que albergaba se disipó, pero no se arrepintió de sus palabras. Eran duras, tal vez crueles, pero eran la verdad. Una verdad que esperó veinticinco años para que alguien la pronunciara. Sebastián también lo comprendió y consideró que Sterling no era quien tenía derecho a decirlo, pero el único que hubiera tenido ese derecho estaba muerto, así que cualquiera podía ser su portavoz.

—Tiene razón —dijo por fin Felipe, en voz muy baja—. Fui poco profesional en el manejo de ese caso, pero no actué de mala fe.

Sterling lo miró con ira. No le pareció una buena excusa para un error que terminó con la destrucción de la vida de un chiquillo. Felipe lo leyó en su mirada y bajó la cabeza. Sebastián no sabía qué decir, el enfado se transformó en dolor cuando Sterling mencionó a su hijo. En aquella ocasión no había cuestionado la investigación ni las decisiones de Felipe y su compañero. No lo hizo porque confiaba en ellos y temía estar parcializado a favor de Víctor. Era tan culpable como los hombres que llevaron el caso.

Levantó la vista hacia Sterling, que le sostuvo la mirada con firmeza. Era un hombre que no le temía ni se dejaba avasallar por su severidad. Le dijo lo que sentía sin detenerse a pensar si era doloroso o no. Hubiera querido despreciarlo, condenarlo, pero no podía. Por alguna razón le inspiraba admiración y respeto. Por Alicia sabía cómo había manejado el caso del secuestro de Diana y desde entonces, aún sin haberlo conocido lo tenía por un policía competente y brillante, además de que poseía un extraordinario valor. Sabía que en manos de otro, su nieta hubiera sido hallada muerta. Por esa razón valoraba las opiniones de Sterling y le dolía su juicio condenatorio. Respiró profundo.

—Todos estamos muy alterados. Será mejor que nos tranquilicemos y retomemos lo importante, que es el caso.

Sus subalternos se sorprendieron. Sebastián no era hombre de calmar su ira con tanta facilidad. Además, Sterling había puesto el dedo en la llaga. Hubieran esperado que continuara la discusión, que lo insultara o incluso que lo echara de allí, pero nunca que cediera ante él. Sterling asintió en silencio. También parecía más calmado.

—Estoy de acuerdo —reconoció sin disculparse.

—Patricia —dijo Sebastián, centrando su atención en ella, que lo miró temerosa—, debo recordarte que somos un equipo, antes de realizar cualquier tarea debes informarla a tu superior. ¿Está claro?

—Sí, señor —aceptó ella la reprimenda, al mismo tiempo que bajaba la mirada.

—Comisario —Era el turno de Sterling, pero la voz de Sebastián se había calmado—, le agradecemos su interés de ayudar en el caso más allá de lo que le exige su deber. Por el rescate de mi nieta tengo constancia de que es su forma de trabajar, pero le ruego que comprenda que debemos responder por su seguridad y no le corresponde correr riesgos. Desde cualquier otra perspectiva, su ayuda será bienvenida.

—Lo tendré en cuenta, señor.

—Muy bien, comencemos con el caso, no hay tiempo que perder —Se volvió hacia Martín—. ¿Qué averiguaste?

—Me temo que no mucho. Jorge y María quedaron con un grupo de amigos. Se iban a reunir en la plaza para salir de marcha, pero no llegaron. Sin embargo, en medio de la diversión nadie se preocupó por eso hasta el día siguiente, cuando se supo la noticia.

—¿Hablaste con sus profesores y amigos? —preguntó Felipe—. ¿Encontraste algún otro dato?

—No, señor, nada que no sepamos. Eran chicos normales, como las otras víctimas.

—Entonces no sabemos cómo los escoge —señaló Barragán.

— Pero tampoco busca cualquier chico —apuntó Patricia.

—¿Qué quieres decir? —le preguntó Sebastián.

—Tal vez sería más fácil para el asesino que las víctimas fueran chicos descarriados que pasan la noche en la calle, que no tienen familia. Es la tipología de víctima más probable en delitos como este. Pero todas las víctimas hasta ahora han sido adolescentes modelo, con familias estructuradas de clase media acomodada.

—Tiene razón —reconoció Barragán—. Es una observación muy inteligente. ¿Tiene idea del motivo de esa preferencia, señor Sterling?

—Sí —Miró a su alrededor un poco dubitativo—. No sé si esta información les parecerá relevante...

—Cualquier cosa que nos ayude a avanzar es relevante, comisario —lo autorizó Sebastián—. No se vuelva timorato a estas alturas.

—Hace unos meses, uno de mis maestros y yo llevamos a cabo un perfil psicológico del asesino. Sé que hay muchos policías que desestiman el valor de estos perfiles. Por eso me abstuve de mencionarlo.

—¿Cuáles son las credenciales de ese maestro suyo y de usted mismo en la elaboración de esos perfiles? —preguntó Felipe, tal vez tratando de tener una pequeña revancha.

—Él trabaja para el FBI en el departamento de comportamiento criminal. Es director de ese departamento. Yo hice una pasantía de dos años con ellos.

—¿En *Quántico*? —preguntó Barragán, sorprendido.

—Sí, señor —confirmó Sterling.

—¿En que se basan esos perfiles? ¿Cómo los hacen?

—Se fundamentan en estudios llevados a cabo en miles de casos de asesinos en serie, psicópatas y otros criminales. Se revisaron sus métodos, sus hábitos, características, se les entrevistó a los que fue posible y en función de eso se buscaron patrones estadísticos que permiten predecir ciertas conductas.

—¿Aciertan? —preguntó Sebastián.

—No es infalible, pero sí de gran ayuda. En especial cuando se trata de asesinos en serie.

—¿Ordenó Scotland Yard ese perfil? —preguntó Barragán.

—No, señor —reconoció Sterling—. El caso no es prioritario para el Yard y no hubiera aprobado los recursos para hacerlo. Fue algo personal. Me trasladé a Washington durante las vacaciones de Navidad.

—¿Costeó usted mismo los gastos? —preguntó Barragán—. Lo siento, no es mi intención ser entrometido, pero me sorprende el interés que tiene en este asesino en particular.

—Cometió un crimen en mi jurisdicción y no pude atraparlo —Se justificó Sterling—. Si lo hubiera hecho, los chicos que murieron en el castillo ahora estarían vivos. Sí, inspector, es personal.

—¿Cómo es que un policía puede costear un viaje así? —preguntó Felipe, aún dolido por lo que Sterling había dicho de él e ignorando la mirada de reproche que le dirigió Sebastián—. Yo no podría. Si tenemos en cuenta eso y la ropa que lleva, deben pagarle muy bien en Scotland Yard.

—No mejor que a usted, se lo aseguro. Supongo que lo que me está preguntando es si soy corrupto —Felipe se enderezó ante la franqueza de Sterling—. No lo soy, inspector, así que teniendo mis ingresos un origen lícito, no es asunto de nadie cómo gasto mi dinero.

—No estamos cuestionando su integridad, comisario —Trató de calmarlo Sebastián, después de lanzar una mirada enfurecida a Felipe.

—Me satisface escuchar eso ¿Les interesa el perfil?

—Sí, no le aseguro que lo consideremos prioritario, pero podría servir de ayuda. Este caso tiene muy pocas evidencias.

—Muy bien, comprendo —aceptó Sterling, y comenzó su exposición—. Como observó la inspectora, el sujeto escoge víctimas jóvenes provenientes de familias estructuradas de clase media, con fuertes valores morales, siempre en parejas y descarga sobre ellas un odio irracional. Busca en todos los casos que la culpa de sus actos recaiga sobre el varón de la pareja. Esos son los hechos. Ahora pasaremos a las deducciones... —Hizo una pausa, luego continuó—. Debe provenir de un hogar disfuncional y haber pasado muchas penurias durante su infancia y adolescencia temprana. Eso es lo que genera el odio hacia aquellas personas que tienen todo lo que a él le negaron.

—Creí que había dicho que se trataba de una venganza contra el comisario —intervino Martín.

—Una cosa no excluye la otra. Pudo haberse vengado de muchas formas, pero hay buenas razones para que escogiera una vía tan retorcida. Entre otras, él mismo tiene una mente retorcida.

—De manera que ejecuta su venganza y al mismo tiempo libera sus frustraciones —apuntó Patricia—. La venganza sería una excusa para descargar el odio que siente hacia la sociedad.

Sterling sonrió. Le encantaba la inteligencia de esa chica.

—Es así. Llegamos a la conclusión de que fue hijo de madre soltera o sufrió el abandono de su padre en los primeros años de su vida.

—¿Por qué de su padre y no de su madre? —preguntó Barragán.

—Porque en sus crímenes la verdadera víctima es la mujer y hace recaer la culpa sobre el hombre, al cual asesina, pero sin herirlo.

—¿Las víctimas representan a sus propios padres?

—Es lo que creemos. También que esos padres debieron provenir de un estrato social muy parecido al de sus actuales víctimas.

—Eso no reduce mucho la lista de sospechosos —apuntó Martín con sarcasmo.

—No, pero explica cómo los escoge —continuó Sterling.

—Necesitamos algo que nos ayude a encontrarlo —inquirió Felipe—, no a comprenderlo ni a compadecernos de él.

—No se trata de compadecerlo —refutó Sterling—, sino de comprender su comportamiento para poder predecirlo —antes de que lo volvieran a interrumpir continuó—. El hecho de que todos los chicos escogidos puedan ser considerados ejemplares refleja su desprecio hacia esos valores que él considera inexistentes, por lo que asume que quienes los ostentan solo actúan con hipocresía.

—Todos somos malos, pero algunos se esconden detrás de una fachada de bondad —apuntó Patricia.

—Exacto. Niega la integridad, lo que nos hace pensar que su padre, el blanco de sus odios, debe ser considerado un hombre íntegro e intachable.

—¿Cree que él sabe quién es su padre? —preguntó Sebastián—. Si es así, ese hombre podría estar en peligro.

—Es posible que lo sepa o no —respondió Sterling—, pero creo que lo identificó a usted con esa idea, tal vez por la imagen que proyecta hacia los que lo conocen. Esa debe ser la razón por la que ejerce su venganza hacia usted de esa manera.

—¿Está diciendo que se quiere vengar de mí porque en su mente me parezco a su padre?

—No, la razón de la venganza debe ser muy real. Algo le hizo usted o tal vez él cree que se lo hizo que despertó al monstruo, pero al representar la imagen de hombre íntegro que él identifica con su padre y que desprecia con tanta vehemencia, decidió descargar la furia que siente hacia su padre en esa venganza y a través de sus víctimas. Por eso escogió a su hijo como la primera víctima.

—¿Qué quiere decir? —preguntó Sebastián, temiendo la respuesta de Sterling. Una respuesta que al mismo Michael le había costado un profundo dolor aceptar.

—Lo siento, comisario —dijo con voz suave—. Me temo que Sandra murió porque era la novia de Víctor. Él era el verdadero objetivo.

—¿Por mí?

—¿Qué puede ser peor para un hombre que fundamenta su vida en el cumplimiento de la Ley, en la integridad y los valores morales, que el hecho de que su hijo sea acusado y condenado por un homicidio que solo podría ser perpetrado por un psicópata?

Sebastián palideció. El silencio volvió a hacerse pesado.

—¡Madre de Dios! —murmuró Felipe, consternado al comprender las implicaciones, y la forma en que el verdadero asesino los había manipulado—. Nosotros mismos lo ayudamos a vengarse.

—¿Por qué Víctor? —preguntó Sebastián, casi en un ruego— ¿Por qué no dirigió su venganza contra mí?

—Porque si su padre lo abandonó odiaba más a Víctor que a usted mismo —explicó Sterling—. Su hijo, al igual que los otros chicos se beneficiaron con todo aquello que a él se le negó.

—¿Y ahora? —preguntó Sebastián—. Ya destruyó la vida de mi hijo, también la mía. ¿Por qué no dejó de matar?

—Porque su venganza todavía no ha terminado —dijo Sterling, al mismo tiempo que sentía una profunda compasión por las últimas palabras de su padre. No había imaginado el sufrimiento de Sebastián. Siempre creyó que tan solo lo había apartado de su vida y su memoria.

—¿Qué más quiere?

—Solo puedo suponerlo, pero creo que quiere demostrar que su integridad es una postura hipócrita, quiere hacerlo dudar de sus propios valores y no se detendrá hasta que lo consiga.

—¿Y si lo consiguiera, dejaría de matar?

—No lo sé —confesó Sterling—. Es posible, pero... No lo creo. Le gusta matar, se siente poderoso cuando lo hace. Si logra su objetivo con usted, buscará otro. Alguien que represente esa figura paterna que odia y volverá a comenzar. Es lo que creo. Además...

—¿Qué?

—Estoy seguro de que nunca conseguirá su objetivo, comisario —dijo con honestidad—. No importa lo que ocurra, usted no renunciará a sus principios.

Sebastián lo miró sorprendido. ¿Lo decía para halagarlo? No, Sterling no era un hombre propenso a halagar, eso estaba claro. Lo decía con sinceridad. ¿Cómo era posible que un hombre que conocía desde hacía pocas horas supiera tanto de él? Se sorprendió a sí mismo cuando se dio cuenta que aquel comentario lo reconfortó.

—Gracias, comisario —le dijo, y nadie supo si se refería al aporte a la investigación o al reconocimiento personal por parte de Sterling.

Capítulo seis.

La exposición de Sterling les dio otra perspectiva del hombre que buscaban. Ya no era un «sospechoso», ahora tenía cierta forma, como una sombra no bien definida pero que reflejaba algo que existía y que por lo tanto podían encontrarlo. Sebastián le preguntó a Felipe por las grabaciones, pero el inspector jefe no descubrió nada relevante en ellas. Sebastián tampoco dio con ningún caso que pudiera ayudarlos a identificar al asesino. Analizaron las autopsias, pero no hallaron nada nuevo. Eran una repetición de los homicidios que ya conocían.

Sebastián escuchó con interés la teoría acerca del traje forense. Era una buena explicación de cómo el asesino evitó evidencias en todas las escenas. Sterling lo planteó de manera que pareció que la idea fue de Patricia y no explicó con claridad cómo encontraron al Moro. Siendo Sterling extranjero, todos supusieron que el contacto que les permitió llegar hasta el delincuente era de la inspectora. La principal preocupación de Sterling era proteger a Olegario.

—¿Por qué piensa que compró el traje en España? —preguntó Martín—. Ha cometido asesinatos en cuatro países. Pudo conseguirlo en cualquiera de ellos. En Italia, por ejemplo, que fue donde cometió el segundo crimen.

—Su venganza comenzó aquí —argumentó Sterling—. Además, España es el único país en el que volvió a matar. Hemos llegado a la conclusión de que el blanco de su venganza es el comisario Losada. Es evidente que es español o vive en España. Siendo así, lo más probable es que este sea el lugar donde mejor se desenvuelve, donde le resultaría más cómodo encontrar algo que solo se puede comprar en el mercado negro.

—Vale la pena intentarlo —reconoció Sebastián—. Si está en lo cierto, tendremos algo por dónde empezar a buscar.

Losada ordenó que llevaran al Moro a la sala de interrogatorios. Martín y Patricia se hicieron cargo. Los demás observaron desde un cuarto vecino, a través de una cámara digital que grababa todo lo que ocurría en la sala. Sterling esperaba que el Moro fuera consciente de lo precaria que era su situación y hablara. No quería verse obligado a utilizar la información que Olegario le proporcionó por teléfono. El Moro estaba sentado a la mesa con las manos esposadas al frente. Los inspectores entraron.

—Joaquín Zambrano, alias el Moro —recitó Martín, mirando el expediente—. ¿Quieres algo Joaquín? Un vaso de agua, un bocadillo. ¿Cómo podemos hacer que te sientas más cómodo?

—¿Tienes cigarrillos?

—Lo siento, aquí no se puede fumar. Estás metido en un buen lío, Joaquín.

—¿Quién lo dice?

—Asalto con arma blanca con intención de homicidio a un policía desarmado —intervino Patricia—. No es muy prometedor con tus antecedentes. Te pueden caer tus buenos diez años.

—¡No me digas! —respondió, simulando indiferencia— ¿Dónde está el poli yuppie?

—¿Quién?

—Ese que viste como un pincel. ¿Ya lo habéis investigado? Para usar trajes así, seguro que es corrupto.

—No lo es —protestó Patricia a la defensiva, sorprendiéndose a sí misma por su reacción.

—Y si lo fuera —argumentó Martín—, eso no cambiaría el hecho de que trataste de matarlo mientras estaba en servicio. No te serviría de nada, Moro.

—¿Dónde está mi abogado?

—Ya lo llamamos —le notificó Patricia—, pero aún no llega. Por lo visto, tiene clientes más importantes que tú.

—¿Qué quieren?

—Información —dijo Martín—. Nuestro compañero está dispuesto a retirar los cargos por agresión, a cambio de cierta información.

—No sé nada que les pueda interesar.

—Un traje de forense —intervino Patricia, Joaquín tensó la mandíbula y entrelazó los dedos. Sabía de qué le estaban hablando.

—No sé nada de eso. No es el tipo de mercancía que se venda en la calle, ni que nadie quiera comprar.

—Alguien compró uno —insistió Martín—. Alguien a quien buscamos. No ahora, sino hace unos años. Pero siendo una mercancía tan poco común, seguro que sabes a quién se lo vendiste.

—No sé nada —repitió el Moro, mientras se removía en la silla.

Durante las dos horas siguientes, Martín y Patricia continuaron presionando al detenido, pero él negó que hubiera vendido el traje, aunque su lenguaje corporal lo delataba. Si no había sido él, sabía quién lo había hecho. Sebastián, Felipe, Barragán y Sterling no perdían palabra en la pequeña pantalla donde se reflejaba lo que ocurría en la sala. Al final, Michael perdió la paciencia.

—Permítame intentarlo, comisario —le pidió a Sebastián.

—El interrogatorio a un sospechoso no está entre sus atributos, comisario Sterling.

—Lo sé, pero creo que puedo hacerle hablar.

—¿Quiere entrar?

—Quiero hablar a solas con él.

—Eso es muy irregular —protestó Felipe.

—Soy muy consciente de la Ley. No voy a violarla. Y ustedes me vigilarán en todo momento.

—Muy bien, comisario —Sebastián miró a Felipe, quien era evidente que no estaba de acuerdo—. Dígales a los inspectores que se tomen un descanso.

Felipe llamó a Martín y Patricia, dejando que Sterling entrara en la sala de interrogatorios. Cuando lo hizo, Michael sintió que el corazón se le detenía por un momento y una oleada de náuseas lo invadió. Recordó la última vez que estuvo en esa misma sala como acusado como si estuviera ocurriendo en ese mismo momento. Los interminables interrogatorios destinados a doblegarlo, su obstinado silencio que era consecuencia de la culpa que sentía por haber sobrevivido y del desamparo que lo agobiaba porque aquellos que lo acosaban eran las personas en quienes él más había confiado. El Moro lo miró y sonrió.

—¿Qué pasa, tío? ¿Por qué te pones pálido? ¿Hiere tu delicada sensibilidad este maldito cuarto? ¿O es que temes ser el siguiente cuando sepan de dónde salen esos trajes caros?

El desasosiego se transformó en ira. Aquel delincuente protegía a la bestia. Sterling recuperó la compostura antes de sentarse frente a Joaquín y lo miró a los ojos sin decir palabra. El Moro se removió nervioso en la silla; este poli no era como los demás, así que no estaba muy seguro de cómo tratarlo.

—¿Qué quieres? —le preguntó el Moro.

—Ya lo sabes.

—El traje —dijo, Sterling asintió—. No sé nada de ningún traje. No vendo trajes. No soy sastre.

—Te preocupan tus clientes ¿verdad? Ellos confían en ti, en que no los delatarás. Si se llega a saber que te fuiste de la lengua, se acaba el negocio.

—Eres listo, tío —reconoció el Moro, sonriendo—. Veo que lo captas.

Sterling asintió como si no le importara la información que buscaba.

—Es comprensible —admitió—. Un hombre debe proteger su medio de vida.

—Es cierto, me alegro de que lo entiendas.

En la habitación vecina, Felipe miró a Sebastián.

—¿Qué coño está haciendo? —preguntó—. ¿Le está dando la razón? ¿Por qué no lo presiona?

—Espera —le dijo Sebastián—, sospecho que sabe lo que hace.

Sterling permaneció en silencio, pensativo. El Moro se removió inquieto. Con los otros policías sabía cómo comportarse, eran previsibles, pero este actuaba de forma extraña, por lo que no tenía idea de qué podía esperar.

—¿Qué pasaría si alguien creyera que lo delataste, Moro? —preguntó Sterling de repente.

—Depende de quien sea. Algunos se limitarían a romperme la cara, otros me enviarían al otro barrio.

—Puedo comprender por qué no quieres hablar —dijo Michael asintiendo—, creo que en tu lugar yo tampoco lo haría.

El Moro se recostó en el respaldo de la silla, con una sonrisa satisfecha. Sentía que había ganado.

—¿Retirarás los cargos? Tampoco te lastimé tanto. Y tú mismo reconoces que tengo razón en mantener la boca cerrada.

—Claro que retiraré los cargos —admitió Sterling—. No hay razón para meterte en prisión. No vale la pena.

—¿Se ha vuelto loco? —preguntó Martín mirando la pantalla.

El Moro relajó las facciones y miró a Sterling, convencido de que era un policía corrupto y que le pediría algo a cambio, pero eso era lo de menos.

—¿Qué quieres a cambio? —le preguntó sin rodeos.

—Estás seguro de que soy corrupto, ¿verdad?

—No creo que lo que ganas alcance para esos trajes. ¿Qué coche conduces?

—Un BMW.

—¿En serio? —Sterling asintió—. ¿Y tus colegas no se dan cuenta? Deben ser tontos del culo, tío.

—Arreglaré todo para que salgas —dijo Sterling mientras se ponía de pie, causando confusión al Moro y a los que observaban el interrogatorio—. Por cierto, te estoy muy agradecido.

—¿Por qué? —preguntó el Moro, al mismo tiempo que se envaraba en el asiento. La gratitud de un policía no siempre era deseable.

—Por esto —dijo Sterling sacando un papel del bolsillo y poniéndolo frente al Moro.

Los ojos del delincuente se abrieron de par en par mientras leía el papel. Las manos comenzaron a temblarle, luego miró a Sterling como si lo hubiera amenazado con un arma.

—¿Dónde conseguiste esto?

—Eso no importa. Lo tengo y voy a usarlo.

—No, tío, por favor —le suplicó el Moro al borde del llanto—. Si lo usas y me sueltan, creerán que me fui de la lengua. Seré hombre muerto.

—Creí que querías salir de aquí.

—No, no, prefiero la trena —dijo sollozando—. No retires los cargos, por favor. Me declararé culpable. Haré lo que quieras.

—El traje —repitió Sterling.

El Moro lo miró con los ojos llenos de lágrimas. Sterling se hubiera compadecido de él, si no hubiera sabido que era quien le suministraba las armas a una banda de la mafia rusa. La información que tanto lo asustó era la lista de lo último que vendió, así como sus destinatarios. Sería un enorme revés para el crimen organizado y el Moro sabía que cuando la policía usara esa lista, sus clientes lo considerarían un soplón. Una muerte segura y terrible. La única forma de evitarla era permanecer en prisión bajo protección.

—Fue hace mucho tiempo —comenzó a decir—, casi lo había olvidado.

—¿Hace cuánto?

—Siete años —Sterling asintió, coincidía con el segundo homicidio, el primero en el que se habría usado el traje.

—¿Quién lo compró?

—Fue un encargo.

—¿Un cliente habitual?

—No, al tío no lo conocía ni lo volví a ver, pero lo recomendó un habitual.

—¿Quién?

—Lo llaman el Charro.

—¿Mexicano?

—No, es español, pero trabaja con las mafias de narcotráfico de México, por eso lo llaman así.

—¿Cuál era el nombre del que compró el traje?

—No lo sé.

—No acabes con mi paciencia, Moro. No te conviene.

—¡Te juro que no lo sé! ¿Qué crees, que les pido el DNI? Era un tío normal.

—Descríbelo.

—No le vi la cara —la expresión de Sterling reflejó impaciencia—. ¡Lo juro! Usaba un sobretodo, llevaba lentes oscuros y una gorra de béisbol. No quería que lo reconocieran, pero eso no me importaba. Era un cliente al que yo sabía que no volvería a ver.

—¿Tenías el traje?

—Claro que no. Me lo encargó, busqué un contacto, alguien que trabajaba en intendencia y necesitaba unos euros. Sacó el traje y me lo entregó, luego el tío regresó a buscarlo.

—Entonces lo viste dos veces.

—Sí, pero en ninguna ocasión le vi la cara. Lo único que te puedo decir es que era alto y muy fuerte.

—¿De qué lo conocía el Charro?

—Creo que estaban en el mismo negocio.

—Contrabando de droga.

—Sí.

—¿Dónde encuentro al Charro? ¿Cuál es su verdadero nombre?

—Hace mucho tiempo que no lo veo, no sé dónde está ahora o si está vivo. Tampoco sé su nombre. No usamos nuestros nombres. Solo apodos.

—No me estás resultando de mucha ayuda, Moro. Y eso no es bueno para ti.

—Es todo lo que sé, lo juro.

Sterling cogió el papel, se lo guardó de nuevo en el bolsillo, se levantó y se dispuso a salir. El Moro alzó la vista.

—¿Retirarás los cargos? —le preguntó implorante.

—¿Para qué? Piensas declararte culpable ¿no? —el delincuente suspiró aliviado—. Una cosa más, revisarás las fichas de los que tienen antecedentes por tráfico de drogas, por si identificas entre ellos al Charro o a su amigo.

Sterling salió sin mirar atrás. En la sala vecina no salían de su asombro, pero había un leve destello de optimismo. Al menos tenían algo por dónde empezar.

Eran más de las doce y media de la noche, Sterling le entregó la lista de las armas a Barragán para que se la hiciera llegar a la Brigada de Crimen Organizado, mientras el Moro revisaba las fotos de los delincuentes con antecedentes por tráfico de drogas. La forma en que consiguió la colaboración del Moro fue motivo de sorpresa y respeto.

Al final del día, Sterling se sentía agotado. Había pasado por un torbellino de emociones, además de la persecución y la pelea, las heridas que todavía le molestaban y todo el trabajo policial. El cansancio debía reflejarse en su rostro porque Sebastián lo miró con preocupación.

—Creo que ya hizo bastante por hoy, comisario. Debe irse a descansar. Todos debemos hacerlo.

—Lo llevaré al hotel —se ofreció Barragán.

—Yo lo haré —intervino Patricia de repente y todos le prestaron atención—. Me queda de paso —aclaró.

Sterling sonrió. Le gustaba la idea de continuar en compañía de Patricia. Recogió su maleta y la siguió hasta su coche, mientras el resto del grupo también abandonaba la comisaría.

—¿En verdad le queda de paso? —le preguntó Sterling—. Puedo coger un taxi.

—No me queda de paso —confesó ella—, pero tenía la esperanza de que me invitara a cenar. Usted come, ¿verdad?

—Desde luego. Será un placer, con una condición.

—¿Cuál?

—Que nos olvidemos del caso durante la cena.

—Trato hecho.

—¿Dónde le gustaría cenar?

—Podría ser en el restaurante del mismo hotel —sugirió ella.

—Me parece bien.

Patricia se sorprendió al comprobar que la reservación de Sterling era en el Ritz. Una sombra de duda la invadió. ¿Cómo era posible que un comisario llevara un estilo de vida tan alejado del de un policía promedio? ¿Tendría razón el Moro y Sterling sería un policía corrupto? Ella deseaba con todas sus fuerzas que no fuera así.

Después de que Michael se registró en el hotel, entraron en el restaurante. Había pocas personas a esa hora y la mayoría estaban en el bar. Se sentaron en una mesa, apartados de los pocos comensales que quedaban. Sterling pidió un vino que representaba el sueldo de una semana de Patricia y ella tuvo que disimular su desasosiego. La cena fue exquisita y durante ella hablaron de trivialidades.

Patricia no podía evitar sentirse incómoda. Cuando le sugirió a Sterling que la invitara a cenar creía que él habría reservado en un hotel modesto, acorde a lo que se esperaba de un policía, así que por supuesto el restaurante sería también modesto. Pero aquel lugar destilaba lujo y los precios le anudaban la garganta. Pero lo que más la desconcertó fue la indiferencia con la que Sterling lo afrontaba. En ese ambiente se encontraba como pez en el agua.

Patricia pensó en Olegario, pero ahora desde otra perspectiva. Haciendo a un lado sus sentimientos que se lo mostraban como un anciano amable y simpático, estaba claro que tenía contactos en los bajos fondos. La lista que Sterling consiguió con tanta facilidad, le hubiera costado meses de investigación a cualquier detective. ¿Cómo un comisario inglés tenía tanto acceso al mundo de la delincuencia de Madrid? Era algo que no podía comprender y eso la molestaba. Cuando recordó la pregunta del Moro acerca del coche de Sterling, no pudo evitar una mueca de desconcierto.

—Algo le preocupa —le dijo Sterling, que había notado su incomodidad desde que entraron en el hotel.

—Nada. Estoy cansada, es todo.

—No es cierto —insistió Michael—. Sí, está cansada, pero hay algo más. ¿Qué es? Tal vez pueda ayudarla.

—¿Es cierto que conduce un BMW? —le preguntó a bocajarro, aunque luego se arrepintió—. Lo siento... No es asunto mío.

Sterling sonrió al comprender lo que ocurría. Suspiró y la miró con dulzura.

—Se siente incómoda porque no se explica cómo un policía puede pagar un hotel así o una cena en este restaurante, ¿no es verdad? —ella se sonrojó al sentirse descubierta. Le hubiera gustado desmentirlo, pero ante una pregunta tan directa no podía hacerlo. Bajó la mirada.

—Lo lamento, no tengo derecho a juzgarlo. Usted ya lo dijo, lo que haga con su dinero es asunto suyo.

— Eso se lo dije a Felipe, que necesita que le bajen los humos, pero nunca se lo diría a usted.

—No tiene que darme explicaciones.

—No me importa dárselas. Quiero dárselas —insistió él—. La verdad es que no quiero que se haga ideas erradas sobre mí. Me importa mucho su opinión.

—¿Por qué?

—Porque me agrada, pienso que podríamos ser amigos, que tal vez ya lo somos pese al poco tiempo que nos conocemos. Y yo siempre soy muy sincero con mis amigos.

Patricia levantó la vista, y lo miró con expectación. Si había una respuesta lógica que despejara sus temores, quería escucharla.

—Voy a contarle algunas cosas sobre mí que muy pocos saben. Son datos que me gustaría que se mantuvieran en secreto. ¿Está bien?

—Claro, siempre que... —se interrumpió.

—Descuide, no hay nada ilegal —Bebió un sorbo de vino y la miró por encima de la copa—. Ya le conté algunas cosas sobre mi familia, que mis padres murieron siendo yo un niño y que me crie con una tía aquí en España —Ella asintió—. Lo que no le dije esta mañana fue que mi padre era el conde de Ammanford.

—¿Es usted conde, un auténtico lord inglés? —preguntó ella con los ojos muy abiertos.

—Mi padre lo fue, aunque renunció al título antes de su muerte. Sin embargo, junto con el título nobiliario venía una considerable fortuna que sí conservó.

—¿Entonces también es rico?

—Sí.

—¿No vive con el sueldo que recibe como policía? —preguntó con un marcado alivio.

—No, en realidad el sueldo lo dono en secreto a una ONG —La miró con atención—. ¿Decepcionada?

—Claro que no. Ser rico no es ningún pecado.

—Tampoco es un mérito. En especial cuando no se ha hecho nada para merecerlo.

—¿Cómo es que terminó siendo policía?

—No lo sé —Mintió él—. Supongo que me atraía la intriga.

—Eso explica muchas cosas.

—¿Me guardará el secreto?

—Desde luego, pero ¿por qué no quiere que se sepa?

—Cambiaría el trato de la gente hacia mí. No el suyo. Si pensara que eso podía ocurrir con usted no se lo hubiera confesado, pero sí es algo que afectaría a la mayoría de las personas.

—¿Prefiere que piensen que es un policía corrupto?

—Quienes me conocen nunca lo creerían. Además, no estoy dispuesto a pagar el precio de una imagen intachable.

—¿A qué se refiere?

—No me preocupa tanto lo que piensen de mí, actúo según los dictados de mi conciencia y trato de hacer lo correcto, pero no miro atrás para ver si alguien lo nota. Hacerlo exigiría demasiado de mí y de los que me rodean. Tome como ejemplo el comisario Losada. Conservar su imagen le ha costado demasiado, tal vez mucho más de lo que hubiera estado dispuesto a sacrificar.

—Eso es porque un psicópata se obsesionó con él, no porque ser reconocido como íntegro sea malo.

—Creo que no me expliqué bien —argumentó Sterling—. No cuestiono su integridad, ni tampoco asumo que lo que le ocurrió se deba a ella, pero su intransigencia le costó la vida a su hijo.

—Es usted muy injusto con el comisario —le recriminó Patricia, ofendida—, él no tuvo la culpa de lo que le pasó a su hijo. Fue una víctima más.

—Patricia, el comisario abandonó a su hijo porque no llenó sus expectativas —le explicó él con firmeza—. Lo dejó solo, lo condenó antes de que lo juzgaran y estamos hablando de un chiquillo de dieciséis años.

—Tal vez había algún motivo —dijo ella con terquedad—, tal vez el chico tenía alguna conducta que le hizo pensar que era capaz de hacer aquello. No sabemos nada de cómo era Víctor. Ahora usted quiere hacer ver que era un santo y Sebastián un mal padre. Al comisario Losada apenas lo conoce desde hace unas horas y del chico solo tiene referencias a través de un informe policial. No sabe nada de él. Yo he trabajado con el comisario los últimos tres años, sé que es un buen hombre y un buen padre. He visto cómo trata a su hija y a su nieta. Créame que me gustaría que mi padre me tratara así. Además, Víctor murió en un accidente, no fue víctima del hombre que buscamos. Nadie tiene la culpa de eso.

Patricia soltó su discurso con la cara enrojecida y enfureciéndose cada vez más. Sterling bajó la cabeza. Había confiado demasiado en que lo comprendiera. Ella se levantó, le dio las gracias por la cena y se fue. Él subió a su habitación con un regusto a fracaso en la boca. Se acostó vestido y sin desempacar. Antes de darse cuenta, ya estaba dormido.

Capítulo siete.

Michael caminaba por un campo vacío cercano a un bosque. Era de noche, una noche sin luna, ni estrellas. Sentía frío, pero era un frío que nacía en sus huesos y que ningún calor podría aliviar. No sabía hacia dónde se dirigía, pero sabía que tenía que llegar lo antes posible. Llovía. El agua lo empapaba de la cabeza a los pies. Llegó a un almacén con paredes de ladrillo, alguna vez fue un depósito, pero ahora estaba abandonado. La puerta de madera casi podrida estaba cerrada con una cadena oxidada y un candado. Las ventanas estaban tapiadas con maderas y cartones. Trató de abrir la puerta, pero fue imposible. Necesitaba entrar. La vida de alguien muy importante para él dependía de que pudiera hacerlo. Rodeó el almacén hasta que encontró una ventana a la que podía acceder subiendo a unas cajas cercanas.

Trepó a la ventana y se dejó caer del otro lado. Lo esperaban. Vio una silueta inmóvil que lo miraba suplicante. Era una mujer, pero su rostro cambiaba, era Sandra y luego Carola, la chica italiana, la francesa, luego era María, también Alicia y Patricia, luego volvía a ser Sandra. Se acercó, una risa lo detuvo. Escuchó una voz deformada con algodones en la boca. «¿Te gusta el espectáculo que organicé para ti, Víctor? Todo lo hice por ti». Se detuvo, era incapaz de moverse. «¡Suéltalas!», se escuchó decir. Le respondió una risa burlona. Las caras y las voces dejaron de cambiar, hasta que solo quedó la de Patricia. Alzó un dedo para apuntarle. «¡Tú tienes la culpa!, le dijo. ¡Fallaste, hay algo malo en ti! ¡Tu padre hizo bien en abandonarte, no merecías ser su hijo!» La risa y los gritos se entremezclaban. Cayó al suelo, incapaz de moverse y la bestia se acercó a él, salió de las sombras y lo miró, entonces él pudo reconocer su cara, lo había visto. ¡Sabía quién era!

Despertó sentándose en la cama cubierto por un sudor frío, jadeaba y su corazón latía desbocado. La pesadilla fue demasiado real, tanto que casi podía escuchar los gritos y las risas mezclados con la lluvia. Solo había un detalle que no podía recordar: el rostro de la bestia. Solo tenía la certeza de que lo conocía. De cualquier manera, no tenía importancia, era solo un sueño. Le dolía la cabeza. Miró la hora: las cuatro de la madrugada, pero sabía que no sería capaz de seguir durmiendo.

Se levantó para darse una ducha, y permaneció largo rato bajo el agua. Aunque todavía era muy temprano, se vistió y salió a caminar. La ciudad no se había despertado todavía, las calles estaban oscuras, vacías y un viento helado las azotaba. Sterling se subió las solapas del abrigo, para continuar su paseo. Necesitaba pensar. En pocas horas había pasado por una montaña rusa de emociones sin disponer de tiempo de comprender cómo se sentía.

Siempre creyó que si algún día se encontraba de frente con Sebastián sentiría rechazo y enfado. Su padre lo abandonó cuando más lo necesitaba, por lo que él nunca consiguió perdonarlo. Cuando el encuentro se hizo real, comprendió con sorpresa que estaba enfadado con él, pero no era capaz de rechazarlo. Todavía lo quería. Deseaba decirle quien era y abrazarlo. Se sentía orgulloso de él por el respeto que inspiraba a sus compañeros y por lo buen policía que era. Y temía que la bestia le hiciera daño, quería protegerlo. Se enfadó consigo mismo. No debería sentirse así. Sebastián lo sacó de su vida, ¿por qué no podía él sacarlo de su corazón?

Felipe era diferente. En alguna oportunidad lo consideró su amigo, lo vio como un hermano mayor. Pero eso se terminó. El afecto de Felipe hacia él nunca fue auténtico. Solo era la consecuencia del afecto que el inspector sentía hacia Sebastián. Le mostraba aprecio porque era el hijo del hombre que admiraba. Nada más. Así que toda la furia que Sterling llevaba por dentro se canalizaba hacia Felipe.

Respiró profundo, era una locura caminar por las calles solitarias a esa hora en pleno mes de febrero. Comenzó a tiritar y se arrebujó dentro del abrigo, miró a los lados, por si había algún lugar donde entrar a resguardarse del frío y tomar algo caliente, tal vez un café, pero todo estaba cerrado. Siguió caminando y pensando. Patricia le simpatizaba mucho. Su recuerdo le arrancó una sonrisa. Se sorprendió a sí mismo cuando la llevó a conocer a Olegario. Luego comprendió que quería ayudarla. Su viejo amigo podía resultar un filón de oro para un policía porque conocía los bajos fondos y mantenía sus contactos. Michael quería que el viejo la ayudara, que confiara en ella. Por eso se la presentó. Por la mirada de Olegario supo que lo había comprendido.

¿Por qué le preocupaba tanto lo que Patricia pudiera pensar de él? Nunca le había ocurrido. No era la primera vez que alguien creía que era corrupto por el estilo de vida que llevaba. Siempre ignoró a quienes se atrevían a pensarlo. Pero con Patricia fue diferente, necesitaba aclararlo porque no soportaba la idea de que ella pensara mal de él. Por eso le confesó la verdad, aunque casi no la conocía. ¡Para lo que le había servido! Si su objetivo era que ella tuviera un buen concepto de él, se lució. Debió comprender que Patricia admiraba a su padre, ¿cómo se le ocurrió criticarlo? Ella no podía saber que él tenía buenos motivos para hacerlo y tampoco se lo podía explicar.

Fue un necio, pero lo que más le dolía era que ella pensara que él merecía lo que le pasó siendo un niño. Que había algo torcido en él, que por eso su padre fue capaz de creer que era el asesino. Esa era la misma conclusión a la que él también llegó cuando todo ocurrió. Le costó años de dolorosa introspección comprender que fue la víctima y no el culpable. Ahora unas pocas palabras removieron esos sentimientos que ya creía superados y aunque fuera irracional, se sentía sucio, manchado para siempre por la crueldad de la bestia.

Caminaba sin rumbo, así que se detuvo a mirar a su alrededor para orientarse. La Plaza Cibeles surgió frente a él. No podía seguir andando en ese frío o terminaría con una neumonía como tres años atrás. El recuerdo de la enfermedad le causó escalofríos. No podía cometer el mismo error de exigir a su cuerpo más de lo prudente. Pateó el suelo mientras esperaba, para paliar un poco el frío. Al cabo de un par de minutos vio aparecer un taxi, lo detuvo, subió y le dio la dirección de la comisaría de Villanueva.

Todavía no amanecía cuando subió las escaleras del edificio. El sargento que hacía guardia en la puerta no era el mismo del día anterior. Debía pertenecer a otro turno, así que no lo conocía y le preguntó qué deseaba.

—Mi nombre es Sterling —Se anunció—, Michael Sterling. Estoy colaborando con el comisario Losada en una investigación.

El sargento lo miró como si fuera un mentiroso redomado.

—Espere un momento —le pidió, mientras revisaba en un folio. Por lo visto encontró su nombre porque cambió de actitud. Lo miró con más respeto y le entregó el pase de colaborador—. Aquí tiene comisario Sterling. Comienza a trabajar muy temprano.

—Sí, es un viejo hábito —respondió, mientras prendía el pase en la solapa de la chaqueta.

La comisaría estaba casi vacía. Solo se veía a los policías de guardia y alguna que otra persona esperando. Tal vez familiares de detenidos o víctimas que iban a poner una denuncia. Por suerte nadie que él conociera. Avanzó por los pasillos hasta llegar a la sala de reuniones. Antes de entrar sacó un café de la máquina expendedora. Sería malo, pero lo ayudaría a entrar en calor. Una vez en la sala se quitó el abrigo y comenzó a beber el café. Hizo una mueca, tenía azúcar, aunque no demasiada, pero él lo prefería solo. Sin embargo, el calor que proporcionaba era agradable.

Mientras bebía a pequeños sorbos se dedicó a mirar la cartelera con las pruebas. Las fotos de todas las víctimas estaban en orden cronológico. Eso incluía las de Sandra. Sintió un estremecimiento que combatió con un sorbo de café, al mismo tiempo que trataba de convencerse a sí mismo que era por el frío. El primer homicidio, 1986, Madrid, el segundo, siete años atrás, Nápoles, el tercero hacía cinco años, Marsella, el cuarto, hacía tres años, Londres. Y ahora repetía en Madrid. Entre todos mediaba un período de dos o tres años, excepto entre el primero y el segundo. Ese lapso era nada menos que de dieciocho años. Se preguntó por qué.

Trató de hacer memoria. En esos años las investigaciones forenses avanzaron a pasos agigantados. El uso del ADN como evidencia forense comenzó a usarse en Inglaterra en 1987. ¿Sería eso? ¿Tendría miedo el asesino de que lo descubrieran gracias al desarrollo de la tecnología forense, y por eso dejó de matar hasta que aprendió cómo protegerse? Sterling estaba seguro de que renunció a las violaciones por esa razón. Para la bestia era más importante el poder absoluto que ejercía sobre sus víctimas y lograr que culparan al chico. La violación de Sandra solo fue otra forma de demostrar su poder. «La maté para ti, Víctor». El recuerdo estremeció de nuevo a Sterling. No quería ser parte de eso, le hacía sentir estigmatizado, como si la bestia hubiera puesto su marca en la piel de Víctor y a partir de aquel día le perteneciera, con todo su horror y su maldad.

Bebió otro sorbo de café que le causó náuseas. Lo tiró sin terminarlo y se obligó a seguir analizando el caso. Intuía que ahí había algo importante. El tiempo era importante. ¿Qué hizo la bestia durante esos años? ¿Dejó de matar o lo hizo en otros lugares? Tal vez fuera de Europa. No, él lo investigó a fondo y no solo en Europa, sino también en América, Medio Oriente y el norte de África. Tendría que haberlos cometido en lugares demasiado exóticos.

El primer crimen era importante. Fue su venganza. Era probable que no hubiera hecho planes más allá de ese homicidio, pero cuando sintió el poder y la excitación le gustó, por lo que matar se convirtió en una droga para el asesino. Sin embargo, esperó dieciocho años para cometer el segundo. Eso no hablaba de un impulso, sino de fría planificación. Un escalofrío le recorrió la espalda.

Una pregunta surgió en su mente. ¿Esperaba el asesino su muerte o le sorprendió? Y si fue así. ¿Cómo cambió sus planes? Michael sabía que él era el verdadero objetivo de la bestia, más allá de la venganza en la figura paterna que representaba Sebastián. «La maté para ti, Víctor». Víctor poseía todo lo que le negaron a la bestia, era su odiado enemigo al que quería destruir, pero no asesinar. Lo dejó con vida.

Sterling cerró los ojos y echó la cabeza hacia atrás esforzándose en concentrarse. Nadie podía prever el accidente, su «muerte». Esta fue consecuencia de la intervención de un tercer factor que el asesino no podía prever. El intento de asesinarlo por parte de los guardias que lo trasladaban de prisión.

Aunque la idea le repugnaba, se obligó a seguir razonando en esa dirección. ¿Qué hubiera ocurrido de haber cumplido su condena? Quizá habría perdido la cordura. El recuerdo del año que sufrió en el encierro no le dejaba dudas al respecto. Aún tenía pesadillas con eso. Todavía la idea le causaba sudores fríos, como ahora. Toda la vida encerrado en una celda viendo pasar un día tras otro, siendo testigo de la vida sin participar en ella. Estaba seguro de que era lo que la bestia quería.

Pero su víctima escapó, «murió», con lo cual quedó fuera del alcance de su crueldad. Si no hubiera sido así, al cabo de veinte años, más o menos por la fecha en que volvió a asesinar, Víctor hubiera podido solicitar libertad bajo palabra. ¿Por qué la bestia siguió con el plan original, cuando su principal destinatario estaba muerto? ¿Habría descubierto que no era así, que logró escapar, que rehízo su vida con otra identidad y en otro país? La idea le hizo temblar. No, eso no era posible.

La bestia no se resignó, decidió continuar con su plan cambiando su objetivo principal a Sebastián. La identificación del padre con una conducta intachable, sin defectos, perfecto, lo que el asesino odiaba. Los asesinatos de Nápoles, Marsella y Londres hubieran sido una forma ineludible de demostrar que era el mismo homicida que perpetró la muerte de Sandra. El crimen que ahora investigaban representaba una bofetada al policía y hombre infalible. Le enrostraba su incompetencia como policía, como hombre y como padre. Si hubiera tenido éxito en el secuestro y asesinato de Diana, era probable que Sebastián no hubiera soportado lo que habría tenido que enfrentar.

Pero Diana sobrevivió y la salvaron sin consecuencias, por lo que Sebastián estaba en capacidad de soportar la verdad, por dura que resultara. Eso demostraba que el asesino seguía sus planes originales, sin importar que algunos detalles no resultaran como esperaba. Demostraba una determinación fría y un odio profundo. Pero ¿por qué dieciocho años? ¿Solo porque era el tiempo necesario para que Víctor hubiera sido de nuevo vulnerable a sus manipulaciones en el caso de haber continuado con vida? ¿Había estado el criminal incapacitado, enfermo o preso? Por el perfil debía ser una persona que no respetaba la Ley, un delincuente. Además, el Moro lo relacionó con el narcotráfico. Tal vez estuvo cumpliendo condena por otro delito. Pero ¿era casualidad que regresara justo ahora, cuando la venganza hubiera sido perfecta si Víctor estuviera vivo? No, tenía que ser algo más. De repente, su mente se abrió. Preparación, en ese tiempo el asesino se preparó para la segunda fase de su venganza. Debía necesitar algo. Y eso que necesitaba lo consiguió a lo largo de ese tiempo. Estaba claro que tenía un plan, un plan que seguía paso a paso sin ninguna improvisación. Solo cambió su objetivo. Sebastián estaba en peligro, pero Michael no permitiría que le ocurriera nada. Era su padre, así que necesitaba protegerlo.

El sonido de la puerta cuando se abrió le hizo dar un respingo. No esperaba compañía y sumido en sus pensamientos como estaba, la interrupción lo asustó. Cuando miró hacia la entrada pudo ver a Sebastián observándolo. Una serie de emociones cruzaron por el rostro de su padre en pocos segundos. Sorpresa, incertidumbre, esperanza, decepción, resignación, dolor. Sterling guardó silencio, pero comprendió.

Sebastián bajó la cabeza para disimular su desconcierto. Entró en la sala de reuniones creyendo que a esa hora estaría vacía, pero Sterling ya había llegado. Al verlo concentrado en sus pensamientos lo observó de perfil, mirándolo desde su espalda y por un momento le pareció... pero había sido una ilusión, un efecto de la luz. Cuando Sterling se volvió para mirarlo de frente el efecto se perdió, entonces Sebastián regresó al presente, a la realidad. Era un comisario inglés al que conocía desde el día anterior. No tenía nada que ver con su hijo perdido.

—Se levanta usted muy temprano, Sterling —le dijo con voz ronca, aún empañada de emoción.

—Solo cuando un caso me preocupa —respondió Michael, con una mirada compasiva.

—¿Llegó a alguna conclusión?

—A muchas preguntas sin respuestas.

Sebastián se acercó, y se quedó de pie junto a Sterling. Lo miró con disimulo: el cabello y los ojos oscuros, la mirada expresiva, la nariz aguileña, la mandíbula recta. Rasgos duros, que hubieran resultado demasiado autoritarios, de no ser por la extraordinaria empatía que reflejaban sus ojos. Sí, no había duda de que se parecía a Víctor, pero al mismo tiempo era muy diferente. De él emanaban una dureza y un distanciamiento que eran ajenos al recuerdo que tenía de su hijo. Apartó esos pensamientos de su cabeza, pues solo le servían para torturarse. Todo ese asunto removió viejos recuerdos y abrió una vieja herida que nunca llegó a cerrarse. Este hombre tenía un leve parecido con Víctor, pero nada más. Su hijo estaba muerto. De él solo quedaban cenizas y un recuerdo doloroso.

—¿Quiere compartir esas preguntas conmigo? —sugirió Sebastián.

—Pensaba en el tiempo. Los últimos crímenes se cometieron a intervalos regulares de dos o tres años. Pero entre el primero y el segundo pasaron dieciocho años, así que me pregunté por qué.

—¿Cree que hubo otros homicidios en ese período de los que no tengamos noticias?

—Es posible —reconoció Sterling—, pero poco probable. Cuando investigué en busca de rastros del asesino no lo hice solo en Europa. También busqué en América, Medio Oriente y norte de África.

—Comprendo. Se ha tomado muchas molestias para buscar a este asesino.

—Destruye la vida de jóvenes inocentes —dijo Sterling mirando a Sebastián a los ojos y con la mandíbula tensa—. Haré todo lo que sea necesario para detenerlo.

Sebastián sintió un escalofrío, y se alegró de no estar en la piel del asesino. Ahora sabía que el hombre que tenía delante podía ser implacable. Se preguntó qué terribles experiencias lo llevaron a ese nivel de determinación. La mirada que le dirigió era la de un lobo, uno que no dejaría escapar a su presa, aunque se le fuera la vida en ello. Sebastián respiró profundo, la idea de que Sterling se pareciera a Víctor ahora le parecía ridícula.

—¿Tiene alguna teoría acerca de la razón de ese «descanso»?, por llamarlo de alguna manera.

—Puede ser que estuviera apartado de la calle.

—¿Una condena?

—Es una posibilidad.

—Pero no la que usted cree.

—No, el tiempo es demasiado preciso.

—¿A qué se refiere?

—Si su hijo no hubiera muerto, habría podido optar por la libertad condicional, así que sería el momento ideal para seguir torturándolo con esos crímenes.

—Pero Víctor está muerto. Ya no puede vengarse de él. Está más allá de su alcance —por primera vez en su vida, Sebastián sintió alivio por el hecho de que Víctor estuviera muerto y esa idea le repugnó.

—Pero usted está vivo, así que él continúa apegado a su plan original.

—Eso no tiene lógica.

—La tiene para su mente enferma. A usted lo identifica con un padre que odia, a su hijo con el que poseía todo lo que a él le negaron. Su hijo murió, pero usted sigue aquí. Me temo que la venganza continúa. Solo cambió el blanco.

—¿Esperó dieciocho años porque ese era el tiempo en el cual Víctor podría haber pedido una revisión de su caso, si no hubiera muerto?

—Y con los asesinatos, él le habría dado buenos motivos para argumentar esa revisión. Hubiera quedado libre bajo palabra, solo para estar disponible para el siguiente paso de su venganza.

—Que sería...

—No lo sé.

—Pero Víctor está muerto, así que él ejecutará de todas maneras ese paso en mí —concluyó Sebastián.

—Le reportará menos satisfacción que el plan original, pero creo que es la idea. Debe cuidarse, comisario.

—Lo haré, pero lo que más me preocupa es mi familia. En especial desde que supe que este sujeto fue el responsable del secuestro de Diana —Suspiró—. Una patrulla vigila la casa de mi hija. Espero que eso sea suficiente.

Sterling no respondió. Creía que nada era suficiente, pero decírselo a Sebastián no ayudaría. Él también temía por Alicia y por Diana.

—Creo que hay otra razón para ese espacio de tiempo.

—¿Cuál?

—Algún tipo de preparación, algo que le permitiera llevar a cabo la segunda parte de su plan. Me temo que estamos ante una mente enferma, pero muy metódica e inteligente. Sería un grave error subestimarlo solo porque no está en su sano juicio.

—Sí, tiene razón.

Escucharon de nuevo la puerta. Ya eran las ocho de la mañana, por lo que los demás investigadores entraron juntos. Quizá esperaban en el pasillo a que Sebastián llegara, sin darse cuenta que ya estaba adentro en compañía de Sterling. Después de los saludos de cortesía ocuparon sus puestos. Patricia evitó mirar a

Sterling, Martín lo notó y enarcó las cejas, preguntándose qué habría ocurrido entre aquellos dos.

Sebastián les explicó las conclusiones acerca del tiempo a las que habían llegado y les pidió que si tenían alguna idea que aportar lo avisaran. Felipe parecía inquieto, por lo visto tenía algo importante que decir. Sebastián lo notó y le cedió la palabra.

—El Moro identificó al Charro en uno de los narcotraficantes fichados —dijo con una sonrisa—. El tío se llama Manuel Farías. Ya extendí la orden de busca y captura.

La noticia causó una oleada de optimismo y una sonrisa en todos los rostros, excepto en el de Sterling, que no creía que fuera tan fácil. El hombre que buscaban era demasiado inteligente para dejar un cabo suelto tan importante. Sin embargo, se abstuvo de decirlo. Un poco de esperanza no haría daño.

Tocaron la puerta y la secretaria de Sebastián entró con paso decidido. Llevaba un sobre sellado en la mano. Después de dar los buenos días se dirigió a su jefe, ignorando a todos los demás.

—Acaba de llegar esto de la oficina del forense, comisario —le anunció, mientras le entregaba el sobre.

Sebastián lo abrió un poco sorprendido. Que él supiera ya tenían todos los informes pendientes por parte de los forenses. Sacó una hoja de papel y en la medida que la fue leyendo las cejas se le enarcaron con la sorpresa.

—Patricia. ¿Tú pediste un análisis de la secreción ocular de las víctimas?

—Yo, eh... —Titubeó, mirando a Sterling por un momento. Él bajó la cabeza, dejando que ella respondiera como deseara—. En realidad, fue el comisario Sterling quien lo sugirió —dijo por fin.

—Pues fue una buena idea, Sterling. Encontraron restos de una sustancia química.

—¿Qué sustancia?

—Escopolamina —respondió Losada—. Aquí incluye un informe acerca de sus efectos. Es una droga que se absorbe a través de las membranas, y ocasiona un desorden nervioso en la víctima... —Continuó leyendo, pero en silencio, luego levantó la vista sin disimular la sorpresa.

—¿Es importante, señor? —preguntó Patricia—. ¿Qué hace esa sustancia?

—Por lo que dice aquí, la víctima pierde la capacidad de razonar y la memoria. En otras palabras, la voluntad. Puede actuar con normalidad, pero es susceptible a seguir cualquier orden o sugerencia.

—Así es como domina a las víctimas —murmuró Sterling.

La discusión acerca de ese nuevo descubrimiento continuó, pero Michael no los escuchaba. De repente se vio envuelto en un giro vertiginoso y se contempló a sí mismo en una feria junto con Sandra. Lo habían pasado bien y regresaban a casa, ella reía, mientras él decía tonterías para divertirla. Un hombre se les acercó pretendiendo preguntarles algo: una dirección. Cuando Víctor comenzó a responder, el hombre usó un pequeño frasco con atomizador para rociarle la cara. Luego no supo más de sí. Cuando el vértigo pasó volvió a la realidad de la sala de reuniones, aunque lo cubría un sudor frío. Por suerte todos estaban tan enfrascados en lo que decía el informe, que nadie se dio cuenta de su malestar. Solo Patricia lo miraba, mientras luchaba entre su enojo y la preocupación. Antes de que pudiera preguntarle si estaba bien, Sterling se enderezó en la silla para fijar su atención en la discusión. Patricia dejó de mirarlo y se volvió hacia Sebastián.

—...es fácil de aplicar —Leía— y no deja rastros ni residuos en el estómago.

—Maldito hijo de puta —murmuró Felipe entre dientes.

—Se acerca a los chicos con cualquier excusa —Resumió Martín—, les rocía con esa mierda y los deja a su merced. Maldita sea, es posible que ellos mismos se amarraran entre sí y le fueran a buscar el cuchillo con el que los iba a asesinar.

Un estremecimiento recorrió a Michael, que no pudo evitar cerrar los ojos un momento. ¿Ocurrió tal como lo decía Martín? No lo recordaba. Había una laguna entre el momento en que la bestia le roció la cara y cuando despertó amarrado. Pero vio su rostro por segundos, aunque veinticinco años atrás. ¿Sería capaz de reconocerlo si volvía a verlo? No, lo recordaba desdibujado, como si lo hubieran distorsionado con un espejo deformado, pero era el mismo rostro del sueño, estaba seguro, aunque ese tampoco podía recordarlo. ¡Maldita sea! ¡Él lo había visto, era testigo y no le servía de nada! De lo único que estaba seguro era que no se trataba de un desconocido. Lo volvió a ver en otras circunstancias, habló con él, pero ¿quién era?

Sebastián ordenó a Felipe y a Martín que se encargaran de encontrar a Manuel Farías y lo detuvieran para interrogarlo. Le dijo a Patricia que averiguara todo lo que pudiera acerca de la Escopolamina, si tenía algún uso legal y cómo podía conseguirse. Él mismo revisaría los archivos de posibles sospechosos que buscaran alguna venganza. Barragán se acercó a Sterling.

—Creo que debería descansar, comisario —le dijo—. Está muy pálido. ¿Le molestan las heridas?

—Un poco —reconoció Sterling, contento de tener una explicación plausible para su palidez y desconcierto.

—¿Por qué no regresa al hotel? Le avisaremos a tiempo para la próxima reunión.

—Gracias, creo que eso haré.

Antes de salir se acercó a Patricia. Tenía la intención de disculparse, pero ella no le dio la oportunidad. Ni siquiera lo miró, cogió sus cosas y se fue como si la persiguiera el diablo. Sterling se sintió dolido, el rechazo era algo que se le hacía insoportable. Le recordaba los días después de la muerte de Sandra y la soledad de la celda mientras estuvo preso.

—Parece que está enfadada con usted —Señaló Martín, a quien Sterling no había visto—. ¿Qué le hizo?

—¿Por qué supone que le hice algo?

—Ayer parecían muy amigos, y hoy...

—No creo que sea asunto suyo —respondió Sterling de mal humor.

Martín alzó los brazos en señal de rendición y sonrió cuando Sterling abandonó la sala con cara de pocos amigos.

Capítulo ocho.

Sterling no tenía intenciones de regresar al hotel. Se sentía cansado, pero sabía que esa no era la causa de su malestar. La discusión acerca de la Escopolamina despertó algo en su memoria, el recuerdo de haber sido rociado en la cara antes de que todo comenzara y la imagen distorsionada y fugaz del rostro del asesino. Todo estaba en su mente, en algún rincón de su memoria. Y ese era un lugar al que nadie más podía acceder.

No le resultó difícil encontrar un taxi, le dio la dirección y se recostó en el asiento trasero. Se encaminaron al sur, más allá del polígono industrial, hacia una zona bastante aislada donde había pequeños depósitos y ventas de materiales de construcción cercanos a la carretera principal. Mientras recorrían el trayecto, Sterling apoyó la cabeza y cerró los ojos, tratando de no pensar. Quería dejar la mente en blanco para que, las imágenes que le interesaban acudieran a ella llegado el momento. Trató de relajarse.

—¿Se encuentra bien, señor? —preguntó el taxista, mirándolo a través del espejo retrovisor.

—Sí, estoy bien.

—¿Está seguro de la dirección que me dio? Allí no hay nada.

—Estoy seguro.

—Como quiera —aceptó el hombre, encogiendo los hombros—. Usted es el que paga.

Llegaron después de veinte minutos de atascos, insultos y desvíos. Abandonaron la avenida principal y entraron en un camino tan poco transitado, que el asfalto solo era un recuerdo. El taxista se detuvo y se giró para mirar a Sterling de frente. Debía pensar que estaba loco.

—¿Es aquí donde quería venir? Esto está en el culo del mundo. Si quiere lo puedo llevar a un lugar más agradable. Es usted turista, ¿no?

—Soy más madrileño que usted —replicó Sterling ofendido, luego comprendió que estaba pagando su mal humor con el pobre hombre, que solo quería ser amable. Suavizó la voz—. Lo lamento, un mal día. Me quedaré aquí.

—¿Quiere que lo espere? —preguntó, mientras recibía el pago y una buena propina—. Por aquí será difícil conseguir un taxi que lo lleve de regreso.

—Me las arreglaré.

Sterling se bajó del coche. Luego escuchó cómo este se alejaba mientras él contemplaba el ruinoso edificio, mucho más derruido que en sus recuerdos. El viejo depósito abandonado era el escenario de sus pesadillas. Al contemplarlo sintió el terror subiendo desde el centro de su cuerpo a su pecho y su garganta. Quería correr, alejarse de ese lugar, poner distancia con los recuerdos, pero sabía que no debía hacerlo. Allí podía estar la respuesta: no en las paredes ni en los agujeros del techo, sino en su memoria. Esa que quería despertar, pero que al mismo tiempo lo aterrorizaba.

Avanzó despacio, la puerta estaba caída sobre sus goznes, de manera que no era posible moverla, pero se podía pasar agachándose y cruzando por una pequeña abertura. Entró, sintió que el corazón le golpeaba en el pecho y las piernas le temblaban. Respiró profundo, no había nadie en ese lugar, no había nada que temer o al menos nada que no estuviera dentro de sí mismo.

El suelo estaba lleno de tierra y barro. Los agujeros del techo permitían el paso del agua cuando llovía, por lo que el almacén estaba húmedo y sucio. Un penetrante olor a deshechos humanos le permitió comprender que ese podía ser un refugio de indigentes. Eso lo alertó, podía no estar tan solo como creía. Un ruido casi lo hizo saltar, pero enseguida se tranquilizó. Solo era una rata. Caminó hasta el centro, al lugar donde la bestia cometió el terrible crimen. Allí continuaban las argollas que usó el asesino para amarrar a Sandra. Nadie se había molestado en retirarlas. Sterling sintió un dolor punzante en el pecho que lo hizo doblarse y caer de rodillas sin resuello. Las dramáticas imágenes de lo que ocurrió aquel fatídico día asaltaron su memoria sin compasión: Él mismo fue quien amarró a Sandra obedeciendo a la bestia, y ella se había quedado inmóvil, en la postura en que le ordenó el asesino. Por unos minutos tuvo poder absoluto sobre ellos. No podían desobedecer. No podían luchar. Cuando Sandra estuvo atada, él se sentó en la silla para permitir que el asesino hiciera lo mismo con él. No se resistió ni protestó hasta que fue demasiado tarde. Y el asesino lo miraba con el rostro cubierto, regocijándose en su poder. Pero antes de que se cubriera la cara, Víctor lo pudo verlo. Llevaba el cuello del abrigo alzado, pero se dejó ver por un momento, la fracción de un segundo. Un rostro conocido, pero que ahora no podía identificar.

A pocos kilómetros de allí, Patricia salía de una entrevista en la cual le consultó a un toxicólogo acerca de la Escopolamina y sus posibles usos. Él le contó que hubo un tiempo en que se empleaba como anestesia, pero hacía muchos años que la habían descontinuado en Europa. Sin embargo, había países en Centro y Sudamérica en los que todavía era posible encontrarla. Patricia pensó enseguida en el cómplice del Charro y su relación con las redes de narcotráfico mexicanas. Aquello tenía sentido.

De modo que la droga debió entrar por vía ilegal. Sumida en sus razonamientos sobre el caso, la inspectora cruzó Madrid sin tener conciencia de la dirección que seguía. Cuando llegó a su destino le sorprendió encontrarse frente a la casa de Olegario. Se enfureció consigo misma, pero luego se dijo que era lógico, quizá el anciano podría ayudarla a discernir de qué manera entró la Escopolamina al país. No tenía nada que ver con Sterling. Seguía siendo solo trabajo.

El anciano se sorprendió al verla ante su puerta o más bien le sorprendió verla sola. Sin embargo, la hizo pasar, recibiéndola como si fuera una vieja amiga. Le preguntó por Michael y cuando ella le dijo que había regresado al hotel a descansar, un destello de preocupación se asomó a los ojos de Olegario, pero no dijo nada. Sentados en la sala, Patricia le contó sobre lo que averiguaron por el Moro, también sobre la Escopolamina, y le preguntó si tenía idea de cómo el asesino pudo hacerse con ella.

—Si lo que dijo el Moro es cierto, lo más probable es que entrara por la misma vía que la droga de contrabando —opinó Olegario—. Más fácil aún, puesto que la cantidad sería mucho menor.

—Tiene razón —admitió ella—, lo cual nos lleva de nuevo al Charro y su socio.

—¿Por qué vino a verme, jovencita? —preguntó Olegario, sonriendo.

—Ya se lo dije, por la información de la Escopolamina. Lo siento, si le molesté...

—No sea tonta, no me molestó. Pero lo que le dije lo pudo deducir usted misma, de hecho, creo que lo hizo. ¿Por qué no está Michael con usted?

—Tuvimos una discusión anoche —reconoció Patricia, sintiéndose descubierta.

—Vaya —dijo Olegario enarcando las cejas—, eso sí es todo un récord. ¿Y puedo saber por qué discutieron?

—Él criticó a mi jefe, al comisario Losada, por la forma en que actuó con su hijo y a mí me pareció injusto lo que dijo.

—Ya veo. ¿Y por qué surgió esa discusión?

—Bueno, todo comenzó por el restaurante dónde me invitó a cenar —Una sonrisa pícara se asomó al rostro del viejo por un segundo—. Me pareció demasiado caro para que lo pudiera costear un policía, y...

—Y usted sospechó de su honradez —concluyó Olegario.

—Él me contó que su familia era rica y que su padre había sido el conde de no sé qué.

—¿Le contó eso? —preguntó sorprendido el viejo.

—¿No es cierto?

—Desde luego que es cierto —confirmó Olegario—, pero no hay media docena de personas que lo sepa. Debe importarle mucho su opinión, señorita.

—Ese fue el motivo, le pregunté si no le importaba lo que pensaran de él y me dijo que no. Que no quería ser como el comisario, que arruinó su vida y la de su hijo por su intransigencia y por mantener su imagen de integridad. Sus palabras me enfurecieron.

—Comprendo. Y supongo que hoy está aquí porque hay algo más que la inquieta.

—¿Cómo?

—Sobre mí, jovencita. Supongo que se pregunta cómo es que puedo estar relacionado con el hijo de un conde y al mismo tiempo saber todo lo que ocurre en los bajos fondos.

—No quiero ofenderlo...

—No me ofende —la tranquilizó el viejo.

Olegario se levantó y regresó con dos tazas de café. Después de servirlas la miró con esa picardía tan propia de su rostro y comenzó a explicarle.

—Cuando era muy joven tuve que hacerme cargo de mis hermanos y no sabiendo otro oficio, me hice ladrón. ¿Le habló Michael de su tía?

—Me dijo que lo había criado y que era una gran mujer.

—Era una mujer extraordinaria. Esposa de un embajador. Yo la conocí cuando entré a robar a su casa. Me descubrieron y su esposo, que en paz descanse, iba a llamar a la policía cuando ella me preguntó por qué robaba. Yo le dije la verdad, que lo hacía porque tenía hambre. Ella no permitió que me denunciaran. En cambio, me dio trabajo como criado en su casa —Hizo una pausa para beber un sorbo de café y contemplar los ojos desorbitados de Patricia—. Desde ese día me convertí en su más fiel empleado y poco a poco escalé posiciones hasta que conseguí ser su mayordomo. Su esposo murió. Pocos años después llegó Michael. Siempre fue un gran chico. Tenía una enorme avidez por aprender —Sonrió—, así que yo le enseñé lo que sabía. Le enseñé a defenderse y muchas otras cosas que se aprenden en las calles.

—Debe quererlo mucho.

—Es como un hijo para mí. Uno que me reporta muchas satisfacciones y no pocos temores.

—¿Temores?

—Michael no siempre cuida bien de sí mismo. Sacrifica con facilidad su propio bienestar si está absorto en algún caso. Usted dice que fue muy crítico con su comisario. Mi querida niña, le aseguro que no fue ni una décima parte de lo crítico que es siempre consigo mismo. Michael se exige demasiado y puede llegar a ser su peor enemigo.

—¿Cree que me excedí?

—No lo sé, pero estoy seguro de que merece una segunda oportunidad.

Patricia se levantó aliviada, dio un beso en la mejilla al viejo y se despidió, decidida a olvidar la discusión con Sterling.

La lluvia cayendo sobre su rostro fue lo que despertó a Michael. Estaba encogido en el suelo con los músculos agarrotados. No tenía idea de cuánto tiempo llevaba allí. Solo era consciente del intenso frío. El penetrante dolor que lo postró ya se había disipado. Se levantó un poco mareado y con las piernas débiles. Trató de compensar su inseguridad con respiraciones profundas. Los terribles recuerdos que lo asaltaron eran justo lo que buscaba en el escenario de sus pesadillas, así que no debía reprimirlos. Debía afrontarlos por dolorosos que fueran. Repasó los retazos de imágenes que recordó antes de desmayarse, mientras se esforzaba en no perder el ritmo de su respiración. En su memoria estaba todo lo que ocurrió. Todo menos el escurridizo rostro que cada vez le resultaba más familiar. Ahora tenía otra impresión asociada con ese rostro, la sensación de que estaba muy cerca, tanto, que el peligro era inminente. Miró el reloj, y comprobó que su pérdida de conocimiento duró al menos una hora.

Avanzó vacilante hasta la salida. Ya no había nada más que ver allí. Ya había conseguido lo que fue a buscar a ese maldito almacén, aunque resultó insuficiente. Se encogió dentro del abrigo y salió a la lluvia. El taxista tenía razón. Sería imposible encontrar transporte, así que comenzó a andar. Eso le ayudaría a reponerse y a ordenar sus ideas. Llevaba caminando unos diez minutos cuando recibió una llamada por el móvil. Lo respondió por reflejo y con sorpresa comprobó que era Patricia.

—¿Dónde se ha metido? —le preguntó—. Vine a buscarlo al hotel y me dijeron que nunca llegó aquí.

—Yo... Cambié de opinión —le dijo dubitativo—. Quise comprobar algo.

—¿Se encuentra bien? —preguntó con preocupación—. Se le escucha la voz extraña.

—Sí, estoy bien. Solo un poco mojado —respondió él.

—Dígame dónde está y lo recogeré.

Sterling se detuvo a pensar un momento. En veinte minutos podía llegar andando al centro de Villanueva. Le dijo que la esperaría en la plaza, frente a la iglesia.

—Llegaré en una hora —le dijo Patricia y Sterling colgó el teléfono con alivio.

En la medida en que se alejaba del almacén, Sterling se relajó y se sintió mejor. Ya había cesado la lluvia cuando llegó a la plaza. Al verla le asaltaron recuerdos de su infancia. Allí solía reunirse con sus amigos para jugar al fútbol, para ser pirata o vaquero. Aunque su juego preferido era el de policías y ladrones. Sonrió ante la ironía. También fue allí donde se despertó su curiosidad hacia el mundo adulto y el sexo opuesto. Recordó las reuniones con sus amigos en una esquina de esa misma plaza, las discusiones y la falsa seguridad con la que cada uno escondía su ignorancia sobre el tema. Los flirteos con las chicas, que simulaban desinterés, las chanzas de sus amigos y su euforia cuando Sandra lo aceptó como novio. Sintió tristeza. Aquello no debió terminar así.

No era un hombre religioso, pero se sintió atraído a la pequeña iglesia. En cuanto entró, sintió que el silencio lo envolvía. Tuvo la percepción de que en ese recinto el tiempo nunca había transcurrido. De niño solo acudía cuando Concepción los llevaba a él y a su hermana. Recordaba que entonces sentía una mezcla de aburrimiento y fascinación. Cerró los ojos y se sintió transportado a esos días en los que la mayor preocupación era catear matemáticas o perder un partido de fútbol.

Un anciano salió de la sacristía y se encaminó hacia el altar con la intención de prepararlo para la siguiente misa. Iba concentrado en su tarea, así que no vio al hombre que permanecía sentado en uno de los bancos. Sterling contempló al viejo sacerdote y el corazón le dio un vuelco. Era el padre Jesús. El párroco que le enseñó el catecismo, que le riñó no pocas veces siendo un niño, por una u otra travesura. Lo recordaba como un hombre que aparentaba ser rígido pero que en realidad poseía una enorme bondad, además de una profunda comprensión del ser humano y sus debilidades. Más de una vez lo consoló y lo ayudó a comprender la rígida disciplina de Sebastián. Mientras estuvo preso quiso visitarlo en varias oportunidades, pero él se sentía avergonzado así que nunca aceptó recibirlo. Sin embargo, siempre le agradeció no haberlo abandonado.

El sacerdote se percató de su presencia cuando se disponía a regresar a la sacristía. La luz entraba por los vitrales laterales, rodeando a Michael en una semipenumbra que no permitía detallar sus rasgos. Estaba sentado inmóvil, con la mirada fija al frente y Jesús sintió que el corazón le daba un vuelco. Sabía que no conocía a ese hombre, no era uno de sus feligreses, pero tampoco le resultaba del todo desconocido. No podía recordar dónde lo había visto antes, pero sintió un sabor extraño y desagradable en la boca, al mismo tiempo que una profunda piedad.

Por un momento dudó. No quería interrumpir a un cristiano en medio de sus oraciones, pero la curiosidad pudo más que la prudencia y se acercó al desconocido. Cuando lo vio acercarse, Michael sintió un nudo en la garganta y tuvo que hacer un esfuerzo para que no se le saltaran las lágrimas.

—Buenos días, hijo —le saludó el párroco. Al verlo de cerca se percató de la herida en la cabeza, la palidez del rostro, el abrigo de buena calidad, pero manchado de barro y arrugado, pero lo que más le desconcertó, fue el dolor reflejado en sus ojos—. ¿Te encuentras bien?

—Buenos días, padre —respondió Michael en un murmullo—. Estoy bien, gracias.

—No eres de esta parroquia ¿verdad?

—No.

—¿Sufriste un accidente, estás enfermo? —preguntó el padre Jesús, preocupado.

Sterling lo miró confundido, luego comprendió que debía tener un aspecto terrible después de haber permanecido inconsciente en el suelo del almacén. Le conmovió la preocupación del viejo párroco.

—No me he sentido muy bien hoy —respondió con una honestidad que le sorprendió a él mismo.

—¿Deseas que llame a un médico?

—No, gracias. Una amiga pasará a recogerme. Debe estar por llegar.

—¿Por qué no pasas a la sacristía? Puedo prepararte una infusión que te ayude a entrar en calor. ¿Una manzanilla, tal vez? No soy bueno con los dolores del cuerpo, pero para los del alma a veces ayuda un poco de compañía.

Sterling sonrió, desconcertado por la perspicacia del cura. ¿Habría sido siempre así y él no supo apreciarlo? ¿O esa sensibilidad era producto de la experiencia, de años de escuchar sueños y tragedias? De cualquier manera, en aquel momento no le apetecía estar solo con sus fantasmas. Eran demasiado terribles. Así que asintió y siguió al padre Jesús hasta la sacristía.

El cura puso a calentar agua para preparar una infusión. Le dijo que era lo mejor para aplacar las emociones. Sterling no protestó, tan solo se dejó llevar. Se sentía a gusto con el padre, como si su presencia le permitiera sujetar un lazo con una existencia en la que había sido mucho más feliz. Jesús no lo perdía de vista, en parte porque le preocupaba su aspecto, en parte tratando de discernir de dónde lo conocía. Le sirvió la manzanilla y se sirvió a sí mismo una taza. Sacó unos bizcochos que puso sobre la mesa. Al verlos, Sterling comprendió que tenía hambre. No había comido nada desde la noche anterior y ya era casi medio día. Bebió la infusión mientras comía con gusto un par de bizcochos. Jesús se limitaba a beber de su taza, y observarlo.

—¿Vive cerca? ¿Conoce alguien del barrio, señor...?

—Lo siento, mi nombre es Sterling, Michael Sterling.

—¡Sterling! —repitió sorprendido—. ¿Es usted inglés?

—Sí, vivo en Londres. Estoy en Madrid de paso. Por trabajo.

—Yo soy el padre Jesús —dijo el cura sonriendo—. ¿Puedo preguntarle qué le pasó?

—Sufrí un desmayo —explicó Sterling—, pero ya estoy bien.

—¿Está seguro que no desea que llame a un médico? Puede ser algo serio.

—No, estoy seguro —sonrió con tristeza—. Solo fue el resultado de una fuerte emoción.

—Comprendo. ¿Y dice que una amiga vendrá a buscarlo?

—Así es, no debe preocuparse. Llegará en cualquier momento.

—Tengo la impresión de conocerlo ¿Es así?

—No lo creo —Se apresuró a negar Michael, sintiendo que pisaba terreno peligroso.

—Habla usted muy bien el español.

—Viví en España cuando era niño.

—¿Cerca de aquí?

—En realidad, no —Mintió.

El sonido del móvil interrumpió la conversación, para alivio de Sterling. Era evidente que el párroco no le creía y Michael ya estaba arrepentido de haber aceptado la invitación. Sin embargo, se sentía mejor: la infusión, la comida, la compañía o tal vez todo ello, lo serenaron. Se disculpó con Jesús y respondió la llamada.

—¿Dónde está, Sterling? —preguntó Patricia—. Llegué a la plaza. Creí que me esperaría aquí.

—Estoy en la iglesia. Enseguida salgo —le informó Michael, colgando sin dar tiempo a que Paty replicara. Se volvió hacia el padre—. Es mi amiga —le dijo, mientras se levantaba y le tendía la mano—. Me espera en la plaza. Gracias por su ayuda.

—Es mi deber, hijo —le respondió Jesús, estrechándole la mano—. ¿Me prometes que verás a un médico?

—Claro —aceptó Sterling, aunque se cuidó de no precisar cuándo cumpliría su promesa.

Capítulo nueve.

A Patricia le sorprendió ver a Sterling saliendo de la iglesia. Parecía cansado y tenía la ropa manchada de barro. Se preguntó qué habría estado haciendo. Entonces recordó la fugaz mirada de temor de Olegario cuando ella le dijo que se había marchado al hotel. Por lo visto el viejo lo conocía muy bien.

—¡Que facha trae! —le comentó al verlo—. ¿Qué le pasó?

—Un resbalón. Me puse perdido.

—¿Seguro que solo fue eso? —le preguntó, mientras subían al coche.

—¿Cree que me revolqué en el fango?

—Es lo que parece.

Una vez dentro del automóvil, Patricia lo miró de reojo y se dio cuenta de que su mal aspecto no solo se debía a la ropa manchada y arrugada, sino también a que parecía demacrado.

—¿Lo llevo a su hotel para que se cambie?

—¿Haría eso por mí?

—No me molesta ser chófer del hijo de un conde. Hay trabajos peores.

Sterling la miró de reojo, tratando de valorar si se estaba riendo de él. Llegó a la conclusión de que era eso lo que hacía y sonrió. Se sentía bien junto a Patricia, de alguna manera su compañía aliviaba la enorme carga emocional que soportaba. Comprendió que la había echado de menos esa mañana. Se preguntó a qué se debía su cambio de actitud.

—¿Averiguó algo sobre la Escopolamina?

Ella le contó la conversación que sostuvo con el toxicólogo y la deducción de que la droga entró al país por vías ilegales.

—Es la conclusión más lógica —convino él.

—Lo mismo piensa Olegario.

—¿Olegario? —preguntó Sterling, sorprendido.

—Fui a verlo después de hablar con el toxicólogo —Lo miró de reojo—. Espero que no le moleste. Supuse que si le proporcionó información tan útil a usted, podría ayudarme con esto.

—¿Y lo hizo? —preguntó Sterling, que comprendió la razón por la que Patricia cambió de actitud. Para sus adentros le dio las gracias al viejo entrometido.

—Sí, lo hizo —confesó Patricia—. Aunque con respecto a la Escopolamina no me dijo mucho más.

Llegaron al hotel. Ella esperó en la recepción, mientras él subía a darse una ducha y cambiarse. No podía presentarse en la comisaría en ese estado, entre otras cosas, porque no quería dar muchas explicaciones. Ella no le preguntó qué hacía en ese barrio y él no mencionó el tema. Cuando bajó al vestíbulo del hotel, ella le esperaba emocionada con una noticia.

—Encontraron al Charro. Felipe y Martín lo están interrogando.

—Espero que consigan sacarle alguna información.

—Lo harán. No conoce a Felipe. Es inagotable en los interrogatorios.

Sterling no respondió, pero un escalofrío le recorrió la espalda. Si alguien conocía a Felipe Sosa interrogando, ese era él. Comieron unas tapas en el bar del hotel antes de salir. No tenían tiempo para almorzar, pero el tentempié les ayudaría a resistir hasta que pudieran hacerlo. Regresaron a la comisaría, Sebastián esperaba en la sala de reunión y se alegró al ver a Sterling con Patricia. Ella le refirió lo que averiguó sobre la Escopolamina, sin mencionar a Olegario. Lozada supuso que Sterling venía de descansar en el hotel, por lo que no le preguntó si tenía alguna novedad.

A los pocos minutos entraron Felipe y Martín. Parecían cansados y desanimados. Sterling comprendió que sus temores acerca de que el optimismo de sus compañeros era prematuro, se habían confirmado.

—¿Y bien? —les preguntó Sebastián—. ¿Se niega a declarar?

—Al contrario —respondió Martín—. Dijo todo lo que sabía.

—¿Y entonces, a qué vienen esas caras? ¿Les dio el nombre de su socio?

—Sí —confirmó Felipe—. Era Carlos Ugarte, fue su cómplice en contrabando de lo que se puedan imaginar. Le pidió como un favor al Charro que le consiguiera un traje forense. El Charro lo llevó con el Moro, a quien este sujeto le pagó una fortuna sin rechistar. También confirmó que traía Escopolamina, aunque el Charro nunca supo qué uso le daba. Tampoco la traía en mucha cantidad.

—Ugarte era hijo ilegítimo, y por lo visto lo llevaba mal —continuó Martín—. Según el Charro, una vez apuñaló a un tío porque lo llamó bastardo. Le gustaban los cuchillos y estaba medio loco. Lo mismo podía parecer la persona más encantadora, que el peor hijo de puta. En los círculos en los que se movía le tenían terror, aun cuando ninguno de ellos es un corderito. Además era un tío listo. Se comunicaba en inglés y francés con bastante fluidez.

—Y siempre hablaba sobre una gran venganza —confirmó Felipe.

—Parece que tenemos a nuestro hombre —concluyó Barragán, que había llegado cuando comenzaron a dar su informe—. Hay que ponerlo en busca y captura.

—Solo hay un pequeño detalle —agregó Felipe.

—¿Cuál?

—Que está muerto.

La sorpresa asomó a los ojos de todos, Sterling incluido. Entonces comprendieron la expresión de contrariedad de Felipe y Martín.

—Hace diez años hubo una redada en Ciudad de México contra la banda de narcotraficantes a la que pertenecía Ugarte. Resultó muerto en la escaramuza —explicó Felipe.

—¿Estamos seguros de eso? —preguntó Sebastián.

El inspector extendió una carpeta con un par de papeles en su interior. Sebastián los leyó con decepción.

—Pedí la confirmación a la Policía mexicana y me enviaron esto —luego explicó para los demás—. Es el informe de la redada y el certificado de defunción de Ugarte.

—¡Mierda! —dijo Patricia, sin poder evitar expresar su frustración.

Todos la comprendieron porque tenían los mismos sentimientos. Sterling permanecía en silencio y parecía desconectado de la realidad. Ugarte encajaba demasiado bien para no ser la bestia, por lo que se preguntaba si en verdad estaría muerto, pese a la información de la Policía mexicana. Él sabía mejor que nadie que no era tan difícil suplantar a otra persona y menos para un delincuente como Ugarte. Por otro lado, también le constaba que algunos policías podían prestarse a ese tipo de manejos. No sería descabellado que la «muerte» de Ugarte hubiera sido tan solo un cambio de vida. Sin embargo, eso volvía a dejarlos como al principio. Con independencia de que estuviera en lo cierto, seguían sin conocer la nueva identidad del asesino. Y Sterling lo sentía tan cerca, que casi le picaba la piel.

—¿En qué piensa, Sterling? —le preguntó Sebastián, que había comenzado a respetar su inteligencia y perspicacia.

—En un montaje —respondió Michael—. Y en la coincidencia de fechas. Hace diez años desapareció Ugarte y hace siete cometieron el segundo asesinato.

—¿Cree que no está muerto? ¿Qué se la pegó a la Policía mexicana?

—Algunos incluso pudieron ayudarle —sugirió—. ¿Existe alguna foto de Ugarte?

—Martín, encárgate de averiguarlo —le ordenó Felipe.

—De acuerdo.

—Le preocupa algo más —advirtió Barragán, mirando a Sterling.

—Solo me preguntaba... —dijo deteniéndose un momento a pensar—. Si no sería ese el motivo de la espera —Se puso de pie—. Tal vez no contaba con los recursos para llevar a cabo su venganza y esos dieciocho años se los proporcionaron.

—¿Gracias al tráfico de drogas? —preguntó Sebastián.

—Estamos hablando de un sujeto sin escrúpulos —continuó Sterling—. No creo que tuviera muchos reparos en meterse en algo así, para conseguir dinero fácil...

—No es un negocio tan fácil —apuntó Felipe—. El que entra no sale.

—A menos que lo haga muerto —concluyó Patricia.

—Muy bien —dijo Sterling—. Vamos a suponer que Ugarte, un chico ilegítimo que sufrió todo tipo de privaciones decide vengarse. Comete su primer homicidio, pero no es suficiente. Necesita recursos y los consigue a través del delito. Cuando tiene suficiente, simula su propia muerte. Tuvo bastante tiempo para prepararlo, entonces surge de nuevo con otro nombre y con las manos libres para completar su plan.

—Eso tiene lógica —opinó Patricia—. Pero ¿por qué el comisario? ¿Solo porque es un buen padre o porque no tiene manchas en su historial?

—Tal vez, aunque lo comprendería mejor si hubiera algún tipo de relación personal —admitió Sterling—. ¿El nombre le dice algo, comisario?

—Nada —admitió Sebastián con desánimo.

—¿No estaba entre los que pudiste haber arrestado? —preguntó Barragán.

—No, ni parecido. No sé por qué me escogió. No tiene ninguna relación conmigo.

—De cualquier manera —intervino Felipe—, esta información no nos deja más cerca de atraparlo de lo que estábamos esta mañana.

Amanda entró en la sala de reuniones sin siquiera tocar la puerta. Estaba pálida y su voz reflejaba nerviosismo.

—Señor... —dijo dirigiéndose a Sebastián— La central recibió una llamada. Dice llamarse El Hijo Pródigo y preguntó si a usted le gustó el espectáculo del castillo...

—¿Está en la línea? —preguntó Sebastián palideciendo—. ¿Lo están rastreando?

Martín, que se hallaba cerca de los teléfonos porque hacía la llamada a México llegó pisando los talones de Amanda, a tiempo para responder al comisario.

—Solo dijo eso y colgó. No dio tiempo a rastrearlo. También dijo que volvería a llamar, pero que solo hablaría con Sterling.

Sterling palideció. ¿Sabría la bestia que él era Víctor, el verdadero objetivo de su venganza? Reaccionó con rapidez.

—¿Dónde están los teléfonos?

—Por aquí —Le señaló Felipe.

Sterling siguió al inspector jefe hasta la central. El teléfono sonaba con insistencia y ya los técnicos comenzaban a hacer las conexiones para rastrear la llamada. La cabeza le daba vueltas, ¿cómo sabía que era él?, pero si no lo sabía ¿por qué lo escogió como interlocutor? Debía conservar la sangre fría para no traicionarse. Una de las recepcionistas le indicó con gestos que estaba lista y puso la llamada en los altavoces mientras el técnico, aún no preparado, hacía señas para que prolongara la conversación todo lo posible.

—¿Sterling? —preguntó una voz disimulada por medios electrónicos, lo que la hacía más espeluznante.

—Soy yo —respondió Michael, tratando de controlarse.

—No sabe cuánto me complace que esté aquí. De todos los policías imbéciles a los que me he enfrentado, usted fue el único al que nunca pude engañar. Incluso me privó del placer de matar a la cría. Es usted un adversario digno de mí.

—¿Qué pretende con todo esto?

—Es muy sencillo, y ya usted debe saberlo. Quiero venganza.

—¿Contra quién?

—Contra quienes me robaron lo que me pertenecía.

—Nadie le robó nada.

—Sí, lo hicieron —dijo enfurecido—. Y pagarán por ello. Ya pagó el primero, aunque fue demasiado rápido e indoloro para mi gusto, pero todavía quedan otros. Y ahora también usted forma parte de la lista. Nadie echa a perder mis planes sin lamentarlo, por eso me complació tanto saber que no tendría que regresar a Londres para ocuparme de usted.

—¿Quiere ocuparse de mí? —El técnico pedía por señas a Sterling que continuara hablando, por lo visto casi lo tenían localizado.

—Desde luego, no lo dude.

—Entonces vamos a encontrarnos —sugirió Sterling, reprimiendo el terror, mientras un sudor frío lo recorría—. Enfréntese a mí. No actúe como un cobarde, atacando niños —Lo provocó.

—Muy astuto de su parte, comisario Sterling —reconoció la bestia, con un deje de ironía—, pero no soy tan tonto —El técnico mostró los pulgares hacia arriba y una sonrisa apareció en todos los rostros, excepto en el de Michael, que hacía esfuerzos por controlarse—. Nos encontraremos, pero seré yo el que decida dónde y cuándo.

El asesino colgó, al mismo tiempo que se libraban una serie de órdenes por radio a las patrullas más cercanas a la zona desde donde se realizó la llamada. El técnico confirmó que provenía de un teléfono público que se encontraba en la avenida Felipe IV, muy cerca del hotel donde se alojaba Sterling. Se dieron instrucciones para acordonar la zona, pero Michael no tenía esperanzas de que sirviera de nada. El asesino era demasiado listo para cometer un error tan estúpido. Minutos después, sus sospechas se confirmaron. Después de dirigir la operación, Martín los miró con la decepción pintada en el rostro.

—El maldito transfirió el origen de la llamada.

—¿Qué quieres decir? —preguntó Felipe.

—La llamada pudo hacerse desde cualquier teléfono —explicó el técnico—, pero fue rebotada hacia ese teléfono público, como si se hubiera realizado desde allí.

—Los patrulleros confirman que no hay nadie en esa esquina y que nadie se ha acercado a la cabina en las últimas tres horas. El teléfono tiene una señal de avería.

—¡Mierda! —exclamó Felipe—. ¡Maldito sea! ¡No hace sino burlarse de nosotros!

—Tal vez no era él —aventuró Barragán—. Pudo ser un imitador.

—Era él —dijo Sterling despacio, y con la mirada perdida—. Le aseguro que era él. Pasó a una nueva fase. Se comunicó. A partir de ahora, los acontecimientos cobrarán rapidez.

—¡Dios nos proteja! —Se le escapó a Felipe.

Capítulo diez.

La llamada los dejó exhaustos y el desafío del asesino al comunicarse con ellos les hizo sentir que perdían el control de la situación, si es que alguna vez lo tuvieron. Se encaminaron a la sala de reuniones, cada uno sumido en sus propios pensamientos. Antes de que pudieran llegar, Amanda los interceptó en el pasillo.

—Comisario, hay un hombre que quiere hablar con usted. Dice que es importante.

—Ahora no puedo atender a nadie, Amanda —replicó Sebastián—. Dile a Suárez que se encargue.

—Señor, dice que solo hablará con usted y que tiene información importante del caso de Sandra Martínez.

Sebastián se detuvo en el acto mirando esperanzado a su secretaria. El resto del grupo también se quedó dónde estaba, expectante.

—¿Te dio su nombre?

—Raúl Martínez —respondió la eficiente secretaria—. Es el padre de Sandra.

Sebastián dudó un momento.

—Sterling, ¿quiere acompañarme? —El aludido asintió, aunque no con agrado—. Tú también, Felipe. Patricia, investiga con la compañía telefónica acerca del desvío de esa llamada. Martín, continúa con los datos de Ugarte, trata de conseguir una foto y averigua todo lo que puedas sobre él. Miró a Barragán, a él no podía darle órdenes.

—Mis superiores esperan un informe —anunció Barragán—, iré a hablar con ellos. Si hay alguna novedad, avisadme.

—De acuerdo —aceptó Sebastián, mientras cada uno iba a cumplir la tarea asignada—. Síganme, caballeros —les dijo a Sterling y Felipe.

Sebastián abrió la marcha y se dirigió a su oficina. Amanda le dijo que el señor Martínez lo esperaba en su interior. Entró seguido del inspector y detrás de él venía Sterling. La oficina era igual a como Michael la recordaba veinticinco años atrás. El escritorio de madera al fondo bastante sencillo cubierto de carpetas de casos resueltos y por resolver, pero dispuestos con orden. Una lámpara de mesa, y un teléfono. Dos portarretratos lo hacían personal. En uno se veía a Alicia con su esposo y Diana, posando felices en un día de campo. En el otro una foto de su madre, tal como debió ser poco antes de su muerte. Michael sintió un nudo en la garganta cuando la vio. No había ninguna foto de él, pero eso ya lo suponía.

Raúl Martínez estaba sentado en una de las sillas para visitantes frente al escritorio, Michael lo había visto un par de veces cuando flirteaba con Sandra, pero no lo hubiera reconocido. Estaba casi calvo, con el rostro cruzado por profundas arrugas que evidenciaban años de sufrimiento. Había sido un hombre atlético, pero ahora ostentaba una notable barriga y la flaccidez de los músculos que ya no se ejercitaban. Se puso de pie cuando escuchó que alguien entraba. Por su mirada, Sterling comprendió que era un hombre sin esperanza.

—Señor Martínez —saludó Sebastián—, le presento al inspector jefe Felipe Sosa, que llevó el caso de su hija. Tal vez lo recuerda —Martínez le estrechó la mano—. Y el comisario Sterling de Scotland Yard, quien nos ayuda con el caso del que nos ocupamos en este momento.

Martínez dudó, como si le costara comprender qué hacía un policía inglés en una comisaría madrileña, luego debió recordar lo que los periódicos explicaban acerca de los asesinatos en Europa y que uno ocurrió en

Londres. Le extendió la mano a Sterling sin mucho entusiasmo, luego se sentó, obedeciendo un gesto de Sebastián, quien ocupó su lugar detrás del escritorio. Sterling, también con un gesto, le señaló la silla vacante a Felipe junto a Martínez y permaneció de pie, detrás del visitante. Prefería tener libertad de movimientos, pues sospechaba que esa reunión iba a remover viejas heridas.

—No quiero ser descortés, señor Martínez —le advirtió Sebastián—, pero disponemos de muy poco tiempo. Según mi secretaria tiene usted información importante acerca del caso de su hija.

—No debe disculparse, comisario, comprendo que debe estar muy ocupado y le prometo que seré breve —Suspiró—. ¿Es cierto lo que dicen los periódicos? ¿El hombre que mató a esos chicos en el castillo fue el mismo que asesinó a mi Sandra?

—Eso me temo, señor Martínez.

—Entonces, Víctor, ¿su hijo...?

—Era inocente —respondió Sebastián, sintiendo el dedo en la llaga.

—¿Cómo es posible? —preguntó Raúl, las manos le temblaban y estaba al borde del llanto—. ¿Y todas las pruebas que apuntaban contra él? ¿El juicio, la condena...? —La desesperación invadía su voz.

—Me temo que el verdadero asesino hizo lo posible por incriminarlo y nosotros caímos en la trampa —explicó Sebastián, bajando la mirada—. Lo mismo ocurrió con los homicidios perpetrados en Francia e Italia. El chico en cada uno cargó con la culpa, pese a que también resultaron muertos. Solo en Inglaterra se dieron cuenta que se trató de un engaño y descubrieron la relación entre los crímenes. Por eso el comisario Sterling está aquí —dijo señalándolo—. Fue el único que no se dejó engañar.

Martínez miró a su espalda para ver a Sterling, como si le hubieran dicho que era el mismo asesino quien se encontraba detrás de él. Luego volvió a mirar a Sebastián. Las lágrimas le rodaban por las mejillas y entrelazó los dedos para controlar el temblor de las manos.

—Entonces cometí un terrible error con su hijo, comisario —afirmó—. Yo estaba seguro de su culpabilidad.

—Todos lo estábamos —confesó Sebastián.

—No me comprende —dijo Martínez llorando—, yo lo maté. Yo ordené su muerte...

Sebastián miró a los ojos al hombre que tenía frente a él, palideció y pareció quedarse sin aire, abrió la boca para hablar, pero las palabras no salieron de su garganta. Felipe se enderezó en el asiento. Sterling metió las manos en los bolsillos y se acercó a la ventana, dando la espalda a todos ellos. Se sentía expuesto, como si lo hubieran desnudado y no quería que nadie pudiera ver la expresión de su rostro, por si lo traicionaba.

—Será mejor que se explique, señor Martínez —le exigió Felipe, con tono imperativo—. Víctor Losada murió en un accidente, junto con dos guardias y el conductor del camión. ¿Tuvo usted algo que ver con ese accidente? ¿Usted lo ocasionó?

—No —dijo Raúl—, el accidente fue justo eso, un accidente, pero la razón por la que la furgoneta estaba detenida a un lado del camino, sí fue mi culpa. Y he vivido con la muerte de los guardias y el chófer en la conciencia todos estos años, pero la convicción de que había hecho justicia a mi hija acabando con su asesino me servía de consuelo. Ahora sé que el chico al que ordené ajusticiar también era inocente. Y con eso no puedo vivir sin recibir mi castigo. Por eso estoy aquí, para entregarme.

Sterling bajó la mirada, nunca hubiera esperado estar presente para escuchar la confesión de su verdugo, pero ahora que el azar lo había puesto en esa situación sus sentimientos eran contradictorios. Siempre creyó que saber quién había ordenado su muerte le proporcionaría algún alivio, pero no era así. No cambiaba nada, los guardias y el chófer seguían muertos, aunque no podía lamentar la suerte de los primeros. Él perdió su vida tal como la conocía hasta ese momento. Cerró los ojos y casi pudo sentir el calor indescriptible que causó la explosión después del choque. De no haber sido por el accidente él estaría muerto. Y el hombre sentado frente a Sebastián que temblaba y balbuceaba hubiera sido su asesino.

—¿Cuál fue su participación? —preguntó Sebastián, después de recuperar la voz. Felipe se había levantado para entregarle un vaso de agua a Martínez, que le ayudara a tranquilizarlo—. Cuéntelo todo desde el principio.

—Presioné a mi abogado para que consiguiera que trasladaran a su hijo hacia una prisión juvenil de mayor seguridad —explicó Raúl, después de beber un poco de agua—. El destino no me interesaba, sino la oportunidad que me brindaba el propio traslado. La verdadera razón era que quería que Víctor muriera lo antes posible...

—Continúe —lo animó Felipe.

—Soborné a los dos guardias con una suma importante —Siguió relatando, con la cabeza gacha y la mirada baja.

—¿Cuál era el plan? —preguntó Sebastián con voz quebrada.

—Todo estaba bien pensado, nada podía fallar… El recorrido los llevaría hacia el norte por la A6, luego se desviarían en Torrelodones y seguirían por una carretera aislada que sale del pueblo… Debían arrojar al chico con la furgoneta en marcha… —En la medida en que hablaba, Sebastián sentía que el piso se abría bajo sus pies—. Si sobrevivía a la caída tenían que dispararle por la espalda para simular que había intentado fugarse y se vieron obligados a impedirlo.

—¡Santo Dios! —exclamó Sebastián, incapaz de contener sus emociones.

—¿Qué pasó? —preguntó Felipe—. ¿Qué salió mal?

—No lo sé —reconoció Martínez—. Solo debían detenerse después de haber arrojado al chico. Tal vez cambiaron de planes, tal vez decidieron que era mejor bajarlo, obligarlo a correr y dispararle. El caso es que la furgoneta estaba detenida en el arcén cuando el camión dio la curva y la encontró de frente.

—¡Que estúpidos hemos sido! —gritó Felipe, golpeando el escritorio. Sebastián permanecía inmóvil con la mirada perdida, tratando de comprender lo que debió sentir Víctor en esos momentos: el miedo, la impotencia, el abandono. El grito pareció serenar a Felipe—. Siempre creímos que la furgoneta se había detenido por algún desperfecto mecánico —reconoció en voz baja—. ¿Cómo nos íbamos a imaginar...?

—Lo siento, comisario —balbuceó Raúl.

—¡Sácalo de aquí! —murmuró Sebastián, dirigiéndose a Felipe—. ¡Quítalo de mi vista, antes de que haga algo de lo que me arrepentiré el resto de mi vida...!

—Sí señor —respondió el inspector, al mismo tiempo que se ponía de pie y sujetaba el brazo de Martínez para arrestarlo.

Ambos hombres salieron, Sterling, aún de pie junto a la ventana, luchaba por contener sus emociones. Se suponía que para él todo lo que se habló en esa oficina le era ajeno. No podía permitirse el riesgo de quedar en evidencia. Sin embargo, sintió un profundo dolor por su padre. No quería imaginar lo que debía estar experimentando en ese momento. El último vestigio de azar en la muerte de su hijo se lo habían arrebatado. No fue un accidente, sino un asesinato. Uno que salió mal, y se volvió también contra quienes lo ejecutaron. Sterling respiró profundo.

—¿Se encuentra bien, comisario?

—Sí, estoy bien —le respondió, con la voz quebrada.

—¿Desea que le traiga algo? ¿Un poco de agua?

—Sí, gracias.

Sterling se asomó a la puerta de la oficina y le pidió un vaso de agua a la secretaria. Esperó a que ella regresara y volvió a entrar. Le dio el vaso a su padre y esperó a que comenzara a beber. Estaba pálido, parecía en shock. Michael hubiera querido estar en cualquier otro lugar, pero no se atrevía a dejarlo solo.

—Usted tenía razón, Sterling —reconoció Sebastián.

—¿Señor?

—Todo lo que nos dijo… A Felipe y a mí cuando llegó, era cierto. ¿Tiene usted hijos, comisario?

—No, señor.

—Sin embargo, estoy seguro de que si los llega a tener será mejor padre que yo. Fallé en forma estrepitosa, comisario, pero lo peor es que he vivido durante veinticinco años engañándome a mí mismo. Tal vez la peor traición que cometí contra mi hijo fue convertirlo en el culpable de mi desgracia, cuando la realidad es que mi estupidez fue la causante de la suya.

—Señor, culparse ahora no sirve de nada.

—Lo sé, pero no puedo evitarlo. Me pasé la vida evadiendo mi responsabilidad en la muerte de Víctor. Ya no puedo seguir haciéndolo. La verdad me estalló en la cara, comisario. Y puedo asegurarle que es una verdad muy dolorosa. ¿Sabe lo último que me dijo Víctor?

Sterling no respondió, lo sabía, pero no podía decirlo. Solo bajó la mirada. Sebastián continuó.

—Me dijo que si yo no creía en su inocencia, nadie lo haría. Y tuvo razón —Sebastián se puso de pie, y le dio la espalda a Michael, incapaz de mirar a otro ser humano a la cara—. Esas palabras me rebotan una y otra vez en la cabeza desde que encontramos los cuerpos en el castillo.

—¿Por qué no lo hizo? —preguntó Sterling, incapaz de contenerse. Era una duda que lo atormentaba desde hacía años—. ¿Había algo en él que le hiciera sospechar que era capaz de cometer un crimen así?

La pregunta tomó por sorpresa a Sebastián, que se volvió para mirar a Sterling. Este esperaba la respuesta con algo más que curiosidad, ¿anhelo? No. ¿Qué podía importarle en realidad a Sterling el drama filial que se desarrolló entre él y su hijo? Pero la pregunta puso el dedo en la llaga. ¿Por qué no fue capaz de creer a Víctor cuando les habló de un tercer hombre? Sebastián volvió a sentarse. Sterling ocupó una de las sillas frente a él.

—No había nada mal en Víctor —confesó Losada—. Era un chico alegre, brillante, a veces un poco rebelde, pero nada que no fuera normal en un joven de su edad. Adoraba a su hermana y la protegía —Las lágrimas comenzaron a inundarle los ojos—. Era un amigo leal y muchas veces recibió un castigo por no delatar a sus compañeros... Era un buen chico.

—¿Entonces, por qué?

—Cuando lo encontramos en el almacén —continuó Sebastián—, reía con el cuchillo en la mano y la chica muerta a su lado —Sterling se estremeció—. Estaba drogado con alucinógenos. Supongo que el asesino lo obligó a ingerirlos, así que no era responsable de sus actos en ese momento. Él no tenía conciencia de lo que ocurría, pero no fui capaz de entenderlo...

—Lo decepcionó —concluyó Sterling. Sebastián asintió.

—Me sentí traicionado. No fui justo con él, no lo comprendí —Las lágrimas le corrían por las mejillas—. Todo apuntaba a que era culpable y cada vez que estudiaba las pruebas para buscar algún indicio de su inocencia, me asaltaba la grotesca imagen de la forma en que lo encontramos, por lo que sentía que tenía que recibir su castigo sin importar que fuera mi hijo.

—¿Eso condicionó la investigación? —preguntó Michael, esforzándose en controlar sus emociones.

—Sí, creo que nos influyó a los inspectores que llevaron el caso y a mí —Bajó la mirada—. No me esforcé en ayudar a Víctor, ni siquiera soportaba verlo. Yo era su padre y reaccioné así. Comprenderá que todos los demás interpretaron mi conducta como una declaración de condena.

—Nunca tuvo oportunidad… —musitó Michael en voz baja. Sebastián lo miró, sorprendido por la carga emotiva de sus palabras.

—No fui un buen padre, comisario, ni tampoco un buen policía. Abandoné a mi hijo cuando más me necesitaba y permití que un niño de dieciséis años cargara con el peso de mi culpa. Además, tardé veinticinco años en darme cuenta de mi error. No tengo excusa, pero le juro que el instigador de todo esto no se va a salir con la suya. Atraparé a ese hijo de puta aunque sea lo último que haga en la vida.

Sterling lo miró, sintió compasión, y aunque no podía justificar la conducta que tuvo su padre, pudo comprenderlo. Sintió que le quitaban un peso de encima. No había nada condenable en él. Nunca lo hubo. El escenario que preparó la bestia tuvo un impacto psicológico que ninguno de ellos fue capaz de borrar. Eso selló su suerte.

—Si ya se siente mejor lo dejaré solo un rato, comisario —le dijo Michael.

—Gracias, ha sido muy comprensivo al escucharme.

Sterling se puso de pie, y dudó un momento. Tenía la tentación de acercarse a su padre, apoyarle la mano en el hombro, hacerle sentir que lo comprendía, pero no podía hacerlo. No era la conducta lógica de un hombre al que había conocido hacía menos de cuarenta y ocho horas, así que se dio media vuelta y se marchó, mientras Sebastián se quedaba a solas con sus remordimientos.

Cuando Sterling salió de la oficina se cruzó con Martín, que llevaba en la mano lo que consiguió averiguar de Ugarte. El joven policía miró a Michael dubitativo. Era evidente que la presencia del inglés le molestaba, pero no podía evitarla y se suponía que trabajaban en equipo. Al final decidió hacerle partícipe de sus intenciones

—Voy a explicarle a Felipe lo que encontré de Ugarte. Si quiere, puede acompañarme.

Sterling lo siguió, contento de tener algo en lo que ocupar la mente que lo distrajera del nuevo golpe emocional que acababa de recibir. Entraron y encontraron a Felipe solo en la sala. El inspector jefe miró a Sterling sin disimular su ira. Por lo visto no le gustó que fuera testigo de la confesión de Martínez y las reacciones que se desencadenaron. Tal vez lo consideraba una intromisión. Sin embargo, no dijo nada. Se limitó a desviar la mirada hacia Martín como si hubiera llegado solo.

—¿Qué tienes?

—No existen fotos de Ugarte ni tampoco huellas.

—¡Eso no es posible! ¡Tiene antecedentes, está fichado!

—Por lo visto, la ficha de Carlos Ugarte se quemó en un incendio de los archivos —respondió Martín con sorna.

—¡Maldita sea, la hicieron desaparecer!

—Eso parece. En su descripción, lo único resaltante es una marca de nacimiento en forma de fresa al final de la espalda.

—¡No me jodas!

—Es verdad.

—Eso no nos sirve de nada.

—Ya lo sé. También encontré que tiene cincuenta años y nació en Segurilla, Provincia de Toledo.

—Espera, ¿el comisario no es de ese pueblo?

—¿En serio? —preguntó Martín—. ¿Y eso hace diferencia?

—Tal vez la relación que buscamos no tiene nada que ver con el trabajo policial —opinó Sterling, hablando por primera vez—. Podría ser una venganza de carácter muy personal.

Sebastián apareció en el umbral de la puerta, a tiempo para escuchar las últimas palabras de Sterling.

—¿Está diciendo que le hice algo tan terrible a alguien a título personal como para desencadenar una venganza de esta naturaleza?

—No, es posible que no haya hecho nada en realidad —reconoció Sterling—, pero la relación con el asesino pudo ser personal y no profesional. Por eso no encuentra su nombre en los archivos.

—Tampoco recuerdo a nadie con ese nombre.

—¿Vivió usted en Segurilla? —preguntó Sterling, aunque conocía muy bien la respuesta.

—Sí, pero me fui de allí muy joven.

—¿A qué edad?

—Dieciséis años, era solo un niño —Sterling tensó la mandíbula y a Sebastián no se le escapó el gesto—. ¿Qué ocurre?

—Es la misma edad que tenía su hijo cuando Ugarte lo incriminó.

—¿Cree que tenga relación? —preguntó Sebastián palideciendo.

—No creo que sea coincidencia. Me parece que tenemos que investigar su juventud, comisario.

—Yo mismo me encargaré de eso —anunció Losada.

Patricia llegó en ese momento. Su conducta dejaba clara su frustración. Comenzó a hablar sin esperar a que alguien le preguntara lo que había averiguado.

—En la compañía telefónica, un hombre llamado Marco Soto registró el número de la cabina como propio y hasta hoy nadie lo había notado. El otro número desde el que se realizó la llamada original es un teléfono desechable. Por supuesto que el señor Soto no resistió una investigación superficial. No existe. El número del DNI le corresponde a una anciana de noventa y un años en Soria. Un callejón sin salida.

—Es listo, no hay duda —reconoció Felipe.

—No podemos desanimarnos —intervino Sebastián—. ¿Qué sabemos hasta ahora?

—El tío se llama Carlos Ugarte —comenzó a resumir Martín—, tiene cincuenta años y es natural de Segurilla. Hijo ilegítimo, no lo lleva bien. Planea desde hace más de veinticinco años una venganza contra el comisario y su familia que refleja su frustración por sus orígenes...

—¡Un momento! —saltó Sterling—. Creo que debemos detenernos aquí por un momento. Por el perfil y por lo que él mismo nos dejó ver, sabemos que tiene una fijación contra la figura paterna que representa al comisario Losada y la figura de privilegios del primogénito que representaba su hijo. ¿Es así?

—Es lo que usted y su maestro del FBI dicen —apuntó Martín—, además él mismo lo confirmó en la llamada. Dijo que la venganza era por algo que le robaron.

—La primogenitura —Especificó Sterling, comenzando a comprender—. No solo el derecho a la legitimidad, sino a ser el primero. Por eso su odio más enconado siempre se dirigió a Víctor.

—Pero ya nadie le da importancia a eso —refutó Patricia—. En España, las leyes de la primogenitura hace tiempo que son historia ¡Gracias a Dios!

—Puede ser —admitió Sterling—, pero para alguien tan obsesionado con la legalidad de su nacimiento, el derecho a ser el primogénito puede tener una importancia excepcional.

—Pero ¿qué tiene que ver todo eso conmigo? —preguntó Losada—. ¿Y por qué nos escogió a mí y a mi hijo para su venganza?

—Es ahí donde quiero llegar —insistió Sterling, sintiendo un nudo en el estómago—. Alguien tan obsesionado por formalidades de ese tipo, no desviaría la atención de sus objetivos principales.

—¿Qué quiere decir? Eso contradice todo su planteamiento general —protestó Felipe.

—No, solo corrige algunos aspectos —apuntó Sterling—. Me temo que Ugarte no está buscando una figura paterna sustituta. Se está vengando de quien, para él, es su verdadero padre. Como consecuencia directa, Víctor le habría usurpado sus derechos como primogénito, con o sin conocimiento de causa.

—¡Eso es absurdo! —estalló Sebastián—. ¡Nunca he tenido otros hijos que Víctor y Alicia!

—¿Está seguro, comisario? —preguntó Sterling, con suavidad—. ¿Nunca existió la posibilidad de un nacimiento del que no tuviera noticia? ¿O tal vez de que lo responsabilizaran de uno, aunque no fuera cierto? Piénselo, no es mi intención juzgarlo, solo queremos pistas que nos lleven a dar con el asesino. Hace unos minutos me aseguraba que haría lo que fuera necesario para atraparlo... —lo miró por primera vez como a alguien muy querido a quien deseara proteger de todo daño y tal vez fue esa mirada, más que sus propias palabras lo que hizo vacilar la barrera defensiva de Sebastián—. ¿Está dispuesto a hacer un examen de conciencia de sus actos en el que tal vez no resulte bien librado?

—Lo pensaré —aceptó Sebastián, con voz derrotada—. Ya he visto facetas de mi vida que me han hecho cuestionar todo lo que creía sobre mí mismo. Supongo que puedo hacer frente a algo así, si es verdad.

La sala quedó en un incómodo silencio. Aquello era demasiado personal, pero no podía dejarse de lado en la investigación. Felipe miró el reloj, casi eran las once de la noche.

—Creo que hoy no podemos hacer más. Será mejor que volvamos a casa y descansemos unas horas.

Todos lo agradecieron.

—Argüello —la llamó Sebastián antes de que se despidieran—, mañana a las siete la recogeré para que me acompañe a Segurilla. Usted me ayudará en la investigación.

—Sí señor —respondió Patricia.

—Sterling, ¿querrá acompañarnos? —preguntó Sebastián, un poco dubitativo.

—Será un placer, comisario —respondió Michael.

—Lo pasaremos recogiendo por su hotel.

—Estaré esperando, señor.

Al salir de la comisaría, Sterling cogió un taxi. Llegó a su hotel casi una hora después bajo una lluvia torrencial, recogió la llave en la recepción y subió a su habitación. Se sentía cansado. Lo único que quería era darse una ducha y acostarse. Antes que pudiera reaccionar se dio cuenta que tenía compañía. Un hombre alto, vestido de negro y con el rostro cubierto permanecía oculto detrás de la puerta del dormitorio. Michael quiso hacer algo, tal vez gritar, defenderse o intentar huir, pero un extraño mareo lo incapacitó. Lo último que pudo ver fue al extraño cuando se acercaba a él con un cuchillo en la mano.

Capítulo once.

A la mañana siguiente, Sebastián y Patricia llegaron al hotel poco después de las siete. Se sorprendieron al no encontrar a Sterling en el vestíbulo. Ambos tenían la impresión de que el comisario era muy puntual. Sebastián se puso nervioso por la pérdida de tiempo. Se acercó a la recepción y les preguntó si el señor Sterling seguía en su habitación. El empleado comprobó que la llave no estaba en su buzón y le dijo que todavía no bajaba.

—¿Sería tan amable de llamarlo a su habitación y decirle que lo estamos esperando? —le pidió al recepcionista, sin dejar de mirar el reloj.

—Desde luego, señor —aceptó el joven, al mismo tiempo que descolgaba el teléfono. Esperó unos segundos, intentó de nuevo. Luego colgó—. No responde nadie, señor, tal vez esté en la ducha.

—Subiremos a comprobar —decidió Sebastián, impaciente.

—Señor, no puedo permitirlo. El huésped se podría molestar, y...

—Se trata de un asunto policial —insistió Sebastián, malhumorado.

—En ese caso, es la habitación cincuenta y cuatro, quinto piso.

—Gracias.

Losada se encaminó al ascensor, acompañado por Patricia, que no se atrevía a decir palabra. Lo que debían investigar en Segurilla tenía de mal humor al comisario y que Sterling no estuviera esperándolos servía de excusa para que pudiera descargar su frustración. Ella se cuidó de no interponerse, no fuera a terminar pagando los platos rotos. Después de todo, Sterling no estaba bajo las órdenes de Sebastián y parecía ser capaz de defenderse solo. Llegaron al piso, la mujer de la limpieza hacía su ronda. La habitación cincuenta y cuatro la había pasado por alto porque tenía colocado el cartel de «No molestar». Sebastián golpeó la puerta con fuerza, pero nadie respondió, insistió, sin ningún resultado.

—Tal vez sí esté en la ducha —sugirió Patricia.

—Debería estar listo y esperándonos. Espero que tenga una buena excusa —miró a la camarera mientras se acercaba a ella y le mostraba su identificación—. Policía, por favor abra esa puerta.

—Sí señor —respondió la mujer con nerviosismo.

La camarera usó su llave maestra, abrió la puerta y se apartó a un lado para dejar entrar a Sebastián y Patricia. El comisario entró primero, mientras llamaba a Sterling en voz alta, pero enseguida la voz se le apagó en la garganta. Patricia lo siguió, y por primera vez desde que trabajaba en la policía sintió que las piernas le flaqueaban, las náuseas la invadían y no pudo contener las lágrimas. Sebastián entró con paso vacilante a una escena de pesadilla. Las paredes estaban cubiertas de sangre, como si fuera simple pintura roja y alguien las hubiera embarrado. Sobre la cama yacía Sterling, boca arriba con el rostro y el cuerpo cubiertos de sangre. Las sábanas, que eran blancas, se veían embebidas y rojas.

Sebastián se rodeó con sus brazos, en un esfuerzo por controlar los temblores que lo invadieron. Aquel hombre con el que habló apenas hacía unas horas, había muerto a manos del asesino que él no supo detener. Más por entrenamiento que por convicción se acercó al cuerpo y buscó el pulso. Era imposible que alguien sobreviviera después de haber perdido tanta sangre. Casi pierde el equilibrio cuando comprobó que Sterling tenía pulso. Débil, pero presente.

—¡Está vivo! —le gritó a Patricia—. ¡Llame a una ambulancia! ¡Deprisa!

—Sí, señor —balbuceó ella, saliendo a duras penas de su propio estupor para marcar en el móvil el 112.

Sebastián se preguntó qué podía hacer por Sterling para ayudarlo mientras llegaba la ambulancia, pero la sangre ocultaba las heridas. Llamó al departamento de escena del crimen y le dijo a Patricia que hablara con el gerente del hotel para clausurar ese pasillo. Los huéspedes debían ser trasladados a otras habitaciones, además, habría que interrogarlos por si vieron u oyeron algo.

La ambulancia llegó a los pocos minutos. Patricia acompañó a Sterling, mientras Sebastián esperaba a los forenses. Segurilla tendría que esperar. Losada miró de nuevo el lugar. No comprendía cómo podía seguir con vida un ser humano que hubiera perdido semejante cantidad de sangre. Se estremeció y algo en su interior pareció romperse. Por un momento recordó la compasión en los ojos de Sterling. Lo sintió cercano, como si lo conociera desde muchos años atrás. Lo invadió un sentimiento de pérdida. Aquel comisario inglés se había ganado su respeto y aprecio en pocas horas. Supo que si moría sentiría dolor como si se tratara de un familiar muy querido. Cerró los ojos y pronunció una silenciosa oración por él. No podía hacer más.

Un par de horas después, Sebastián dejó a Felipe y a los forenses trabajando en la habitación del hotel. La escena impresionó tanto al inspector jefe, que tuvo que salir unos minutos para recuperar la calma antes de llevar a cabo su trabajo. Sebastián le explicó cómo encontraron a Sterling y comprendió por la mirada de su subalterno que no creía que pudiera sobrevivir.

Felipe se ocuparía de avisar a Barragán, que era el enlace con Scotland Yard, para que les informara lo que había ocurrido. Aquello traería problemas. Sterling era un asesor, así que su seguridad era responsabilidad de las autoridades españolas. Sebastián se sentía culpable. Debió tomar más en serio las amenazas del asesino, debió asignarle una escolta al comisario, pero ya era demasiado tarde. Lo que más le atemorizaba era que esa amenaza se extendía a su propia familia. El asesino incorporó a Sterling en la lista de víctimas porque frustró sus planes cuando quiso matar a Diana. Lo apuñaló por haber salvado la vida de su nieta. Comprenderlo solo sirvió para reforzar el sentimiento de culpa de Sebastián.

Eran casi las diez cuando por fin llegó al hospital. Patricia esperaba nerviosa en una salita. Suspiró aliviada cuando vio a su jefe.

—¿Se sabe algo?

—Llegó con vida, lo atendieron enseguida, pero todavía no me dicen nada. Preguntaron si había un familiar presente, pero en vista de las circunstancias se avinieron a notificarnos a nosotros acerca de su estado.

—¿Le dieron alguna esperanza?

Las lágrimas inundaron los ojos de Patricia, lo que hizo que Sebastián sospechara que Sterling también se había ganado su afecto.

—Aún no ha regresado el doctor.

—Es terrible —reconoció Sebastián cerrando los ojos, mientras dejaba escapar un suspiro—. Me pregunto cómo se las arregló el asesino para sorprenderlo.

Un médico se acercó a ellos. Su expresión era seria.

—¿Son ustedes los policías que esperan información del señor Michael Sterling? —preguntó.

—Es nuestro compañero —confirmó Sebastián—. ¿Cómo está?

—Perdió mucha sangre. Le pusimos dos transfusiones, pero es probable que necesite más. Por suerte, pudimos atenderlo a tiempo.

—¿Entonces se salvará?

—Estuvo muy cerca —reconoció el médico—. Si lo hubieran traído unos minutos más tarde habría muerto. Pero es un hombre muy fuerte y con ganas de vivir. Sí, creo que lo conseguirá —Un suspiro de alivio se les escapó a ambos—. Aunque…

—¿Qué?

—Necesitaremos más donantes de sangre —les informó el doctor—. Es «A positivo», les agradeceríamos que nos ayudaran a encontrarlos.

—Yo soy A positivo —anunció Sebastián—. Y estoy dispuesto a donar.

—Será de mucha ayuda, gracias. Por favor, sígame.

—Claro, ¿podemos verlo?

—Después que haya donado, así dará tiempo a que se recupere de la anestesia. Sin embargo, no deben dejarle hablar mucho. Necesita descansar.

Una hora después, Sebastián ya había donado sangre, lo que alivió mucho su conciencia. Esperaba sentado en la salita, después de enviar a Patricia a ayudar a Martín y Felipe en la investigación. Se sentía incapaz de marcharse sin ver a Sterling con sus propios ojos. La imagen del hombre inmóvil con una mortal palidez y cubierto de sangre la tenía grabada en la retina. No podría deshacerse de ella hasta que volviera a verlo. Por primera vez comenzó a pensar en él, no como un colega, otro comisario con otra jurisdicción, sino como un ser humano. Se dio cuenta que era mucho más joven que él mismo y que podía ser su hijo. De hecho, debía tener la edad aproximada de Víctor. Ese pensamiento, empeoró su tristeza por lo que ocurrió. ¿Cuántas personas más tendrían que sufrir por esa absurda venganza? ¿Y qué hizo él mismo para merecerla? Lo oprimía la idea de que la desgracia de Víctor había sido por su culpa, aunque fuera en forma indirecta. El médico apareció por fin.

—Le permitiré verlo por diez minutos.

—Gracias.

Cuando entró en la habitación, Sterling abrió los ojos, sobresaltado, como si esperara que el asesino regresara en cualquier momento. Al darse cuenta que se trataba de Sebastián se serenó y trató de sonreír, aunque sin mucho éxito.

—¿Cómo se encuentra? —preguntó Sebastián en voz muy baja.

—Lo superaré.

—¿Necesita algo?

—Atrapar a ese mal nacido.

—Lo haremos —prometió Sebastián—. Ahora debe descansar y recuperarse. No volverá a ocurrir. Le asignamos una escolta, lo protegerán a partir de ahora.

—Eso no servirá de mucho. De cualquier manera, no creo que vuelva a por mí. Tal vez no esperaba que sobreviviera, pero desde su punto de vista ya me dio la lección que quería por entrometerme —respiró profundo, parecía cansado.

—¿Le dijo algo que nos ayude a encontrarlo?

—No habló y todo fue muy rápido —reconoció Sterling.

—No creo que sea buena idea que lo recuerde ahora. Si quiere decirnos algo llámeme al móvil. Deje que nosotros nos encarguemos. Ya nos ayudó bastante.

—No creo que pueda olvidarlo, aunque me gustaría. No debe preocuparse por mí, Sebastián, debe cuidarse usted mismo y también a su familia.

—Les asigné una escolta desde que esto comenzó.

—Pues refuércela —insistió Sterling, con desesperación en la mirada, mientras se imaginaba a Sebastián, a su hermana o a su sobrina en manos de la bestia—. Ordene una escolta para usted mismo. No lo subestime, es astuto. No sé cómo me dominó, pero debió usar la Escopolamina, aunque no recuerdo que nadie se me acercara en el hotel. Tenga cuidado, por favor.

—Tranquilo —le recomendó Sebastián—. Le prometo que seré muy cuidadoso. No debe alterarse.

—¿Puedo pedirle un favor?

—Lo que quiera.

—Tengo un amigo en Madrid —comentó con una sonrisa—. Es como un viejo tío para mí. La inspectora Argüello lo conoce. ¿Podría avisarle?

—Por supuesto —aceptó Sebastián. Michael pareció tranquilizarse.

—Me dijo el médico que donó sangre.

— Es lo menos que podía hacer.

—Gracias, no sabe lo que significa para mí.

Michael cerró los ojos. Sebastián comprendió que la conversación lo había cansado. Al cabo de un momento se dio cuenta que Sterling dormía. Salió sin hacer ruido, dispuesto a cumplir las promesas que formuló en esa habitación.

Cuando Sebastián regresó a la comisaría encontró a todo el equipo reunido. En cuanto los vio comprendió que lo que ocurrió había golpeado su moral. Estaban cabizbajos y se veían preocupados. Si el asesino se atrevió a apuñalar de esa manera a uno de los policías que lo buscaba, nadie estaba a salvo.

—¿Vienes del hospital? —preguntó Barragán—. ¿Cómo está Sterling? Patricia nos dijo que los médicos piensan que se pondrá bien.

—Las heridas sanarán.

—¿Pudo verlo? —preguntó Patricia, quien se retorcía las manos sin ser consciente de ello.

—Sí, y también hablé con él. Tiene mucho coraje. Está preocupado por mi seguridad y la de mi familia.

—Entonces será mejor hacerle caso —intervino Felipe—. Le asignaré una escolta, y reforzaremos la de Alicia y Diana.

—Envía otra patrulla a la casa de Alicia —ordenó Sebastián—. En cuanto pueda hablaré con ella para que salga de Madrid unos días hasta que todo esto termine. En cuanto a mí, no quiero una escolta.

—¡Comisario, ya vio lo que ese tío le hizo a Sterling! —Se exaltó Felipe—. ¡No quiero pensar lo que le haría a usted!

—Lo sé, Felipe. Te agradezco tu preocupación, pero estamos escasos de agentes y los necesitamos en las calles. Ya tuvimos que asignar algunos de ellos para proteger a mi familia, además quiero que Sterling tenga otra patrulla vigilándolo a partir de ahora. No estoy dispuesto a dejar que vuelva a caer en manos de ese maldito. Son demasiados agentes asignados como escolta. No podemos permitirnos más.

—Si se queda solo, usted podría ser el siguiente —insistió Felipe sin poder evitar un estremecimiento—. Recuerde que según Sterling, usted es el objetivo principal.

—No —respondió Sebastián—, el objetivo principal era Víctor, pero a él ya no puede lastimarlo. Descuida, no me quedaré solo, trabajaré siempre en pareja con uno de vosotros.

—Muy bien —aceptó Felipe, sin mucho convencimiento.

—Patricia —dijo Sebastián, ella lo miró esperando órdenes—, Sterling me dijo que tiene un amigo en Madrid y que tú lo conoces...

—Sí, señor —admitió Patricia—. Es cierto, Olegario. Me lo presentó el día que encontramos al Moro —La inspectora calló, comprendiendo que si seguía hablando traicionaría la confianza de Sterling—. Lo siento, todo ha sido tan espantoso que lo había olvidado.

—Sterling quiere que le avisemos ¿Podrías encargarte?

—Claro, lo haré.

—Acerca de Sterling —intervino Barragán—, hablé hace unos minutos con Londres para informarles lo sucedido. Lo dieron de baja en el caso por heridas graves, así que ya no contaremos con su asesoría. Enviarán a alguien para que se ocupe de su seguridad y para llevarlo de vuelta a Londres en cuanto su estado de salud lo permita. De modo que la escolta que le asignaste no será necesaria por mucho tiempo.

—Comprendo, no se fían de nosotros para protegerlo y no los culpo —meditó un momento—. La ayuda del comisario Sterling resultó invaluable, pero no podemos esperar más de él. Estoy de acuerdo con las autoridades inglesas, ya hizo suficiente. A partir de ahora, seguiremos nosotros solos. ¿Hay alguna novedad?

—Las huellas en la habitación no ayudan mucho —reconoció Martín—. Hay docenas, pero es una habitación de hotel, así que tendríamos que buscar a todos los que la ocuparon en las últimas semanas y la mayoría son turistas.

—Además, lo más probable es que el asesino usara guantes —apuntó Patricia.

—Con respecto a la sangre… —informó Felipe, sin poder evitar un estremecimiento, al recordar la habitación tal como la vio—. El laboratorio está haciendo los análisis. La forma en que embadurnó las paredes...

—Elaboró la escena —concluyó Sebastián.

—Sí, supongo que la idea era impresionarnos —respondió Felipe—. Y te juro que lo consiguió.

—¿Algo más?

—Nos preguntamos cómo logró dominar a Sterling —continuó Martín—. Debemos reconocer que no es un sujeto enclenque.

—Se lo pregunté —les informó Sebastián—. Dice que no lo recuerda, que debió usar la Escopolamina, pero está seguro que nadie se le acercó.

—De alguna manera debió hacerlo, aunque el inglés no se diera cuenta —concluyó Felipe.

—Martín, encárgate de revisar las grabaciones de seguridad del hotel. Busca cualquier persona que estuviera a menos de cinco metros de Sterling esa noche. Felipe, que los forenses verifiquen si hay residuos de Escopolamina en todas las superficies posibles. De alguna manera se la administró. ¿Se sabe algo del cuchillo?

—Esta vez no lo dejó —dijo Felipe.

—¿Se fotografiaron las heridas antes de atenderlas? —preguntó Martín.

—No hubo tiempo —respondió Patricia—. Llegó al hospital en *shock*. Ya había perdido mucha sangre. Los minutos que hubieran empleado en hacer las fotografías eran vitales para salvarle la vida.

—Martín —ordenó Sebastián—, quiero que revises también las grabaciones del secuestro de Diana.

—Ya Felipe las ha visto varias veces, señor. ¿Qué quiere que busque?

—Cualquier coincidencia con las del hotel. Tal vez tengamos suerte y encontremos al mismo hombre en los dos escenarios.

—Eso sería como ganar la lotería, señor —dijo Martín, recuperando el optimismo—. Me pondré a ello.

—Felipe, ocúpate del ataque a Sterling. Es la primera vez que actúa en un lugar tan concurrido, es posible que cometiera algún error.

—Muy bien. ¿Qué hará usted?

—En primer lugar, me ocuparé de la seguridad de mi familia. Después de ver lo que ese maldito le hizo a Sterling, no puedo permitir que se acerque a Alicia o a Diana. Patricia, tú puedes aprovechar para dar aviso de lo ocurrido al amigo del comisario.

—Sí señor.

—Después tú y yo iremos a Segurilla —continuó Sebastián—. Tú investigarás el pasado de Ugarte, yo revisaré el mío, por si hay alguna coincidencia. Es posible que encuentre algo que no recuerde.

—Muy bien, señor —dijo Patricia—. ¿Cuándo saldremos?

—A primera hora de la mañana.

—Sí señor.

Capítulo doce.

Patricia se sintió aliviada cuando supo que podría avisar a Olegario en persona. No le gustaba la idea de ser portadora de malas noticias, pero siempre sería mejor no tener que hacerlo por teléfono. Además, tal vez tuviera la oportunidad de visitar a Sterling antes de marcharse. La última vez que lo vio, su aspecto era aterrador. No podía quitarse esa imagen de la cabeza. Necesitaba comprobar que estaba mejor y hablar con él para convencerse de que no le mentían acerca de su recuperación.

Llegó al piso de Olegario casi a las tres de la tarde. El anciano abrió la puerta y sonrió al verla, pero algo en su expresión lo alertó y la sonrisa se le congeló en el rostro. La hizo pasar, cerró la puerta y sin darle tiempo a hablar, preguntó.

—¿Qué le ocurrió a Michael?

—¿Por qué piensa...?

—Vino sola y no es buena mintiendo —explicó Olegario—. Ocurrió algo grave, lo lleva escrito en el rostro. ¿Qué le pasó? ¿Está herido, está...?

—Herido —Se apresuró a decir, al comprender que Olegario temía lo peor—. Los médicos dicen que se pondrá bien.

—Siéntese y cuéntemelo —le pidió—. Perdone mis modales. ¿Desea tomar algo?

—No gracias, no podría...

Olegario la miró con una ternura que casi hizo que se le inundaran los ojos de lágrimas. Se enfadó consigo misma, ¿cómo podía ser tan transparente en sus sentimientos? Aunque comprendió que tal vez se debía a que el anciano era muy perspicaz. Respiró profundo, pues lo que tenía que decir no era fácil.

—El hombre que buscamos, el asesino...

—¿Lo encontraron?

—No, me temo que fue a por Sterling… —Se detuvo un momento al ver el terror reflejado en los ojos del viejo—. Lo... hirió.

Olegario cerró los ojos, sabía bien la clase de monstruo que era el asesino que perseguían. Tenía claro en la mente la terrible historia que les relató Michael a él y a la señora Ferguson cuando se recuperó de sus heridas.

—¿Cómo está? —preguntó en un susurro, con la voz quebrada.

—Está en el hospital, se pondrá bien. Pidió que le avisáramos. Quiere verlo.

—Iré ahora mismo —anunció, poniéndose de pie—. ¿En qué hospital se encuentra?

—En el Gregorio Marañón, yo lo llevaré —respondió ella.

Olegario sonrió con ternura al comprender que ella buscaba una excusa para verlo también. Sin más demora salieron en dirección al hospital y al cabo de una hora preguntaban a la enfermera jefe si podían ver a Sterling.

—No le convienen las visitas —Se resistió la mujer—. Necesita descansar. ¿Son ustedes familia?

—Soy su tío —Mintió Olegario, sin parpadear—. La señorita es su novia.

La enfermera los miró, calibrándolos, como si buscara la confirmación de lo que decían. Por fin se rindió.

—Muy bien, pueden pasar, pero no dejen que se altere.

—Seremos cuidadosos —afirmó Olegario, y esta vez la enfermera sí les creyó.

Un agente hacía guardia frente a la puerta. Patricia le mostró su identificación. Pasaron a la habitación, Sterling parecía dormido. Tenía mejor aspecto que cuando ingresó, lo que calmó un poco los temores de Patricia. Olegario se acercó a él sin hacer ningún ruido, pero como Sterling presintió su presencia, abrió los ojos y centró la mirada en ellos. Sonrió.

—Hola. Gracias por venir.

—No te puedo dejar solo, muchacho —lo reprendió Olegario, conteniendo la emoción—. No haces sino meterte en líos.

—Me declaro culpable —respondió él, luego se volvió hacia Patricia—. Me dijeron que me acompañó en la ambulancia. Se lo agradezco. No debió ser una tarea fácil.

—Me alegra verlo mejor... Está mejor, ¿no?

—Sí, mucho mejor, gracias —Patricia sonrió, pues no sabía qué decir—. ¿Hay alguna novedad sobre el caso?

—Creo que no debe preocuparse —protestó Patricia—. Necesita descansar. Además, Londres ya lo eximió de responsabilidad, enviarán a alguien para que lo lleve de vuelta. Nosotros nos haremos cargo.

—¿Qué quiere decir con eso? ¿Me echaron del caso?

—No le echaron —se apresuró a corregir Patricia, temiendo alterarlo—, pero está de baja. No confían en nosotros para protegerlo. La verdad es que no lo hicimos bien. El error fue nuestro.

—Cuénteme lo que pasó, por favor —le pidió Sterling, sin dar su opinión acerca de las decisiones de Londres—. Necesito saber qué ocurre.

—No hay nada nuevo. Felipe investigará lo que le hizo a usted. Martín va a comparar las grabaciones del hotel con las del secuestro de la niña.

—Es una buena idea. ¿Qué se va a hacer para proteger al comisario y su familia?

Olegario cambió el peso de su cuerpo de una pierna a otra, comprendiendo cuál era la principal preocupación de Michael. Después de todo era su familia y Olegario tenía constancia de la lealtad y buenos sentimientos de su pupilo. Patricia respondió sin tener idea de lo importante que era para Sterling lo que iba a decir.

—El comisario reforzó la vigilancia de la casa de Alicia y va a procurar que viaje fuera de Madrid. Con respecto a él, prometió que trabajará siempre con uno de nosotros. Mañana iremos juntos a Segurilla para la investigación de los archivos. Le prometo que lo cuidaré bien.

Sterling palideció y su respiración se agitó un poco, pero trató de disimular su ansiedad.

—Podría no ser suficiente —protestó, tratando de conservar la calma—. ¿No se puede hacer más?

—Contamos con pocos efectivos —reconoció Patricia.

—Comprendo —cedió Michael, no tenía fuerzas para discutir y no serviría de nada. La solución no estaba en manos de Patricia por más que consiguiera convencerla—. Me alegra mucho que me visitara, pero debo hablar algunos asuntos personales con Olegario. ¿Le importaría...?

—No, claro —aceptó ella, que sin embargo se sintió como una intrusa—. Espero que se mejore pronto, comisario Sterling —Y dirigiéndose a Olegario—. Lo espero afuera.

—No es necesario, señorita —respondió Olegario—. Tal vez me demore bastante. Le agradezco su amabilidad por acompañarme hasta aquí.

—Entonces me despido —respondió Patricia, un poco dolida por la sugerencia de que se marchara.

Olegario miró a Sterling, que no se dio cuenta de que hirió los sentimientos de la chica. Parecía ausente en sus propios pensamientos, estaba preocupado por problemas más importantes. Cuando Patricia salió, Olegario cogió una silla y se sentó junto a la cama.

—Muy bien, Michael. ¿Qué quieres que haga?

Aquella misma noche, Sebastián se quedó a dormir en casa de Alicia, en el cuarto de huéspedes. No le resultó fácil explicar las razones por las que tuvo que reforzar la vigilancia. También les dijo que trataran de salir de casa lo menos posible y que planificaran algún viaje fuera de Madrid a un sitio seguro, tratando de que nadie se enterara. Decidió ser honesto con ellos, les contó lo que pudo sobre los casos que investigaba, así como el atentado que sufrió Sterling, aunque sin entrar en detalles. Sabían que se trataba del mismo comisario que salvó a Diana tres años atrás y con quien estaban muy agradecidos.

—¿Resultó muy malherido el comisario, papá? —preguntó Alicia preocupada.

—Se recuperará —respondió Sebastián—. Es lo que dicen los médicos.

—Tal vez deberíamos visitarlo. Le debemos mucho.

—No creo que sea buena idea —rebatió Sebastián, que temía que eso pudiera estimular al asesino de alguna forma—. Lo que necesita es descanso. Además, en cuanto mejore regresará a Londres. Su trabajo aquí terminó.

—Si lo ves, ¿le harás llegar nuestro deseo de que se recupere? —preguntó Alicia.

—Desde luego, pero ahora lo más importante es velar por vuestra seguridad.

—¿Por qué piensas que estamos en peligro, suegro? —preguntó Juan, que había permanecido en silencio hasta entonces.

—Creemos que todo esto es una especie de venganza contra mí, que se hace extensiva a mi familia.

—¿Venganza? —preguntó Alicia, sorprendida—. Nunca le hiciste daño a nadie ¿Quién podría querer vengarse de ti?

—Es parte de lo que tengo que averiguar. Mañana viajaré a Segurilla. Allí podría estar la respuesta —ignoró la expresión de confusión de Alicia. Cuanto menos supiera, mejor.

—¿Víctor también fue víctima de esa venganza? —preguntó Concepción, metiendo el dedo en la llaga. Nunca le había perdonado su intransigencia para con el chico.

—Me temo que sí —reconoció Sebastián—, es una culpa con la que tendré que vivir toda mi vida.

Sebastián evitó contarles que Víctor no murió en un accidente, sino que lo asesinaron. En algún momento tendrían que enterarse, pero esa noticia podía esperar. Afuera de la casa vigilaban dos patrullas, una aparcada en el frente y otra que se mantenía en constante movimiento. Comprobarlo le hizo sentir mejor. Les habló acerca de la Escopolamina y las precauciones que debían tomar. Se preguntó si serviría de algo, Aunque Sterling sabía eso, el asesino se las arregló para someterlo. Y él estaba seguro de que Sterling no era descuidado.

En la reunión de la noche, solo descubrieron cómo le suministró la droga al comisario inglés. Las llaves de la habitación estaban impregnadas. Bastaba que Sterling se llevara las manos a la cara después de tocarlas para que la Escopolamina surtiera efecto. Se trataba de un gesto que cualquier persona haría en forma inconsciente, en especial si se sentía cansada. El hombre con el que tenían que enfrentarse era muy astuto.

Martín no encontró nada importante en los vídeos. Nadie se acercó a Sterling, pero ahora sabían que eso no hizo falta. Revisaron una y otra vez las imágenes que enfocaban los buzones donde se encontraban las llaves para identificar a cualquiera que pudiera haberlas impregnado con la droga, pero solo vieron a los empleados, aunque cualquiera de ellos podía ser el asesino con una chaqueta del hotel. Después de todo, en ningún caso se les veía bien el rostro. Sebastián no quería hablar más del tema, así que desvió la conversación.

—¿Cómo va la empresa? —le preguntó a su yerno.

—Muy bien —reconoció Juan con una sonrisa—. Aunque disminuyeron los pedidos en España, Ernesto consiguió un comprador en Frankfurt.

—¿Cómo es que podéis competir con los productores de países como Alemania? —preguntó Sebastián, aunque el tema no le interesaba demasiado.

—Es por los costos. Un motor fabricado en España siempre se podrá ofrecer a menor precio, con la misma calidad.

—Es comprensible. Bueno, creo que me voy a dormir. Mañana temprano debo ir a Segurilla.

—¿Irás solo, papá? —preguntó Alicia preocupada.

—Con la inspectora Patricia Argüello —aclaró Sebastián—. Creo que la conoces.

—Claro que sí, es muy agradable.

Sebastián sonrió, dio un beso en la frente a su hija y se despidió de los demás. Antes de entrar en su habitación, se asomó a la de Diana para contemplarla dormir. Luego se fue al cuarto de huéspedes. Durmió mal, tenía una sensación de apremio que no le permitía descansar, así que antes del amanecer se vistió, cogió el maletín de viaje y bajó las escaleras. Comprobó que los patrulleros estuvieran en sus puestos y alerta, luego subió al coche para comenzar su viaje. No se percató que al doblar la primera esquina, otro coche comenzó a seguirlo.

Capítulo trece.

Sebastián y Patricia llegaron a Segurilla a tiempo para tomar un desayuno tardío. Ninguno de los dos tenía deseos de hablar. Patricia seguía preocupada por Sterling, aunque su visita del día anterior la tranquilizó. Sebastián, por su lado, se sentía como un hombre al que engulle un remolino y se debate inerme en medio de una corriente que lo arrastra hacia el fondo. De un día para otro, todo lo que él consideraba hechos irrefutables se convirtieron en mentiras y manipulaciones, en los cuales había caído con la ingenuidad de un colegial. Lo peor era que esos hechos eran las excusas en las que fundamentaba las decisiones más difíciles de su vida, y ahora todo se vino abajo como un castillo de naipes.

Siempre culpó a Víctor y su atroz conducta de su propia suerte, por lo cual lo consideraba el único responsable del dolor que ocasionaron las decisiones que tomó como policía y como padre. Ahora todo había cambiado. Víctor no solo había sido siempre inocente, sino que fue la víctima de un desquiciado que buscaba venganza contra él y de un hombre tan herido por la muerte de su hija que se tomó la justicia por su mano, ordenando el asesinato a sangre fría de un chiquillo. Y él, que tenía la obligación de proteger a su hijo no solo lo abandonó, sino que fue cómplice involuntario de aquellos que le destrozaron la vida.

Sebastián se sentía anestesiado por la crudeza de los descubrimientos de los últimos días y por la atrocidad de lo que había ocurrido. Avanzaba como un hombre que camina a ciegas, sin saber si se dirige hacia un abismo. La imperiosa necesidad de detener al asesino lo mantenía cuerdo, pero no sabía qué ocurriría cuando todo terminara de una u otra forma. Tal vez ese era el verdadero motivo por el que se negó a recibir protección. No creía merecerla y por otro lado, veía la muerte como una vía de escape posible a sus propios remordimientos.

Le ordenó a Patricia que iniciara la investigación de Ugarte, dónde y con quién vivió, cómo fue su infancia, quienes eran sus amigos y sus enemigos. Él por su parte, trataría de reconstruir su propia historia, hablaría con familiares y si era necesario amigos que lo conocían desde que era un niño. Tal vez algo de lo que dijeran despertara esa chispa que le permitiera descubrir cuál era su relación con Carlos Ugarte, si en verdad que existía algún nexo. Sterling pensaba que podía tratarse de un hijo desconocido, del que no hubiera tenido noticia. Sin embargo, a Sebastián le costaba creerlo. Nunca había sido promiscuo. Conoció a la que fue su esposa siendo muy joven y siempre le guardó fidelidad. Aunque sí tuvo alguna experiencia sexual antes de conocer a Beatriz, nunca lo hizo sin protección. Así que la existencia de un hijo desconocido era casi imposible, pero Ugarte pretendía serlo. No solo se deducía del perfil que elaboró Sterling, sino que el mismo asesino lo confirmó en la llamada telefónica.

Dejó a Patricia en el registro, pese a las protestas de ella que insistía en que debía protegerlo. Sebastián impuso su autoridad, señalándole que de esa manera obtendrían la información más rápido. Era cierto, pero también lo era que quería estar solo. Continuó en dirección al barrio donde vivió de niño y a poca distancia, pero no lo suficiente para que lo descubrieran, iba el coche que lo venía siguiendo desde Madrid.

Se detuvo frente a la casa de su tío, el hermano de su padre, a quien no visitaba desde hacía un par de años, pero de cuya salud siempre se preocupaba. Llamó a la puerta y una enfermera le abrió. No lo conocía, así que lo miró con sorpresa.

—¿Qué desea?

—Soy Sebastián Losada —Se presentó—. El sobrino de Alberto. Vine desde Madrid a visitarlo para tratar con él algunos asuntos familiares.

—Pase, señor Losada.

—¿Cómo está? —preguntó Sebastián, mientras se quitaba el abrigo y lo colgaba en un perchero, junto a la puerta.

—Bastante bien —afirmó ella sonriendo—, teniendo en cuenta que tiene ochenta y seis años. Algunas veces le molestan las articulaciones, claro. Además, tengo que andarme con mucho cuidado para que no fume. Sus amigos le traen los cigarrillos a escondidas ¿sabe? Pero apartando esos detalles, está muy bien y es encantador.

—Me alegra saberlo.

—Pase, seguro que se alegrará de verlo Es usted el comisario, ¿verdad? —Sebastián asintió—. Siempre habla de usted. Está muy orgulloso.

La enfermera lo acompañó hasta la sala, donde su anciano tío estaba sentado cerca de la estufa. Siempre fue un hombre muy activo, y bajo la fragilidad de los años sus ojos conservaban una vivacidad que permitía adivinar su inteligencia.

—¡Sebastián! —saludó emocionado, cuando reconoció a su sobrino—. ¡Qué alegría verte! ¿Cómo conseguiste tiempo para venir en esta época del año? ¿Cómo están Alicia y Diana?

—Están muy bien, tío —le respondió con una sonrisa, aliviado al comprender que conservaba su lucidez.

—¿Ocurre algo? Tienes mala cara —le señaló Alberto con suspicacia.

—Necesito hablar contigo sobre algunos asuntos del pasado. En realidad, mi visita no es del todo social, aunque me alegra mucho verte.

—Siéntate —lo invitó su tío, señalando un sillón frente a él.

—¿Le apetece un café, comisario? —preguntó la enfermera.

—Gracias, creo que me vendrá bien.

Mientras esperaban el café conversaron sobre Alicia, Diana, y sobre asuntos triviales. Alberto no le quitaba la vista de encima, como si fuera capaz de saber lo que le preocupaba por la expresión de su rostro. La enfermera dejó la bandeja con el café en la mesita de centro y se retiró para permitirles conversar en intimidad. Alberto no esperó más.

—¿Qué te pasa?

—No sé ni por dónde empezar —reconoció Sebastián.

—Por lo general, lo mejor suele ser hacerlo por el principio —sugirió el viejo, con un guiño.

—Víctor —dijo Sebastián, porque comprendía que todo comenzaba y terminaba con él— y lo que ocurrió hace veinticinco años

—Tu hijo —le recalcó Alberto, que siempre trató de convencer a Sebastián de que su conducta no había sido correcta y que fue muy duro con el chico. Ahora Sebastián tendría que darle la razón.

—Mi hijo —admitió Sebastián.

—¿Reconsideraste tu postura? Estaría bien, aunque tal vez es un poco tarde para el chico.

Sebastián suspiró, Alberto no tenía idea del dolor que le causaban esas palabras.

—Las circunstancias me obligaron a reconsiderar mi postura y sí, tienes razón, es demasiado tarde para mi hijo, aunque daría lo que me queda de vida por tenerlo frente a mí tan solo por unos minutos para pedirle perdón y abrazarlo una vez más.

Lo había dicho. Lo que sentía, en voz alta, frente al único hombre ante el cual se seguía sintiendo como un niño torpe. Lo reconoció y de alguna manera eso alivió un poco el peso de su carga. Alberto lo miró comprensivo y asintió.

—¿Qué te hizo recapacitar?

Sebastián lo miró dubitativo. Se veía bien, pero ¿estaría en condiciones de escuchar el terrible relato de todo lo que ocurrió? ¿Soportaría la verdad? Una mirada a sus ojos le hizo comprender que ese hombre, que parecía frágil, era capaz de soportar eso y mucho más. Envidió su fortaleza y le contó toda la historia. Alberto no lo interrumpió, dejó que le dijera lo que quisiera sin hacer ninguna pregunta, pero sin perder palabra. Cuando Sebastián terminó, Alberto se recostó en el asiento, y miró con los ojos entornados a un punto más allá de Sebastián.

—Es una historia extraña, pero no me sorprende —dijo despacio—. Nunca quedé convencido de la culpabilidad del muchacho. La brutalidad del acto que se le atribuía no era cónsona con su personalidad.

—Lo sé. Tú siempre abogaste por su inocencia —admitió Sebastián con tristeza—. Solo que yo no te quise escuchar.

—Durante años hubiera querido tener la forma de demostrar que Víctor era inocente —continuó el viejo— y ahora que ocurrió, parece que solo sirvió para ocasionar más dolor.

—Hubiera sido más sencillo que fuera culpable —reconoció Sebastián.

—¿Para quién?

—¿Cómo?

—Sigues siendo injusto, Sebastián —le recriminó Alberto a bocajarro—. Víctor nunca fue culpable, sin importar lo que tú o yo creyéramos. El chico fue una víctima desde el principio. Para ti hubiera sido mucho más fácil no saberlo. Te hubiera ahorrado la culpa y el dolor de admitir que le fallaste, pero el propio Víctor merece que se haga justicia y se limpie su nombre.

—Tienes razón —admitió Sebastián—, me estoy comportando como un cobarde. Por un lado me alivia saber que mi hijo no fue un asesino, por el otro no soporto mi conciencia y quisiera hacer regresar el tiempo para corregir mis errores. No por mí, sino por él.

—Nadie puede hacer regresar el tiempo —sentenció Alberto—, pero algunas veces la vida nos permite compensar un poco esos errores.

—¿Cómo? —preguntó Sebastián, con lágrimas en los ojos—. Ya nadie puede hacer nada por mi hijo. Ni siquiera puedo llorar en su tumba.

—Sigues compadeciéndote a ti mismo, Sebastián —le advirtió Alberto con dureza—. La compasión ya no cabe aquí. Víctor está más allá de ella y tú no la mereces. Lo que tienes que hacer, es justicia.

—Es lo que quiero, atrapar a ese maldito —declaró Sebastián, iracundo.

—Muy bien ¿En qué puedo ayudarte?

—El asesor de Scotland Yard tiene una teoría, y por algunas evidencias creo que está en lo cierto…

—¿Es ese el policía que apuñalaron?

—Sí.

—Pobre hombre ¿Se pondrá bien?

—Sus heridas sanarán. Regresará a Londres en cuanto esté en condiciones de viajar.

—Así que ya no es tu problema —precisó Alberto, con un tono acusador.

—¡No dije eso! —Se defendió Sebastián—. ¡Desde luego que lo es!. Es un buen policía, y creo que un buen hombre, aunque no lo conozco lo suficiente.

Es solo que me tranquiliza saber que quedará fuera del alcance del asesino cuando se marche.

—Está bien —aceptó el viejo, conciliador—. Continúa.

—Él piensa que el asesino quiere venganza porque está convencido, con razón o sin ella, de ser mi hijo —Alberto enarcó las cejas, sorprendido—. Un hijo que habría nacido en forma ilegítima y que se creería abandonado —Sebastián suspiró—. Cree que su ensañamiento con Víctor fue por considerarlo el usurpador de la primogenitura que le correspondía a él.

—¿Es eso posible?

—No, hasta donde yo sé —dijo Sebastián, ruborizándose—. Siempre le fui fiel a Beatriz, aunque este hombre tiene cincuenta años, por lo que habría nacido mucho antes que siquiera la conociera.

—Aún no respondes mi pregunta —insistió Alberto, sin darle tregua—. ¿Es posible?

—No —concluyó Sebastián—. Me he devanado los sesos tratando de recordar. De acuerdo a los datos que poseemos, cuando el asesino fue engendrado yo tendría dieciséis años, pero yo perdí la virginidad después de cumplir los diecisiete —Miró a su tío y se volvió a ruborizar—. Antes de eso tuve mis escarceos, pero nunca llegué a consumar el acto.

—Comprendo —aceptó Alberto con seriedad, consciente de lo difícil que debía resultarle a su sobrino hablarle de eso—. Entonces tu asesor está equivocado.

—No, no lo está —insistió Sebastián—. El asesino llamó a la comisaría, se hace llamar el Hijo Pródigo y habló de los derechos que le robaron. Sus palabras concuerdan con el perfil que nos dio Sterling. Es la razón por la que pensamos que puede tratarse de alguien que tan solo cree que yo soy su padre.

—¿Alguien a quien le contaron una mentira?

—Exacto —confirmó Sebastián, contento de alejarse un poco del plano íntimo de la conversación—, pero no recuerdo nada que me permita identificarlo. Tú estuviste cerca siempre, mi padre hablaba contigo y te tenía al día de todo lo que ocurría en la familia. Tenía la esperanza de que recordaras algo que me ayude a discernir quién puede ser.

Alberto volvió a recostarse, permaneciendo un rato en silencio, buscando en su memoria algo que pudiera servir como pista a su sobrino. Se sentía emocionado y pese al dolor que percibía en Sebastián, de alguna manera se alegraba de que se hubiera reivindicado a Víctor. Recordaba al joven, siempre con una sonrisa en los labios, dispuesto a colaborar con cualquiera que lo necesitase, leal con sus amigos, y un poco rebelde cuando equivocado o no, consideraba que estaba frente a una injusticia. Lo recordaba temerario, rayando con la imprudencia y dispuesto a proteger a los que veía en desventaja. Hubiera sido un gran hombre. No merecía la soledad y el desprecio que sufrió. No merecía morir tan joven, de manera tan terrible. Ya no había remedio para eso, pero al menos su nombre quedaría limpio.

Alberto se concentró en la pregunta de Sebastián e hizo memoria de la época a la que se refería. Después de unos minutos, su rostro se iluminó y su sobrino comprendió que había recordado algo importante. El anciano se inclinó hacia delante, así que Sebastián hizo lo mismo para prestarle más atención.

—Hubo un episodio… Creo que tú mismo no llegaste a saberlo. Tal vez por eso no lo recuerdas

—¿No llegué a saberlo? —preguntó Sebastián, en extremo sorprendido—. ¿Cómo es eso posible? ¿De qué se trató?

—Tu padre te protegió —le explicó Alberto—. Cuando tenías dieciséis años había una joven en el pueblo, ella tenía quince, era una cría. Su nombre era María Sarmiento. ¿La recuerdas?

—Sí —admitió Sebastián—, ahora que lo dices. Era una chiquilla flaca y huesuda. Ahora recuerdo que parecía una cría, pero de un día para otro comenzó a comportarse como una mujer bastante liberal. Casi todos los chicos del pueblo rivalizábamos, no porque nos gustara, sino porque se dejaba tocar y besar.

—Sí, ella.

—Pero recuerdo que solo llegué a besarla —Sebastián volvió a ruborizarse—, Como la mayoría de los chicos de esa época, yo era bastante ignorante de esas cosas. La llevé a un pajar y la besé, ella quería que llegáramos hasta el final, pero cuando se quitó la ropa tuve un ataque de pánico y salí corriendo. La dejé allí hecha una furia. No volví a verla. El siguiente otoño, mi padre me envió a Madrid contigo para que terminara el bachillerato.

—Hubo algunas cosas que nunca llegaste a saber —le confesó Alberto—. ¿Recuerdas una conversación con tu padre? ¿No te preguntó si conocías a la chica?

—Recuerdo que en aquellos días, mi padre me explicó algunas cosas sobre el sexo, y me preguntó si tuve relaciones con alguna chica. Me aseguró que no se enfadaría si era así. Que solo quería que le dijera la verdad.

—¿Y tú que le dijiste?

—Le dije la verdad. Yo aún era virgen, aunque como cualquier chico de esa edad, me gustaba presumir de experimentado. Pero a padre no le podía mentir. Recuerdo que me miró muy serio, mientras confesaba mi inexperiencia. Creía que se avergonzaría de mí por no ser lo bastante hombre. Él sonrió cuando terminé de hablar y me dijo que no me preocupara, que no tuviera prisa, que todo llegaría.

—Déjame contarte la razón de esa conversación, que aunque ahora parezca normal, en aquellos días era muy extraña —Sebastián prestó atención—. El padre de María se presentó un día en casa de tu padre y pidió hablar con él. Parecía enfadado, pero tu padre presentía que estaba fingiendo. Le dijo que María estaba embarazada y que el niño era tuyo, que la llevaste a un pajar con engaños para seducirla.

—¡Eso no fue cierto! —protestó Sebastián indignado, como si lo hubieran acusado de algo que había ocurrido en ese momento.

—¡Ya lo sé! —replicó Alberto, impaciente—. ¡Calla y escucha! Tu padre no confiaba en ese tío, era un borracho, mentiroso, pendenciero, y poco amigo del trabajo honrado. Le dijo que indagaría. Si era cierto, te obligaría a cumplir con tu deber con María y el niño. Él mismo ayudaría a criarlo, pero si era mentira no permitiría que te molestaran más. Por eso te hizo esas preguntas que te incomodaron tanto.

—¿Y padre me creyó, sin más?

—Eras su hijo, te conocía. Sabía que no le ibas a mentir.

—Me apoyó sin que yo siquiera llegara a saberlo —dijo Sebastián en un murmullo.

—No iba a permitir que te arruinaran la vida por una mentira.

—Fue lo que yo hice con Víctor —respondió Sebastián, sintiendo más vergüenza que nunca—. ¿Fue por eso que me envió a Madrid?

—Sí, quería sacarte de aquí. Sarmiento insistía en que el chico, porque fue varón, era tuyo, hasta que tu padre le hizo una visita en la que le dejó claro que no permitiría que te cargara con el mochuelo.

—¿Qué pasó con el niño? ¿Lo sabes?

—Se deshicieron de él —anunció Alberto con dureza, Sebastián lo miró asustado, sin saber qué quería decir—. La inclusa. Por lo que se decía en el pueblo, la madre, María, no quiso ni verlo cuando nació. Luego huyó y nadie supo más de ella.

Sebastián meditó en silencio, comprendiendo que había encontrado lo que fue a buscar, pero no se sentía muy seguro de alegrarse por ello. Estaba claro que ese niño era Carlos Ugarte. Había sido despreciado desde que nació, quizá creció en instituciones, alejado del calor de una familia. Si investigó su origen, era probable que hubiera encontrado a María Sarmiento y tal vez ella le dijo que él era su padre y que se desentendió de su responsabilidad. Pero ¿por qué? Él nunca la tocó, no podía ser el padre ¿Quién era entonces? ¿A quién protegía María? Tal vez nada de eso tuviera importancia. La única verdad era que Ugarte estaba seguro de que era su hijo y esa convicción, junto con su mente desquiciada lo llevaron a urdir una venganza cruel y despiadada.

Sintió una punzada de remordimiento. Un revolcón inconcluso en un pajar cuando tenía dieciséis años tuvo como consecuencia que su propio hijo sufriera la cárcel y la muerte, que varios adolescentes inocentes murieran en circunstancias terribles, que apuñalaran a Sterling, y que ahora todos los que amaba estuvieran en peligro de correr la misma suerte. Era una pesadilla. Algo irreal. Comprendió que su mundo había dado la vuelta ciento ochenta grados. No fue la conducta de Víctor la que trajo su desgracia, fue la suya, la que arruinó la vida de su hijo. Sin poder evitarlo, bajo la comprensiva mirada de Alberto, Sebastián comenzó a llorar.

En el camino de regreso a Madrid, Patricia le informó al comisario lo que averiguó acerca de Carlos Ugarte.

—Lo abandonaron cuando nació, lo dejaron en la inclusa. Su madre era María Sarmiento —informó, mientras revisaba sus notas—, padre desconocido. Escogieron para él un nombre al azar para desvincularlo del de su madre. Creció en un orfanato y cuando cumplió los doce años lo encerraron en un reformatorio.

—¿Por qué? ¿Qué hizo? —preguntó Sebastián.

Patricia lo miró, el comisario parecía muy perturbado, pero no se atrevió a preguntarle por sus indagaciones, cuyo resultado debió ser devastador. Sintió compasión por su jefe.

—Tuvo una riña con otro chico. Lo golpeó con un palo con tal brutalidad que lo dejó con lesiones permanentes. Casi lo mata.

—Entiendo, continúa.

—Lo demás es bastante común, entró y salió de reformatorios y cárceles por delitos menores, hurto, peleas, vandalismo, hasta que lo condenaron dos años por participar en un asalto a mano armada. El dueño de la tienda resultó herido. No fue Ugarte, pero estuvo allí y participó. En prisión debió hacer otros contactos, porque cuando salió se fue a Centroamérica.

—Y supongo que entonces inició su carrera como narcotraficante. ¡Un chico brillante! —exclamó Sebastián con ironía.

—En realidad, es así como lo recuerdan —continuó Patricia, manteniendo la seriedad—. Por lo visto, su coeficiente era superior a la media, pero su autocontrol dejaba mucho que desear.

—Sí, supongo que se sentía amargado por el rechazo que sufrió.

Patricia guardó silencio un momento, no se atrevía a preguntar, pero al final la curiosidad pudo más que la prudencia.

—¿Usted averiguó algo, señor?

—Eso me temo —reconoció Sebastián. La implicación hizo que la inspectora abriera los ojos y enarcara las cejas.

—¿Quiere decir que es su…?

—¡NO! —gritó Sebastián, con tal empeño, que Patricia dio un respingo—. ¡No es mi hijo! —él vio la expresión de miedo de su subalterna y comprendió que se había excedido—. Lo siento, todo este asunto me tiene de los nervios.

—Es comprensible, señor. Entonces Sterling estaba equivocado.

—Me temo que no, en realidad estaba en lo cierto —Suspiró, y se detuvo, pensando en la mejor forma de contarlo sin violar su propia intimidad—. Por lo visto yo nunca lo supe porque mi padre me protegió, pero cuando yo tenía dieciséis años, una chica del pueblo me acusó de ser el padre del niño que esperaba —miró de reojo a Patricia que se mordía los labios—. Antes de que lo pregunte, ella mintió. Aunque nunca la toqué, me escogió de chivo expiatorio.

—¿María Sarmiento? —preguntó Patricia. Sebastián asintió—. ¿Y cree que ella le dijo a su hijo que usted era su padre?

—No creo que en el orfanato le dieran ninguna información, pero si es tan listo es probable que la encontrara y le preguntara. Tal vez le dio mi nombre.

—Así que él está convencido de que usted es su padre.

—Eso me temo.

—¿Qué haremos ahora, señor? —preguntó Patricia—. Ya sabemos el motivo de su odio hacia usted y por qué escogió a su hijo para vengarse, pero eso no nos acerca a encontrarlo ahora.

—Lo sé —respondió Sebastián.

Recorrieron el resto del camino en silencio, cada uno sumido en sus propios pensamientos, hasta que entraron de nuevo a Madrid. Sebastián la miró con expresión dubitativa.

—Sé que es tarde y debe estar cansada, pero ¿le importaría que nos desviáramos hacia el hospital para saber cómo evoluciona Sterling? —preguntó Sebastián.

—No me importaría, señor —dijo Patricia, con ojos esperanzados—. De hecho, me gustaría.

Al llegar al piso donde se encontraba el inglés, Sebastián comprobó que los guardias estuvieran en su sitio. Ya se sentía bastante culpable por lo que le ocurrió al asesor, como para permitir que Ugarte volviera a acercársele. No sabía muy bien por qué tuvo la necesidad de ir a verlo. Sterling ya estaba fuera de la investigación por orden de Londres, pero de alguna manera sentía que se lo debía. Además, quería comprobar su evolución. Le había cobrado afecto en el poco tiempo que lo conocía.

Entraron en la habitación y lo encontraron recostado, con los ojos cerrados, pero despierto. Parecía un poco más relajado que el día anterior. Abrió los ojos en cuanto los escuchó, y sonrió al verlos.

—Hola, Patricia. Comisario.

—¿Cómo se encuentra, Sterling? —preguntó Sebastián.

—Mucho mejor.

—Tiene mejor aspecto —opinó Patricia—. Parece más tranquilo.

—Lo estoy —respondió Michael—. En realidad, se lo debo a ustedes. Pude hablar con Olegario, quien se está ocupando de algunos asuntos que me preocupaban.

—Cualquier otra cosa que necesite, solo debe pedirla —ofreció Sebastián.

—Gracias. ¿Se sabe algo más?

Losada colocó dos sillas frente a la cama, hizo que Patricia se sentara en una y él ocupó la otra.

—No creo que le haga bien preocuparse más por ese tema, ahora es nuestro problema, Ya hizo bastante. Necesita descansar y estar tranquilo.

—Comisario, no podré descansar ni estar tranquilo mientras Ugarte continúe libre. No sé quién dio esa orden en Londres y la verdad, tampoco me importa mucho, porque no pienso cumplirla. Le agradecería que no me deje al margen, porque no lo voy a permitir. Tal vez usted no lo crea, pero todavía me necesita para atrapar a ese asesino.

Sebastián se enderezó en el asiento, ante la imperativa respuesta de Sterling.

—¿Siempre es tan irreverente?

—Soy un dolor de cabeza para mis superiores.

—¿Cómo es que no lo han echado?

—Hago bien mi trabajo.

A su pesar, Sebastián sonrió, y accedió a explicarle todo lo que sabían hasta ese momento. Lo que el forense dijo acerca de la forma en que le administraron la Escopolamina, la inutilidad de revisar las grabaciones del hotel, lo cual no le sorprendió, pero sobre todo, lo que Patricia y él averiguaron sobre Ugarte en Segurilla. Apenas terminó de contarlo cuando sonó el móvil. Sebastián atendió la llamada y luego se quedó pensativo un momento antes de hablar.

—Era Felipe. Analizaron la sangre que encontraron en el hotel, la de la cama era suya —dijo mirando a Sterling—, pero la que cubría las paredes era sangre animal. De cerdo, para ser más exactos.

—¿De cerdo? —preguntó Patricia, Sebastián asintió—. ¿Para qué tomarse tantas molestias?

—Para intimidar —explicó Sterling—. Para asustar. Quiere atormentarlo, comisario. No esperaba que yo me salvara, quería que usted encontrara otro cadáver y que no pudiera olvidarlo.

—No creo que pueda olvidarlo —respondió en voz baja, Sebastián—, aunque por suerte usted sobrevivió.

Enseguida se arrepintió, preguntándose si lo que dijo era demasiado cruel con el hombre que apuñalaron solo hacía pocas horas. Sterling sonrió con tristeza.

—No es necesario que mida sus palabras. No hay mejor recordatorio que las propias heridas.

—¿Siente mucho dolor?

—Hay dolores peores que los físicos.

Esas palabras las sintió Sebastián como si le hubieran golpeado. Por alguna razón sospechaba que Sterling no se refería al horror que acababa de vivir, sino a algo más antiguo y profundo que nunca había curado. Se estremeció, preguntándose por qué tenía la impresión de que estaba en deuda con ese hombre.

—Bien, creo que ya lo hicimos hablar demasiado —anunció levantándose de la silla—. Usted necesita descansar y nosotros también.

—Gracias por venir y por mantenerme al día.

—Cuídese y si necesita algo no dude en pedirlo.

Se retiraron en dirección a sus casas. Michael quedó pensativo, preocupado por todo lo que le contaron. Era evidente que Ugarte encontró a su madre o a alguien relacionado con ella, que le dijo que Sebastián era su padre. Lo que no comprendía era qué necesidad tenía ella de mentir acerca del padre de su hijo. ¿Por qué lo hacía? ¿A quién protegía? Tenía la sensación de que era importante. ¿O acaso era su propio padre quien mentía? No, Sebastián Losada podía tener muchos defectos y haber cometido muchos errores, pero no era un mentiroso ni un cobarde. No mentiría ni siquiera para protegerse a sí mismo o a uno de los suyos. La prueba era él mismo.

Decidió que no podía seguir mucho tiempo en aquella cama, había mucho que hacer. Cerró los ojos y trató de recordar, pese a que era muy doloroso. En algún momento debió ver el rostro de Ugarte. Tenía la sensación de que sabía quién era, que estaba muy cerca, que si se esforzaba podría reconocerlo. ¿Cómo supo que él formaba parte de la investigación? ¿O dónde se hospedaba? La respuesta lógica era que lo había visto, tal vez entrando en la comisaría, tal vez lo siguió al hotel. Pero cuando llamó preguntó por él usando su nombre, además sabía que dirigió el rescate de Diana tres años atrás. Significaba que conocía su rostro, su papel en todo esto, pero no sabía que era Víctor Losada. Eso solo lo sabía Olegario y él nunca lo traicionaría.

Volvió a concentrarse en el recuerdo de la bestia. Se esforzó. La respuesta estaba allí, en su memoria. Era el único testigo, nadie más vio su rostro y vivió para contarlo. En algún momento debió verlo sin la máscara, tal vez mientras estuvo bajo los efectos de la Escopolamina o antes, mientras cruzaba el vestíbulo del hotel para subir a su habitación. Michael repasó en su mente cada minuto desde que salió de la comisaría, llegó al hotel, recibió la llave de manos del empleado. Se detuvo en el rostro del recepcionista. No le dijo nada, era el mismo de la noche anterior y de las otras noches. Cruzó el vestíbulo, estaba vacío a esa hora. Subió en el ascensor, también vacío. Llegó hasta su habitación. ¿Qué hizo después? Estaba cansado, quería ducharse y acostarse a dormir. Dejó la llave sobre la mesilla, se quitó la chaqueta, tenía los ojos irritados por el cansancio, se los frotó.... Lo siguiente que recordaba era la bestia acercándose a él con el cuchillo en la mano. Ya tenía el rostro cubierto. No llegó a verle la cara. Luego llegó la oscuridad.

Capítulo catorce.

Sebastián se levantó tarde después de una mala noche. Llevaba en el bolsillo el nombre que le proporcionó su tío. Herminia Sarmiento tal vez tendría alguna respuesta, si continuaba con vida. Sintió una punzada de remordimiento, tenía muy claro que lo que buscaba no serviría para encontrar a Ugarte ni ayudaría a descubrir su nueva identidad, pero necesitaba saberlo. ¿Por qué lo escogieron a él para endilgarle la paternidad del hijo de María? ¿Quién era el verdadero padre? Toda su vida trató de hacer lo correcto y sin embargo falló. ¿Por qué? Sabía la respuesta, aunque no quisiera aceptarla, pero ya era demasiado tarde para ser condescendiente consigo mismo.

La verdad era que llevó la dignidad y el acatamiento de las reglas hasta el extremo de privarlas de humanidad. No dejó espacio para la comprensión ni la tolerancia y el resultado fue que sus mejores virtudes se convirtieron en orgullo y soberbia. Ahora necesitaba saber, comprender todos sus errores. Pedir perdón por ellos. El problema era que no tenía a quien. Víctor fue quien pagó por su rigidez, pero su hijo ya estaba muerto, reducido a cenizas. Era tarde para recibir su perdón o su condena. Sebastián entró en la comisaría casi a las nueve, Amanda lo esperaba.

—Buenos días, señor. El superintendente llamó temprano. Desea que le devuelva la llamada en cuanto llegue.

—Buenos días, ¿sabes qué es lo que quiere?

—No, pero no se escuchaba muy contento.

—Lo imagino. ¿Ya llegó el resto del equipo?

—Sí, pero volvieron a salir. Felipe me pidió que le dijera que no hay novedades, y que ya asignó las tareas para hoy. Dijo que interrogarán a los posibles testigos del hotel por si alguien vio algo. No encontraron ninguna evidencia en la habitación.

—Bien, gracias.

Entró en su oficina, respiró profundo y llamó a su jefe.

—Buenos días, señor. Tengo entendido que desea hablar conmigo.

—Sí, comisario —respondió Ceballos—. ¿Hay algún avance en el caso del doble homicidio?

—Nos encontramos trabajando en ello, señor.

—Sí, leí el informe que me enviaron ayer, pero no creo que estemos cerca de atrapar al homicida.

—Lo atraparemos.

—Eso espero, no tienes idea de la presión que tengo del ministerio por un lado y de los medios de comunicación por el otro. Estamos quedando como ineptos.

—Hacemos lo posible, señor.

—Hay algo más de lo que quiero hablarte.

—Usted dirá —dijo Sebastián, armándose de paciencia.

—Tengo entendido que destinaste dos patrullas a proteger a tu hija ¿Es cierto?

—Sí, señor, tenemos razones para creer que Ugarte puede atentar contra mi familia.

—¿Recibieron alguna amenaza directa?

—No señor, pero...

—Entonces, no puedes saberlo.

—Señor, ya vio lo que le hizo al comisario Sterling.

—Pero tengo entendido que él sí recibió una amenaza, el homicida pidió hablar con él en persona. ¿O me equivoco?

—No señor —reconoció Sebastián, sintiendo que comenzaba a sudar por el miedo. Si no podía proteger a Alicia y Diana, estarían a merced de ese sádico.

—Losada, voy a ser muy claro. Tenemos que proteger la imagen del cuerpo de policía. ¿Cómo quieres que explique que dos patrullas se retiraron de las calles, restando protección a los ciudadanos para cuidar a la familia del comisario? Todos tememos por nuestras familias, pero no tenemos derecho a ese tipo de privilegios.

—¡No son privilegios, señor, hay un riesgo real! —casi gritó.

—¡Basta! —le cortó Ceballos en voz aún más alta—. ¡No aceptaré una insubordinación! Ahora escucha, eres uno de los mejores policías con los que contamos, pero si no eres capaz de mantener el control con este caso, te relevaré sin pensarlo dos veces. Las patrullas que destinaste a cuidar a tu familia regresarán a las calles y los hombres que protegen al inglés se mantendrán en sus puestos hasta que llegue el representante que enviará Londres, lo cual debe ocurrir hoy mismo. Luego regresarán al servicio normal. ¿Está claro? —Silencio— ¿Está claro? —repitió Ceballos en tono más imperativo.

—Sí, señor —dijo Sebastián entre dientes.

—Si tanto te preocupa la seguridad de tu familia y crees que ese criminal los amenaza, lo que debes hacer es darte prisa en detenerlo.

Sebastián no respondió, apretó los puños, clavó las uñas en las palmas hasta que dejó marcas en ellas. De haber tenido frente a él a Ceballos lo hubiera golpeado, pero eso no serviría de nada. Lo único que podía hacer era buscar otra forma de proteger a su hija y su nieta, y no descansar hasta atrapar a Ugarte. Luego resolvería el problema con el superintendente. Colgó el teléfono para volver a marcar.

—«Motores González-Pardo», dígame —dijo la voz indiferente de una secretaria.

—Buenos días, quiero hablar con el señor Juan Pardo.

—Está en una reunión. ¿Quién lo llama?

—Soy su suegro y es urgente. Por favor, dígale que se ponga al teléfono.

—Lo siento, señor, no puedo interrumpirlo...

—¿No escuchó que es urgente? —preguntó Sebastián alzando la voz—. ¡Llámelo ahora mismo!

—Sí, señor —dijo la secretaria, con voz temblorosa. Pasaron unos segundos antes que Juan respondiera.

—¿Suegro? ¿Qué ocurre?

—Escúchame con atención, Juan. No me permiten seguir proporcionando protección a Alicia y Diana, quiero que las recojas y os vayáis de Madrid. No le digas a nadie dónde vais.

—Sebastián, tengo una importante reunión ¿Estás seguro de que eso es necesario?

—¡Nada es más importante que la seguridad de tu mujer y tu hija! ¡Y sí, estoy seguro de que es necesario!

—Muy bien, tranquilo —Bajó la voz—. Hablaré con Ernesto, tiene un chalet en Cantabria que seguro nos podrá prestar.

—Preferiría que nadie lo supiera —protestó Sebastián.

—Vamos, suegro, Ernesto es como mi hermano, confío en él y estoy seguro de que nos guardará el secreto. Sé que está muy nervioso, Sebastián, no se preocupe, yo cuidaré que no les pase nada a Alicia ni a Diana. Nunca lo permitiría. Le avisaremos cuando hayamos llegado a nuestro destino. Saldremos ahora mismo.

—Gracias, Juan —dijo Sebastián, con voz más calmada—. Eso me tranquiliza.

Sebastián permaneció un rato en silencio, pensando cuál sería la mejor pista para encontrar a Ugarte. En realidad, no tenían muchas opciones, y Felipe ya las había cubierto todas. Dudaba que lograran algo, pero nunca se sabía. Tal vez alguien lo hubiera visto acercarse a las llaves en el hotel.

Se sentía frustrado, impotente, metió la mano en el bolsillo para mirar el nombre y la dirección que le dio Alberto. Se levantó, nunca se sabía, tal vez la anciana pudiera darle alguna pista que lo acercara al Ugarte actual. Mientras salía, le dijo a Amanda que le llamara al móvil si surgía cualquier novedad. Ella asintió y se despidió.

Sebastián llegó al asilo de ancianos, aparcó a pocos metros de la entrada para observar el edificio. Era un bloque cuadrado, sin jardín ni espacio para que los residentes pudieran salir a tomar el sol. Pertenecía a la municipalidad y pese a que solo proporcionaba los cuidados básicos, le constaba que la lista de espera para un sitio así era muy larga. Entró. El ambiente lo deprimió. El interior estaba limpio y olía a desinfectante como en un hospital. Una enfermera, detrás de un mostrador, le preguntó que deseaba.

—Deseo ver a la señora Herminia Sarmiento —respondió él. La mujer lo miró sorprendida.

—¿Es usted un familiar?

—No —Sebastián sacó su identificación, no quería perder tiempo.

—¿Para qué puede querer la policía hablar con una anciana como la señora Sarmiento?

—Lo siento, señorita, pero eso no es de su incumbencia —respondió él con poca paciencia. Aún no era mediodía y ya había pasado por todo tipo de contratiempos. No estaba de muy buen humor.

—Está bien. ¡Marta! —llamó a otra de las enfermeras—. Conduce a este policía, que tiene que hablar con la señora Herminia —Luego miró a Sebastián con severidad—. Procure no alterarla. Su salud no es buena.

—Descuide —aceptó Sebastián, mientras seguía a Marta.

Recorrieron varios pasillos hasta que llegaron a una habitación, donde una anciana sentada en una silla de ruedas miraba un programa de concursos en la televisión. Por su expresión, Sebastián comprendió que en realidad estaba perdida en sus pensamientos y no prestaba atención a lo que ocurría en la pantalla. Marta apagó el televisor, lo que hizo que Herminia la mirara con recelo.

—Este señor quiere hablar con usted, Herminia. Es policía.

—No tengo nada que decirle a la Policía —protestó ella, de mal humor.

—Buena suerte —le deseó Marta a Sebastián y se fue, cerrando la puerta tras de sí.

Sebastián se sentó en una silla que colocó frente a la anciana. Respiró profundo, necesitaba calmarse para poder hablarle con un tono amable que no la asustara.

—Señora Sarmiento, soy el comisario Sebastián Losada y necesito hacerle algunas preguntas.

Ella lo miró cuando dijo su nombre. Por un momento una chispa brilló en sus ojos, pero enseguida desapareció.

—¿Qué quiere? —le preguntó en forma brusca.

—¿Tiene usted una sobrina llamada María Sarmiento?

—Murió —respondió ella—. La mataron.

Sebastián dio un respingo. No tuvo tiempo de investigar a María, pero tampoco esperaba que hubiera muerto.

—¿Sabe quién la mató?

La anciana asintió en silencio y los ojos se le humedecieron. Sufrió un estremecimiento. Sebastián comprendió que estaba asustada.

—Ella tuvo un hijo… —continuó diciendo él.

—¡Váyase! —gritó ella, llorando—. ¡Márchese de aquí! ¡Es el diablo, no quiero hablar del diablo! ¡Vendría a por mí!

—Nadie la lastimará —le prometió Sebastián—. La protegeremos. Necesito que me ayude ¿Fue Carlos quien la mató? ¿Fue su propio hijo?

—¡Es el hijo del demonio! —exclamó ella, casi al borde de la histeria.

—Calma —Trató de tranquilizarla Sebastián, mientras le buscaba un vaso de agua y se lo daba.

Herminia bebió el agua, sin dejar de llorar. Temblaba, muerta de miedo. Sebastián comprendió que debía ser muy cuidadoso si quería ganarse su colaboración.

—Herminia, sé que tiene miedo, pero no dejaremos que la lastime —Le repitió—. Necesito que me aclare algunas cosas.

Ella lo miró sin dejar de temblar.

—¿Sabe quién era el padre de Ugarte?

Herminia cerró los ojos, y asintió mientras las lágrimas le corrían por las mejillas. Estaba pálida, horrorizada.

—Fue él —dijo por fin—. Su propio padre —Lo miró a los ojos con profundo dolor—. Ella era una niña tan dulce y él abusó de ella.

—¿Me está diciendo que su hermano forzó a su propia hija?

—Solo era una chiquilla, pero quedó embarazada y él se asustó mucho —explicó Herminia.

Ahora que había comenzado a revelar el terrible secreto que la atormentó por años, ya no podía parar—. Quiso esconderlo, la obligó a comportarse como una furcia, a provocar a los chicos del pueblo...

Sebastián tragó saliva, aquello era más de lo que podía imaginar. Herminia no se detuvo en su relato.

—... Uno de ellos la llevó a un pajar, pero también era un crío y se asustó antes de hacer nada. Él la golpeó por fallar en su intento de seducción. Por Dios, solo era una niña —repitió sin dejar de llorar.

—¿Qué pasó después?

—Él trató de culpar al chico de todas maneras. Habló con su padre, pero el muchacho lo negó, su padre se enfrentó a mi hermano y envió al chico lejos. Mi hermano estaba furioso y asustado. Si en el pueblo llegaba a saberse lo que hizo, lo lincharían.

—Siga, no se detenga.

—La escondió hasta que el embarazo llegó a su fin —explicó Herminia—. Yo misma atendí el parto; era un varón. María se negó a mirarlo, la horrorizaba. Él cogió al niño y se lo llevó. Lo dejó en la inclusa, solo con el nombre de la madre.

—¿Qué pasó con María?

—Huyó en cuanto pudo —Recordó Herminia—, pero la vida no fue fácil para ella. Trabajaba dónde podía, hasta que un día el pasado la alcanzó.

—¿Carlos? —La anciana asintió—. ¿Ella le contó la verdad?

—No lo sé —Reconoció Herminia—, pero eso supongo porque la encontraron muerta. Él le cortó el cuello.

Sebastián sintió un escalofrío, y comenzó a comprender. El chico abandonado buscó sus raíces, pero encontró algo que no pudo soportar: era el producto de un incesto. La alternativa era aceptar la versión que inventaron para él: un muchacho del pueblo que sedujo a su madre en un pajar y luego se desentendió de sus responsabilidades. Tal vez Sterling podría explicarlo mejor, el comportamiento criminal era su campo, pero Sebastián había visto lo suficiente para comprender que la venganza de la que era víctima, era una forma de Ugarte de negar su verdadero origen. Una mentira, dicha cincuenta años atrás por un hombre sin escrúpulos era la causa de la destrucción de casi una decena de vidas. Miró a la anciana con una mezcla de ira y compasión. ¿Por qué esperó tantos años para hablar? Por miedo, claro. ¿Podía culparla? No se sentía con ese derecho.

—Gracias, Herminia. Me ha ayudado mucho.

Patricia terminó de interrogar al último empleado del hotel. Miró el reloj, eran las cuatro treinta. Había pasado todo el día haciendo una y otra vez las mismas preguntas sin resultados. Nadie vio nada extraño, nadie escuchó nada. Ugarte drogó a Sterling frente a las narices de todos y una vez en su habitación lo apuñaló en medio de un hotel lleno de gente, sin que nadie escuchara ni sospechara nada. O el tío era un genio o la sociedad era demasiado indiferente con la suerte del prójimo.

Estaba claro que ya no iba a sacar nada en limpio de los interrogatorios. Se levantó estirándose como un gato. Tenía los músculos entumecidos. Llamó por el móvil a la comisaría y habló con Martín. Las pesquisas en la compañía telefónica tampoco llevaron a nada.

—Felipe está que se sube por las paredes —le informó Martín—. Ese Ugarte es más escurridizo que una anguila.

—¿Qué opina el comisario?

—Todavía no regresa. Amanda dice que salió esta mañana. Que iba hecho una furia.

—¿A qué hora es la reunión?

—A las siete treinta —le notificó Martín—, pero no sé qué sentido tiene. No hay una maldita pista nueva a menos que Felipe tenga suerte.

—¿Qué está haciendo?

—Está con el equipo de la escena del crimen. Les obligó a revisar de nuevo todas las evidencias. Deben estar furiosos, pero necesitamos algo… un hilo del cual tirar. ¿Qué hay de ti? ¿Tienes algo?

—Nadie vio nada y nadie escuchó nada.

—¿No lo escucharon? ¿Ni siquiera los que se encontraban en las habitaciones vecinas?

—Uno era turista y ya se fue del país. La del otro lado la ocupaba una pareja en Luna de Miel. Dicen que en algún momento escucharon un grito apagado o un quejido, pero no le dieron importancia. Pensaron que se trataba de la televisión.

—¡Maldita sea!

—Esto es frustrante, ese tío se ríe de nosotros en la cara.

—¿Vas a venir?

—¿Hay algo que hacer?

—Nada útil. Estoy revisando de nuevo los vídeos para ver si hay algo que se nos pasara por alto la primera vez, pero la verdad es que es una pérdida de tiempo.

—Entonces iré al hospital para saber cómo sigue Sterling —Suspiró—. Tal vez se le haya ocurrido algo.

—Claro —dijo Martín, con una media sonrisa que su compañera no podía ver.

Patricia se desvió en dirección al hospital antes de regresar a la comisaría. Se sorprendió cuando vio que los guardias no estaban en sus puestos. Su sorpresa fue aun mayor cuando encontró un desconocido con el comisario.

Era un hombre alto, de cabello casi rubio y ojos claros. Sus facciones eran toscas y su postura un poco desgarbada. Sostenía una conversación con Sterling en inglés y ambos parecían bastante relajados. Comprendió que era el agente enviado desde Londres para protegerlo y llevarlo de vuelta. La idea le causó nostalgia. Sterling sonrió cuando la vio entrar. Después de los saludos y las presentaciones de rigor, Michael se interesó por los avances del caso.

—¿Hay alguna novedad?

—Nada, hasta donde sé, todo nos conduce a callejones sin salida.

Un relámpago inundó la habitación, y a los pocos segundos se escuchó un trueno. Michael se estremeció. En pocos minutos comenzaría a llover. La tormenta le traía malos recuerdos. Trató de ignorarla. Se disculpó con Patricia, porque iba a explicarle a Doyle las generalidades del caso, pero tendría que hacerlo en inglés, porque su amigo no sabía una palabra de español. Sterling comenzó a contar la historia y el inspector escuchó con atención, intercalando algún comentario o pregunta de vez en cuando. El móvil de Patricia sonó, era Martín.

—¿Patricia? —preguntó en cuanto ella atendió la llamada—. ¿Dónde estás?

—En el hospital, con Sterling ¿Qué ocurre, encontrasteis algo?

Sterling interrumpió su conversación y prestó atención a la llamada. El rostro de Patricia se iba demudando y palideció.

—¿Está el comisario Losada contigo?

—No, creí que estaba en la comisaría.

—Salió en la mañana y no ha regresado. Tampoco ha llamado ni responde al móvil ni en su casa. Tratamos de comunicarnos con Alicia y Concepción nos dijo que la familia salió de viaje a primera hora de la tarde, no sabe dónde, pero que las patrullas se retiraron esta mañana —Suspiró—. Estamos empezando a preocuparnos.

—¿Qué las patrullas se retiraron? —preguntó Patricia, sorprendida—. ¿Quién dio esa orden?

—El superintendente.

—¿El comisario no dejó dicho lo que pensaba hacer?

—Nadie lo sabe, pero según Amanda parecía preocupado.

—Voy para allá enseguida —decidió Patricia—. Debemos localizarlo.

Colgó, Sterling la miró con preocupación.

—¿Qué ocurre?

—Nada... —trató de disimular Patricia.

—¡No me diga que nada! —replicó Sterling, incorporándose en la cama—. ¿Qué está pasando?

Patricia le resumió la situación y vio cómo palidecía. Doyle los miraba sin saber de qué hablaban, pero comprendiendo que era grave por sus expresiones.

—¡Deme su móvil! —le pidió Sterling a Patricia.

—¿Para qué...?

—¡Démelo! —Ella obedeció.

Sterling marcó un número, sin disimular su nerviosismo. Olegario respondió al tercer timbrazo. Michael le puso al corriente en pocas palabras y esperó la respuesta.

—Me gustaría darte mejores noticias, Mike —le dijo el viejo—, pero no me sorprende. Traté de ponerme en contacto con los chicos que lo seguían para protegerlo, pero no responden. Me temo que eso no puede ser bueno.

—Haz lo que puedas, Olegario —le pidió Sterling—. Y si llegas a saber algo, avísame. O a Patricia, este es su móvil.

—Vale, te llamaré en cuanto sepa algo.

Sterling colgó, le devolvió el teléfono a Patricia y se quedó pensativo por un momento, tratando de decidir qué era lo que podía hacer. Su padre estaba en peligro, lo sabía por el nudo que se le formó en el estómago y que amenazaba con ahogarlo. Doyle lo miró.

—No me he enterado de nada. Tendrás que ser mi traductor ¿Qué ocurre?

Sterling palideció tanto que las sábanas que lo cubrían tenían más color que su rostro. Lo miró con los ojos extraviados como si hubiera visto algo aterrador. Patricia se debatía entre llamar a las enfermeras o marcharse a la comisaría para buscar a Losada, pero parecía que le hubieran clavado los pies al suelo. No se podía mover.

—¿Qué dijiste? —preguntó Sterling en un murmullo.

—Que no me he enterado... ¿Mike, estás bien?

La palabra «traductor» funcionó en su cerebro como un botón de encendido. La imagen del hombre que cumplió esa función durante el secuestro de Diana, que pretendía enterarse de todo e interceder entre él y la familia ocupó un primer lugar en su mente y se superpuso con aquella otra que trataba de recordar sin conseguirlo: la de un hombre que se le acercó en una feria para preguntarle una dirección. Carlos Ugarte y Ernesto González eran la misma persona. Entonces lo comprendió todo, la sensación de haberlo visto, de tenerlo cerca. Por un momento la habitación le dio vueltas. Hizo un esfuerzo por recuperar el control de sí mismo. Su padre estaba en peligro, los chicos de Olegario que tenían la misión de seguirlo y protegerlo no respondían, lo cual solo podía significar una cosa. Estaban muertos o neutralizados de alguna manera y Sebastián estaba en manos de Ugarte. Respiró profundo, volviendo a la realidad.

—¡Busca mi ropa! —le ordenó a Doyle.

—¿Te volviste loco? ¿Para qué quieres la ropa?

—¡Es una orden! —le dijo con una voz que no admitía discusión. Eran amigos, pero cuando era necesario tenían claro quien estaba al mando. Luego se dirigió a Patricia que no comprendía lo que ocurría—. Por favor, salga, debo vestirme. Busque una muleta, un bastón, o algo que me ayude a caminar y espéreme afuera.

—Comisario, usted no puede levantarse, está...

—No hay tiempo para discutir, Patricia, ya sé quién es Ugarte.

—¿Lo sabe? ¿Cómo?

—Acabo de recordarlo —admitió—. Lo vi sin máscara por unos segundos y recordé que acompañó a Alicia y a su esposo en Londres. Allí lo conocí. Se hacía llamar Ernesto González.

—¿El socio del yerno del comisario? —preguntó Patricia con los ojos muy abiertos.

—Sí, y me temo que en este momento debe tener a Sebastián en su poder. ¡Rápido, haga lo que le digo!

Doyle ya le traía la ropa que estaba guardada en el armario y Patricia salió a buscar una muleta. Era una locura, pero no tenían alternativa. Sterling se vistió a toda prisa. Cuando quiso ponerse de pie las fuerzas le fallaron, pero se repuso a los pocos segundos. La adrenalina compensaba su debilidad. Ni siquiera sentía las heridas.

Las enfermeras trataron de detenerlo y tuvo que firmar lo que le pusieron delante para que le permitieran salir contra orden médica. Patricia llamó a la comisaría para contarles lo que Sterling había recordado. Martín salió hacia la casa de Losada, mientras Felipe se dirigió a la de Alicia para interrogar a Concepción. Sterling le pidió a Doyle que se encontrara con Barragán en la comisaría para que coordinaran desde allí la búsqueda, mientras él se iba con Patricia.

Caminaba con dificultad, pero manteniendo el paso gracias al apoyo que le proporcionaba la muleta. Llegaron al coche y Patricia le preguntó hacia dónde se dirigían.

—Al lugar donde todo comenzó.

Capítulo quince.

Junto a la carretera, bajo el manto de oscuridad de la noche, Felipe se bajó del coche y se subió las solapas del abrigo para protegerse del frío, aunque sabía que era inútil porque la lluvia ya lo había calado hasta los huesos. Tres patrullas estaban aparcadas a un lado del camino y dos oficiales desviaban el tráfico e impedían que los curiosos se detuvieran lo suficiente para ver algo. Martín, a su lado, había perdido su habitual buen humor y se veía también preocupado. No encontró nada en la casa del comisario que pudiera ayudarles a localizarlos.

La entrevista con Concepción tampoco ayudó mucho. La pobre mujer era un manojo de nervios. Solo pudo decirles que los guardias que vigilaban la casa se marcharon esa mañana y que poco después llegó el señor Juan con su socio. Les avisó que por instrucciones de don Sebastián tenían que hacer las maletas para alejarse una temporada de Madrid. No le dijeron a dónde iban, luego salieron. Los policías se reunieron en la casa de Ugarte, pero él no estaba allí. Su esposa y su hijo no tenían idea de lo que ocurría. Felipe los compadeció por lo que les esperaba. Dejaron un par de compañeros registrando la casa y buscando evidencias.

Felipe maldijo su suerte, la familia del comisario se puso a sí misma en manos de Ugarte. El hijo de puta supo hacerlo bien al ganarse la confianza de sus víctimas. Cuando salían de la casa del asesino les avisaron que habían localizado el utilitario de la familia Pardo con un cadáver en su interior. Se dirigieron al lugar. Felipe mostró su identificación a uno de los policías que trató de interceptarlo y se acercó al coche. En el asiento del conductor, Juan Pardo yacía con una herida que le recorría el cuello.

—Degollado —informó el inspector de otra comisaría al que le habían asignado el caso—. Murió casi en el acto.

—¿Había alguien más? —preguntó Felipe, tratando de conservar la calma.

—Nadie. ¿Esperaba encontrar a alguien más?

—Viajaba con la familia: esposa embarazada y una niña de ocho años.

—Aquí no había nadie más. ¿Tiene idea de quién pudo hacer esto?

—Tengo el nombre —reconoció Felipe—. Ernesto González, su socio.

—Eso explica que no haya señales de lucha. Lo cogió desprevenido. Confiaba en su asesino.

Felipe no respondió, pero volvió a maldecir en silencio. Ese había sido todo el problema. El hijo de puta siempre estuvo demasiado cerca, además de que era alguien en quien sus víctimas confiaban.

—Avísale a Patricia —le ordenó Felipe a Martín—. ¿Dónde diablos se ha metido?

—Eso trato de hacer —respondió Martín, en su tercer intento—. Debe ser la maldita tormenta, no hay cobertura.

—¿Qué fue lo que te dijo con exactitud?

—Que Sterling recordó la cara del tío. La vio por unos segundos y lo identificó como el socio de Pardo. Por lo visto, lo conoció en Londres cuando secuestraron a la niña.

—Tal vez deberíamos hablar con Sterling en el hospital. Puede que recuerde algo más.

—No está en el hospital —le notificó Martín.

Felipe se volvió para mirarlo sin poder creer lo que escuchaba.

—Patricia me dijo que ella iba a acompañar a Sterling, que se levantó de la cama, que firmó lo que le pusieron por delante, y que iban a buscar al comisario —explicó Martín.

—¿Te dijo dónde pensaban buscarlo?

—No y reconozco que estaba tan impactado con las noticias que tampoco se lo pregunté.

—Si algo le pasa a Patricia, Sterling lo va a lamentar —murmuró Felipe entre dientes.

Patricia hacía lo posible por concentrarse en el camino, conduciendo lo más rápido que podía, pese a la escasa visibilidad que le permitía la tormenta. Sterling tenía la mirada fija en el frente, la tez pálida y la mandíbula apretada. Se preguntaba si llegarían a tiempo y si estaría en lo cierto acerca de Ugarte. Si se equivocaba, si no lo encontraban en el viejo almacén, no tendría tiempo de salvar a su padre.

Cuando se acercaron a la nave abandonada, Sterling le dijo que apagara las luces y se desplazara despacio. Patricia se sorprendió de lo bien que conocía el lugar. Rodaron hasta unos matorrales, donde el coche quedó medio escondido. El viejo depósito se perfilaba en el fondo, pero una escasa luz en su interior les hizo comprender que adentro había alguien. Sterling se preguntó si sus ocupantes serían indigentes, luego desechó la idea. Los agujeros del techo no lo hacían un buen refugio para una noche como esa. Salieron del coche. Él, con notoria dificultad.

—Espere aquí —le ordenó Patricia—. Iré a echar un vistazo.

—No la dejaré ir sola —protestó él.

—Comisario, no quiero ofenderlo, pero en su estado actual no creo que me resulte de gran ayuda.

—Soy todo lo que tiene.

—Pediré refuerzos.

Después de varios intentos con el móvil, lo miró angustiada.

—¿Qué ocurre? —preguntó él.

—La tormenta, no puedo comunicarme.

—Siga intentándolo. Yo voy a entrar.

—¡No puede hacer eso! ¡Si está allí, solo logrará que también lo mate!

—No hay tiempo, él no va a esperar que la tormenta amaine. Matará a Losada.

—Iré con usted —decidió ella sacando el arma.

Sterling aceptó con resignación, Patricia se acercó al almacén por el frente con mucha agilidad, con el arma en las manos y siguiendo todos los procedimientos. Michael, sin embargo, no podía moverse con soltura. Apoyándose en la muleta, se dirigió a la parte trasera del almacén. Por un momento tuvo la sensación de que ya había estado en esa situación, que ya lo había vivido. En medio de una pesadilla, recordó, una en la que terminaba muerto.

Mientras Patricia se acercaba a la puerta, él rodeó el edificio. No estaba en condiciones de saltar, pero recordó que la pared estaba derruida en uno de los muros posteriores, y el agujero solo estaba protegido con tablas. Si entraba por ahí, podría sorprender a Ugarte.

Patricia se colocó junto a la puerta entreabierta y entró con la pistola lista para disparar. No pudo hacer mucho más, pues sintió un fuerte dolor en la cabeza antes de sumirse en la oscuridad. Cayó hacia delante, mientras Ugarte la miraba con una sonrisa. Sostenía un palo en la mano. El que usó para golpearla.

La arrastró hasta el centro del almacén, donde Alicia estaba amarrada a las argollas que veinticinco años atrás usó con Sandra Martínez. A su hermana le permitió conservar la ropa. Él no era un pervertido. Diana estaba cerca de su madre. Permanecía inconsciente a causa de la Escopolamina. Sebastián se debatía en una silla, sujeto por correas acolchadas como una vez estuvo Víctor. La mordaza le impedía gritar y todos sus esfuerzos eran inútiles.

Ugarte amarró a Patricia sintiéndose muy orgulloso de sí mismo. Vio en los ojos de Sebastián la preocupación por la chica, por lo que comprendió que también le importaba.

—Parece que tendremos una pequeña fiesta, padre —le dijo con ironía—. ¿Por quién quieres que comencemos? ¿Tu hija, tu nieta o la policía?

Sebastián se removía desesperado, impotente. Por primera vez comprendió en toda su envergadura lo que debió sentir Víctor cuando estuvo en esa misma situación. Ugarte sacó el cuchillo y los relámpagos se reflejaron en su hoja. Se acercó a Patricia, la cogió por el cabello y colocó el cuchillo en su cuello dispuesto a degollarla.

—¡NO! —gritó Sterling, desde la parte posterior del almacén, surgiendo de las sombras.

Michael había soltado la muleta, al comprender que solo le estorbaría, así que avanzaba con dificultad. A causa de la adrenalina no sentía el dolor de las heridas. Solo era capaz de percibir el horror de la escena que tenía frente a él.

—Un nuevo invitado —Se regodeó Ugarte con una sonrisa, mientras soltaba el cabello de Patricia—. Parece que la fiesta va a ser más divertida de lo que esperaba.

—¡No puedes hacerlo! —exclamó Michael.

—¿Por qué no, señor comisario? Creí que habrías tenido suficiente con lo que recibiste. Pero por lo visto has venido a por más —Le amenazó, mostrándole el cuchillo.

—Fallaste, Carlos —respondió Sterling con voz calmada—. No supiste cumplir tu venganza. No conseguirás nada asesinándolos.

—¿De qué hablas, imbécil? Mi venganza fue perfecta. Acabé con el maldito usurpador hace veinticinco años, ahora destruiré al resto de los retoños. Solo quedaré yo como el único heredero de su simiente. El primogénito que despreció.

—No, aunque los asesines a todos habrás fracasado.

La afirmación desconcertó por un momento a Ugarte, Sebastián comprendía que Sterling trataba de ganar tiempo, pero no sabía si eso serviría de algo. Patricia comenzaba a despertar, pero las ligaduras no le permitían moverse.

—Mientes. Sabes que lo conseguí. Sabes que no quedará nadie de su estirpe para contarlo.

—No. Te falta uno —Lo retó Michael, sonriendo.

—¿No me digas? ¿Quién?

—Víctor.

La afirmación hizo que Sebastián abriera los ojos de par en par ¿Qué se proponía Sterling? ¿Estaba lanzando un farol? ¿O sabía algo? Ugarte pareció tener las mismas dudas. Avanzó un poco en dirección a Sterling, y se alejó de sus víctimas. Michael se sintió aliviado, al menos de momento, consiguió atraer su atención.

—Víctor Losada está muerto —afirmó Ugarte, con la ira concentrada en sus facciones—. De ese maldito usurpador solo quedan cenizas.

—No, Carlos, Víctor Losada está vivo —lo dijo con una certeza que hizo tambalear la seguridad de Ugarte y también la de Sebastián—. No pudiste con él, escapó, se burló de ti. Ha vivido veinticinco años riéndose de tu estupidez.

—¡Mientes! ¡Si eso es cierto, demuéstralo! —Ugarte gritaba histérico, y se acercaba paso a paso a Sterling, que no se movió—. ¡La furgoneta que lo transportaba estalló en llamas! ¡Se vaporizó! —afirmó el asesino con los ojos iluminados por el placer.

—No estaba en la furgoneta, Carlos —le informó Sterling, como si comentara el estado del tiempo—. Eres un estúpido, no lo comprendes ¿verdad?

—¿Qué es lo que no comprendo? ¡Habla!

—Martínez pagó para que simularan una fuga, lo arrojaron del coche en marcha, se detuvieron para rematarlo, le dispararon, pero no llegaron a matarlo. Antes de que pudieran hacerlo, el camión de butano se les vino encima. Solo había dos hombres en la furgoneta cuando explotó.

—¡No, eso no es posible! ¿Dónde está entonces? ¿Dónde ha estado todo este tiempo?

—¿Y tú me lo preguntas? —Se burló Sterling—. Viviendo con otro nombre, imbécil. Y riéndose de ti.

—¿Cómo lo sabes? ¡Tú ni siquiera eres de aquí! ¡No puedes saberlo! —gritó Ugarte, ya fuera de sí. Se detuvo un momento, y comprendió—. Tú... ¡Maldito hijo de puta, eres tú!

Todo ocurrió muy deprisa, Ugarte se abalanzó sobre Michael, ciego de ira. Al caer sobre él, lo derribó. Sterling estaba débil, tanto que casi no podía defenderse, se esforzó en detener la mano que empuñaba el cuchillo que buscaba su garganta. Ugarte había perdido el control, la idea de que su principal víctima había vivido todos esos años fuera de su alcance, saber que lo tuvo en sus manos hacía unos días y lo dejó vivo, le hicieron perder todo sentido de la realidad. Era como un animal herido y por lo tanto muy peligroso. Sterling se dio cuenta de que no podría contenerlo por mucho tiempo, pero sabía que tenía que hacerlo. Él era la única esperanza de su familia.

Sebastián casi no podía respirar, conmocionado por lo que había escuchado. Víctor sobrevivió y era el propio Sterling. Ahora comprendía por qué sentía esa cercanía con él. En alguna parte de su mente debió reconocerlo. Ahora corría grave peligro, estaba herido, debilitado y desarmado, luchando contra un asesino enfurecido con un cuchillo en la mano. No tenía oportunidad. Se removió, tenía que soltar sus ligaduras, tenía que salvar a su hijo.

Michael sintió que las fuerzas lo abandonaban. Varias de las heridas se abrieron y volvían a doler y sangrar. Con un esfuerzo, llevó la cabeza hacia delante contra la nariz de su agresor y escuchó el crac del hueso al romperse. Un chorro de sangre salió de las fosas nasales de Ugarte, que se alejó de su presa, para ponerse de pie y sostener su nariz, dolorido y confundido, pero sin soltar el cuchillo. Sterling trató de incorporarse para defenderse mejor, pero antes de que pudiera hacerlo, Ugarte lanzó un grito de furia y se abalanzó contra él con el cuchillo en alto, dispuesto a clavarlo en el corazón de su víctima. Sonó un ruido seco y Ugarte cayó sobre Sterling, la sangre saliendo a borbotones por un agujero en la espalda. Michael trató de quitárselo de encima pero no tenía fuerzas. Alguien le retiró el peso muerto de Ugarte y pudo ver el rostro de Olegario, tratando de disimular su preocupación con una sonrisa.

—No haces sino meterte en líos, chico.

—Olegario. Nunca me había alegrado tanto de verte ¿Cómo...?

—Uno de mis muchachos también te seguía a ti —le informó—. ¿Crees que te iba a dejar solo después de lo que pasó? Te perdió en el camino, en medio de la tormenta y le costó un poco encontrarme, pero cuando me dijo dónde te vio por última vez, supuse que venías hacia aquí.

Tres hombres acompañaban a Olegario, ladrones y timadores, delincuentes de poca monta que estaban dispuestos a dar su vida por él. Eran sus chicos y Michael sabía que podía confiar en ellos. Uno de los muchachos del viejo fue quien disparó contra Ugarte, salvándole la vida. Ahora desataban a los prisioneros. Sebastián abrazó a Alicia y se aseguró que Patricia estaba a salvo, luego corrió al lugar donde Michael se incorporaba con la ayuda de Olegario.

—¡Víctor! —le dijo con lágrimas en los ojos.

—Te dejo en buenas manos, hijo —murmuró Olegario, guiñando un ojo a Michael—, la policía y la ambulancia vienen en camino. Nosotros tenemos que irnos. No queremos dar muchas explicaciones a la pasma.

Olegario se alejó, seguido por los tres chicos, no sin antes dejar el arma disparada en el suelo antes de salir. Alicia llevaba en brazos a Diana y también se acercó a él.

—Nos salvaste la vida, hijo —reconoció Sebastián con lágrimas en los ojos, deseando abrazarlo, pero sin atreverse a hacerlo por no lastimar sus heridas y por miedo al rechazo.

Alicia, con Diana en brazos, también lloraba. Sterling se sentía confundido. Había confesado su identidad para salvar a su familia, con ello derribó la barrera que lo protegía de sus propias emociones. Hubiera querido hablar, pero sus fuerzas se habían agotado con las últimas reservas de adrenalina. Vio los relámpagos y escuchó la tormenta, pero ya no la acompañaban ni las risas dementes de la bestia ni los gritos acusadores de sus víctimas. Lo había detenido, ya no mataría más, ahora podía descansar. Por fin las pesadillas serían solo eso, pesadillas. La puerta saltó por los aires pon un estruendo. Felipe, Martín y media docena de agentes irrumpieron como una tromba. Detrás de ellos aparecieron los sanitarios. Sterling miró a Sebastián a los ojos. Su padre comprendió. El secreto de su verdadera identidad estaba a salvo.

Epílogo.

El altoparlante lanzó la última llamada para el vuelo con destino a Londres. Michael se levantó sin ganas, la mayor parte de sus heridas ya habían curado, pero aún sentía algunos tirones cuando se movía sin cuidado, Habían pasado tres semanas desde que Carlos Ugarte fue abatido.

Aquella noche, Sebastián, que cogió el arma que acabó con la vida del asesino, se ocupó de presentar una versión de los hechos en la cual había sido él quien disparó. Patricia lo refrendó. Se abrió una investigación, por supuesto, pero nadie puso mucho empeño en ella. Felipe y Martín se ocuparon de cerrar el caso. El funeral de Juan se llevó a cabo dos días después. Michael asistió para apoyar a su hermana. Durante las exequias, Sebastián aprovechó para acercarse a hablar con su hijo. Se veía desconcertado, tanto como el propio Michael.

—¿Cómo te encuentras? —le preguntó su padre.

—Mejor —respondió él.

—Víctor...

—Michael —Corrigió el aludido. Sebastián bajó la cabeza.

—Michael —dijo, como si le doliera pronunciar el nombre—, comprendo que no merezco tu perdón, sé que mi comportamiento no pudo ser peor. Estaba equivocado, te dejé solo, pero quiero que sepas que lo lamento mucho y que quisiera hacer retroceder el tiempo para evitarte todo el sufrimiento que te causé.

—¿Por qué? —Sebastián pareció confundido con la pregunta—. ¿Por qué no pudiste creerme? ¿Tan difícil era darme el beneficio de la duda?

—Me pudo el orgullo —confesó su padre, mientras las lágrimas le corrían por las mejillas— y la soberbia. Lo que yo creía que eran integridad, e imparcialidad, resultaron ser todo lo contrario. Lo único que me consuela es saber que pudiste salir adelante a pesar de todo...

—¿Cómo lo sabes? ¿Cómo sabes que salí adelante? Ni siquiera me conoces.

—Víctor...

—¡Michael! —Alzó la voz, enfadado.

—Michael, eres la clase de hombre que quería que fueras. Me siento orgulloso de ti, hijo. Aunque no tenga derecho, porque yo no tuve nada que ver con lo que tú mismo has logrado. Eres mejor hombre que yo y también mejor policía.

Sterling lo miró sin saber qué decir, tenía sentimientos encontrados. No podía borrar todo el sufrimiento que había tenido que pasar por la conducta intransigente de su padre, pero tenía claro que seguía queriéndolo. Estuvo dispuesto a arriesgar su propia vida cuando la de Sebastián corrió peligro. Eso no lo podía ignorar, como tampoco el hecho de que su padre reconocía sus errores, que estaba dispuesto a enmendarlos.

—Tal vez debamos darnos una segunda oportunidad —aceptó hablando despacio, la mirada de Sebastián se iluminó—, pero necesito tiempo. No puedo llamarte padre, aún no... Quizá un día...

—Es más de lo que puedo pedir, Michael —le respondió Sebastián—. Es mucho más de lo que merezco, hijo...

Antes de regresar a Londres, Sterling le prometió a su hermana que volvería a tiempo para el nacimiento del pequeño que esperaba. Quizá la mejor experiencia de esos días fue recuperar el cariño de Concepción. Ella lo volvió a tratar como si los veinticinco años de ausencia nunca hubieran transcurrido. Era la única persona a la cual le permitía que lo llamara Víctor. Y ella no estaba dispuesta a reconocerlo por otro nombre.

El día antes de su viaje visitó la comisaría. Saludó a Martín, a Amanda y recogió a Patricia, a quien había invitado a cenar. Cuando se disponían a marcharse, se dio de bruces con Felipe.

—Quería decirle, comisario Sterling, que ha sido para mí un honor trabajar con usted. Sé que hemos tenido nuestras diferencias y que no lo recibí de la mejor forma posible, pero usted me ha demostrado que es legal, algo que valoro mucho.

—Agradezco sus palabras, inspector —reconoció Michael—. Yo tampoco he sido muy diplomático en mi trato hacia usted.

—Me dijo lo que merecía. Ya era hora que alguien lo hiciera. Y a la vista está que tenía razón. Espero que me pueda considerar su amigo a partir de ahora.

—Lo tendré en cuenta, gracias —le respondió Sterling estrechándole la mano y alegrándose de que su trabajo transcurriera en otra jurisdicción y en otro país.

Sterling salió sin mirar atrás y se fue con Patricia a disfrutar una velada sin reminiscencias del pasado. Cuando Michael decidió regresar a Londres, sus heridas ya habían cicatrizado y se sentía en paz consigo mismo. Aunque de vez en cuando lo asaltaban pesadillas que solo el tiempo podría curar.

La última llamada. Lo esperaban para volver a la rutina al día siguiente en NSY. Su equipo lo echaba de menos, ya Doyle lo había llamado tres veces desde que regresó a Londres, preguntándole cuándo pensaba volver, temiendo quizá que no lo hiciera. Concepción se le acercó, él la abrazó con cariño y le besó la frente. Ella lo miró con ternura y lágrimas en los ojos.

—¿Vendrás a visitarnos, Víctor?

—Cuenta con ello —le confirmó sonriendo—. En cuanto tenga un par de días libres.

—Llámame cuando lo hagas, te prepararé algo que te guste. Seguro que no te alimentas bien.

Michael sonrió, Alicia fue la siguiente, la abrazó y le prometió que regresaría a tiempo para conocer a su nuevo sobrino. Se agachó para despedirse de Diana. Por fin le llegó el turno a Sebastián.

Su padre no pudo contener las lágrimas y abrazó a su hijo, al que ya creía perdido, con la esperanza que la vida le daba de recuperar su confianza. Michael le correspondió el abrazo, recordando lo que había sentido cuando supo que estaba en peligro. Desde ese momento lo había perdonado, solo había que salvar el espacio que dejaron veinticinco años de ausencia e incomprensión, algo que ahora no le parecía tan difícil superar.

Cogió la maleta de mano y se la colgó al hombro.

—Volveré —les prometió.

Se dio la vuelta y subió al avión que lo llevaría de vuelta a casa.

Nota de autor: Querido lector, espero que hayas disfrutado el libro. Si te gustó la historia y quieres hacerme alguna pregunta, o recibir información acerca de nuevas publicaciones y promociones, puedes seguirme en *Goodreads*. También puedes contactarme en la siguiente dirección: m.j.fernandezhse@gmail.com. Me complacerá mucho poder responder a cualquier inquietud que quieras plantearme. Gracias.

M.J. Fernández

OTROS TÍTULOS DE ESTE AUTOR:

Serie del inspector Salazar:

Rodeado por los fértiles viñedos de la Rioja Alta, el extravagante y poco convencional inspector Salazar se ocupa de investigar los crímenes que turban la paz de la ciudad de Haro con la colaboración del equipo de detectives de la comisaría de San Miguel, al mismo tiempo que afronta las vicisitudes de su compleja vida personal, y supera su eterna soledad con la compañía de la pequeña felina que lo adoptó como su humano.

NO ES LO QUE PARECE: Un caso del inspector Salazar.

El peculiar inspector Salazar y su nueva compañera reciben una llamada rutinaria. Juan José Belmonte, quien fuera el candidato con más opciones para ganar la alcaldía de Haro, se disponía a dar su discurso de campaña cuando cayó muerto en medio de sus colaboradores y rodeado de la multitud. Todo indica que se trata de una muerte natural, pero el levantamiento del cadáver exige la presencia de las autoridades, y los acontecimientos dan un giro inesperado…

El simple trámite se convierte en una investigación criminal cuando Salazar descubre que el caso que tienen entre manos **no es lo que parece**. *Belmonte murió asesinado,* y detrás de ese homicidio existe una complicada red de delitos que deben resolver... pero pronto descubren que no es una tarea sencilla, pues los involucrados en ese entramado están dispuestos a matar para protegerse. *Nadie estará a salvo, ni siquiera los policías que se ocupan de descubrir la verdad...*

JUEGO MORTAL. (Inspector Salazar 02):

«La sirena de la ambulancia rompió el silencio de la noche de *Haro*, mientras las luces de emergencia destellaban en la oscuridad. Dentro del área de tratamiento, un médico y un enfermero se afanaban en detener la hemorragia del paciente que yacía sobre la camilla. **Sofía** se esforzaba en contener las lágrimas, mientras contemplaba el rostro cada vez más pálido de **Salazar**. El gotero, puesto a chorro, alimentaba las venas del herido, **en un intento de mantenerlo con vida**...»

Durante la celebración de la Semana Santa en Haro, lo que en un principio parecía un hecho puntual, **el suicidio de un adolescente**, se convierte en una pesadilla para el inspector jefe Salazar y sus compañeros, cuando comienza a suceder repetidamente entre jóvenes que no mostraban ningún indicio que hiciera sospechar esa tendencia. Mientras Salazar se concentra en hallar la respuesta para que *no sigan muriendo chicos inocentes*, la subinspectora Garay se embarca en una investigación para detener a *un asesino profesional que ha jurado que Néstor Salazar será su próxima víctima.*

AQUÍ HAY GATO ENCERRADO. (Inspector Salazar 03):

La comisaría de «San Miguel» concentra sus esfuerzos en la investigación del secuestro de un niño en Haro, mientras el inspector Salazar se encuentra en una asignación especial. Cuando el desarrollo de los acontecimientos culmina en un desenlace y uno de los secuestradores aparece muerto con una nota suicida atribuyéndose la culpa, el comisario Ortiz comienza a recibir presiones para que cierre el caso. Ante su negativa él mismo resulta extorsionado y se ve obligado a llamar a Néstor para pedirle ayuda.

Salazar abandona la asignación para ayudar a su hermano, pese a las consecuencias que puede acarrearle tal decisión y se avoca a una investigación contra el tiempo que no admite fracaso porque está en juego la vida de alguien muy importante para él…

GATO POR LIEBRE. (Inspector Salazar 04):

Mientras *Haro* se prepara para las fiestas navideñas, una llamada rutinaria se convierte en un caso de dimensiones insospechadas que pone a prueba la astucia del inspector jefe y la eficiencia de sus compañeros de la comisaría de "San Miguel". La puesta en escena de un **triple homicidio** para que parezca un **accidente** dispara todas las alarmas, iniciando un despliegue de actividad por parte de todo el equipo. Deben resolverlo deprisa, porque *de ello depende la salvación de muchos inocentes*. Al mismo tiempo, la vida personal de Salazar se ve sacudida por un *acontecimiento inesperado* que le imprime un giro desconcertante. Nada volverá a ser lo mismo.

Vuelven el inspector Salazar y sus compañeros en un relato de suspense e intriga que no dejará indiferente a ningún lector, con nuevos personajes, anécdotas y situaciones que ponen en aprietos al *entrañable inspector*. La historia además de *intriga* proporcionará *emociones* a quien acompañe a los personajes a las calles de la ciudad, para compartir esta nueva aventura policíaca.

LO QUE EL GATO SE LLEVÓ. (Inspector Salazar 05):

El inexplicable asesinato de una anciana enfrenta a Salazar a una situación difícil cuando su mejor amigo es acusado y detenido. Deberá emplear toda su inteligencia y experiencia para convencer a sus colegas de la inocencia de Gyula. Mientras Néstor se esfuerza en ayudar a su compañero de infancia, su hermano Santiago recibe amenazas a causa de un oscuro secreto de su pasado que también afecta al inspector, y cuya investigación los conducirá a un resultado desconcertante y peligroso.

LOS GATOS CAEN DE PIE (Inspector Salazar 06):

Salazar deberá enfrentarse a un crimen desconcertante, al mismo tiempo que atraviesa por uno de los momentos más difíciles de su vida personal.

En un barrio elegante de Haro asesinan a toda una familia durante la celebración del cumpleaños de uno de sus miembros. Todos los Acosta están muertos excepto el hijo menor, a quien encuentran en su habitación drogado, dormido y con el arma homicida en la mano. A pesar de la brutalidad del crimen, la resolución parece muy sencilla a primera vista, hasta que Salazar encuentra evidencias que le hacen sospechar que hay mucho más detrás del aparente parricidio y fratricidio.

Conforme avanza la investigación, los detectives de «San Miguel» descubren que los Acosta ocultaban secretos inconfesables que los convertirían en el objetivo de la venganza de un gran número de personas, algunas en extremo peligrosas… Incluso para el propio Salazar.

Al mismo tiempo, don Braulio le pide ayuda a Néstor para encontrar a dos jóvenes que se fugaron y perdieron el contacto con sus familias. Lo que en un primer momento parece una chiquillada sin importancia, adquiere carácter oficial con la aparición de un cadáver. Dependerá de Salazar y su equipo detener al homicida antes de que haya nuevas víctimas…

SIETE VIDAS Y UN GATO (Inspector Salazar 07)

Porque la vida puede volverse del revés en pocos minutos.

Salazar se enfrentará a uno de los casos más desconcertantes de su carrera cuando encuentran el cadáver de un hombre sin identificación al pie de los *Riscos de Bilibio.* **¿Se trató de un suicidio? ¿Un homicidio? ¿Quién era y por qué su vida acabó así?** A medida que el inspector jefe y su equipo avanzan en las investigaciones, afloran **descubrimientos inesperados que trascienden fronteras**. Salazar deberá concentrar sus esfuerzos y hacer acopio de toda su fuerza de voluntad para centrarse en el caso, al mismo tiempo que trata de **encontrar y detener al**

asesino de policías que atentó contra una persona muy importante para él.

Con su peculiar estilo, el inspector deberá desentrañar la madeja, aun cuando sabe que en la medida en que se acerque a la verdad, **su vida correrá más peligro**.

NO TODOS LOS GATOS SON PARDOS (Salazar 08)

Un crimen escalofriante sacude Haro. Se trata del asesinato a sangre fría de un famoso abogado, cuyo cadáver aparece marcado con un cuchillo. Todo indica que se trata de un crimen ritual, y que involucró a más de una persona. ¿Escogieron a la víctima al azar? ¿Quién será el próximo? El miedo se apodera de la ciudad frente a la posibilidad de nuevas víctimas. Nadie se siente seguro, y la responsabilidad de la investigación recae sobre los policías de San Miguel.

El comisario Ortiz le asigna el caso a Salazar, quien a pesar de los graves problemas que enfrenta, deberá concentrar todos sus esfuerzos en encontrar al escurridizo criminal. Para desesperación de Néstor y su nuevo compañero, todas las indagaciones conducen a callejones sin salida. El inspector jefe deberá dejar a un lado sus propias preocupaciones, para resolver la que podría ser su última investigación.

***Serie Argus del Bosque*:**

El insociable y adusto comisario Argus del Bosque se enfrenta a los casos más difíciles, en aquellos lugares donde sus habilidades especiales, que son producto de un entrenamiento poco convencional, lo convierten en el investigador ideal. Al mismo tiempo deberá enfrentarse a un pasado que habría preferido olvidar, pero que irrumpe en su vida y la cambiará para siempre.

MUERTE EN EL PARAÍSO (Argus del Bosque 01):

María muere apuñalada en el lugar más seguro del mundo: la isla privada de *Antonio Abelard.* Argus del Bosque, un talentoso comisario de la Policía Nacional, recibe la orden de encargarse de la investigación. El crimen tiene un carácter ritual, lo que despierta el temor en la familia Abelard de que se trate de una secta que ya actuó contra ellos en el pasado. El destino de la joven acaba con la tranquilidad de todos los habitantes de la isla. Argus debe resolver el misterio para que *Marañón* vuelva a ser un refugio seguro, pero conseguir su objetivo significará enfrentarse a intrigas, prejuicios, testigos hostiles, fuerzas naturales, y un asesino que está dispuesto a todo para evitar que lo descubran. Incluso a volver a matar.

Durante la investigación, Argus volverá a encontrar el amor y se enfrentará a fantasmas que ya creía olvidados, pero que irrumpirán en su vida para seducirlo y atormentarlo por igual. Después de su paso por Marañón no volverá a ser el mismo, si consigue salir con vida...

ENIGMA. (Argus del Bosque 02):

El homicidio de una anciana es el primero de una serie de *crímenes diabó*licos que desconciertan a la Policía de Calahorra. La inspectora Luisa Burgos deberá ocuparse de la investigación en una carrera contra el tiempo. Junto a cada cadáver encuentran una nota con un acertijo, donde el asesino usa palabras crípticas para señalar quién será la próxima víctima. Tienen veinticuatro horas para descifrarlo, o un nuevo inocente morirá.

Desesperado, el comisario de «San Celedonio» le pide ayuda a su viejo amigo Bejarano, quien decide enviar a Del Bosque, pero se enfrenta a un problema, pues Argus dimitió de su cargo a su regreso de Marañón. Su jefe decide presionarlo para que colabore con la Policía de Calahorra, a cambio de permitirle avanzar en su extraña investigación personal. Si Argus quiere descifrar su pasado y también acabar con la *ola de asesinatos* que azota a la ciudad riojana deberá descubrir quién es *Enigma* y detenerlo, aunque para ello deba sobreponerse a la resistencia de la inspectora encargada del caso, mientras enfrenta a un asesino que no tiene reparos en eliminarlos a su compañera y a él.

EL BAILE DE LOS ESCORPIONES (Argus del Bosque 03)

Un hombre muere asesinado en plena Gran Vía de Madrid... Y solo es el comienzo. La Policía se enfrenta a una serie de homicidios que tienen un factor en común. En cada uno, el asesino firmó con una runa y demostró habilidades poco comunes en la ejecución de sus crímenes. Todas las evidencias apuntan a un solo sospechoso: el comisario Argus del Bosque.

Inmerso en la búsqueda de la verdad con respecto a su pasado, Argus será el blanco de la persecución de sus propios compañeros, al mismo tiempo que se convierte en la presa de un despiadado asesino. Aun siendo fugitivo de la Policía y la Guardia

Civil, y reticente a involucrar a su familia, Argus deberá afrontar la investigación más difícil de su carrera, al mismo tiempo que conjura los fantasmas de su traumática infancia. Contra todo pronóstico, estará obligado a tener éxito o perderá su libertad y tal vez, hasta su vida.

Otros libros de este autor:

EL DEMONIO DE BROOKLYN (Ryan y Bradbury 01):

Josh Bradbury, detective en el Estado de Florida, atraviesa por una crisis cuando por coincidencia descubre una verdad desconcertante que lo afecta en forma directa. Solicita traslado a Nueva York, donde se encuentra con la mayor sorpresa de su vida. Además, el mismo día de su llegada **descubren el cuerpo de una joven que ha sido violada y asesinada** en un parque. Es el primero de una **serie de homicidios** que sembrarán el miedo en la ciudad. La relación entre las víctimas es desconocida, salvo que se trata de mujeres jóvenes violadas y asesinadas por asfixia y que todas han sido encontradas en parques de Nueva York. Josh se ocupa del caso junto con *Cody Ryan*, un respetado detective de Brooklyn. Al mismo tiempo, debe convencer a su compañero de investigar un suceso acaecido mucho tiempo atrás que les concierne a ambos, mientras **un poderoso criminal pone precio a sus cabezas**.

Una historia que mantiene la intriga desde el principio, aumentando según se acerca a un desenlace inesperado.

LOS PECADOS DEL PADRE:

A lo largo de veinticinco años, en cuatro países de *Europa*, **un asesino en serie** acaba con la vida de parejas jóvenes, engañando a la policía para que crean que el muchacho en cada una de ellas es el culpable. Michael Sterling, **comisario de Scotland Yard** que conoce su *modus operandi*, **obsesionado con detenerlo**, emplea todos sus esfuerzos en descubrirlo. La investigación la lleva a cabo un equipo policial **que involucra dos países**, Inglaterra y España, mientras **un pecado familiar surge del pasado para exigir su expiación**…

TRAMPA PARA UN INOCENTE:

Luis Armengol despierta en una pensión de mala reputación con el *cadáver de una joven desconocida* a su lado. Sus manos ensangrentadas y el cuchillo con el que la chica fue *apuñalada* en el suelo lo señalan como **culpable**, al mismo tiempo que la **Policía** llama a su puerta. En un acto desesperado consigue escapar, pero conservará su *libertad* por poco tiempo a menos que encuentre las pruebas de su inocencia. *¿Quién le ha puesto esa trampa? ¿Por qué?* De hallar las respuestas a estas preguntas depende su futuro. Deberá desentrañar el **misterio** antes de que lo encuentre la **Policía**, *o los hombres que lo buscan para matarlo*…

LA VENGANZA:

Samuel es un joven brillante con un prometedor futuro. Cuando la oportunidad de cumplir su sueño llama a su puerta, todo se derrumba al ser acusado del brutal asesinato de su novia. Su vida es truncada por la confabulación de tres hombres, que por diversos motivos se benefician de su desgracia, pero no es el único. Con la misma perfidia destruyen la vida de otros inocentes sin llegar a sentir el menor remordimiento.

Veinte años después, cuando los tres se sienten más seguros, el pasado resurge y sus víctimas, aún después de la muerte y el olvido, unen sus fuerzas y regresan dispuestas a cobrar venganza. ¿Hasta dónde pueden llegar para castigar a quiénes destrozaron su futuro?

LOS HIJOS DEL TIEMPO:

Un hombre nacido en la Edad Media se ve obligado a recorrer el mundo. La búsqueda de la respuesta a un misterio del cual depende su supervivencia, lo lleva de las iglesias y castillos de la ***Europa medieval***, hasta los confines de la ruta de la seda en el ***Lejano Oriente***, en una época en la que las supersticiones dictaban el comportamiento de la sociedad. *En el año 2010*, la desaparición de un empresario y la muerte de un librero son las claves de una lucha entre colosos que se desarrolla a lo largo de los siglos, cuyo origen se encuentra en la respuesta a aquel mismo **misterio**.

Made in United States
Orlando, FL
13 December 2021

11639367R00221